Chaos

Van Patricia Cornwell zijn verschenen:

De Kay Scarpetta-thrillers

1 Fataal weekend *

2 Corpus delicti *

3 Al wat overblijft *

4 Rigor mortis *

5 Modus operandi *

6 Het Kaïnsteken *

7 Doodsoorzaak

8 Onnatuurlijke dood

9 De brandhaard

10 Zwarte hoek

11 Het eindstation

12 Aasvlieg

13 Sporen

14 Roofdier

15 Dodenrol

16 Scarpetta *

17 De Scarpetta factor *

18 Mortuarium *

19 Rood waas *

20 Link *

21 Zuurstof *

22 Scherp *

23 Gewetenloos *

24 Chaos *

Wespennest

Zuiderkruis

Hondeneiland

Het risico

Het front

Portret van een moordenaar

* Ook als e-book verkrijgbaar

Patricia Cornwell

Chaos

vertaald door Yolande Ligterink

UITGEVERIJ LUITINGH-SIJTHOFF

Oorspronkelijke titel: *Chaos*
Vertaling: Yolande Ligterink
Omslagontwerp: Studio Jan de Boer
Omslagfotografie: Trevillion Images
Foto auteur: Patrick Ecclesine

ISBN 978 90 245 7474 2
NUR 332

www.lsamsterdam.nl
www.boekenwereld.com
www.patriciacornwell.com

Voor Staci
ter herinnering aan Tram

‘In mij schuilt een liefde die je nog nooit hebt gezien. In mij schuilt een woede die nooit naar buiten zou mogen komen.’
Mary Shelley, *Frankenstein*

Definities van 'chaos'
Uit het Oudgrieks ('χάος' of 'kháos')

Gapende ruimte of leegte
Anarchie
De wetenschap van de onvoorspelbaarheid

PROLOOG

SCHEMERING
WOENSDAG 7 SEPTEMBER

Achter de bakstenen muur om Harvard Yard gluren vier hoge schoorstenen en een dak van grijs leisteen tussen de boomtakken door.

Het achttiende-eeuwse gebouw biedt een welkome aanblik en staat in een rechte lijn niet meer dan een kwartier verderop. Maar het was niet slim om te gaan lopen. Het was dom van me om een lift te weigeren. Zelfs in de schaduw lijkt het hier buiten wel een oven. Er staat geen zuchtje wind en er beweegt helemaal niets in de warme, vochtige lucht.

Als ik niet in de verte verkeer had gehoord, af en toe een voetganger was tegengekomen en de vliegtuigstrepen in de lucht had gezien, had ik kunnen denken dat ik de enig overgebleven mens was na een apocalyps. Ik heb nog nooit meegemaakt dat de campus van Harvard er zo verlaten bij lag, behalve misschien tijdens een bomalarm. Maar ik heb ook nog nooit zulk extreem weer meegemaakt in dit deel van de wereld, en dan tel ik sneeuwstormen en ijskoude poolwinden niet mee.

Daar zijn de mensen in New England aan gewend, maar niet aan temperaturen tegen de veertig graden. De zon staat als een gesmolten gele vlek aan een witte hemel, waar de hitte het blauw uit heeft gebleekt, zoals ik het heb horen beschrijven. *Het broeikaseffect. De opwarming van de aarde. Een straf van God. Het werk van de duivel. Mercurius retrograde. El Niño. De eindtijd.*

Dat zijn een aantal verklaringen voor een van de ergste hittegolven in de geschiedenis van Massachusetts. In het Cambridge

Forensic Center, mijn hoofdkwartier, heerst topdrukte, en daarin schuilt meteen het paradoxale van wat ik doe. Als de omstandigheden slecht zijn, is alles bij ons normaal. Zijn ze slechter, dan gaat het bij ons goed. Het feit dat ik in deze onvolmaakte wereld verzekerd ben van werk, is zowel een zegen als een vloek.

Terwijl ik in de verstikkende hitte de kortste weg dwars over de campus neem, denk ik na over de lezing die ik morgenavond moet geven in de Kennedy School of Government. Een intelligent verhaal, wat woordspelingen, een paar opzienbarende gebeurtenissen; misschien is mijn zus Dorothy niet zo nutteloos als ik altijd heb gedacht. Ze zegt dat ik onderhoudend moet zijn als ik wil dat een zaal vol beleidsmakers en verwende intellectuelen van de beste universiteiten naar me luistert. Misschien verplaatsen ze zich zelfs heel even in mij als ik ze deelgenoot maak van de duistere kant van het leven, de onderbuik, de enge kelder die niemand wil betreden of zelfs maar wil zien.

Zolang ze maar niet verwachten dat ik ongevoelige grapjes ga herhalen, en zeker niet de geestigheden die ik voortdurend van de politie hoor of de verschrikkelijke slogans die op T-shirts en koffiemokken worden afgedrukt. ONZE DAG BEGINT ALS DIE VAN U AFLOOPT. Dat ga ik niet zeggen, ook al is het waar. Maar ik denk dat een grapje als 'Als de nood aan de man is, ben ik uw vrouw' wel moet kunnen. Rampen zijn mijn beroep. Ik kom mijn bed uit voor vreselijk nieuws. Tragische voorvallen vormen mijn levensonderhoud, en de cyclus van leven en dood blijft altijd ongebroken, hoe hoog ons IQ ook is.

Volgens mijn zus moet ik op die manier morgenavond aan honderden invloedrijke studenten, faculteitsleden, politici en wereldleiders uitleggen wat ik doe. In mijn ogen hoef ik helemaal niets uit te leggen. Maar kennelijk is dat toch nodig, zei Dorothy gisteravond via de telefoon, terwijl onze oude moeder op de achtergrond luid tekeerging over haar diefachtige Zuid-Amerikaanse huishoudster, die – echt waar – Honesty heet. Het schijnt dat Honesty weer grote hoeveelheden sieraden en geld steelt, de pillen van mijn moeder verstopt, haar eten opeet en de meubels verschuift in de hoop dat ze erover zal struikelen en een heup zal breken.

Honesty doet niets van dat alles. Dat heeft ze nooit gedaan en dat zal ze nooit doen. Soms is het geen voordeel om een bijna fotografisch geheugen te hebben. Ik kan me het telefonische drama van de vorige avond nog woordelijk herinneren, inclusief de delen in het Spaans. En intussen hoor ik Dorothy's zelfverzekerde stem weer in mijn oren, die me ratelend adviseert hoe ik de aandacht van de toehoorders moet vasthouden, want die zal ik zeker verliezen als ik haar advies niet opvolg.

Ze zei: *Loop het podium op en kijk met een uitgestreken gezicht de zaal door. Dan zeg je: 'Welkom, ik ben dokter Kay Scarpetta. Ik behandel patiënten zonder afspraak en ik kom ook op huisbezoek. Sterft u niet van verlangen om door mij behandeld te worden? Dat kan geregeld worden.' En dan knipoog je.*

Wie kan daar weerstand aan bieden? Dat moet je tegen ze zeggen, Kay! Iets wat grappig en sexy is en niet politiek correct. Daarna eten ze uit je hand. Voor deze ene keer moet je eens goed naar je zusje luisteren. Ik was nooit zo ver gekomen als ik niet het een en ander had geweten over publiciteit en marketing.

Een van de grootste problemen van begrafenisondernemers, medewerkers van een mortuarium en andere mensen met doodsaaie baantjes – en dat bedoel ik niet grappig – is dat ze totaal niet weten hoe je iets moet promoten of verkopen, want waarom zouden ze moeite doen? Nou ja, eerlijk gezegd zijn begrafenisondernemers er beter in dan die lui bij jou. Het is niet jouw werk om een dode er presentabel te laten uitzien of te zorgen dat hij in een mooie kist ligt. Dus je hebt alle nadelen van het uitvaartwezen, maar niets te verkopen en niemand die dank je wel zal zeggen.

Mijn hele carrière als forensisch patholoog heeft mijn jongere en enige zus mijn werk gelijkgesteld met dat van een begrafenisondernemer of gewoon iemand die de troep opruimt waar niemand anders zich mee wil bezighouden.

Op de een of andere manier is dat het logische vervolg op het feit dat ik voor onze stervende vader zorgde toen ik een kind was. Ik was degene die je moest halen als iets pijnlijk of walgelijk was en afgehandeld of opgeruimd moest worden. Als er een dier werd overreden, als er een vogel tegen het raam vloog of als onze vader weer eens een bloedneus had, rende mijn zusje gillend naar mij toe. Dat doet ze nog steeds als ze iets nodig heeft, te pas en te onpas.

Maar in deze fase van mijn leven moet ik er rekening mee houden dat we er geen van beiden jonger op worden. Ik heb besloten mijn best te doen om zo onbevooroordeeld mogelijk over haar te denken, ook al is mijn zus wellicht de grootste egoïst die ik ooit heb gekend. Maar ze is ook slim en getalenteerd, en ik ben zelf ook geen heilige. Ik moet toegeven dat ik koppig mijn ogen gesloten heb voor haar verdiensten, en dat is niet eerlijk.

Het is best mogelijk dat ze echt weet waar ze het over heeft als ze beweert dat ik minder als een jurist of een laboratoriumrapport moet klinken en meer als een wijsgeer of een dichter. Ik moet meer volume, meer helderheid en meer kleur aanbrengen. Dat heb ik in gedachten gehouden toen ik mijn openingszinnen schreef, en ik heb er aanwijzingen bij gezet zoals onderstrepingen voor extra nadruk en pauzes voor gelach.

Ik neem een slokje water, dat warm genoeg is om thee van te zetten. Mijn zonnebril glijdt steeds langs mijn bezwete neus naar beneden en ik duw hem omhoog. De zon is een meedogenloze smid die erop los hamert in het felle vuur van de schemering. Zelfs mijn haar is warm, terwijl mijn lage pumps van geelbruin leer over de stenen tikken. Ik ben nog maar tien minuten van mijn bestemming verwijderd. In gedachten neem ik mijn praatje door: *Goedenavond, faculteitsleden, studenten, vakgenoten, wetenschappers en andere voorname gasten.*

Als ik hier rondkijk, zie ik winnaars van de Pulitzerprijs en de Nobelprijs, wiskundigen en astrofysici die tevens schrijven, schilderen en musiceren. Een opmerkelijk gezelschap van de beste en slimste mensen. We zijn bovendien buitengewoon vereerd met de aanwezigheid van de gouverneur, de minister van Justitie, verscheidene senatoren en Congresleden, mensen van de media en vooraanstaande zakenlieden. Achterin zie ik mijn goede vriend en voormalige mentor generaal John Briggs wegduiken op zijn stoel en huiveren bij de gedachte dat ik hier sta. (Pauze voor gelach.)

Voor degenen die het niet weten: hij is het hoofd van de forensische dienst van het leger, het AFMES. *Met andere woorden, als een dergelijke positie bestond, zou generaal Briggs de lijkschouwer-generaal van de Verenigde Staten zijn. En straks zal hij me bijstaan tijdens het vragenrondje, waarin we de ramp met het ruimteveer Columbia in 2003 zullen bespreken.*

We zullen vertellen wat de materiaalleer en de luchtvaartge-

neeskunde ons daarover hebben verteld, en ook wat we hebben ontdekt door de bestudering van de overblijfselen van de zeven astronauten, die waren verspreid over een Texaans gebied van zo'n tachtig kilometer...

Ik moet het Dorothy nageven: ze heeft flair, en het raakt me dat ze overkomt voor de lezing, hoewel ik geen idee heb waarom. Ze zegt dat ze het niet zou willen missen, maar ik geloof haar niet. In de acht jaar dat ik hoofd ben van het CFC is mijn zus nog nooit in Cambridge geweest. Mijn moeder ook niet, maar die houdt niet van reizen en begint er ook niet meer aan. Ik weet niet wat Dorothy's excuus is, behalve dat ze tot nu toe nooit belangstelling heeft gehad.

Het is jammer dat ze net vanavond naar Boston moet vliegen. Noodgevallen daargelaten eten mijn man Benton en ik op de eerste woensdag van de maand in de Harvard Faculty Club, waarvan ik geen lid ben. Hij wel, en niet vanwege zijn positie bij de FBI. Dat levert geen gunsten op bij Harvard, het Massachusetts Institute of Technology (MIT) of andere Ivy League-instellingen in de buurt.

Maar als consulterend forensisch psycholoog in het aan Harvard gelieerde McLean Hospital in het naburige Belmont kan mijn man, die analist is bij de criminele inlichtingendienst van de FBI, wanneer hij maar wil beschikken over de mooiste bibliotheken en musea en de beste deskundigen ter wereld. En hij kan naar believen gebruikmaken van de Faculty Club.

We kunnen zelfs een gastenkamer reserveren, en dat hebben we meer dan eens gedaan als we iets te veel whisky of wijn hadden gedronken. Maar dat gaat niet gebeuren nu Dorothy vanavond aankomt. Eigenlijk had ik geen ja moeten zeggen toen ze vroeg of ik haar later op de avond wilde ophalen en bij haar dochter Lucy wilde afzetten, want daardoor zullen Benton en ik pas na middernacht thuis zijn.

Ik weet niet waarom Dorothy het speciaal aan mij heeft gevraagd, tenzij het haar manier is om ervoor te zorgen dat we even alleen zijn. Toen ik zei dat ik er zou zijn en dat Benton ook mee zou komen, antwoordde ze: 'Natuurlijk. Nou ja, het maakt niet uit.' Maar op het moment dat ze het zei, besefte ik dat het wel uitmaakte. Ze wil iets onder vier ogen met mij bespreken, en als we vanavond de kans niet krijgen, komt het daarna wel.

Mijn zus heeft een open ticket genomen, en ik moet er onwillekeurig aan denken hoe heerlijk het zou zijn als ik haar verkeerd beoordeeld blijk te hebben. Misschien komt ze naar New England omdat ze hetzelfde gevoel heeft als ik. Misschien wil ze eindelijk vriendinnen worden.

Wat zou het prachtig zijn als we op één lijn zouden zitten met betrekking tot onze bejaarde moeder en tot Lucy, haar partner Janet en hun geadopteerde negenjarige zoon Desi. En tot hun nieuwe gezinslid Tesla, een buldogpup uit het asiel die een tijdje bij Benton en mij in Cambridge logeert. Iemand moet haar opvoeden, en onze windhond Sock wordt oud en vindt het leuk om gezelschap te hebben.

1

Mijn schoenen ritselen door het warme, droge gras en onder mijn kleren loopt het zweet over mijn borst en rug. Ik ben weer in beweging en blijf zo veel mogelijk in de schaduw, terwijl de zon daalt en de schuine lichtstralen zich steeds verplaatsen.

Elke keer als ik ben ontsnapt aan de gloed, weet die me toch weer te vinden. Het ommuurde centrum van de campus is een doolhof door de vele paden die de grasvelden en binnenplaatsen met elkaar verbinden. De statige, met klimop begroeide gebouwen voldoen helemaal aan het stereotype, en ik weet nog hoe ik me voelde toen ik hier op mijn vijftiende een rondleiding kreeg. Het is alsof ik met elke stap terugga naar die verbazingwekkende, maar ook droevige tijd.

In mijn laatste jaar op high school maakte ik een paar tochtjes buiten Florida om colleges te bezichtigen en te ontdekken wat ik met mijn leven zou kunnen doen. Ik zal nooit vergeten dat ik precies op deze plek liep en me tegelijkertijd zielsgelukkig en vreemd ongemakkelijk voelde. De herinnering wordt verdrongen door een trilling; het lijkt wel of er een groot insect rondzoemt.

Ik blijf staan op het gloeiendhete pad, kijk om me heen en zie een drone hoog boven de Yard vliegen. Dan besef ik dat het zoemen van mijn eigen telefoon komt, gedempt door mijn jasje, waarin ik hem heb weggestoken om hem te beschermen tegen de hitte en de zon. Ik kijk wie er belt. Het is rechercheur Pete Marino van de politie van Cambridge. Ik neem op.

'Is er iets gaande waarvan ik niet op de hoogte ben?' zegt hij meteen. De verbinding is heel slecht.

'Ik geloof het niet,' zeg ik verbaasd terwijl ik sta te bakken op de stenen.

'Waarom ben je lopend? Je moet niet lopen in deze hitte.' Hij klinkt kortaf en geïrriteerd, en ik weet meteen dat dit geen vriendschappelijk gesprekje is. 'Waar ben je verdomme mee bezig?'

'Boodschappen.' Ik voel me aangevallen door zijn toon. 'En nu ben ik op weg naar Benton.'

'Waarvoor?' vraagt Marino. De verbinding wordt steeds slechter, dan weer goed, en hapert nog eens voor hij weer beter wordt.

'Ik ben op weg naar mijn man om samen te gaan eten,' antwoord ik met enige ironie. Ik heb geen zin vandaag nog een gespannen gesprek te voeren. 'Is alles in orde?'

'Misschien moet ik dat aan jou vragen.' Opeens dreunt zijn harde stem pijnlijk in mijn rechteroor. 'Waarom ben je niet met Bryce?'

Mijn kantoormanager, een echte kletskous, moet Marino hebben verteld dat ik op Harvard Square heb geweigerd weer in de auto te stappen en dat ik daarmee het protocol heb verbroken en roekeloos ben omgesprongen met mijn veiligheid.

Voordat ik antwoord kan geven, valt Marino me aan alsof ik verdacht word van een misdrijf. 'Je bent anderhalf uur geleden uit de auto gestapt en misschien twintig minuten in The Coop geweest,' zegt hij. 'En toen je eindelijk de winkel op Massachusetts Avenue uit kwam, waar ben je toen naartoe gegaan?'

'Ik moest nog een boodschap doen op Arrow Street.' De paden in de Yard vormen een spinnenweb van klinkers en ik merk dat ik voortdurend moet bijsturen om het meest directe, snelste en koelste pad te nemen.

'Wat voor boodschap?' Alsof hij daar iets mee te maken heeft.

'Ik moest naar het Loeb Center om kaartjes te halen voor *Waitress*, die musical van Sara Bareilles.' Mijn geforceerde beleefdheid raakt een beetje op. 'Ik dacht dat Dorothy daar misschien wel naartoe zou willen.'

'Als ik het zo hoor, gedroeg je je alsof je knetter was.'

'Pardon?' Ik sta stil.

'Zo is het beschreven.'

'Door wie? Door Bryce?'

'Nee. Iemand heeft de alarmcentrale gebeld om over jou te klagen,' zegt Marino tot mijn stomme verbazing.

Hij stelt me ervan op de hoogte dat de alarmcentrale een melding heeft gekregen over 'een jongeman en zijn oudere vriendin', die om ongeveer kwart voor vijf vanmiddag stonden te ruziën op Harvard Square.

De jongeman was volgens de beschrijving achter in de twintig, had rossig haar, droeg een blauwe capribroek, een wit T-shirt, sportschoenen en een dure zonnebril, en hij had een tatoeage van een hennepblad. Dat laatste klopt niet, maar de rest wel.

De bezorgde burger die de politie belde, had me kennelijk herkend van het journaal en zijn beschrijving van mijn kleren is verontrustend accuraat. Ik heb inderdaad een kaki rok en jasje aan, een witte blouse en lichtbruine leren pumps. Het is helaas ook juist dat ik een ladder in mijn panty heb en ik zal hem uittrekken en weggooien zodra ik mijn bestemming heb bereikt.

'Ben ik bij naam genoemd?' Ik kan het niet geloven.

'De melder zei zo'n beetje dat dokter Kay Scarpetta ruzie had met haar pot rokende vriendje en de auto uit gesprongen was.' Marino geeft weer zo'n kulopmerking door.

'Ik ben niet de auto uit gesprongen. Ik ben als een normaal mens uitgestapt, en hij bleef achter het stuur zitten praten.'

'Weet je zeker dat hij niet is uitgestapt en het portier voor je heeft opengehouden?'

'Dat doet hij nooit, en ik wil het ook niet. Misschien heeft iemand dat gezien en heeft die iemand daaruit afgeleid dat hij boos was. Bryce deed zijn raampje open, zodat we nog iets tegen elkaar konden zeggen, en dat was alles.'

Marino laat me weten dat ik vervolgens grof in de mond en handtastelijk werd en dat ik Bryce door het open raampje waar ik het net over had een klap heb gegeven en hem herhaaldelijk met mijn wijsvinger in de borst heb geprikt. Hij schreeuwde alsof ik hem angst aanjoeg en pijn deed. Kortom, wat een gelul. Maar ik zeg niets, omdat ik een ongemakkelijk gevoel in mijn buik heb, een hol, strak gevoel dat voor mij gelijkstaat met een rode waarschuwingsvlag.

Marino is politieman. Ik ken hem al een eeuwigheid, maar Cambridge is zijn territorium. In theorie zou hij het me moeilijk kunnen maken als hij dat wil, en dat is een nieuwe en vreemde gedachte. Hij heeft me nog nooit gearresteerd – niet dat daar ooit een goede reden voor is geweest. Maar hij heeft me zelfs nog nooit een parkeerbon gegeven of een waarschuwing wegens schuin oversteken. Professionele beleefdheid is tweerichtingsverkeer. Als je niet oppast, kan het echter heel snel een doodlopende straat worden.

'Ik geef toe dat ik misschien een beetje uit mijn hum was, maar het is niet waar dat ik iemand heb geslagen...' begin ik.

'Laten we beginnen met het eerste deel van je verklaring,' valt de rechercheur me in de rede. 'Hoeveel is een beetje?'

'Is dit een verhoor of zo? Moet je me niet op mijn rechten wijzen? Moet ik een advocaat bellen?'

'Je bent zelf jurist.'

'Ik maak geen grappen, Marino.'

'Ik ook niet. Een béétje uit je hum? Ik vraag het omdat hij zei dat je aan het schreeuwen was.'

'Voor- of nadat ik hem had geslagen?'

'Het helpt niet als je nijdig wordt, doc.'

'Ik ben niet nijdig, maar laten we even nadenken over wie je het hebt. Laten we daarmee beginnen. Want je weet hoe Bryce kan overdrijven.'

'Wat ik weet, is dat jullie kennelijk aan het vechten waren en de orde verstoorden.'

'Heeft hij dat echt gezegd?'

'De getuige wel.'

'Welke getuige?'

'De klager die het heeft gemeld.'

'Heb je die getuige zelf gesproken?'

'Ik kon niemand vinden die iets gezien heeft.'

'Dus je hebt gezocht,' merk ik op.

'Toen de melding was binnengekomen, ben ik naar het plein gegaan en heb ik een beetje rondgevraagd. Met het bekende resultaat. Niemand heeft iets gezien.'

'Precies. Dit is belachelijk.'

'Ik ben bang dat iemand je in de problemen wil brengen.' Dit hebben we in de loop der jaren al zo vaak meegemaakt.

Marino leeft in de angstige overtuiging dat er iets verschrikkelijks met mij gaat gebeuren. Maar eigenlijk maakt hij zich bezorgd om zichzelf. Zo was het ook met zijn ex-vrouw Doris voordat ze er uiteindelijk vandoor ging met een autoverkoper. Marino kent het verschil niet tussen afhankelijkheid en liefde. Voor hem voelen ze hetzelfde.

'Als je belastinggeld wilt verspillen, kun je de bewakingsbeelden van het plein bekijken, vooral die van de camera's voor The Coop,' stel ik voor. 'Dan zul je zien dat ik niemand geslagen heb, en zeker Bryce niet.'

'Ik vraag me af of dit iets te maken heeft met je lezing bij de Kennedy School morgenavond,' zegt Marino. 'Dat is in het nieuws, omdat het controversieel is. Toen jij en generaal Briggs besloten een presentatie te geven over het ruimteveer, hadden jullie kunnen verwachten dat er allerlei gekken op zouden reageren. Er zijn mensen die denken dat de Columbia is neergeschoten door een ufo. En dat het ruimteprogramma daarom is afgelast.'

'Ik wacht nog steeds op de naam van die zogenaamde getuige, die leugens heeft staan vertellen tegen de alarmcentrale.' Ik heb geen zin in zijn preek over samenzweringstheorieën en de problemen die de aanhangers daarvan kunnen scheppen bij de Kennedy School.

'Hij wilde niet tegen de telefonist zeggen wie hij was,' antwoordt Marino. 'Waarschijnlijk heeft hij een van die prepaidtelefoons die je hier overal kunt kopen. Het is zo'n nummer waarvan je de eigenaar niet kunt achterhalen. Niet dat we dat al hebben opgegeven, maar daar ziet het naar uit. Dat maken we tegenwoordig steeds vaker mee.'

Ik loop door de schaduw van een enorme oude eik met lage, brede takken, die er veel te weelderig en te groen uitziet voor september. De hitte ligt op me als een brandende hand, die alles platdrukt en het leven eruit wegschroeit, en ik hang mijn shopper aan de andere arm. Mijn aktetas is ook behoorlijk zwaar door de laptop, de papieren en de andere persoonlijke bezittingen die erin zitten, en de brede band snijdt in mijn schouder.

'Waar ben je precies?' Marino's stem valt steeds weg.

'Ik neem een kortere weg.' Ik heb geen zin hem precies te vertellen waar ik ben. 'En jij? Je klinkt heel gedempt en op andere momenten weer enorm hol. Zit je in de auto?'

'Hoe ben je gelopen? Via de Johnston Gate, zodat je de Yard kunt oversteken naar Quincy Street?'

‘Hoe zou ik anders moeten gaan?’ Ik ben een beetje ademloos van het lopen en ontwijk zijn vraag.

‘Dus je bent vlak bij de kerk,’ zegt hij.

‘Waarom vraag je dat? Kom je me arresteren?’

‘Zodra ik mijn handboeien heb gevonden. Heb jij ze misschien ergens gezien?’

‘Vraag het anders aan je huidige vriendinnetje.’

‘Je verlaat de Yard door het hek tegenover de musea. Je weet wel, dan zie je aan de andere kant van de muur links van je dat verkeerslicht.’ Het lijkt eerder een opdracht dan een aanname of een vraag.

‘Waar ben jij?’ Ik word steeds achterdochtiger.

‘Dat is de rechtste weg,’ zegt hij. ‘Langs de kerk en de Quad.’

2

Ik loop door het zwarte smeedijzeren hek in de muur om de Yard en kijk in Quincy Street naar links en naar rechts.

Aan de overkant wordt een heel blok in beslag genomen door het onlangs gerenoveerde, zes verdiepingen hoge Harvard Art Museum: baksteen, beton en een glazen piramidedak. Ik wacht bij een rij geparkeerde auto’s, die schitteren in het schuine, langzaam afzwakkende zonlicht, en ik kijk op mijn telefoon om erachter te komen hoe laat en hoe warm het is.

Om tien over halfzeven is het met vierendertig graden nog steeds drukkend warm; ik weet niet wat ik me even geleden in het hoofd heb gehaald. Maar ik kon gewoon niet meer tegen het ononderbroken geratel van Bryce toen hij langs de rivier naar de Anderson Memorial Bridge reed, bij het Weld Boathouse met zijn rode dak rechts afsloeg en John F. Kennedy Street volgde tot aan Massachusetts Avenue.

Ik wilde geen woord meer horen en zei tegen hem dat hij niet op me hoefde te wachten toen ik voor de boekwinkel van de universiteit, The Coop, uit de SUV stapte. Zelfs bij het ellendigste weer is het altijd druk op Harvard Square, met zijn winkels en metrohalte. Er zijn daar op elk uur van de dag voetgangers en bedelaars te vinden.

Bryce had een betere plek kunnen kiezen om zijn raampje naar beneden te doen en als een toyboy ruzie te maken met zijn bazin, die oud genoeg is om een cougar te lijken. Hij wilde niet luisteren en weigerde weg te gaan, en hij begon een beetje hysterisch te klinken, wat helaas bij zijn persoonlijkheid hoort. Hij wilde dat ik officieel aangaf waarom ik niet langer van zijn diensten gebruik wilde maken en dat ik hem precies vertelde of hij 'iets had gedaan'. Hij bleef maar herhalen dat hij gewoon wist dat hij 'iets had gedaan', en hoe vaak ik het ook ontkende, hij wilde niet luisteren.

De nieuwsgierige omstanders spitsten hun oren. Een dakloze man die voor de CVS op de stoep zat en zijn kartonnen bord omhooghield om schaduw te hebben, staarde naar ons met de kraalogen van een ekster. Het was niet echt een ideale plek om een voertuig te parkeren met op de portieren het opschrift OFFICE OF THE CHIEF MEDICAL EXAMINER en het wapen van het CFC: een blauwe weegschaal en esculaap. De achterruiten van de SUV zijn verduisterd, en ik weet hoeveel impact het heeft als een van onze officiële voertuigen ergens arriveert.

Nadat ik Bryce ertoe had weten te bewegen te vertrekken, kocht ik bij The Coop cadeautjes voor mijn moeder en mijn zus. Toen ik eindelijk van de airconditioning weer de brandende hitte in stapte, keek ik eerst of mijn vasthoudende kantoormanager echt weg was voordat ik Brattle Street in liep.

Ik ging langs het American Repertory Theater, het ART in het Loeb Center, om zes kaartjes voor *Waitress* op te halen. Ik had de beste stallesplaatsen genomen die er waren. Daarna ging ik terug naar Massachusetts Avenue, liep over de Yard en kwam uiteindelijk terecht waar ik nu ben, in Quincy Street.

Ik loop langs het Carpenter Center for the Visual Arts en moet er verschrikkelijk uitzien. En dat na alle moeite die ik heb gedaan voor ik zo dom was om bij Bryce in de auto te stappen; ik heb op kantoor nog gedoucht en dit pakje aangetrokken, waar nu allemaal kreukels en zweetvlekken in zitten. Ik heb Bentons favoriete parfum opgedaan, Amorvero, een Italiaans merk dat hij alleen daar kan kopen. Het is de huisgeur van Hotel Hassler in Rome, waar hij me ten huwelijk heeft gevraagd. Maar de exotische geur blijkt helemaal verdwenen als ik aan mijn pols ruik terwijl ik moet wachten bij een kruising. De hitte stijgt in trillende golven op van het naar teer ruikende wegdek en ik hoor Marino's luide stem voordat ik hem zie.

'Je weet toch wat ze zeggen over het weer en honden die je niet naar buiten zou sturen, hè?'

Ik draai me om als ik het verhaspelde cliché hoor en daar staat hij, voor het verkeerslicht, met het raampje van zijn nachtblauwe SUV open. Nu weet ik waarom de ontvangst zo slecht was toen ik hem net aan de telefoon had. Ik vermoedde het al. Hij heeft in de buurt rondgereden, op zoek naar mij, en met mensen op de Square gepraat. Hij zet de alarmlichten aan en duwt op de claxon, en dan rijdt hij tussen het tegemoetkomende verkeer in naar me toe.

Marino parkeert de wagen dubbel en stapt uit. Ik geloof dat ik er nooit aan zal wennen om hem in een pak en met een stropdas om te zien. Mooie kleren zijn niet aan mensen als hij besteed. Niets past hem echt, behalve zijn eigen huid.

Hij is een meter achtennegentig en weegt ongeveer honderdtien kilo, maar dan kijk ik niet op vijftien kilo meer of minder. Zijn bruine, kaalgeschoren hoofd is zo glad als een gepolijste steen, hij heeft handen als kolenschoppen en zijn voeten zijn echte schuiten. Marino's schouders zijn zo breed als een deur, en hij gaat er prat op dat hij wel vijf keer mijn gewicht kan opdrukken.

Hij is op een primitieve manier knap met zijn grote, blozende gezicht, zijn zware wenkbrauwen en vooruitstekende neus. Hij heeft de kaken van een holbewoner en sterke witte tanden, en hij lijkt uit nette kleren te barsten als de Hulk. Elegante kleren en confectie lijken hem nooit echt te passen en het probleem wordt alleen maar erger als hij in zijn eentje winkelt, wat hij niet vaak doet en altijd impulsief. Het zou helpen als hij af en toe zijn kasten en garage zou uitmesten, maar ik weet vrij zeker dat hij dat nog nooit heeft gedaan.

Als hij is uitgestapt, zie ik dat de mouwen van zijn marineblauwe colbertje niet over zijn polsen komen. Zijn broek is ook te kort, zodat zijn grijze sokken te zien zijn, en zijn zwartleren sportschoenen zijn niet helemaal dichtgemaakt. De stropdas met de zwarte en rode strepen is veel te breed en komt mogelijk uit de jaren tachtig, toen mensen strakke broeken met wijd uitlopende pijpen, Earth-schoenen en de vreemdste pakken droegen.

Hij heeft zijn redenen om bepaalde dingen aan te trekken en aan de das kleven ongetwijfeld bijzondere herinneringen, bijvoorbeeld aan een ontweken kogel, een volmaakt partijtje bowlen, de grootste vis die hij ooit heeft gevangen of een bijzonder goed eerste afspraakje. Marino gooit nooit iets weg wat betekenis voor hem heeft. Hij loopt tweedehandswinkels en uitdragerijen binnen, op zoek naar een verleden dat hem meer aanstaat dan het hier en nu. Ironisch, dat zo'n stoere kerel zo sentimenteel is.

'Kom mee. Ik zet je even af.' Zijn ogen gaan schuil achter de vintage Ray Ban Aviator die ik hem een paar verjaardagen geleden heb gegeven.

'Waarom zou ik een lift willen?' Het stenen pad dat van de betonnen stoep naar de Faculty Club leidt, is even verderop, op z'n hoogst nog een minuutje lopen.

Maar hij wil geen nee horen. Hij steekt een van zijn enorme handen op om het verkeer tegen te houden en voert me mee naar de overkant. Ik word niet echt vastgehouden, maar ik word toch gedwongen mee te gaan naar zijn politiewagen, waar ik onhandig met mijn tassen manoeuvreer en de ladder in mijn panty van mijn knie naar mijn hiel voel lopen, alsof hij probeert te ontsnappen aan de idiotie van Marino.

Daar gaan we weer, denk ik onwillekeurig. Het zoveelste spektakel. In sommige ogen zou het eruit kunnen zien alsof de politie me oppakt voor verhoor, en ik vraag me af of dat me straks ook via via ter ore komt.

'Waarom rijd jij rond om me te zoeken? Want dat doe je blijkbaar,' vraag ik als hij het portier dichtslaat. 'Echt, Marino...' Maar hij kan me niet horen.

Hij loopt om de auto heen en gaat achter het stuur zitten. Het interieur is smetteloos schoon en voorzien van alle denkbare sirenes, lampen, gereedschap en opslagkisten vol benodigdheden voor onderzoek van plaatsen delict. Het donkere vinyl is spiegelglad, en ik ruik autowas. De stoffen bekleding ziet eruit als nieuw, de asbak is brandschoon en het glas schittert alsof de SUV net een poetsbeurt heeft gehad. Marino is heel zorgvuldig met zijn voertuigen. Zijn huis, kantoor en kleding zijn een ander verhaal.

'Heb ik je al verteld dat ik een bloedhekel heb aan die verdomde telefoons?' klaagt hij zodra hij het portier met een klap heeft dichtgetrokken. 'Sommige dingen moet je niet bespreken via een draadloos apparaat dat toegang biedt tot zo'n beetje je hele leven.'

'Waarom ben je zo opgedirkt?'

'Ik moest naar een wake. Niet iemand die je kent.'

'Aha.' Maar eigenlijk begrijp ik er niets van.

Marino is niet het soort man dat een pak en das aantrekt voor een wake. Dat doet hij amper voor een begrafenis of een trouwerij, en hij zou zich met dit weer zeker niet formeel kleden als hij daar geen heel goede reden voor had. Maar daar wil hij kennelijk niets over kwijt.

'Nou, je ziet er goed uit en je ruikt ook lekker. Eens zien. Kaneel, sandelhout, een klein beetje citrusfruit en muskus. British Sterling doet me altijd denken aan high school.'

'Nou niet over iets anders beginnen.'

'Ik wist niet dat we het ergens over hadden.'

'Ik heb het over spionage. Weet je nog toen onze grootste zorg was of er niemand rondreed met een scanner?' zegt hij. 'Of niemand op die manier probeerde je huistelefoon af te luisteren? Herinner je je de tijd nog dat er niet overal camera's in je gezicht werden geduwd? Ik was daarnet op de Square om te kijken wie daar allemaal rondhing en toen begon zo'n snotneus van een student me te filmen met zijn telefoon.'

'Hoe weet je dat het een student was?'

'Hij zag eruit als een verwende aap met zijn slippers, korte broek en Rolex-horloge – zo weet ik dat.'

'Wat deed je dan?'

'Ik stelde alleen een paar vragen over wat de mensen gezien zouden kunnen hebben. Je weet dat er altijd mensen rondhangen voor The Coop en de CVS. Niet zoveel bij deze hitte, maar ze zitten liever zo vrij als een vogeltje in de buitenlucht dan lekker beschut in een mooi opvanghuis. Dat joch stond me te filmen alsof ik iemand ging neerschieten en hij misschien geluk zou hebben en het in beeld zou krijgen. Intussen zoemde er ook nog zo'n vervloekte drone rond. Ik haat al die technologie,' moppert hij.

'Vertel me alsjeblieft waarom ik in deze auto zit, want ik heb helemaal geen lift nodig omdat ik al ben waar ik moet zijn.'

'Nee hoor, jij hebt geen lift nodig. Ik zou zeggen dat het kwaad al is geschied.' Hij bekijkt me van top tot teen, en zijn zonnebril blijft te lang hangen bij de ladder in mijn kous.

'Ik weet zeker dat je me niet hebt opgepikt om me dat te vertellen.'

'Nee. Ik wil weten wat er met Bryce aan de hand is.' Marino's Ray Ban lijkt me vast te pinnen op mijn stoel.

'Ik wist niet dat er iets met hem aan de hand is, behalve dat hij nog vermoeiender en irritanter is dan anders.'

'Precies. En waarom is dat? Denk daar eens over na.'

'Goed, ik denk erover na. Mogelijk vanwege de hitte en de drukte op het werk. Zoals je heel goed weet, hebben we door het weer een enorme lading zaken, en hij en Ethan hebben problemen met die hork van een buurman, en wat nog meer... Ik geloof dat Bryce' grootmoeder laatst haar galblaas heeft moeten laten verwijderen. Met andere woorden, er is een hoop stress. Maar wie kan in godsnaam weten wat er echt met hem of met wie dan ook aan de hand is, Marino?'

'Als er een reden is om Bryce niet te vertrouwen, is dit het moment om het te zeggen, doc.'

'Het lijkt me dat we hier genoeg over hebben gepraat,' zeg ik boven het geblaas van de airco uit, waardoor ik tot op het bot verkleumd zal raken omdat mijn kleren vochtig zijn. 'Ik heb op dit moment geen tijd om zomaar wat rond te rijden, en ik moet voor het diner nog een poging doen om me wat op te knappen.'

Ik maak aanstalten om uit te stappen, maar hij grijpt weer naar mijn arm.

3

'Blijf.' Hij zegt het alsof hij het tegen zijn Duitse herder Quincy heeft, die op dat moment niet in de kooi achter in de auto zit. De mislukte kadaverhond is kennelijk alleen bij mooi weer de beste vriend van de mens.

Hoewel hij vernoemd is naar de legendarische tv-lijkschouwer, heeft deze Quincy bij onaangenaam weer geen zin in plaatsen delict. Ik vermoed dat Marino's harige vriend op dat moment veilig op zijn Tempur-bedje ligt, met de airco en DOGTV aan.

'Ik breng je die laatste vijftien rotmeters. Blijf zitten en geniet van de koelte,' zegt Marino.

Ik beweeg mijn arm omdat ik er niet van hou om vastgepakt te worden, zelfs niet zachtjes.

'Je moet luisteren naar wat ik te zeggen heb.' Hij schakelt. 'Zoals ik al zei, wilde ik er aan de telefoon niet op ingaan. We weten tegenwoordig niet meer welke klootzak ons aan het bespioneren is, toch? En als Bryce een gevaar is voor de veiligheid van het CFC of voor die van jou, moeten we dat weten voor het te laat is.'

Ik herinner Marino eraan dat we speciaal voor ons samengestelde smartphones hebben met codering, firewalls en allerlei bijzondere en superveilige apps. Het is onwaarschijnlijk dat onze gesprekken of e-mails gehackt worden. Daar zorgt mijn nicht Lucy wel voor, de deskundige op het gebied van computermisdrijven bij het CFC en een waar computergenie.

'Praat je hier wel eens over met haar?' vraag ik. 'Als je zo bang bent dat we bespioneerd worden, vind je dan niet dat je het met haar moet opnemen? Dat is toch haar werk?'

Net als ik dat zeg, gaat mijn telefoon: een oproep van Lucy op haar eigen versie van FaceTime, wat betekent dat ze wil dat we elkaar zien als we praten.

'Wat een timing,' zeg ik meteen als haar spitse, knappe gezicht op het scherm van mijn telefoon verschijnt. 'We hadden het net over je.'

'Ik heb maar heel even.' Haar ogen zijn groene lasers. 'Drie dingen. Ten eerste heeft mijn moeder net gebeld, en haar vlucht is een beetje vertraagd. Nou ja, een beetje is het woord niet, ook al noemde zij het zo. We weten op dit moment niet hoelang het gaat duren. En ik weet niet honderd procent zeker wat er aan de hand is bij de luchtverkeersleiding. Op het moment is er geen uitgaand verkeer.'

'Wat heeft ze te horen gekregen?' vraag ik. De moed zinkt me in de schoenen.

'Dat ze een andere gate krijgen of zo. We hebben niet lang met elkaar gesproken, maar ze zei dat het wel halfelf of elf uur kan worden voor ze hier is.'

Fijn dat mijn zus het me even laat weten, flitst het door mijn hoofd. Hoe druk Benton en ik het ook hebben, zij zou er geen been in zien om ons de halve nacht op de luchthaven te laten wachten.

'Ten tweede is net het laatste bericht binnengekomen van Tail-end Charlie.' Lucy's ogen bewegen terwijl ze praat en ik probeer te bepalen waar ze is. 'Ik heb er nog niet naar geluisterd. Dat doe ik zodra ik die onzin met de alarmcentrale heb opgehelderd.'

'Ik neem aan dat er weer een audioclip in het Italiaans is gestuurd,' merk ik op. Lucy's Italiaans is niet heel goed en ze kan het waarschijnlijk niet allemaal vertalen, of misschien wel helemaal niets. Ze beaamt dat een korte blik op het laatste bericht van Tailend Charlie bevestigt dat het precies lijkt op de andere acht die ik sinds 1 september heb ontvangen. De anonieme bedreiging is verzonden op hetzelfde uur van de dag, het is hetzelfde soort bestand en de opname heeft dezelfde lengte. Maar ze heeft het bericht nog niet afgeluisterd en ik zeg dat we dat later zullen doen.

Dan vraagt ze: 'Waar ben je? In wiens auto?' Ze steekt scherp af tegen een volledig donkere achtergrond, alsof ze zich in een grot bevindt.

Toch glanst haar roodgouden haar in een zwak licht, dat flikkert alsof er op de achtergrond een film wordt afgespeeld. Er glijden schaduwen over haar gezicht, en ik vermoed dat ze wel eens in het Persoonlijke Immersie Theater kan zijn, wat we bij het CFC het PIT noemen.

Ik vertel dat ik bij Marino ben, en dat brengt haar op het derde en belangrijkste punt, zegt ze. 'Heb je gezien wat er op Twitter staat?'

'Als je het zo vraagt, zal het wel niet veel goeds zijn,' antwoord ik.

'Ik stuur het je toe. Nu moet ik gaan.' En dan is Lucy opeens verdwenen van het rechthoekige schermpje.

'Wat?' vraagt Marino met een boos gezicht. 'Wat staat er op Twitter?'

'Wacht even.' Ik open de e-mail die Lucy me heeft gestuurd

en klik op de tweet die ze erbij heeft geplakt. 'Nou, zoals je al vermoedde, is er kennelijk een opname van je gemaakt toen je op Harvard Square met een van de daklozen stond te praten.'

Ik laat het hem zien, en hij kijkt met gekwetste trots hoe hij rondstapte en de daklozen die voor de verschillende winkels rondhingen vragen toeblafte. Marino drijft een van de mannen de schaduw in en uit terwijl die met veel misbaar de vragen probeert te ontwijken. Het is gênant om te horen hoe Marino zijn stem verheft terwijl de man heen en weer schuifelt. En het bijschrift is nog erger. OccupyScarpetta met een hashtag.

'Wat moet dat nou weer betekenen?' zegt Marino.

'Ik denk dat er wordt bedoeld dat je als een kloek over me waakt en daarom een heleboel vragen stelde. Zo zal mijn naam wel in de tweet terecht zijn gekomen.' Het gebrek aan een reactie is antwoord op mijn vraag. 'Maar ik betwijfel of het echte schade zal opleveren, behalve aan je ego,' voeg ik eraan toe. 'Het is dom, meer niet. Negeer het.'

Hij luistert niet, en ik moet echt weg.

'Ik wil graag even de tijd hebben om me op te frissen.' Het is mijn manier om Marino duidelijk te maken dat ik er genoeg van heb om in deze donkere wagen vastgehouden te worden. 'Dus als je alsjeblieft het portier wilt ontgrendelen en me wilt laten gaan? We kunnen er morgen of op een ander tijdstip wel over praten.'

Marino rijdt weg van zijn ongeoorloofde parkeerplaats. Voor de Faculty Club, die een eindje van de weg op een gazon achter een houten hekje staat, zet hij de wagen langs de stoeprand.

'Je neemt dit niet serieus genoeg.' Hij kijkt naar me.

'Wat precies?'

'We worden in de gaten gehouden, en de vraag is door wie en waarom. Iemand houdt Bryce in het oog, dat staat vast. Hoe verklaar je anders die tattoo?'

'Er is niets te verklaren. Hij heeft helemaal geen tattoo.'

'Nou en of. Van een hennepblad, zoals in het telefoontje werd gemeld,' zegt Marino.

'Dat bestaat niet. Hij is zo bang voor naalden dat hij niet eens een griepprik haalt.'

'Zo te horen ken je het verhaal niet. De tattoo zit hier.' Marino buigt voorover en wijst met een dikke vinger naar de buitenkant van zijn linkerenkel, die ik vanaf mijn stoel niet erg goed kan zien, ook al zou ik ernaar kijken. 'Het is een plaktattoo,' zegt hij. 'Ik neem aan dat je daar nog niets over gehoord hebt.'

'Kennelijk hoor ik niet zoveel.'

'Dat hennepblad is een tijdelijke tattoo. Een grapje van gisteravond, toen Ethan en hij vrienden op bezoek hadden. Net iets voor Bryce om te denken dat hij hem kon wegwassen voor hij naar bed ging. Een heleboel van die plaktattoos kunnen wel een week blijven zitten.'

'Je hebt hem gesproken, dat is wel duidelijk.' Ik kijk naar Marino's rood aangelopen, glanzende gezicht. 'Heeft hij zich bij je beklaagd?'

'Ik heb hem gebeld toen ik hoorde over die melding bij de alarmcentrale. Toen ik hem naar die tattoo vroeg, heeft hij me er een selfie van gestuurd.'

Ik wend me af en kijk via de zijspiegel naar de voorbijrijdende auto's. De gedachte komt bij me op dat ik niet weet waar Benton vanavond in rijdt, zijn Porsche Cayenne Turbo S of zijn Audi RS 7. Het kan ook een FBI-wagen zijn. Ik was bezig met de honden, Sock en Tesla, toen mijn man vanmorgen vroeg wegging en ik heb hem niet gezien en ook niet weg horen rijden.

'Die tattoo is een probleem, doc,' zegt Marino. 'Hij maakt dat telefoontje geloofwaardig. Eigenlijk bewijst dit dat degene die geklaagd heeft dat jij en Bryce de openbare orde verstoorden jullie heeft gezien, tenzij hij om een andere reden wist van die tattoo en wat jullie droegen.'

Ik herken het geluid van een turbomotor en luister terwijl het aanzwelt.

'Ga je haar vanavond nog halen?' vraagt Marino.

'Wie?' Ik zie Bentons verduisterde RS 7 coupé langzaam langsrijden en naar het plekje voor ons glijden.

'Dorothy.'

'Dat is het plan.'

'Nou, als het niet uitkomt, wil ik het met alle liefde doen,' zegt Marino. 'Dat had ik nog willen zeggen: je hoeft maar te kikken als ik iets voor je kan betekenen. Vooral nu het ernaar uitziet dat ze laat zal aankomen.'

Ik herinner me niet dat ik hem heb verteld dat mijn zus komt, en nog minder wie haar van het vliegveld zal halen. Hij heeft het ook niet pas gehoord toen Lucy daarnet belde. Hij wist het klaarblijkelijk al.

'Dat is aardig van je,' zeg ik tegen hem. Zijn donkere bril is strak gericht op de achterkant van de Audi, die door Benton zo dicht tegen de stoeprand wordt gezet dat er amper een lemmet tussen de rand en de titanium velgen past.

De matzwarte sedan gromt zachtjes, als een panter die op het punt staat toe te springen. Door de getinte achterruit kan ik de mooie vorm van het hoofd van mijn man onderscheiden en zijn dikke haar, dat zo lang ik hem ken al wit is. Hij zit kaarsrecht met zijn brede schouders, zo stil als een oerwoudkat, en zijn grijs getinte zonnebril houdt ons via de achteruitkijkspiegel in de gaten. Ik doe het portier aan mijn kant open en loop tegen een muur van hitte aan als ik uitstap, en ik bedank Marino voor de lift, ook al wilde ik die niet.

Ik zie Benton uit zijn wagen stappen en zijn lange lijf ontvouwen. Mijn man ziet er altijd uit om door een ringetje te halen. Zijn parelgrijze kostuum is zo fris als toen hij het vanmorgen aantrok, zijn blauw-met-grijze zijden das is volmaakt geknoopt en zijn gegraveerde antieke witgouden manchetknopen glinsteren in de avondschemering.

Hij zou met zijn fijne, krachtige trekken, zijn witte haar en zijn hoornen bril zo in de *Vanity Fair* kunnen staan. Hij is slank, pezig en sterk, en zijn kalme uiterlijk verraadt niets van het ijzer in zijn botten en het vuur in zijn buik. Als je Benton Wesley ziet in zijn volmaakt gesneden pak, met de hand gemaakt omdat hij uit een oude, rijke familie komt, zou je nooit raden hoe hij echt is.

'Hallo.' Hij neemt de shopper van me over, maar mijn aktetas hou ik zelf vast.

Hij kijkt toe terwijl Marino's donkerblauwe SUV invoegt tussen het verkeer. De lucht ziet er dik en smerig uit door de hitte die van het wegdek opstijgt.

'Ik hoop dat jouw middag beter was dan die van mij.' Ik ben me er scherp van bewust hoe verlept ik eruitzie naast mijn onberispelijke echtgenoot. 'Het spijt me dat ik er zo verschrikkelijk bij loop.'

'Hoe haal je het ook in je hoofd om te gaan lopen?'

'Niet jij ook nog. Heeft Bryce een waarschuwing uit laten gaan om uit te kijken naar een verwarde vrouw met een ladder in haar kous, die de campus van Harvard onveilig maakt?'

'Je had het echt niet moeten doen, Kay. Om een heleboel redenen.'

'Je weet het zeker al van dat telefoontje naar de alarmcentrale? Het lijkt wel het belangrijkste wat er vandaag is gebeurd.'

Hij geeft geen antwoord, maar dat hoeft ook niet. Hij weet het. Bryce zal hem wel gebeld hebben, want ik betwijfel of Marino dat zou doen.

4

Op de stoep achter ons tinkelt opgewekt een fietsbel, en we doen een stap achteruit als er een jonge vrouw met een sportieve zonnebril op voorbijfietst.

Vlak voor ons remt ze, alsof ze dezelfde bestemming heeft als wij, en ik glimlach meelevend als ze warm en met een rood gezicht afstapt. Ze maakt het riempje van haar helderblauwe fietshelm los en doet hem af, en ik zie haar lange, bruine paardenstaart, haar blauwe short en beige hemdje. Meteen krijg ik een vreemd gevoel.

Terwijl ze op haar telefoon kijkt en vervolgens naar het achttiende-eeuwse bakstenen gebouw van de Faculty Club, kijk ik naar haar blauwe halsdoek met paisleymotief, haar crèmekleurige Converse-schoenen en haar grijs met wit gestreepte sokken. Het lijkt alsof ze op iemand staat te wachten. Ze typt iets met haar duimen en brengt de telefoon naar haar oor.

'Hoi,' zegt ze tegen degene die ze gebeld heeft. 'Ik ben er.' Dan besef ik dat ze me zo bekend voorkomt omdat ik haar een halfuur geleden nog heb gezien.

Ze was in het Loeb Center toen ik daar de theaterkaartjes afhaalde. Ik weet nog dat ik haar heb gezien toen ik door de lobby liep om naar het toilet te gaan. Ze is op z'n hoogst voor in de twintig, en ze heeft een Brits accent dat me enigszins geaffecteerd of gespeeld voorkomt. Ik hoorde het omdat ze stond te praten met personeelsleden en een paar acteurs van het American Repertory Theater.

Ze stond aan de andere kant van de ruimte kaartjes met recepten op een muur te plakken waaraan er al honderden hingen. Bij deze productie van *Waitress* wordt het publiek uitgenodigd favoriete tussendoortjes en smakelijke familiegeheimen te delen, en voordat ik wegging, liep ik ernaartoe om een kijkje te nemen. Ik hou van koken, en mijn zus is gek op zoetigheid. Het minste wat ik kan doen, is iets bijzonders voor haar maken terwijl ze hier is. Ik stond het recept voor een pindakaastaart over te schrijven toen de jonge vrouw me aansprak terwijl ze nog een kaartje ophing.

'Ik waarschuw u, die taart is dodelijk.' Ze had een kettinkje om met een grappig gouden schedeltje eraan, dat me deed denken aan piraten.

'Pardon?' Ik keek om en wist eerst niet zeker of ze het tegen mij had.

'Die pindakaastaart. Maar hij wordt beter als u chocola over de bovenkant smeert. Echte chocola. Vervang de Graham-crackers niet door iets waarvan u denkt dat het beter zou kunnen zijn. Want dat is het niet, neem dat maar van mij aan. En gebruik echte boter. Zoals u hoort, ben ik niet van vetarm en zo.'

'Dat heb jij ook niet nodig,' antwoordde ik, want ze was pezig en gespierd.

Diezelfde jonge vrouw staat nu voor Benton en mij in Quincy Street op de stoep en drukt de iPhone in het ijsblauwe hoesje op de zwarte plastic telefoonhouder, waarbij ze per ongeluk haar waterfles van de fiets stoot. Die komt met een klap op de stoep terecht en rolt onze kant uit, en Benton bukt om hem op te rapen.

'Sorry. Dank u.' Ze ziet er verhit uit en haar gezicht is rood aangelopen en bezweet.

'Die wil je vandaag niet missen.' Hij geeft haar de fles en ze zet hem vast in de houder, en dan zie ik een jongeman over het gras naar de weg draven.

Ze kijkt naar hem vanachter haar zonnebril zonder montuur, stapt weer op de fiets en zoekt met de tenen van haar sportschoenen houvast op de stoep. Hij is donker en mager, en draagt een broek en een overhemd, alsof hij op een kantoor werkt. Als hij warm en lachend voor haar staat, overhandigt hij haar een FedEx-envelop met een etiket erop, die niet is dichtgeplakt.

'Bedankt,' zegt hij. 'Je hoeft alleen de kaartjes er maar in te doen, dan is hij klaar om verstuurd te worden.'

'Ik geef hem onderweg naar huis af. Tot later.' Ze kust hem op de lippen.

Dan draaft hij terug naar de Faculty Club, dus daar zal hij wel werken. Ze zet haar helm op, maar neemt niet de moeite het riempje vast te maken, dat strak onder haar kin hoort te zitten. Ze glimlacht naar me.

'U bent die dame van de pindakaastaart,' zegt ze.

'Wat een aardige omschrijving. Hallo.' Ik glimlach terug en zeg bijna dat ze het riempje vast moet doen.

Maar ik ken haar niet. Ik wil me er niet mee bemoeien, vooral niet nadat ik ervan ben beschuldigd dat ik tegen Bryce heb geschreeuwd en de orde heb verstoord.

'Wees alsjeblieft voorzichtig,' zeg ik in plaats daarvan. 'Het is gevaarlijk warm.'

'Als je er niet aan doodgaat, word je er sterker van.' Ze pakt het rechte stuur vast en begint met lange, sterke halen te trappen.

'Niet altijd,' zegt Benton.

Ik voel de warme lucht traag bewegen als ze langsrijdt.

'Veel plezier met de taart en het toneelstuk!' roept ze over haar schouder. Ze doet me denken aan mijn stoutmoedige en buitengewoon fitte nicht met haar spitse gezichtje.

Ik zie haar blote benen op- en neergaan en haar gespannen kuitspieren als ze snelheid maakt, de straat oversteekt en door hetzelfde hek rijdt dat ik daarnet heb genomen. En ik denk terug aan die leeftijd, waarop het beste en het ergste nog voor me lag en ik alles van tevoren wilde weten, alsof ik kon onderhandelen over mijn lot. Met wie zou ik leven en wat zou ik worden? Waar zou ik wonen, en zou ik een verschil kunnen maken voor andere mensen? Daar dacht ik over na, en soms probeerde ik mijn leven in de richting te dwingen die ik vond dat het uit moest gaan. Dat zou ik nu niet meer doen.

Ik zie de gestalte van de jonge vrouw steeds kleiner worden terwijl ze zich door de Yard van ons verwijdert, tussen de bakstenen kolossen van de Pusey en de Lamont-bibliotheek door. Ik begrijp niet waarom iemand zou willen weten wat de toekomst zal brengen. Ik vraag me af of zij dat wil – waarschijnlijk wel. Dat staat eigenlijk wel vast. Ik wil dat niet meer.

'Wat moest Marino van je?' Benton raakt heel licht en vol genegenheid mijn rug aan als we over het pad lopen.

Aan onze linkerkant staat het houten hek en een heel eind daarachter rijst het bakstenen gebouw op met zijn witte accenten, twee verdiepingen en glazen serre. De vier hoge schoorstenen steken trots en symmetrisch vanaf de hoeken omhoog en tien dakkapellen houden de wacht op het leistenen schilddak.

Het lange pad van donkerrode tegels loopt door een rotstuin en langs sierstruiken. De zon is achter de gebouwen verdwenen en door het drukkende weer is het net alsof je door een langzaam afkoelende stoomkamer wandelt.

Benton heeft zijn colbert uitgetrokken en het hangt netjes over zijn arm als we langs de schijn-els met zijn helderroze pluimen, de gele toverhazelaar, de paarse lepelboom en de witte en blauwe hortensia's lopen. Alles staat er roerloos bij en maar een paar donkergroene bladeren vertonen een zweem van rood. Hoe langer het droog en heet blijft, hoe onwaarschijnlijker het is dat we dit jaar veel herfstkeuren krijgen.

Onder het lopen probeer ik zo goed mogelijk antwoord te geven op zijn vragen over Marino's bedoelingen en leg ik uit dat hij nadrukkelijk niet wilde dat ik in mijn eentje rondliep. Maar ik geloof niet dat het dat alleen was. Ik heb heel duidelijk de indruk dat Benton dat ook niet gelooft.

'In elk geval,' vervolg ik het verhaal, 'was hij al die tijd dat hij aan de telefoon was aan het rondrijden. In feite was hij naar me op zoek, maar hij deed alsof dat niet zo was. Vervolgens heeft hij me de laatste vijftien meter gereden, en zo ver waren we toen jij een paar minuten geleden aankwam.'

'De laatste vijftien meter?' herhaalt Benton.

'Hij stond erop. Ik moest in zijn auto stappen en hij zou me de laatste vijftien meter rijden. Die laatste vijftien rotmeters, zelfs.'

'Het is wel duidelijk dat hij je onder vier ogen wilde spreken. Misschien wilde hij dat inderdaad niet over de telefoon doen. Of anders heeft hij dat als excuus gebruikt. Of allebei.' Benton zegt het alsof hij het zeker weet, en dat is waarschijnlijk ook zo, want het is niet moeilijk voor hem om Pete Marino te doorgronden.

'Vertel me nu eens waarom je besloot helemaal alleen een eind te gaan lopen, in een pakje en met zware tassen.' Nu begint Benton daarover. 'Ben jij niet degene die iedereen waarschuwt voor de hitte, zoals net bij die vrouw op de fiets?'

'Je weet toch dat mensen nooit doen wat ze anderen aanraden?'

'Het gaat er niet om dat je niet doet wat je anderen aanraadt. Het gaat heel ergens anders om.'

'Ik dacht dat een wandeling me goed zou doen,' antwoord ik. Hij zwijgt. 'Bovendien moest ik de theaterkaartjes ophalen.'

Ik leg uit dat ik ook nog cadeautjes moest kopen in The Coop. Het T-shirt, het nachthemd en het mooie salontafelboek zijn misschien niet de origineelste geschenken die ik ooit heb gekocht, maar iets beters kon ik in de winkel niet vinden. Zoals Benton heel goed weet, is het moeilijk om iets leuks te kopen voor mijn zus.

'Maar dat betekent niet dat ik niet weet waar ze van houdt,' zeg ik. Hij reageert nog steeds niet.

Een populaire musical en een pindakaastaart, bijvoorbeeld. Dorothy zal ook blij zijn met het strakke Harvard-T-shirt, dat ze kan dragen op haar nog strakkere legging of spijkerbroek. Het Ivy League-shirt zal zich spannen om de langs chirurgische weg vergrote borsten, en ze zal ongetwijfeld aanleiding zijn tot menig sprankelend gesprek in de bars van South Beach en Margaritaville.

'En dat fotoboek over Cambridge kan ze meenemen naar Miami, en dan kan ze doen alsof ze zelf op dat idee is gekomen,' leg ik uit. Benton luistert zonder een woord te zeggen, zoals altijd als zijn mening verschilt van die van mij. 'Zo zal mijn zus het beslist doen voorkomen als ze met ma de foto's van Harvard, het MIT en de rivier de Charles bekijkt. Alles draait altijd om Dorothy, en dat vind ik prima als het betekent dat ma blij is met haar cadeau en het gevoel heeft dat er aan haar gedacht wordt.'

'Het is niet prima,' zegt Benton terwijl we door de diepe schaduwen van de hoge buxushagen lopen.

'Sommige dingen veranderen nooit. Dus moet je ze maar prima vinden.'

'Je moet je niet zo laten behandelen door Dorothy.' Hij kijkt naar me door zijn getinte bril.

'Ik neem aan dat je dat gesprek met de alarmcentrale hebt gehoord.' Ik ga op iets anders over, want mijn zus heeft nu wel genoeg van mijn tijd in beslag genomen. 'Marino heeft kennelijk een kopie, maar hij wilde hem niet voor me afspelen.'

Benton geeft geen antwoord; als hij de opname heeft beluisterd, gaat hij dat niet aan mij vertellen. Als hem erover verteld was, had hij een kopie kunnen opvragen bij de politie van Cambridge met als reden dat de FBI zich ervan wil verzekeren of een overheidsdienaar zich niet heeft misdragen of werd bedreigd.

Mijn man kan elke reden die hij maar kan verzinnen opgeven om de opname van de alarmcentrale te pakken te krijgen, en gaat bovendien heel vriendschappelijk om met de hoofdcommissaris, de burgemeester en zo'n beetje iedereen die hier enige macht heeft. Hij heeft de hulp van Marino niet nodig.

'Zoals je misschien weet, heeft iemand geklaagd dat ik de orde verstoorde.' Nu ik het mezelf hoor zeggen tegen iemand die dagelijks te maken heeft met terroristen en seriemoordenaars, klinkt het wel heel bizar.

Ik kijk even naar hem als we in de invallende schemering het trotse gebouw naderen, maar op zijn gezicht is niets te zien van enige reactie.

'Ik neem aan dat Bryce je erover verteld heeft nadat Marino hem vragen had gesteld over wat er precies op Harvard Square is gebeurd toen hij me afzette,' voeg ik eraan toe.

'Marino voelt zich onzeker als het om jou gaat,' zegt Benton, en ik weet niet of het een vaststelling of een vraag is.

'Hij voelt zich altijd onzeker,' antwoord ik. 'Maar hij doet ook raar. Hij drong er erg op aan dat hij naar het vliegveld zou rijden en wilde dolgraag helpen door Dorothy op te halen.'

'Ik vraag me af hoe hij weet dat ze hierheen komt. Heb jij het hem verteld? Ik niet, namelijk.'

'Wij hebben het zo kort van tevoren gehoord dat ik niet echt de kans heb gehad om het iemand te vertellen,' antwoord ik. 'Misschien heeft Lucy er iets over gezegd.'

'Of Desi. Hij en Marino zijn inmiddels de beste maatjes.' Benton kan zijn gevoelens beter verhullen dan wie ook, maar mij houdt hij niet voor de gek.

Ik merk het als iets hem kwetst, en dat is overduidelijk het geval bij de opbloeiende vriendschap tussen Marino en Desi. Daar was ik al bang voor toen Marino steeds meer tijd ging besteden aan het grillige en onverzadigbaar nieuwsgierige jongetje, van wiens genetische achtergrond we bijna niets weten. We weten niet wat we kunnen verwachten. We kunnen niet voorspellen op wie hij zou kunnen lijken.

Dat zou Janets overleden zus Natalie moeten zijn, omdat hij verwekt is met een eitje dat zij heeft laten invriezen toen ze nog maar in de twintig was. Lang voordat ze daar iets mee ging doen, heeft ze onderzoek gedaan naar draagmoeders en spermadonoren. Ik weet nog hoe ze praatte over alleenstaande ouders, en achteraf gezien lijkt het wel of ze voorvoelde dat haar tijd op deze wereld kort zou zijn. Dat was ook zo. Zeven jaar na de geboorte van Desi overleed ze aan alvleesklierkanker. Het is zo jammer dat ze niet kan zien hoe snel hij verandert, als een vlinder die uit zijn cocon komt.

'Hoor eens, ik snap het wel,' zegt Benton. 'Ik ben lang niet zo leuk als Marino. Hij is met Desi gaan vissen, leert hem het een en ander over wapens en heeft hem zijn eerste slokje bier laten proeven.'

'Met vissen is niets mis, maar ik zou er niet blij mee zijn als Lucy en Janet de rest ook prima vinden.'

'Het punt is...'

'Het punt is dat je niet net zo leuk hoeft te zijn als Marino,' antwoord ik. 'Eigenlijk hoop ik juist dat je een goed voorbeeld zult zijn.'

'Waarvan? Een saaie volwassene?'

'Ik dacht meer aan een sexy, briljante federaal agent die in snelle auto's rijdt en kleren van goede ontwerpers draagt. Desi kent je gewoon nog niet.'

'Kennelijk wel. Marino heeft hem verteld dat ik vroeger schoolhoofd ben geweest. Desi heeft me ernaar gevraagd. Ik heb hem verteld dat dat honderd jaar geleden was, toen ik net bezig was aan mijn master,' zegt Benton.

'Heb je uitgelegd dat een heleboel FBI-agenten uit het onderwijs of uit de juridische sector kwamen toen jij begon? Dat jij dus een heel doordachte carrière hebt gekozen?' Terwijl ik het zeg, weet ik dat het een te uitgebreide verklaring is en dat het kwaad al is geschied.

'Er was geen enkele reden voor om dat te vertellen, behalve om Desi bang voor me te maken. Dat is een slechte zaak, heel onverstandig, want hij is al koppig genoeg. Ik merk dat het hem steeds minder aanstaat als hem gezegd wordt wat hij moet doen.'

'Ik ben het met je eens dat hij het niet leuk vindt om te moeten doen wat anderen zeggen. Maar dat geldt voor de meesten van ons.'

'Marino wil graag die leuke oom Pete zijn, terwijl ik word weggezet als de schoolmeester.' Ik zie hoe de duisternis zwaar en warm over de stad neerdaalt.

We zijn bij de grote, met bakstenen verharde patio, waarop houten tafels, rode parasols, potten met struikjes en bloembedden te zien zijn. Op deze laatste woensdag van september zou er geen stoel meer vrij moeten zijn. Maar er zit niemand bij de Faculty Club. We hebben de hele ruimte voor onszelf.

5

De ingang zou die van een particulier huis kunnen zijn, en dat is precies wat de Faculty Club voor mijn man is geworden, ook al heeft hij niet aan Harvard gestudeerd. Benton is naar Amherst geweest, net als zijn vader en grootvader.

Een tweede thuis. Een portaal naar een plek waar pijn, angst en tragiek geen toegang hebben. Benton kan zich terugtrekken in dit onberispelijke toevluchtsoord in het hart van de campus en heel even doen alsof onwetendheid, onverdraagzaamheid, politiek en kleingeestige bureaucraten niet bestaan.

Hij kan echt genieten van een afgeschermde omgeving waar iedereen openstaat voor verlichte denkbeelden en de verschillen tussen mensen en waar geweld en agressie niet bestaan. Het is een van de weinige plekken waar Benton zich veilig voelt. Maar niet zo veilig dat hij geen pistool draagt. Ik kan het niet zien, maar ik twijfel er niet aan dat hij er een in zijn koffertje heeft en een tweede wapen ergens op zijn lichaam. Zijn Glock 27 of de Smith & Wesson 19, die je verborgen kunt dragen. Zonder dat ding gaat hij de deur niet uit.

We zijn blijven staan voor de witgeschilderde pilaren onder het fronton boven de donkerrode deur. Ik kijk op naar de volmaakt symmetrische bakstenen gevel en mijn aandacht blijft hangen bij de kleine ruitjes van de gastenkamers op de bovenverdieping.

'Misschien een andere keer.' Benton kijkt ook omhoog en weet waar ik aan denk.

'Ja, van blijven slapen zal vanavond wel niets komen, dankzij mijn zus. Maar als ik iets anders bij me had om aan te trekken, huurde ik nu meteen een kamer om te douchen.' Ik kan het kraken van de met tapijt beklede oude houten trap naar de eerste verdieping bijna horen.

Ik herinner me dat geluid en het gevoel van de met stof beklede muren, de knusse elegantie en vooral de smalle bedden waarin Benton en ik niet veel slaap krijgen. Ze zijn onderdeel van een vaste routine, die we regelmatig herhalen en waarover we alleen met elkaar praten. Het is iets tussen ons tweetjes. Ik zou het geen afspraakje noemen maar beschouw het meer als therapie om hier eens per maand te komen, als het lot ons tenminste goed gezind is.

Dat is maar al te vaak niet het geval, maar als alles meezit, zijn we blij met de bevestiging dat fatsoen en menselijkheid nog steeds bestaan op deze wereld. Niet iedereen liegt, steelt, verkracht, mishandelt, verwaarloost, martelt, ontvoert en moordt. Niet iedereen wil ons te gronde richten of inpikken wat van ons is. We hebben veel geluk dat we elkaar hebben gevonden.

We lopen de koele, rustige hal in met het formele antiek, de mooie schilderijen en de Perzische kleden. Benton doet de deur achter ons dicht en we worden omringd door muurlampen, mahoniehouten betimmering, donkerleren meubilair en brede vloerplanken. Op een tafeltje staan verse bloemen en het menu van die dag is te lezen op een victoriaanse eiken lessenaar.

Ik ruik vertrouwde geuren van lelies, rozen en bijenwas, en daaronder een mufheid die geruststellend aandoet en deel uitmaakt van een ouderwetse charme, die me doet denken aan poezie, sigaren en zeldzame, in leer gebonden boekwerken. Zelfs met mijn ogen dicht zou ik precies weten waar ik ben. Er heerst hier een andere energie. Een ernst en een formaliteit die je kunt verwachten op een plek waar staatshoofden en een aantal van de knapste koppen ter wereld hebben verbleven.

In de hal blijf ik staan voor een antieke ovale spiegel en haal mijn vingers door mijn slappe blonde haar. Via het vlekkerige glas kijk ik naar de adembenemende verschijning van de lange, knappe man in parelgrijs achter me.

'Ken ik jou?' vraag ik zonder me om te draaien.

'Ik geloof van niet. Wacht je op iemand?'

'Ja.'

'Wat een toeval. Ik ook. Ik heb altijd op iemand gewacht.'

'Ik ook.'

'Nou, niet zomaar iemand. De juiste persoon.' Hij kijkt me in de spiegel aan.

'Denk je dat er voor ieder van ons maar één juiste persoon is?' vraag ik aan de spiegel aan de wand.

'Ik kan alleen voor mezelf spreken.'

We hebben geen naam voor ons spelletje, en niemand weet van dit verrukkelijke toneelstukje, waarin we doen alsof we vreemden zijn. Het is verfrissend en ontnuchterend, maar ook in psychologisch opzicht goed als je de waarheid aankunt. Wat zou er gebeuren als we elkaar op dit moment voor het eerst zouden ontmoeten in de hal van de Faculty Club?

Zouden we oog hebben voor elkaar? Zou hij me nog steeds net zo aantrekkelijk vinden als de eerste keer dat we elkaar zagen? Het is voor mannen niet altijd hetzelfde als hun vrouw ouder wordt, en mensen zeggen vaak dat ze nog net zo verliefd zijn terwijl dat eigenlijk niet zo is. Het is dapper om naar zulke dingen te vragen en de waarheid onder ogen te zien. Wat zouden we voelen als we nu pas zouden kennismaken in plaats van tientallen jaren geleden, toen Benton nog getrouwd was en ik gescheiden, en we aan onze eerste gezamenlijke zaak werkten?

Er is geen wetenschappelijke methode om achter het antwoord te komen, en die heb ik ook niet nodig. Ik twijfel er niet aan dat we weer helemaal voor elkaar zouden vallen. Ik weet zeker dat ik een verhouding met hem zou beginnen die ertoe zou leiden dat mij werd verweten dat ik een gezin uit elkaar heb gerukt. En het zou me niet kunnen schelen, want hij is het waard.

Benton legt zijn warme, sierlijke handen op mijn schouders en zijn kin op mijn kruin. Ik vang de aardse geur op van zijn aftershave terwijl we naar onze spiegelbeelden in de bolle spiegel kijken, waarin onze gezichten op de plekken waar het antieke glas is verweerd abstract worden als een schilderij van Picasso.

'Zullen we iets gaan eten?' zegt hij met zijn mond tegen mijn haar.

'Wil je me even excuseren?'

Ik zet mijn shopper in de garderobekast en ga naar de damestoiletten, een ruimte met formeel behang en originele victoriaanse theaterposters. Ik zet mijn leren aktetas op het zwartgranieten blad en haal er een make-upetui uit. Dan kijk ik in de spiegel; de vrouw in kaki die terugkijkt, ziet er lichtelijk verfomfaaid uit.

Hoewel, verfomfaaid is het woord niet, besluit ik. Eerder belabberd. Ik doe mijn vochtige jasje uit en hang het over een stoel. Mijn beha is doornat van het zweet en dat is doorgedrongen tot in mijn witte blouse, dus ik zet de handdroger aan en laat de hete lucht in mijn kraag blazen om straks niet in nat ondergoed te hoeven zitten. Dan haal ik wat poeder, een lipstick en een tandenborstel uit mijn tas. Ik bekijk mijn verschijning en bedenk wat ik er nog meer aan kan doen. Niet veel.

De gevolgen van slecht slapen, de benen onder mijn kont vandaan lopen en rondwandelen in deze extreme hitte zijn niet weg te werken. Ik voel me een beetje licht in het hoofd en ik ben moe en helemaal klam. Allereerst heb ik behoefte aan eten en drinken. Of misschien nog meer aan een douche. Ik trek mijn kapotte panty uit en gooi hem in de afvalbak. Dan hou ik een handdoekje onder de koude kraan en maak me zo goed mogelijk schoon, maar er is geen snelle oplossing voor kreukels en transpiratie.

Het is alsof ik in een wasmachine heb gezeten. Ik merk dat ik de laatste weken wat ben afgevallen. Dat gebeurt vaak als ik niet sport, en ik heb al een tijdje niet hardgelopen, in elk geval niet zo lang deze hittegolf duurt. De TRX-banden heb ik ook al een tijd niet aangeraakt en Lucy zegt steeds dat ik met haar naar de sportschool moet gaan.

Ik doe poeder op mijn gezicht. In het zwakke licht van de kristallen luchter worden mijn geprononceerde wangen en neus en de sterke hoek van mijn kaak geaccentueerd door de schaduwen. Dat herinnert me aan wat journalisten daarover zeggen, wat nooit echt relevant of vriendelijk is. Ik ben *mannelijk* en *onaantrekkelijk*. Mijn favoriete onaardige beoordeling, die veelvuldig wordt aangehaald in artikelen, luidt: *Doctor Kay Scarpetta heeft een fascinerend uiterlijk met een ontoegankelijk, gesloten en heerszuchtig gezicht.*

Ik maak mijn vingers nat, haal ze door mijn haar en ga in de weer met een volumespray. Ik poets mijn tanden, en over mijn voorhoofd en wangen verdeel ik wat mineraalpoeder, dat ultraviolet licht blokkeert en geen kanker veroorzaakt. Het kan me niet schelen dat het buiten bijna donker is. Ik doe het toch. Dan doe ik wat balsem met olijfolie op mijn lippen en pak de Visine-oogdruppels en een kleine tube sheabutter.

Ik voel me veel beter, maar als ik naar mijn verlepte pakje en blouse kijk, hoor ik de stem van Dorothy in mijn hoofd, zo duidelijk alsof ze naast me staat. Ze zegt wat ze waarschijnlijk ook zal zeggen wanneer Benton en ik haar over een paar uur gaan ophalen. Ik heb totaal geen gevoel voor stijl. Ik ben saai en slordig. Ik maak me vies en kleed me in oubollige pakjes, als een slons of een man. Ze snapt niet waarom ik geen stilettohakken draag, me niet zwaar opmaak, geen acrylnagels heb en in het algemeen geen glans aan mijn uiterlijk geef.

Ze begrijpt niet waarom ik mijn lichaam niet benadruk, zoals zij het zegt, 'vooral omdat we allebei zijn gezegend met flinke tieten'. Daar schept ze graag over op, want die vindt ze belangrijk. Ik kleed en gedraag me totaal niet als mijn zus. Dat heb ik nooit gedaan en ik zou het ook met geen mogelijkheid kunnen.

Ik heb al zolang ik me kan herinneren helemaal niets met de parafernalia en de maniertjes van leeghoofdige, kwetsbare vrouwtjes. Die liggen me gewoon niet.

Benton staat bij de receptie te praten met de gastvrouw, mevrouw P.

In zijn ene hand heeft hij zijn zwartleren koffertje en in de andere zijn telefoon, waarop hij typt met zijn duim. Als hij me uit het damestoilet ziet komen, steekt hij hem in zijn zak, en ik begrijp wat er wordt bedoeld als mensen zeggen dat hun hart even stilstaat. Het mijne krijgt een aangename schok als ik hem zie. Dat gebeurt altijd.

'Een grote verbetering, hm?' Hij zet zijn bril af en bestudeert me met veel vertoon. In zijn ogen glinstert een speels lichtje. 'Vindt u ook niet, mevrouw P?' vraagt hij terwijl hij naar me knipoogt.

Mevrouw P. is voor in de tachtig en heeft een wolk van donzig, grijswit haar en een rond stalen brilletje, als de karikatuur van een keurig nette matrone. Haar gezicht is pafferig en gerimpeld als een gedroogde vrucht, en het klimroospatroon in groen en rood van haar jurk en bijpassende jacquardjasje doet me denken aan een ontwerp van William Morris.

Mevrouw P. bekijkt me altijd enigszins verwonderd, zelfs als ik er niet verhit en slonzig uitzie, alsof er een heleboel vragen door haar hoofd spoken die ze niet hardop zal stellen. Haar blik is al een paar keer naar mijn blote benen gezakt, waarna ze snel opkijkt, alsof ze iets onbehoorlijks heeft gezien.

'Wat denkt u ervan?' vraagt Benton nogmaals.

'Nou, ik weet het niet.' Het licht weerkaatst in haar bril als ze haar hoofd heen en weer draait alsof ze een partijtje tennis bekijkt, van hem naar mij, en ze ons om de beurt opneemt om het spelletje mee te spelen. 'U weet dat u niet zulke moeilijke vragen mag stellen,' wijst ze hem vol genegenheid terecht.

Mevrouw P.'s achternaam is Peabody, wat moet worden uitgesproken met de nadruk op de eerste lettergreep, een uitgerekt Peeeb'dy, als de stad bij Salem. Ik heb haar nooit bij haar voornaam genoemd – Maureen – en ik heb geen idee of de mensen in haar naaste omgeving haar zo noemen, of Mo, of nog iets anders. In alle jaren dat we hier komen, is ze eenvoudig mevrouw P. geweest, en Benton is meneer Wesley. Als ze mij aanspreekt, zegt ze mevrouw Wesley, hoewel ze heel goed weet dat ik een ander leven heb waarin bijna iedereen me doctor Scarpetta of chef noemt.

Jammer genoeg weet mevrouw P. precies wat ik doe en wie ik ben, ook al doet ze heel beleefd alsof dat niet zo is. Niet lang nadat Benton en ik in Cambridge kwamen wonen, heeft haar man letterlijk voor hun huis een dodelijk verkeersongeluk gehad en ik heb de schouwing gedaan. Nu is het alsof dat nooit is gebeurd, maar wat mij nog het meest bijstaat van die zaak, is dat mevrouw P. weigerde met me te praten. Ze stond erop het sectierapport van haar overleden man te bespreken met een van mijn mannelijke assistenten.

Mevrouw P. is bij de Faculty Club komen werken in een tijd waarin alles heel anders was voor vrouwen. Toen kon je hier lid zijn van de faculteit en weggestopt worden in de eetzaal voor dames of tot de ontdekking komen dat er geen plaats voor je was in het studentenhuis en dat je niet welkom was in de bibliotheken en woongelegenheden waar je mannelijke klasgenoten gebruik van maakten. Toen een van de beste juristen van onze tijd, Ruth Bader Ginsburg, arriveerde voor haar eerste jaar aan de Harvard Law School, werd haar gevraagd hoe ze het kon rechtvaardigen dat ze een plek in beslag nam die door een man had kunnen worden bezet.

'Volgens mij moet je je laten nakijken als je met dit weer buiten gaat lopen,' zegt mevrouw P. tegen Benton, en hij zet grote ogen op en kijkt haar gespeeld teleurgesteld aan. 'Je smelt als een kaars.' Ze bedoelt dat ze vindt dat ik er zo uitzie.

Benton haalt zijn schouders op en zegt tegen mij: 'Afgekeurd, dus. Sorry, Kay. Mevrouw P. vindt dat je er nog steeds beroerd uitziet.'

'Zoiets zou ik nooit zeggen!' Mevrouw P. stoot een zacht, stijf lachje uit, legt drie vingers op haar roze lippen en schudt haar hoofd alsof mijn man de grootste ondeugd op de wereld is.

Ze is heel erg gesteld op Benton, die ons uiteraard allebei staat te plagen. Als je hem niet zou kennen, zou je dat niet zo snel doorhebben, want zijn humor is zo subtiel als spinrag, dat je niet kunt zien maar steeds uit je gezicht moet vegen. Hij weet heel goed waarom er niet veel waardering is voor mijn verschijning. Ik heb geen panty aan en de leren binnenzolen van mijn niet erg stijlvolle schoenen met kale neuzen voelen zo slijmerig als een rauwe oester die urenlang in de zon heeft gelegen.

'Laten we het er niet in wrijven,' zeg ik tegen hem terwijl mevrouw P. twee menukaarten pakt en een dik zwart boek, de uitgebreide *carte des vins*. 'Ik weet heel goed dat het niet je bedoeling was om vanavond te eten met iemand die er beroerd uitziet.'

'Dat hangt ervan af wie het is.' Benton doet met scherpe knipjes van de sluitingen zijn koffertje open.

Hij zet zijn zonnebril af. Ik hang mijn aktetas weer over mijn schouder en we volgen mevrouw P. naar de op het noorden liggende eetzaal met zijn hoge boogramen en uitzicht over het grasveld voor het gebouw, dat in duisternis gehuld is.

We lopen geruisloos over het hoogpolige rode tapijt onder de donkere balken in het witgepleisterde plafond, door een zee van witgedekte tafels, waarboven koperen kandelaars hangen met rode kapjes over de op kaarsen lijkende lampjes. Tot dusver zijn we de enige gasten, en Benton en mevrouw P. maken een vriendschappelijk praatje terwijl ze ons voorgaat naar onze vaste hoek.

'Pas om een uur of acht.' Ze vertelt Benton dat het tot die tijd heel stil blijft in de Faculty Club. 'We hebben boven twee privédiners, maar hier beneden gebeurt niet veel. Het is veel te warm, weet u.'

'En als de elektriciteit weer eens uitvalt?' vraagt Benton. 'Hebt u daar veel last van?'

'Het is wel vervelend als dat gebeurt. Als de elektriciteit lang wegvalt, kun je niet binnenblijven, maar ook niet naar buiten gaan. Laten we hopen dat het niet meer gebeurt, vooral niet terwijl u hier wilt genieten van een rustig diner.'

Vervolgens praat mevrouw P. ons bij over Felix de Kat. Zo heet het dier echt, maar ze noemt hem gewoon Felix en kennelijk doet hij het niet zo goed in deze hittegolf.

'De laatste keer dat de elektriciteit uitviel, ging het echt niet goed met hem. Dat was gisteren tegen de middag. Daar kwam ik later tenminste achter, want ik was toen hier. Ik woon op een van de slechtste plekken in het netwerk, kennelijk. Hier kan alles prima in orde zijn en dan weet ik niet dat die arme Felix daar in de warmte zit, zonder airco.'

'Zijn er geen buren die even bij hem kunnen kijken?' vraag ik.

'Mijn buren zitten in hetzelfde schuitje als de elektriciteit wegvalt,' zegt ze. 'En mijn kinderen wonen niet in de buurt. Op dit moment werkt mijn kleinzoon hier parttime terwijl hij naam probeert te maken als musicus, en hij helpt waar hij kan. Maar hij is drieëntwintig en allergisch voor katten.'

'Kunt u Felix niet meebrengen naar het werk?' vraagt Benton, maar mevrouw P. lacht alleen.

'Waarom zou dat niet kunnen?' Benton meent het serieus.

'Dat kan ik toch niet doen.' Ze kijkt de eetzaal door om zich ervan te vergewissen dat er niemand anders is binnengekomen.

6

Onze hoektafel staat rechts van een enorme open haard met een wortelnoten schoorsteenmantel, die van de vloer tot het plafond reikt. Haaks daarop bevindt zich een met gouddamast beklede muur, die is volgehangen met mooie Britse, Hollandse en Italiaanse schilderijen die er vorige maand nog niet waren.

Er hangen onder andere een zeegezicht, een religieuze allegorie en een stilleven met een schedel erin. Verder olieverfschilderijen van strenge mannen in koloniale kledij en gepoederde vrouwen met een zo strak ingesnoerde taille dat het beslist gekneusde ribben en samengeperste organen moet hebben opgeleverd. Ik weet nooit wat ik zal gaan zien als ik hier kom, want de meeste kunstwerken worden geleend uit de omringende musea, die de mooiste collecties ter wereld herbergen.

De schilderijen wisselen elkaar steeds af, en dat spreekt vooral Benton aan, omdat hij dat zo'n beetje kent uit zijn jeugd. Zijn rijke vader investeerde in kunst en er werden voortdurend kostbare schilderijen het ouderlijk huis in en uit gedragen, een bakstenen herenhuis dat niet zoveel verschilde van de Faculty Club.

Het moet fantastisch zijn om de ene week een Pieter Claesz te kiezen en de volgende een J.W. Turner of een Jan Both. En misschien een Johannes Vermeer of een Frans Hals als je toch bezig bent, denk ik terwijl ik onze privégalerie bekijk, waarin elk werk een gouden lijst heeft en wordt verlicht door een schilderijlampje.

Ik kan me maar moeilijk een beeld vormen van de jeugd van Benton als ik die vergelijk met de minimalistische omstandigheden waarin ik zelf ben opgegroeid, met een totaal gebrek aan enige glamour. Hij komt uit een familie uit New England waarin een

Ivy League-universiteit niets bijzonders is, terwijl ik de enige ben in mijn Italiaanse familie die heeft gestudeerd. Maar hoe moeilijk het ook was om in elk opzicht zo weinig te hebben, ik ben er toch dankbaar voor dat ik in die tijd niet kreeg wat ik dacht te willen.

Benton is op een andere manier tekortgekomen. Hij kreeg alles wat zijn ouders wilden. Hij maakte hun dromen waar, en in veel opzichten maakte dat hem alleen maar armer en eenzamer. Ik stel me zo voor dat ik als kind soms een droevig en geïsoleerd bestaan leidde. Maar wat ik me vooral herinner, is dat ik me enorm gestimuleerd voelde omdat ik geen andere keus had; ik moest me redden met wat ik had, of het nu ging om mijn kleding, welke shampoo ik me kon veroorloven of hoelang ik ergens mee kon doen.

Ik leerde de wereld te ervaren door middel van boeken, foto's en films omdat er geen sprake kon zijn van vakanties of reisjes, om welke reden dan ook, tot ik eindelijk rond mijn vijftiende universiteiten begon te bezoeken. Benton had aan de andere kant alles wat zijn hartje begeerde, behalve aandacht en een normale jeugd. Hij zegt dat hij zich voordat hij mij had ontmoet nooit rijk heeft gevoeld, en dat is het mooiste wat iemand ooit tegen me gezegd heeft.

Hij verschuift de tafel tot die precies zo staat als hij wil, alsof dit zijn eetzaal is. 'Ik ben bang dat je het koud gaat krijgen.'

'Tot dusver gaat het prima. Ook al zie ik er niet zo uit.'

'Je ziet er prachtig uit. Je bent in alle omstandigheden de mooiste vrouw die ik ooit heb gekend.' Benton glimlacht naar me terwijl hij mijn stoel achteruitschuift.

'Volgens mij heb je hallucinaties door de hitte.' Ik ga zitten.

Ik schuif dichter naar de tafel en zet mijn aktetas onder mijn stoel. We gaan nooit met onze rug naar deuren of andere mogelijke uitgangen zitten. En ook niet voor ramen, als vissen in een kom.

Eigenlijk worden we niet zozeer naar een tafeltje geëscorteerd, maar nemen we onze positie in. Benton en ik zitten altijd op een plek waar we in de gaten kunnen houden wat er om ons heen gebeurt en waar niemand ons van achteren of door glas kan verrassen. Met andere woorden, zelfs in het tweede thuis van mijn man zitten we te eten als twee politieagenten.

Als we dat niet deden, zouden we ons niet kunnen ontspannen, en juist dergelijke kleine gewoontes zijn ontnuchterend. Je wordt er steeds aan herinnerd dat we behoren tot een kleine en bijzondere groep mensen. De groep van getraumatiseerde overheidsdienaren.

'Weet je zeker dat je het niet te koud krijgt met die airco?' vraagt Benton als er een kelner op ons af komt stevenen, een oudere man die hier nieuw moet zijn. 'Wil je mijn jasje hebben?' Benton maakt al aanstalten om het uit te trekken, maar ik schud mijn hoofd.

'Voorlopig gaat het wel. Het zal wel meevallen. Nogmaals excuus omdat ik het restant van onze avond heb verpest.'

'Je weet niet waar je het over hebt. Je hebt helemaal niets verpest.' Hij schudt het witte servet open en legt het in zijn schoot. 'Nou ja, misschien je panty. Hoe heb je dat trouwens voor elkaar gekregen?'

'O mijn god. Is er iets wat me vandaag nog niet gevraagd is?' Ik voel de lach onweerstaanbaar opborrelen als Benton me vragend aankijkt.

'Heb ik iets gemist?' vraagt hij uiteindelijk, maar de kelner wacht.

Hij staat in zijn witte gesteven en keurig dichtgeknoopte jasje bij onze tafel, met het spitse gezicht en de losse huid van iemand die ooit knap is geweest maar die sterk is vermagerd. Hij kijkt naar Benton, met zijn pen in de aanslag. We willen allereerst water, zegt mijn man, en opeens denk ik aan mijn panty in de afvalbak in het damestoilet en moet ik weer lachen.

'Het spijt me.' Ik bet mijn ogen met mijn servet. 'Maar soms moet ik er opeens aan denken hoe absurd iets is. Om antwoord te geven op je vraag: ik heb die ladder ongetwijfeld opgelopen zoals dat iedere andere vrouw ook gebeurt.'

'Dat betwijfel ik.' Hij kijkt naar de kelner, die staat te praten met de jongeman die we een paar minuten eerder voor de club hebben gezien. Ze controleren een grote tafel die is gedekt voor een flink gezelschap, verschikken wat aan het bestek en verzetten de bloemen. 'Jouw ongelukjes hebben meestal te maken met scherpe wapens, lichaamssappen en aasvliegen,' voegt Benton eraan toe.

'Ik heb mijn panty opengehaald aan een brancard, een van die lijkenkarretjes met een hendel om hem omhoog en omlaag te doen. Ik bleef haken toen ik hielp er een lichaam af te tillen, waarschijnlijk aan een van de zwenkwieltjes.'

'En toen?' Het begint tot me door te dringen dat hij een reden heeft voor deze vragen. 'Je hebt geen nieuwe panty aangetrokken,' zegt hij. 'Waarom niet?'

Het is inderdaad niet zomaar een vraag. Natuurlijk vraagt hij nooit zomaar iets, zelfs niet als hij een grapje maakt.

In mijn hoofdkwartier is het de taak van Bryce om te zorgen dat bepaalde benodigdheden op voorraad zijn, zoals koffie, snacks, standaardtoiletartikelen – en panty's.

Hij moet erop letten dat zulke dingen aanwezig zijn, want er is een goede kans dat ik er niet aan zal denken omdat rokken en panty's niet echt aan mij zijn besteed, ook al doe ik alsof dat wel het geval is. Als ik de keus heb, draag ik mijn vaste werkkleren: een vlam- en insectenwerende cargobroek – hoe meer zakken, hoe beter – en een shirt met het wapen van het CFC erop.

En natuurlijk stevige katoenen sokken en hoge werkschoenen. Ik draag ook graag parka's, jasjes die in een klein tasje passen en honkbalpetten, en ik denk dat dat allemaal komt doordat ik in mijn vormende jaren medicijnen studeerde en bij de luchtmacht werkte. Toen ik pas begon, droeg ik bijna niets anders dan operatie- en legerkleding, en als het aan mij lag, deed ik dat nog steeds.

Maar omdat ik vaak word opgeroepen als getuige, voor de rechter en voor wetgevende instanties, moet ik kleren bij de hand houden die gepast zijn voor een directeur die invloed kan uitoefenen op het type lichaamsbepantsering van onze soldaten en op de vraag of iemand in de gevangenis hoort te zitten.

'Op het werk gebruik ik verscheidene panty's per week,' leg ik Benton uit. 'En ik denk dat Bryce in deze hitte niet vaak inkopen is gaan doen. Of misschien heeft hij het te druk met zijn eigen beslommeringen om zich ermee bezig te houden online dingen te bestellen. Dus ik was inderdaad niet blij toen ik erachter kwam dat ik geen andere panty aan kon trekken toen deze kapot was. Maar ik weet niet waarom het niet bij me is opgekomen om zelf even bij de drogist op Harvard Square langs te gaan en er daar een te kopen, zodat ik niet met blote benen aan tafel zou hoeven. Dat is weer zo'n misrekening van mijn kant, neem ik aan.'

'Wat je dus eigenlijk zegt, is dat Bryce zijn werk niet goed heeft gedaan en dat je al voordat hij je naar de Square bracht boos op hem was. Toen je besefte dat je geen andere panty had, was dat de druppel.' Benton haalt zijn leesbril uit het etui, zo een die je bij de drogist kan kopen. 'Maar de emmer zat al vol.'

'Waarmee dan wel?' Ik strijk het servet op mijn rok glad en word eraan herinnerd hoe graag ik deze kleren zou willen uittrekken.

'Ik denk dat je dat wel weet.'

Hij heeft het over mijn familie, en in het bijzonder over mijn reactie op het onverwachte bezoek van mijn zus. Ik kijk hoe laat het is. Ik was van plan tegen halftien naar Logan te vertrekken, maar nu weet ik niet goed wat ik moet doen. Lucy zegt dat Dorothy wel eens later zou kunnen aankomen. Nou, het zou aardig zijn als mijn zus me dat even zou laten weten, zodat Benton en ik hier niet vroeg hoeven te vertrekken en vervolgens urenlang in de aankomsthal hoeven te zitten.

'Bryce kwam om halfvijf bij mijn kantoor langs om me een lift te geven naar The Coop en andere zaken waar ik boodschappen moest doen en om me daarna hier af te zetten.' Ik begin te vertellen wat er vanmiddag is gebeurd. 'En dat was prima, maar hij bleef maar ratelen. Daar kon ik gewoon niet meer tegen.'

'Waarover had hij het dan?'

'Dat is bij Bryce altijd moeilijk na te vertellen. Kennelijk is hij ervan overtuigd dat ik me anders gedraag tegenover hem, dat ik hem niet meer aardig vind en hem niet meer in de buurt wil hebben, en dat was al zo voor het incident van vandaag met de panty. Ik heb de laatste tijd de indruk dat hij het vreemde idee heeft dat ik afstand van hem neem en erover denk hem te ontslaan of zo.'

'Waar baseer je dat op?' Benton zet zijn leesbril laag op zijn rechte, smalle neus en zijn hazelnootbruine ogen kijken me over het montuur heen aan.

'Op zijn herhaalde vraag wat hij nog meer fout heeft gedaan. Dat bleef hij maar vragen toen hij voor The Coop ruzie met me stond te maken.'

'Maakte jij ruzie of deed hij dat?'

'Ik heb altijd geleerd dat er twee voor nodig zijn.'

Benton lacht. 'Bij hem niet. Bryce is heel goed in staat om beide kanten voor zijn rekening te nemen.'

'Ik ben er niet op ingegaan. Ik heb het alleen ontkend en tegen hem gezegd dat ik weg moest. Hij maakte zich vreselijk druk om de verschrikkelijke hitte, maar ik stond ermiddenin omdat hij me niet wilde laten gaan.'

'Met andere woorden, hij reageert op jou.' Benton pakt de dikke ingebonden wijnlijst die op zijn menu ligt.

'Zoals gebruikelijk, maar het lijkt nu erger.'

'Dit zou best eens een van die ongelukkige situaties kunnen blijken die helemaal te wijten zijn aan een slechte timing.' Benton slaat een paar dikke crèmekleurige bladzijden om en kijkt naar het aanbod. 'Ik hoop van niet. Maar het was in elk geval een slecht moment voor jou om ruzie met hem te krijgen, omdat je in de gaten werd gehouden door iemand die iets tegen je heeft of mogelijk door een stalker. Normaal zouden we het afdoen als het geraaskal van een gek. Maar die tattoo is een probleem. Als dat hennepblad niet was genoemd, zou ik geen enkel geloof hechten aan iemand die belt met een volkomen onbelangrijke klacht. Ik zou niet eens moeite doen om te luisteren.'

'Wat wil je daarmee zeggen?' vraag ik. 'En hoe weet jij van die tattoo?'

Maar Benton slaat nog een bladzijde van de wijnlijst om. Hij geeft geen antwoord.

'Wil je zeggen dat je de opname van de alarmcentrale hebt afgeluisterd? Is dat het?' vraag ik vervolgens.

7

De kelner is terug met een fles plat water, en we schorten ons gesprek op terwijl hij inschenkt.

Het enige waar we over praten, zijn de voorgerechten en hoe heerlijk het is om de eetzaal helemaal voor onszelf te hebben, voor zo lang als het duurt. Benton neemt altijd de krabkoekjes met gegrilde lente-uitjes en ingelegde pepertjes, en ik neem meestal de kreeftenbisque met citroenboter.

Maar voor die gerechten vinden we het nu te warm en in plaats daarvan nemen we de mediterrane salade met heirloomtomaten en verkruimelde feta. Ik vraag om rode uien in plaats van zoete en een extra kommetje dressing met geplette rode peper voor wat meer pit. En ik bestel nog een fles water, dit keer met koolzuur en een heleboel limoen. Zodra de kelner is weggelopen, ga ik door op wat Benton zei.

'Hoe bedoel je, dat je geen moeite zou doen om te luisteren?' vraag ik. 'De politie krijgt een klacht binnen over je vrouw en jij wilt er helemaal geen aandacht aan schenken? Ook al is de klacht volkomen uit de lucht gegrepen?'

'Dit zou niet de eerste keer zijn dat labiele mensen jou in het openbaar zien en de politie en de media bellen.' Benton slaat nog een bladzijde van de wijnlijst om en het licht valt op de gouden zegelring met zijn familiewapen. 'Je bent gemakkelijk te herkennen, Kay, en mensen associëren jou met sensationele misdaden en rampen. Ik kan zeggen dat het niet zo is, maar dan zou ik liegen. Dus inderdaad.' Hij kijkt naar me op. 'Ik had er misschien geen aandacht aan geschonken, of niet zoveel als ik zou moeten doen.'

'Je hebt de opname beluisterd.' Ik wil hier per se antwoord op hebben. 'Ik blijf het vragen tot je het vertelt.'

Hij leest zwijgend de wijnlijst, en ik zie zijn ogen op- en neergaan over een bladzijde met witte bourgognes. Ik weet niet goed waarom. Hij kan op z'n hoogst een glas nemen. Straks moet hij nog rijden. En dan denk ik aan Dorothy en word alleen maar vasthoudender. Ik kan er niets aan doen, lijkt wel.

'Ik wil die opname horen,' zeg ik. 'Heb je een kopie? Ik neem geen genoegen met de uitgeschreven versie. Ik wil horen hoe die schoft over me liegt.'

'Dat moet je aan Marino vragen,' zegt Benton terwijl hij heen en weer bladert tussen de verschillende soorten wijnen. 'Ik neem aan dat hij onderzoek doet naar die monsterlijke ordeverstoring, zoals iedere rechercheur die een knip voor de neus waard is zou doen.'

'Ik heb je al gezegd dat hij amper wilde vertellen wat er precies gezegd is. Hij wilde er niet in detail op ingaan, maar ik heb het wettelijke recht om het te weten, Benton. Ik heb het recht te weten wie me beschuldigt, en in dit geval is dat iemand die in die opname leugens over me vertelt. Ik wil het zelf horen, met mijn eigen oren. Er zijn geen juridische redenen om me dat te weigeren, tenzij je denkt dat ik betrokken ben bij een federale misdaad. En voor zover ik weet is ordeverstoring dat niet.'

Dit is precies wat Benton wil: dat ik beledigd ben en de confrontatie aanga zonder echt te laten merken wat ik voel. Wat ik in dit specifieke geval niet moet doen, is hem tegemoet treden als mijn echtgenoot, hoewel hij over het hele geval ironisch genoeg niets zou weten als we geen stel waren. Hij moet op dit moment FBI-agent Benton Wesley zijn, en ik moet de chef zijn. Dit hebben we al zo vaak meegemaakt.

Hij slaat nog een bladzijde van de *carte des vins* om. 'Ik denk dat we witte wijn moeten nemen,' zegt hij. 'Maar het hangt af van wat je wilt eten. We drinken een klein glaasje voor de smaak en nemen de rest mee voor later, als we eindelijk thuis zijn.'

'Er is niets meer voor nodig dan een verzoek op grond van de openbaarheid van informatie. Maar het is idioot om me daartoe te verplichten. Ik dacht aan vis. Iets lichts.' Ik sla mijn menu open zonder het op te pakken en hij pakt het koffertje dat naast zijn stoel staat.

Hij legt het op zijn schoot, en ik hoor weer het felle geklik van de sloten.

'Weet je nog wat de leraar van groep acht tegen me zei?' Hij haalt het etuitje met zijn draadloze headset tevoorschijn. 'Die goede oude meneer Broadmoor...'

'De man die zei dat je op een dag tot je grote spijt zou krijgen waar je om vroeg.' Ik maak de anekdote voor Benton af, die hij vaak herhaalt als hij vindt dat de woorden op mij van toepassing zijn.

'Het is niet prettig, en ik zou het je liever niet aandoen.' Hij ritst het zwarte etuitje open. 'Maar zoals je weet zijn de wetten met betrekking tot telefoontjes naar de alarmcentrale nogal onduidelijk in Massachusetts. Er is geen wet die bepaalt dat je er niet naar kunt luisteren. Daar heb je gelijk in.'

Hij geeft me de headset en ik zet hem op. Dan legt hij zijn telefoon midden op de tafel en toetst een paar dingen in op het schermpje. Ik hoor geruis en een dubbele klik.

Dan: 'Alarmcentrale, wat is het noodgeval?'

Ik herken de stem van de telefoniste door het voortdurende radioverkeer dat ik bij mijn werkzaamheden moet aanhoren.

'Hallo. Het is niet echt een noodgeval, maar ik vind dat de politie moet weten dat een van onze geachte overheidsdienaren voor de ogen van Jan en alleman de orde verstoort op Harvard Square.'

Een zoetgevooisde stem met een traag ritme, die doet denken aan draderige stroop. Het is alsof de beller stoned is of doet alsof, en ik denk aan wat Marino zei: dat hij niet kon uitmaken of het een man of een vrouw is. Ik weet het ook niet zeker.

'Op welk adres bevindt u zich?' vraagt de telefoniste.

'Dat weet ik niet precies, maar de Square is volgens mij goed te omschrijven als de open ruimte bij het metrostation.'

'Is er een adres van een bedrijf dat u me kunt geven?'

'Nee.' De beller hoest een paar keer.

'Vanaf welk nummer belt u?'

'Met mijn mobiel, dus daar heb je niets aan om te bepalen waar ik ben. Op die manier kom je niets over me te weten.'

Op dat punt wordt de beller op zijn trage, lome manier beledigend en weerspannig, en in mijn hoofd is het een hij. Maar ik kan het eerlijk gezegd niet met zekerheid zeggen, want de stem klinkt zacht en hees, en heeft een aangenaam timbre, ergens tussen een bariton en een tenor in.

Terwijl ik hem hoor beschrijven wat hij gezien zou hebben, komt de gedachte in me op dat mijn zogenoemde 'slaande ruzie' met mijn 'vriendje' niet plaatsvond op het moment dat deze leugenachtige getuige telefoneerde met de alarmcentrale. Zijn zinnen lijken daarvoor te veel ingestudeerd, en ik vermoed dat hij pas naderhand met dit onzinverhaal is gekomen.

'Weet u waar de vrouwelijke verdachte zich op dit moment bevindt?' vraagt de telefoniste, terwijl ik neerkijk op het witte tafelkleed en oplettend luister.

'Nee, maar zo'n K-U-T-wijf heb ik nog nooit gezien, en ik zou echt niet willen dat die teef bij mij thuis zou komen als er iemand was doodgegaan. Dat staat maar met dat rotvingertje te wijzen en dat mietje, een echte loser zo te zien, om de oren te slaan. Ik kan me niet voorstellen dat zo'n akelige bitch een beetje aardig is voor haar patiënten...'

‘Waar bent u?’ vraagt de telefoniste terwijl de beller nog eens hoest en zijn keel schraapt. ‘Bent u buiten?’

‘Bij de vogels en de bijtjes. Natuurlijk ben ik buiten! Hoe kan ik anders iets melden wat voor mijn ogen in de openlucht gebeurt?’

Dit gaat nog even verder, tot ze hem laat weten dat de politie onderweg is en hem naar zijn naam vraagt.

‘Je hoeft mijn naam niet te weten, dame, wat jij moet doen, is letten op hun namen. Begrepen?’

‘Ik moet een naam hebben, zodat de politie contact met u kan opnemen...’

‘Denk maar niet dat ik daarin trap. Ik weet wat je probeert te doen. Jullie gaan dit in de doofpot stoppen, net als alles wat te maken heeft met die kloteregering. Het wordt tijd dat er een eind komt aan de intolerantie en het fascisme...’

Het gescheld duurt bij elkaar bijna een minuut en het is moeilijk om zulke afschuwelijke uitspraken over mezelf te horen. Ook steekt woede de kop op. Ik zet de headset af en geef hem terug aan Benton.

‘Zo te horen heeft de beller om een of andere reden een persoonlijk probleem met mij.’ Ik ben woedend en van mijn stuk gebracht en kan niets anders bedenken om te zeggen.

‘Komt de stem je bekend voor?’ Benton kijkt me strak aan.

‘Nee, dat niet. Hoe laat is die melding gedaan?’

‘Om twaalf minuten over zes.’ Zijn blik blijft standvastig op mij gericht terwijl de betekenis daarvan tot me doordringt.

Twaalf juni, oftewel 12-6, is mijn geboortedatum. Normaal gesproken zou ik ervan uitgaan dat dit een toevallige overeenkomst was met mijn persoonlijke leven, maar er is een ander probleempje: twaalf over zes is ook precies het tijdstip waarop Tailend Charlie me sinds 1 september zijn opgenomen bedreigingen stuurt.

‘Dat was dus bijna anderhalf uur na het gebeuren zelf.’ Ik pak mijn waterglas. ‘Het was eerder kwart voor vijf toen Bryce en ik voor The Coop stonden te praten. Weten we zeker dat er niet geknoeid kan zijn met de tijdsaanduiding?’

‘Ik zie niet hoe dat kan, Kay. De tijd staat aangegeven op de opname van de alarmcentrale.’

‘Dan is er absoluut gebeld toen ik het plein al verlaten had. Ik weet zeker dat ik om twaalf over zes door de Yard liep. Dat is ook ongeveer het tijdstip waarop Marino me belde op mijn mobiel.'

'Kun je dat nagaan?' Benton wijst naar mijn telefoon, die op tafel ligt.

Ik pak hem en kijk naar de ingekomen gesprekken. 'Hij heeft me gebeld om zes uur achttien,' antwoord ik. 'Ik weet nog langs welk gebouw ik liep toen mijn telefoon begon te trillen, en dat was hij.'

'Dat wijst erop dat hij je gebeld heeft zodra de politie die klacht over je had doorgekregen,' zegt Benton, en ik weet niet of het een vraag of een mededeling is.

'Vergeet niet dat Rosie een zwak voor hem heeft. Ze zijn een paar keer met elkaar uitgegaan. Waarschijnlijk heeft ze meteen contact met hem opgenomen.'

'Rosie?'

'De telefoniste,' verduidelijk ik. 'Ik herkende haar stem. Ze heet eigenlijk Rosemary, maar Marino noemt haar Rosie.'

'Dat brengt me terug bij mijn vraag: heb je iets bekends gehoord aan de stem die je net gehoord hebt in de opname? Iets wat je is opgevallen?' Benton kijkt naar zijn telefoon, maar het schermpje is uitgeschakeld en er is niets anders te zien dan een glazige zwarte rechthoek.

Hij toetst zijn code in en het videobestand komt weer tevoorschijn, met het stilstaande afspeelpijltje.

'Behalve hoe arrogant en hatelijk de beller klonk?' Ik denk diep na. 'Niet echt, nee.'

'Dat klinkt alsof je er niet zeker van bent.'

Ik kijk naar het gepleisterde plafond en speel de opname in gedachten nog een keer af. 'Nee,' beslis ik. 'Het is een onbekende stem, heel normaal en aangenaam. Ik weet niet goed wat ik er verder nog van moet zeggen.'

'Nu draai je weer om de hete brij heen.' Benton gaat me niet vertellen waarom hij dat denkt.

Het is niets voor hem om suggestieve vragen te stellen, ook niet aan zijn vrouw. Ik neem nog een slokje water en denk even na. Hij heeft gelijk. Ik ben er niet zeker van, en dan valt me in waarom.

'De stem is te gelijkmatig, te monotoon.' Ik leg uit wat ik heb opgemerkt, maar waar ik tot dan toe de vinger niet op kon leggen. 'Je hoort niet de variatie die je zou verwachten. Hij heeft iets gekunstelds en onnatuurlijks.'

'Met andere woorden, hij klinkt kunstmatig of ingeblikt. Vals, dus,' zegt hij, en ik vraag me af of hij dit van Lucy heeft. 'We weten niet of de stem niet gesynthetiseerd is.' Daarmee beantwoordt hij mijn onuitgesproken vraag over mijn nicht. 'Maar Lucy is het ermee eens dat hij de hele tijd vreemd consistent klinkt. Als hij veranderd of versterkt is...'

'Wacht even. Hoe kan de stem veranderd zijn als je het audiobestand van de politie hebt gekregen?'

'Lucy heeft het idee geopperd van een stemvervormer, zoiets waar gamers zich ook mee bezighouden. Er zijn een heleboel van dergelijke apps op de markt, maar die halen het niet bij wat deze persoon heeft gebruikt. Als een stem door software wordt vervormd, klinkt hij meestal heel onecht, als een slechte animatie. Het ligt binnen de mogelijkheden dat de beller beschikt over speciaal voor hem gemaakte, hoogst geavanceerde software die je stem verandert als je in de telefoon praat...'

'En zo klinkt hij anders dan je gewone stem, maar normaal voor wie je aan de lijn hebt.' Ik maak zijn zin af omdat ik al wist wat er zou komen.

Benton vraagt of het volgens mij mogelijk is dat Tailend Charlie, mijn cyberstalker, degene is die het alarmnummer heeft gebeld en leugens over me heeft verteld.

'Dat zou erop wijzen dat die persoon in een hogere versnelling is overgegaan,' voegt mijn man eraan toe. 'Wat voor spelletje hij ook probeert te spelen, het escaleert, en we weten heel zeker dat Tailend Charlie over geavanceerde techniek beschikt.'

'Laten we hopen dat hij niet degene is die het alarmnummer heeft gebeld, want dat zou erop wijzen dat hij vandaag heel dicht bij mij in de buurt is geweest,' antwoord ik. 'Ik hoopte juist dat die cyberstalker, wie hij ook mag zijn, zich niet in Cambridge bevindt, maar ergens aan de andere kant van de wereld.'

'Ik vind het een beetje te toevallig dat je nog maar een week geleden die dreigmailtjes begon te ontvangen, allemaal vervormde audioclips. En nu dit,' zegt Benton.

'Vertel me eens, meneer de profiler.' Ik duw mijn blote been tegen dat van hem en de stof van zijn broek voelt glad en koel aan tegen mijn huid. 'Wat heb je te zeggen over iemand die het alarmnummer belt om te melden dat je vrouw een K-U-T-wijf is?'

8

'Het is een man. Niet oud. Maar ook niet heel jong,' zegt Benton. 'Ik betwijfel of het een student is, tenzij we het over een heel volwassen student hebben.'

'Een masterstudent bijvoorbeeld?'

'Ik weet het niet, hij is op z'n minst in de veertig,' antwoordt hij. 'Niet zo jong dus, maar ook niet zo oud dat hij niet meer in alle weersomstandigheden de straat op kan. Meer iemand van de daklozenpopulatie rond Harvard Square, maar dat betekent niet dat we echt met een dakloze te maken hebben. Hij heeft scholing gehad, maar dat kan ook door zelfstudie komen.

Hij woont waarschijnlijk op zichzelf en heeft mogelijk een psychiatrisch verleden. En hij is intelligent, ver bovengemiddeld. Hij heeft iets tegen de overheid en dus ook tegen gezag, en ik zou inderdaad zeggen dat hij behoorlijk vijandig is tegenover jou. Hij is het soort man dat relaties idealiseert en zelfs relaties verzint.' Benton tikt het allemaal af alsof het een boodschappenlijstje is.

Hij hoeft er niet eens over na te denken.

'Kan het iemand zijn die ik ken?'

'Ja. Maar het is waarschijnlijker dat je hem niet kent. Best mogelijk dat jullie elkaar nooit hebben ontmoet.'

'Marino denkt dat de beller gebruikmaakt van een prepaidtelefoon, een waarvan de eigenaar niet is op te sporen,' zeg ik. 'En dat lijkt logisch voor iemand zonder geregeld leven, met maandelijkse telefoonrekeningen en zo. Maar hoe is dat te rijmen met stemvervormende software, die toch geïnstalleerd moet worden?'

'Het lijkt mij dat je software kunt installeren op zo'n beetje elke smartphone en daar nog steeds prepaidkaarten voor kunt gebruiken.'

'Ja. En we associëren zulke dingen met daklozen, maar ik weet zeker dat je over nog iets anders hebt nagedacht...' begin ik, maar dan is de kelner er weer met ons bruisende mineraalwater met limoen.

Benton steekt zijn hand op om aan te geven dat we het zelf wel zullen inschenken. Als de kelner weer wegwandelt, begin ik over de Obama Phone, een vrij oneerbiedige naam voor een overheidsprogramma om mensen met een laag inkomen een gratis mobiele telefoon met ongelimiteerde belminuten, sms en de rest te verschaffen.

'Dat is precies het soort telefoon dat je vaak ziet bij de daklozen in de opvanghuizen en op straat met hun kartonnen bordjes,' leg ik uit terwijl Benton luistert. 'Maar voor een Obama Phone, bij gebrek aan een beter woord, moet je een aanvraag indienen en je registreren. En als de beller met die nepklacht zo'n ding gebruikte, zou ik denken dat het nummer zou kunnen worden teruggevoerd op de gebruiker.'

'SafeLink,' zegt Benton. Ik merk dat hij hier al over heeft nagedacht. 'Dat is een van de grootste en populairste providers bij wie je geen contract hoeft aan te gaan.'

'Ook niet als de telefoon is verkregen via een overheidsprogramma?'

'Dat zou het verschil zijn. Daarvoor moet je geregistreerd staan. Anders kom je niet in aanmerking. Je hebt een eigen account.' Hij pakt de fles water en schenkt onze glazen nog eens vol.

'Dat is precies wat ik wil zeggen.' Ik knik. 'Dus Lucy zou de telefoon waarmee het alarmnummer is gebeld kunnen traceren als de beller gebruik heeft gemaakt van dit programma.'

'Inderdaad,' beaamt Benton.

'Dus de getuige die zo'n grote fan van me is, gebruikte geen Obama Phone,' vat ik kort samen. Benton kijkt me alleen maar aan.

Hij weet dat ik liever zou hebben dat de boze beller wel een Obama Phone had gebruikt, dat is het punt. Ik neem het liever op tegen iemand die tot de vaste bezoekers van Harvard Square behoort, een of andere machteloze mislukkeling die onaangenaam en labiel is maar niet gevaarlijk. Wat ik niet wil, is het doelwit zijn van een ervaren crimineel. Vooral niet een die bedreven genoeg is om software te schrijven die ons op het verkeerde spoor zet.

Als we het kwaad niet kunnen herkennen, kunnen we ook niet met zekerheid zeggen dat het zich niet in ons midden bevindt. Wie de beller ook is, wie Tailend Charlie ook is, zelfs als ze een en dezelfde persoon zijn, de ploert kan zich vlak onder onze neus ophouden. Een enger denkbeeld dan dat bestaat er bijna niet. Het zou vernietigend zijn om erachter te komen dat degene die tegen de politie over me gelogen heeft een bekende van me is. Het zou nog erger zijn als degene die me doodsbedreigingen stuurt in het Italiaans iemand zou blijken te zijn om wie ik geef en die ik vertrouw.

'Wie heeft jou gebeld over het telefoontje naar het alarmnummer?' vraag ik aan Benton. 'Hoe ben jij daarbij betrokken geraakt?'

'Nou, ik ben met je getrouwd, dat ten eerste. Maar Bryce belde me toen ik net uit een vergadering kwam en op het punt stond het kantoor te verlaten. Het lam of de heilbot? Beslis jij maar. Ik neem wat jij neemt.'

'Ik ga voor de heilbot met spruitjes. Hoe ben je aan een kopie van de opname gekomen? Ik kan me niet voorstellen dat de politie die aan Bryce heeft gegeven.'

'Dat hebben ze ook niet gedaan. Volgens mij moeten we een bourgogne nemen. Een chablis premier cru.'

'De Montee de Tonnerre uit 2009.' Die hebben we eerder gedronken en de wijn is verfrissend zuiver, met een strakke afdronk.

'Heel goed,' zegt Benton. Hij gaat me niet vertellen of hij de kopie van zijn vriend de commissaris heeft gekregen en ik ga er verder niet naar vragen, want ik ben er niet zeker van of ik het wil weten.

De kelner is terug met onze salades, en we bestellen allebei de gebakken heilbot met spruitjes als hoofdgerecht.

Ik vraag om de groentejulienne en de wilde paddenstoelen als bijgerechten, en we bestellen de chablis. Daarna wachten we zwijgend tot hij weer is weggelopen en ons gesprek niet meer kan horen. Ik begin het gevoel te krijgen dat hij een beetje om ons heen blijft hangen. Maar er zijn nog maar een paar mensen gearriveerd en waarschijnlijk verveelt hij zich.

'We hebben een paar uur geleden trouwens een nieuw terreurbulletin uitgestuurd, voor het geval je dat nog niet wist.' Benton bedoelt dat de FBI dat gedaan heeft.

'Ze zijn amper bij te houden. Ik ga er gewoon van uit dat we altijd op code rood zitten. Nog iets bijzonders?'

'Alleen dat er iets belangrijks speelt en dat we reden hebben om aan de oostkust te denken. Hopelijk niet weer Boston, maar er wordt veel over gepraat, en ook over Washington.'

'Bedankt voor het doorgeven.' Ik kijk naar hem, omdat ik voel dat hij me nauwlettend in de gaten houdt. 'Is er nog iets anders? Want je kijkt alsof je een vraag voor me hebt. Ik zie hem praktisch in een wolkje boven je hoofd.'

'Ik kan het misschien beter niet zeggen.'

'Na zo'n beladen uitspraak moet je wel.'

'Goed dan. Ik vraag me af of het mogelijk is dat Bryce een beetje uit zijn doen is omdat jij dat ook bent.'

'Ben ik uit mijn doen? Dat heb ik geloof ik nog nooit gehoord. Er is al een heleboel over me gezegd, ook heel vulgaire dingen, maar dat nog nooit.'

'Laat me je eens een belangrijke vraag stellen. Denk je dat dat incident op Harvard Square ook had plaatsgevonden als Dorothy niet opeens hiernaartoe was gekomen?'

'Nee. Want dan had ik me niet druk hoeven maken om cadeautjes en theaterkaartjes.'

'Dat is niet de enige reden, Kay. Ze komt hiernaartoe. Ze heeft niet gevraagd of ze kon komen, ze heeft gemeld dat ze kwam, en zoals gewoonlijk heb jij je daarin geschikt. Je hebt haar ticket betaald en haar zelfs een kamer in ons huis aangeboden.'

'Die ze gelukkig weigerde, omdat ze liever bij Lucy gaat logeren.' Ik voel woede omhoogkomen, als hitte uit de lagere regionen van mijn wezen, een plek in mijn hart die ik niet goedkeur en misschien wel haat.

'Ik heb het gevoel dat ze nog liever bij Marino was gaan logeren,' zegt Benton. 'Maar alleen als hij een penthouse zou hebben.'

Ik zet mijn glas een beetje te hard neer en het water klotst over de rand. Het witte tafelkleed wordt grijs als het water erin doordringt. Benton dept met zijn servet de nattigheid op terwijl ik hem ongelovig aankijk.

'Waar heb je het over?' Ik zie dat mevrouw P. een paar tafels verderop een kaars aansteekt met een elektrische aansteker en probeer mijn gezicht in de plooi te houden.

Ik wil niet de indruk wekken dat ik alweer ruziemaak, maar ik besef hoe lichtgeraakt ik ben.

'Ik heb het er nog over gehad toen we de laatste keer allemaal in Miami waren,' zegt Benton. Onze kelner komt aanlopen met twee glazen en de wijn.

Ik denk terug aan ons tripje van afgelopen juni en herinner me dat Marino en Dorothy vaak samen iets te eten gingen halen. Hij huurde een Harley en nam haar mee voor een ritje, en ik weet dat Benton daar een opmerking over maakte. Als ik bij mijn familie in Miami ben en ook nog Lucy, Janet en Desi om me heen heb, kan ik behoorlijk afgeleid worden. Maar het is ook zo dat ik zoiets niet zou willen zien. Ik zou niet willen dat het waar is. Het idee dat Marino en mijn zus een relatie zouden hebben – ik kan niet veel bedenken dat me meer angst aanjaagt.

De kelner trekt met een zachte plof de kurk uit de fles en overhandigt hem aan Benton. Die brengt hem naar zijn neus en kijkt toe terwijl er een kleine hoeveelheid lichtgele, koude chablis wordt ingeschonken.

'Aan jou de eer.' Hij overhandigt me het glas. De wijn is scherp en zuiver, en maakt mijn tong wakker.

Benton knikt naar de kelner ten teken dat hij voor ons allebei kan inschenken.

'Gelukkige woensdag.' Benton tikt met zijn glas tegen het mijne, en dit is de tweede keer in het afgelopen uur dat ik het gevoel heb dat er een insect in mijn kleren zit.

In mijn jaszak trilt de telefoon.

'Wat nu weer?' Ik zet het glas neer om te kijken wie er belt. 'Als je het over de duvel hebt… Het is Marino weer.'

Na alles wat er is voorgevallen zou zelfs hij ons diner niet onderbreken als hij daar geen heel goede reden voor had. Nu zoemt Bentons telefoon ook.

Ik vang een glimp op van het kengetal 202 en dan zegt hij: 'Dit moet ik even aannemen.' Hij neemt op. 'Met Wesley.'

'Wacht even,' zeg ik tegen Marino zonder hem gedag te zeggen. Benton en ik staan allebei op uit onze stoel. 'Je weet waar ik ben, dus dit moet belangrijk zijn. Ik neem aan dat ik ergens naartoe moet waar we rustig kunnen praten.'

'Nu meteen.' Marino's stem klinkt hard.

'Ik loop naar buiten. Blijf aan de lijn,' zeg ik tegen hem terwijl Benton en ik onze tassen pakken.

We leggen onze servetten naast onze amper aangeraakte salades en glazen wijn, en lopen weg alsof we niet meer terugkomen.

9

Kalm, beheerst en doelbewust lopen we door de eetzaal en mijden de nieuwsgierige blikken van de aanwezige gasten.

Benton en ik zijn samen, maar ieder bezig met onze eigen telefoon. Als je ons zo zag, zou je niet denken dat er iets bijzonders aan de hand was. We zouden kunnen praten met onze makelaar, onze bankier, onze effectenmakelaar of de oppas van onze huisdieren.

We zouden een welgesteld echtpaar kunnen zijn en gebeld worden door onze liefhebbende kinderen, en Benton zou dan de rijke, knappe kostwinner zijn. Terwijl ik de hardwerkende, nogal eigenaardige en lastige vrouw ben die er altijd vermoeid en slordig uitziet. Met neergeslagen ogen zoeken we ons een weg tussen de tafeltjes door. Ik herken zijn strakke blik, zijn opeengeklemde kaken en de spanning in zijn handen.

Ik weet hoe hij kijkt als er iets ernstigs aan de hand is. Waarschijnlijk heeft hij zijn werkgever aan de lijn, het Amerikaanse ministerie van Justitie. Niet zijn afdelingsbureau, maar iemand uit Washington, mogelijk een hooggeplaatste persoon van de FBI of de directeur zelf, maar het zou ook het Witte Huis kunnen zijn. Niet Quantico, waar Benton is begonnen. Dat klopt niet met het kengetal dat ik op zijn telefoon heb gezien.

De specialiteit van mijn man is zijn vermogen om in het hoofd van een misdadiger te kruipen en zo te achterhalen welke trauma's en fouten in de bedrading verantwoordelijk zijn voor het zoveelste monster in ons midden. Hij kan zich richten op één individu, op verscheidene individuen of op een hele groep, en als hij dat doet, moet hij een soort acteur worden die gebruikmaakt van zijn eigen ervaringen. Maar dat heeft een prijs.

'Ja, daar spreekt u mee,' zegt Benton, en dan luistert hij. Daarop volgt een: 'Dat begrijp ik. Nee, daar ben ik me niet van bewust.' Hij kijkt even naar me. 'Dit hoor ik voor het eerst.' Zijn blik dwaalt naar de rode vloerbedekking. 'Legt u dat alstublieft even uit. Ik luister.'

'Ik loop naar buiten,' zeg ik zachtjes tegen Marino.

Er is iets gebeurd en mijn verbeelding gaat met me op de loop. Ik heb het gevoel dat er iets verstikkends, iets zwaars en duisters boven ons hoofd hangt. Het is zo voelbaar als het ozon in de lucht, als de angstaanjagende stilte net voor een hevige storm. Ik voel het in mijn onderbuik.

'Wat wilt u precies dat ik doe?' Benton draait zijn hoofd weg van de mensen die naar ons kijken.

'Ik zou over... drie minuten bij je moeten zijn.' Marino's stem komt met horten en stoten door. Weer een slechte verbinding. Alle vreemde dingen van de laatste paar uur komen ineens extra hard binnen. 'Voor zover we weten heeft niemand iets gezien. Behalve twee meisjes, de tweeling die haar heeft gevonden...' zegt hij, en ik doe mijn best om de boodschap te ontcijferen.

Maar het is alsof ik een tornado in ben gelopen. Er gaat zoveel door en langs me heen dat ik niet meer weet wat boven of onder, voor of achter is.

'Wacht even,' zeg ik nog eens, want ik wil de zaak pas bespreken als niemand me kan horen.

'Ik draai net Kennedy Street af... Ben nu in Harvard Street.' Zijn stem valt steeds weg.

'Geef me nog twee seconden. Ik zoek een rustig plekje,' antwoord ik, en ik hoor het geluid van zijn motor en de sirenes op de achtergrond.

Voorbij de lege plek van mevrouw P., bij de ronde tafel in de hal met zijn weelderige en geurige boeket van lelies en rozen, gaat Benton rechtsaf. Ik blijf maar denken aan wat hij een paar tellen eerder zei over een verwachte terroristische aanval aan de oostkust, mogelijk weer in Boston. Nu is hier in Cambridge iets gebeurd, en hij telefoneert met Washington terwijl we in hoogste staat van paraatheid zijn. Ik heb daar niet bepaald een goed gevoel bij.

De manier waarop Benton naar me keek toen hij in de telefoon zei dat hij zich ergens niet van bewust was, dat hij ergens niet over geïnformeerd was, wat het ook mag zijn, staat me helemaal niet aan. Alsof er iets aan de hand is wat hij zou moeten weten, wat we allebei zouden moeten weten. Wat het ook is, het is geen plaatselijk probleem, en terwijl ik dit denk, weet ik dat ik te hard van stapel loop. Het feit dat we tegelijkertijd belangrijke, zo niet dringende telefoontjes krijgen, betekent niet dat die met elkaar in verband staan. Het zou toeval kunnen zijn.

Maar ik zie onheilspellende voortekenen die ik niet van me af kan zetten. Ik heb het gevoel dat ik er binnen heel korte tijd achter zal komen dat Benton en ik hetzelfde probleem zullen blijken te hebben, maar dat we daar niet veel of helemaal niet met elkaar over zullen kunnen praten. Door onze verschillende posities zullen we het probleem niet op dezelfde manier tegemoet treden, en het is zelfs mogelijk dat we elkaar in de wielen zullen rijden. Het zou niet de eerste keer zijn en zeker niet de laatste.

'Doc? Heb je begrepen wat ik zei over... dat Interpol gebeld heeft?' zegt Marino, en ik moet hem verkeerd hebben verstaan.

'Ik kan je amper horen,' fluister ik. 'En ik kan hier niet praten. Nog één seconde, alsjeblieft.'

Benton loopt de salon in, en ik wou dat de gordijnen voor de hoge ramen waren dichtgetrokken. Het is buiten helemaal donker en de inktzwarte duisternis wordt alleen doorbroken door het vage schijnsel van verre lampen. Ik ben me bewust van de nacht en wat zich daarin zou kunnen verschuilen en ons zou kunnen gadeslaan, misschien wel van heel dichtbij. Vlak voor onze neus. Ik bespeur iets sinisters wat ons de hele dag al dwarszit, en misschien al wel langer.

Ik keer terug naar de hal, waar ik het vermijd om in de oude, aangetaste spiegel te kijken en met gebogen hoofd bij de voordeur ga staan. Zonder echt iets te zien luister ik naar Marino.

Ik heb moeite om alles wat hij zegt te verstaan. De verbinding is op z'n best wisselvallig en ik begin nerveus te worden. Ik weet niet wie wat doet en wie wie bespioneert, en in het licht van al het andere is het moeilijk om me niet opgejaagd en gedesoriënteerd te voelen.

'Oké, stop. Dat moet je nog eens zeggen, maar veel langzamer.' Ik sta in elkaar gedoken bij een rijkversierde gietijzeren paraplubak en kan niet geloven wat ik hoor. 'Hoe bedoel je, ze is al stijf?'

'De eerste agent die hier aankwam, heeft gevoeld of ze nog een polsslag had en ademde, en hij zei dat ze al stijf is,' antwoordt Marino. Opeens is de verbinding bijna perfect.

'Heb je dat zelf gezien of is dat je verteld?' vraag ik, want wat hij zegt, klinkt helemaal verkeerd.

'Het is me verteld.'

'Zijn er pogingen gedaan haar te reanimeren?'

'Het was duidelijk dat ze dood was.' Marino komt nu glashelder door.

'Dat is je verteld.'

'Ja.'

'Wat was er zo duidelijk aan?' vraag ik.

'Ten eerste was ze stijf. Ze hebben haar verder niet aangeraakt.'

'Hoe hebben ze dan vastgesteld dat ze stijf is?'

'Dat weet ik niet, maar kennelijk is het zo.' Marino herinnert me er nog eens aan dat hij nog niet op de plaats delict is geweest.

'Voor zover wij weten is de eerst aangekomen politieman de enige die haar heeft aangeraakt?' vraag ik.

'Zo te horen.'

'En haar temperatuur? Warm? Koud?'

'Warm, schijnbaar. Maar wat verwacht je anders? Het is buiten nog steeds ruim tweeëndertig graden. Ze zou daar de hele dag kunnen liggen zonder af te koelen.'

'Ik zal het zelf moeten zien. Maar de lijkstijfheid is onlogisch,' zeg ik tegen Marino. 'Tenzij ze daar al veel langer ligt dan je aanvankelijk zou denken. En dat is ook niet logisch. Zelfs met dit weer zijn er nog steeds mensen op straat, zeker in de buurt van het water. Ik zou denken dat ze dan al veel eerder zou zijn gevonden.'

Voor een zo duidelijke lijkstijfheid moet het slachtoffer op z'n minst een paar uur dood zijn, afhankelijk van welke spieren het meest zijn aangetast en hoe ver de processen die na de dood optreden zijn gevorderd. De hoge temperatuur kan de ontbinding versnellen, en dat betekent dat de lijkstijfheid eerder inzet. Maar het is buitengewoon onwaarschijnlijk dat wat men aan Marino heeft doorgegeven juist is. Dat is ook niet erg verbazingwekkend. De eerste aanwezigen zijn vaak gewone agenten, en die weten niet altijd waar ze mee te maken hebben.

'... Ik laat hem wachten met de tweeling... eh... die het lichaam heeft gevonden...' zegt Marino, en de rest raak ik kwijt.

'Oké. Je komt weer niet goed door.' Ik erger me behoorlijk, maar het klinkt tenminste alsof hij de plaats delict heeft veiliggesteld.

Ik kan me alleen niet voorstellen wat hij bedoelde toen hij zei dat hij is gebeld door Interpol.

'Het ziet ernaar uit dat iemand tussen de bomen heeft staan wachten,' zegt hij dan, en nu is de verbinding weer veel beter. 'Dat denk ik tenminste. Geen getuigen.'

'Niet als midden op de dag,' merk ik op. Ik blijf om me heen kijken om me ervan te verzekeren dat niemand het kan horen. 'Als ze al uren dood is, zoals de zogenaamde lijkstijfheid lijkt te suggereren, dan waren er wel getuigen geweest, want dan was ze op klaarlichte dag vermoord, mogelijk voor in of halverwege de middag.'

'Ik ben het met je eens. Dat kan niet kloppen.'

'Zo te horen niet. Maar ik zie het wel als ik er ben,' herhaal ik. 'Wat kun je me nog meer zeggen?'

Marino begint te vertellen wat hij weet over een gewelddadige dood die zich wellicht binnen het afgelopen uur en nog geen anderhalve kilometer hiervandaan heeft voorgedaan. Het lichaam van de vrouw ligt op het fietspad langs de rivier. Sommige kledingstukken zijn van haar lijf gerukt, haar helm ligt meer dan zes meter verderop en er is bloed te zien. Het lijkt erop dat ze is overleden door een klap op het hoofd; dat heeft de eerst aanwezige agent Marino tenminste verteld.

'Hij zegt dat je kunt zien dat ze geworsteld en bewogen heeft terwijl haar hoofd tegen het pad werd geslagen,' voegt Marino eraan toe, maar waar ik op let, is de vermelding van een helm. 'Alsof er iemand heeft staan wachten tot ze door een dicht bosje kwam, waar niemand haar kon zien, en haar daar heeft gegrepen, en alsof ze als een leeuwin heeft gevochten.'

'Wat voor helm?' vraag ik. 'Was het slachtoffer op de fiets?'

'Zo te horen is ze aangevallen toen ze door het park fietste,' beaamt Marino. Ik hoor de opwinding in zijn strakke stem en voel een rilling over mijn rug gaan.

Ik moet onwillekeurig denken aan de vrouw die ik eerder vandaag heb ontmoet, eerst in het theater en toen op de stoep in Quincy Street. Opeens staat de jonge vrouw met het Britse accent me weer voor ogen, en ik wou dat dat niet zo was.

'Ze reed over het fietspad dat midden door het park loopt,' legt Marino uit, 'en het is gebeurd op die kleine open plek in een bosje bomen. Ik denk dat iemand haar daar heeft staan opwachten.'

'En haar helm was af en lag zo'n zes meter van het lichaam?' Weer zo'n detail dat tegen elke logica ingaat, net als de lijkstijfheid. Ik vraag me af wat voor kleur die helm heeft.

Ik hoop maar dat hij niet helderblauw is.

'Dat is het verhaal.' Ik weet precies hoe Marino klinkt als het echt erg is.

En dit is niet zomaar erg. Dit kan heel snel nog veel erger worden. De plotselinge aanval die hij beschrijft, kan leiden tot openbare paniek als er niet zorgvuldig mee wordt omgegaan. Ik voel me een beetje misselijk en denk aan de jonge vrouw op de fiets, die me raadselachtig aankeek toen Benton haar de gevallen fles water aangaf. Ze deed haar helm op voor ze wegfietste, maar nam niet de moeite het bandje vast te maken. Ik weet nog dat ik het zag bungelen toen ze de straat overstak en door de Yard reed, in de richting van Harvard Square en de rivier.

Dat moet tegen zeven uur zijn geweest, toen de zon onderging. Amper een uur geleden. Ik hou mezelf voor dat het een bizar toeval is, een bijna ongelooflijk toeval, als het slachtoffer de vrouw blijkt die ik heb gezien. Ik hoop bijna dat het detail over de lijkstijfheid juist lijkt te zijn. Als dat zo is, kan het slachtoffer niet de jonge vrouw op de fiets met de Converse-schoenen zijn.

Maar zelfs terwijl ik mezelf geruststel, weet ik dat wat Marino heeft gezegd over de lijkstijfheid niet waar kan zijn. De agent moet zich vergissen. Want ik geloof niet dat er – zelfs met dit weer – urenlang een lijk op een fietspad in het John F. Kennedy Park kan liggen zonder dat het ontdekt wordt. Ik vermoed dat de vrouw nog maar net dood is, en dan zie ik weer het rode gezicht en de glimlach van de jonge vrouw voor me.

Als je er niet aan doodgaat, word je er sterker van. Ik hoor haar stem in mijn hoofd.

'Ik heb al met je kantoor gebeld,' zegt Marino in mijn oortelefoontje. 'Rusty en Harold komen met een truck.'

'Ik moet een grote hebben'

'Het MCC,' zegt hij. Het meer dan tien meter lange mobiele commandocentrum met zijn drie assen is een goede keus als er ruimte is om hem te parkeren.

'We moeten de boel afzetten,' zeg ik tegen Marino. Ik kan het gezicht van de jonge vrouw met de sportieve zonnebril en de zelfverzekerde glimlach niet uit mijn hoofd krijgen.

'Dat heb ik al doorgegeven. Je weet tegen wie je het hebt, toch?'

Toen hij het hoofd van het onderzoeksteam van het CFC was, had hij ook de regie over ons wagenpark. In sommige opzichten weet hij meer over de praktische kant van onze operaties dan ik.

'Ik wil een plek om even uit de hitte te kunnen, en weg van nieuwsgierige ogen,' antwoord ik. 'En we hebben een heleboel water nodig.'

'Ja, er is niet echt een nachtwinkel in de buurt en het is aardedonker in het park. We zetten lampen neer.'

'Doe ze alsjeblieft nog niet aan. Dan wordt de plaats delict net een landingsbaan.'

'Maak je geen zorgen. We houden alles donker tot we er klaar voor zijn. En we doen wat we kunnen om de ramptoeristen op afstand te houden, vooral die lui die alles willen filmen met hun telefoon. Er staan daar overal studentenhuizen. Eliot House is aan de andere kant van Memorial Drive en dat is zo groot als het Pentagon, en dan heb je nog de Kennedy School en het verkeer op Memorial Drive. Dan heb ik het nog niet eens over de brug, en aan de andere kant van het water ligt Boston. Dus we zijn niet van plan de pd meteen vol in het licht te zetten.'

'Hebben we een naam?' vraag ik.

'Er is een identiteitskaart gevonden op het pad, vlak bij haar fiets. Elisa Vandersteel, drieëntwintig jaar oud, Brits. Als dat de dode vrouw is, uiteraard. Ik vermoed van wel.' De moed zakt me steeds verder in de schoenen. 'Mij is verteld dat ze wel op de foto lijkt, voor wat dat waard is. Ik stop nu voor de Faculty Club. Kom je naar buiten?'

'Uit welke Britse plaats?' Ik durf het bijna niet te vragen.

'Londen, geloof ik.'

'Weet je wat voor schoenen ze aanhad?' Ik zie de gebroken witte Converse-sportschoenen van de fietser voor me en ik weet vrij zeker dat ik een glimp heb opgevangen van fietssokken, van die heel korte die nog niet tot de enkel reiken.

'Haar schoenen?' vraagt Marino alsof hij me niet goed verstaan heeft.

'Ja.'

'Geen idee,' zegt hij. 'Hoezo?'

'Ik kom eraan,' antwoord ik.

10

Ik ga weg bij de voordeur en blijf staan bij het antieke tafeltje met het grote boeket.

In de salon staat Benton discreet opzij van het raam, bij de babyvleugel. Hij is nog steeds aan het telefoneren en zijn gezicht is hard en somber. Er is niemand bij hem in de kamer, en ik wilde dat ik hem kon vertellen over de vrouw op de fiets. Hij heeft haar ook gezien en nu is het misschien helemaal verkeerd met haar afgelopen.

Maar ik ga niet naar hem toe. Ik weet wanneer ik hem niet moet storen, en bovendien zie ik dat mevrouw P. weer op haar post staat en me door haar ouderwetse ronde brilletje aankijkt. Als ik terugkijk, slaat ze snel haar ogen neer en begint menu's open te slaan en de bladzijden te controleren. Ik merk dat ze doorheeft dat er iets mis is.

Ik kan niet verstaan wat Benton zegt tegen degene die hij aan de telefoon heeft, maar aan zijn toon hoor ik dat hij niet met dezelfde persoon praat als daarnet. Ik vang zijn blik en maak duidelijk dat ik moet gaan, en hij knikt. Dan wendt hij zich af. Hij legt niet zijn hand over de telefoon om te vragen wat er gebeurt of te vertellen wat er bij hem aan de hand is. En dus vraag ik me af of we echt zijn gebeld over dezelfde zaak.

Maar ik zie niet hoe dat mogelijk is. Op dit punt kan ik nog geen reden bedenken waarom de FBI belangstelling zou hebben voor een plaatselijk sterfgeval, mogelijk van een jonge vrouw uit Londen die Elisa Vandersteel heet. Maar het is verontrustend dat Marino het had over de International Criminal Police Organization of Interpol. Ik weet niet waarom hij daarover begon. Misschien heb ik het verkeerd verstaan. Maar ik moet steeds denken aan de vrouw met de helderblauwe helm en de Converse-schoenen die me 'die dame van de pindakaastaart' noemde.

Ik besef dat het identiteitsbewijs dat vlak bij het lichaam is aangetroffen niet per se van haar hoeft te zijn, maar toen ik haar ontmoette, klonk ze Brits, mogelijk met een Londens accent, en de knoop in mijn maag wordt strakker. Ik voel me persoonlijk betrokken. Alsof ik de dode vrouw ken. Alsof ik een van de laatste mensen ben die ze heeft gesproken of gezien. Ik roep mezelf tot de orde.

Ik bedenk dat ik niet met zekerheid kan zeggen wie er dood in het park ligt en hoe of waarom ze is doodgegaan. Ik doe de deur open en stap de donkere patio op, waar niemand zit in deze verstikkende warmte. Als ik over het pad loop, kijk ik bij elke stap om me heen. Ik luister of ik het zachte, nachtelijke geluid van insecten hoor, en van vogels die geschrokken en met ruisende vleugels van takken vliegen.

Ik spits mijn oren om het kraken van oude bomen, het ritselen van een bladerdak en het tsjirpen van een krekel op te vangen. Maar het is doodstil, op het verkeer na, dat ruist als de wind, een geruis dat soms even wegzakt en dan weer aanzwelt. Ik voel het solide, ruwe oppervlak van de stenen onder mijn zachtjes tikkende schoenen en ben me bewust van de zware, roerloze lucht en de felle insectenogen van de voertuigen in Quincy Street.

Ik loop langs dezelfde struiken en rotstuin als even eerder met Benton, maar het lijkt wel of ik me inmiddels op een andere planeet bevind, waar ik word omringd door onbekende, lege grasvelden, donkere vormen en schaduwen. Er beweegt niets, behalve het verkeer achter het hek, een eindje verderop. Ik zie de slaperig verlichte bibliotheken aan de overkant in de Yard, waar ik nog geen anderhalf uur geleden doorheen liep. Als ik bij de weg kom, staat Marino's SUV al achter Bentons Audi langs de stoeprand.

Het lijkt wel een déjà vu als ik instap en naar de achterkant van de verduisterde Batmobiel van mijn man kijk, die wordt verlicht door de gloed van de koplampen. Alleen zit hij er nu niet, en ik voel een steek van eenzaamheid bij de aanblik van de lege, donkere plek waar hij nog maar heel kortgeleden achter het stuur via de achteruitkijkspiegel naar ons zat te kijken.

Benton is nog in de Faculty Club, en ik blijf de rode voordeur in de gaten houden om te kijken of ik hem in het licht van de hal naar buiten kan zien komen en het pad af kan zien lopen. Maar er is geen spoor van hem te bekennen. Hij is zeker nog aan het telefoneren, en de gedachte komt bij me op dat hij in deze chaos doodnormale zaken moet afhandelen als betalen voor een diner dat we niet hebben kunnen opeten. Ik heb er zelf niet aan gedacht om naar de rekening te vragen. Ik ben gewoon naar buiten gelopen.

Als ik het portier dichttrek en de aktetas bij mijn voeten zet, vraag ik aan Marino wat hij mijn technici, Rusty en Harold, nog meer heeft laten meenemen.

'En zijn ze al vertrokken?' Ik trek de gordel voor me langs en klik het uiteinde in de gesp, die ik zoals gebruikelijk uit de spleet tussen de zitting en de rugleuning heb moeten trekken. 'Ik moet beschermende kleding hebben en een sporenkoffer. Ik heb helemaal niets bij me, zelfs geen handschoenen. En er is geen tijd om langs kantoor te gaan.'

'Rustig nou maar,' zegt Marino. 'Ik heb overal voor gezorgd.'

Hij ziet er nog net zo uit als toen ik hem voor het laatst zag, alleen heeft hij zijn das afgedaan. Ik zie hem op de achterbak liggen, slordig opgerold, als een polyester slang.

'Vertel me alsjeblieft dat de lampen uit blijven.' Er is geen sprake van dat ik rustig kan blijven. 'Als we de draagbare schijnwerpers aanzetten, kunnen we net zo goed uitnodigingen en een persbericht uitsturen.'

'Weet je nog waar ik gewerkt heb? Weet je nog wie zulke dingen allemaal regelde en nog steeds weet hoe dat moet?' Hij kijkt in de spiegels. 'Ik weet hoe het gaat.' Zijn blik schiet heen en weer en hij transpireert. 'Benton blijft zeker?' Marino kijkt naar de Faculty Club, die vierkant en eerbiedwaardig in het verre donker staat.

Achter de hoge ramen, elk met twaalf ruitjes, schijnt een bleekgouden licht; ik kan de salon met de mannelijke leren meubels, sprankelende kroonluchter en glanzende vleugel in kijken, en ik zoek Benton. Maar die gaat natuurlijk niet voor de ramen staan, waar de hele wereld hem kan zien.

'Ik weet niet goed wat hij aan het doen is,' antwoord ik. 'Toen ik wegging, had hij Washington aan de lijn.'

'Laat me raden.' Marino gaat er meteen van uit dat Bentons telefoontje te maken heeft met wat er net in het John F. Kennedy Park is gebeurd.

'Ik heb geen idee,' zeg ik als we wegrijden. 'Ik weet niet wat er aan de hand is, maar hij heeft eerder wel gezegd dat het terreuralarm weer verhoogd is.'

Marino zet de zwaailichten en de sirene aan. 'Er is iets gaande, doc. Ik zeg het maar even. En hij geeft de informatie niet door omdat de FBI dat nooit doet, maakt niet uit of je ermee getrouwd bent of niet.'

'Ik ben niet getrouwd met de FBI. Ik ben getrouwd met Benton.' Het is niet de eerste keer dat ik dat zeg.

'Als hij met Washington belt over de zaak-Vandersteel, gaat hij je dat in geen miljoen jaar vertellen.' Marino zegt het alsof hij mijn man beter kent dan ik. 'Misschien heeft hij Interpol wel aan de lijn. Dat zou dat belletje dat ik kreeg kunnen verklaren, aangenomen dat het nieuws over de zaak al tot daar is doorgedrongen, en als dat zo is, zou ik graag willen weten hoe dat in godsnaam mogelijk is. Maar Benton vertelt je geen ene moer, tenzij dat in zijn straatje past, want op dit moment is hij de FBI. En ja, je bent ermee getrouwd. Of wat misschien nog erger is: hij is ermee getrouwd.'

'Je hebt het nu al een paar keer over Interpol gehad.' Ik heb op dit moment geen zin in zijn kleinerende uitlatingen over Benton, de FBI of wie dan ook. 'Waarom is dat?' vraag ik.

'Hebben ze jou soms ook gebeld?' Marino kijkt even naar me met zijn bloeddoorlopen, maar felle bruine ogen.

'Nee.' Ik snap niet waar hij het over heeft. 'Waarom zouden ze dat doen?'

Marino scheurt rechts Harvard Street in. De route die hij neemt, voert me zo'n beetje terug langs de route van mijn eerdere onbezonnen wandeling.

Alleen is het nu helemaal donker en worden de sterren en de kwart maan verdoezeld door een waas van hitte dat al dagen over de horizon ligt en de pastelkleuren van de schemering versterkt tot brede stroken feloranje, rood en dieproze.

'Ik zal je het hele verhaal maar even uit de doeken doen,' zegt Marino. 'Eigenlijk was ik bij het CFC.'

'Waarom?' Ik kijk naar zijn rode gezicht en zijn grote ogen. Hij rijdt zo hard langs appartementengebouwen, een boekenwinkel, een bank, een café en andere bedrijven dat die wazige lichtketens aan beide kanten van de tweebaansweg vormen.

'Omdat Lucy en ik wilden kijken of we nog iets konden ontdekken over dat onzintelefoontje naar de alarmcentrale door iemand die stemvervormende software gebruikt,' zegt hij, en dat is een antwoord op een paar van mijn vragen.

Het was te verwachten dat Lucy de subtiele maar vreemde uniformiteit van de vermoedelijk vervormde stem zou opmerken. Ze zal er iets over tegen Marino en ook tegen Benton hebben gezegd.

'Ze zit in haar lab,' zegt Marino. 'In elk geval vlak voordat ik jou belde.'

'En toen?' vraag ik terwijl we met een flinke snelheid over de campus van Harvard rijden. 'Je was met haar in het CFC, en wat is er toen gebeurd?'

Er zijn nu meer mensen op de been, die over de stoepen en door de Yard lopen. Maar het komt niet in de buurt van de gebruikelijke drukte, de kenmerkende bedrijvigheid van Cambridge, waarvan ik altijd heb gezegd dat het een geconcentreerde versie is van elke grote stad op de wereld, met alle problemen en voordelen van dien.

'Toen werd ik gebeld door Clay,' zegt Marino.

'Ken ik die?'

'Tom Barclay.'

'De rechercheur?'

'Ja.'

'Aha.' Dit verandert de zaak.

Ik kijk naar buiten en zie dat we nog maar een paar minuten van het park en de rivier verwijderd zijn. Ik kan de bakstenen Widener Library met de groenblauwe koepel en het stenen Department of Linguistics met het leien dak zien. Het is een onaangename verrassing wat Marino me nu vertelt. Het is geen goede zaak dat de informatie van Tom Barclay kwam.

'Aha,' zeg ik nogmaals. 'Dus het was geen gewone agent die als eerste ter plekke was.'

'Nee. Het was Clay,' antwoordt Marino. Clay, of rechercheur Barclay, zoals ik hem ken, is onlangs overgeplaatst van de afdeling Vermogensdelicten naar de afdeling Zware Delicten.

Ik heb zelf nog niet met hem gewerkt, maar een van mijn lijkschouwers had eerder deze week een zaak met hem en heeft over hem geklaagd. Barclay is veel te zeker van zichzelf en weet niet wanneer hij zijn mond moet houden. Hij mag dan een cursus hebben gevolgd over onderzoek van een plaats delict, dat wil nog niet zeggen dat hij de kennis heeft om verschijnselen als lijkstijfheid, lijkvlekken en andere veranderingen die na de dood intreden te identificeren en interpreteren. Een beetje kennis kan gevaarlijk zijn als het gepaard gaat met eigenwijsheid.

'Dat detail over de lijkstijfheid is vreemd en verontrustend,' zeg ik boven het geraas van de motor uit tegen Marino. 'Hij heeft eerder lijken gezien.'

'Niet vaak.'

'Maar wel een paar keer. En hij zou bepaalde postmortem verschijnselen moeten kunnen herkennen,' voeg ik eraan toe, 'hopelijk zonder ze door elkaar te halen of er een verkeerde voorstelling van te geven. Maar het lijkt een vreemde vergissing om officieel te verklaren dat ze al stijf wordt als dat niet het geval is. Eigenlijk hoort hij tegen jou helemaal niets te zeggen wat jij weer aan mij doorgeeft. Als dat officieel op schrift wordt gesteld, kom je met een dossier te zitten dat je niet wilt hebben.'

Ik benadruk het woord 'officieel' omdat uitlatingen van rechercheur Barclay die Marino aan mij doorgeeft een probleem kunnen worden als ze worden vastgelegd of verspreid. De dode vrouw en al het biologische bewijs van de plaats delict behoren tot mijn jurisdictie, en dat betekent dat ik hier ben in mijn officiële functie.

Ik ben hier niet als Marino's moeder, vrouw, vriendin, partner, mentor of maatje, en er blijft tegenwoordig niet veel meer privé. De informatie die wij uitwisselen, valt helaas niet onder de juridisch beschermde uitlatingen. Ons kan alles gevraagd worden als we onder ede staan.

'Clay is nieuw. Hij heeft nog nooit een moordzaak gehad en hij denkt dat hij een genie is. Wat kan ik verder tegen je zeggen?' antwoordt Marino. 'We zullen het zelf wel zien, maar hij zei dat ze stijf was. Hij heeft haar aangeraakt en ze voelde zo stijf als een etalagepop. Dat heeft hij tegen mij gezegd.'

'Als hij er niet zeker van was of het niet wist, had hij beter zijn mond kunnen houden.' Dit is teleurstellend en kan ons later problemen opleveren. 'Het is erger omdat hij rechercheur is.'

'Dat weet ik,' zegt Marino. 'Daarom zeg ik ook altijd tegen hem en alle anderen dat ze moeten nadenken voor ze hun grote waffel opentrekken en dat ze moeten uitkijken met wat ze opschrijven, e-mailen of op dat verdomde Facebook zetten.'

Op Harvard Square weerkaatsen de rode en blauwe flitslichten van de SUV op de verkeersborden en in de ramen van de gebouwen en auto's. Ik begin weer over Interpol.

'Waarom hebben ze jou gebeld?' wil ik weten.

'Dat is de hamvraag.'

'En wanneer was dat?'

'Ik zal even bij het begin beginnen, dan krijg je een idee van de timing,' zegt Marino. 'Allereerst word ik gebeld door Clay. Ik zeg tegen Lucy dat ik weg moet en ga naar beneden...'

'Je was bij haar in het lab toen rechercheur Barclay je belde?' vraag ik, en Marino knikt en legt uit dat hij er net was en ze juist wilden beginnen met het afluisteren van het telefoontje naar de alarmcentrale.

'Toen ging mijn telefoon, en het was Barclay. Hij zei dat hij op de plaats delict was van een moord in het JFK Park, aan de oever van de rivier.'

'Heeft hij echt gezegd dat het om een moord ging?' vraag ik. 'Ook dat had ik liever niet gehad.'

'Hij zei dat het eruitzag als een poging tot verkrachting en dat ze was doodgeslagen.'

'Ik weet niet waarom je nog de moeite hebt genomen me op te halen.' Politiemensen als Barclay kunnen voor netelige situaties zorgen. 'Zo te horen doet hij met alle plezier mijn werk.' Ik moet een woordje met hem wisselen voor de nacht voorbij is. 'Waarom ben ik eigenlijk van tafel opgestaan?'

'Ja, ik heb ook de schurft aan die kerel,' zegt Marino. 'Je moest eens weten. Over je mond voorbijpraten gesproken. Het komt geen moment in zijn hoofd op dat hij misschien geen deskundige is, waar het ook over gaat.'

'Ik hoop dat hij die meningen niet vrijuit deelt met iedereen die hij spreekt,' voeg ik eraan toe, 'want zo krijg je nou misinformatie op de wereld. Maar even terug naar Interpol. Vertel me over dat telefoontje.'

'Zoals ik al zei, vroeg Clay me naar de plaats delict te komen. Vervolgens wilde hij weten of hij jouw kantoor moest bellen, en ik zei dat ik dat wel zou doen. Toen ik Lucy's lab uit was gelopen, de lift naar beneden had genomen en op de parkeerplaats in mijn auto stapte, ging mijn telefoon weer.' Marino vertelt het met luide stem om boven het lawaai van de motor uit te komen.

'Dit keer was het een onbekend nummer. Je weet wel, als je alleen een rij nullen op het scherm ziet. Als de beller zijn nummer verbergt en het niet iemand is die in je contacten staat,' zegt hij. 'Dus ik nam op, en toen was het Washington.'

11

'Het was Interpol.' Marino zegt het alsof er geen twijfel aan kan bestaan.

Ik vraag hoe hij daar zo zeker van kan zijn. 'Je zei dat het nummer niet werd weergegeven. Dus het is mij niet duidelijk hoe je weet wie er belde,' voeg ik eraan toe. Andere automobilisten gaan voor ons aan de kant.

'De beller zei dat hij rechercheur was bij hun bureau in Washington, het NCB, en dat hij op zoek was naar rechercheur Peter Rocco Marino van de politie van Cambridge.'

Het Amerikaanse hoofdkwartier van Interpol, het National Central Bureau (NCB), rapporteert rechtstreeks aan de minister van Justitie. En noch het NCB, noch Interpols mondiale hoofdkantoor in Frankrijk zou belangstelling hebben voor een Amerikaanse zaak, tenzij er een vermoeden bestaat van criminele activiteiten die zich tot buiten onze grenzen uitstrekken. Die gedachte voert me terug naar de vrouw met het Britse accent, en ik hoop dat ze niet dood is.

Ik zie haar helderblauwe helm met het losse bandje voor me. Ik had er iets van moeten zeggen. Ik had erop moeten aandringen dat ze het vastmaakte.

'Ik vroeg die vent van het NCB waarover hij belde en hij zei dat hij zich bewust was van de ontwikkelingen in het park,' legt Marino uit.

'Dat waren zijn exacte woorden? *De ontwikkelingen in het park?*' Nu ben ik echt verbaasd.

'Ik zweer het je. En ik dacht: wat krijgen we nou? Over welke ontwikkelingen kan hij het hebben? Hoe kan hij weten dat hier in Cambridge een lijk in het park ligt?'

'Ik begrijp niet...' begin ik.

'Ik vroeg hoe hij iets kon weten van welke ontwikkeling in Cambridge dan ook,' valt Marino me in de rede. 'Hoe kwam hij daaraan? En hij zei dat hij dat niet mocht zeggen.'

'Ik begrijp er niets van,' herhaal ik. 'Hoe is het mogelijk dat Interpol jou belt over Elisa Vandersteel, aangenomen dat zij de dode is?' Het is volslagen onlogisch. 'Is haar naam genoemd?'

'Nee. Maar hij had het over een plotselinge dood. Zo zei hij het: *een plotselinge dood met internationale gevolgen*, en daarom is Interpol erbij betrokken,' zegt Marino.

'De dood van Elisa Vandersteel heeft inderdaad internationale gevolgen,' antwoord ik, 'omdat ze geen Amerikaanse is. Nogmaals: aangenomen dat het rijbewijs dat van de dode vrouw is.'

'Ik had het idee dat hij het over die zaak had. Dat hij er op de een of andere manier van wist.'

'Vertel me dan hoe dat kan. Ik heb nog nooit zoiets gehoord,' protesteer ik. 'Zelfs de plaatselijke media hebben er nog geen lucht van gekregen. Staat er iets op internet waarover mij niets is verteld? Hoe kan Interpol over het sterfgeval weten voordat jij erbij bent geweest of zelfs maar een lijkschouwer hebt gebeld?'

'Ik heb Lucy gevraagd of er iets getweet was of zo,' zegt hij. 'Meteen na mijn gesprek met die rechercheur van Interpol heb ik haar gebeld. Voor zover wij weten staat nergens iets gemeld over de zaak-Vandersteel. Aangenomen dat ze zo heet. Maar je hebt gelijk. Het ziet ernaar uit dat Interpol er eerder van wist dan wij tweeën, en dat begrijp ik ook niet.'

Marino's portofoon staat rechtop in de houder om op te laden, en het is me niet ontgaan dat er heel weinig radioverkeer is. Het is zelfs zo rustig dat ik de radio helemaal was vergeten tot mijn blik erop viel. Ik heb helemaal niets gehoord wat iemand duidelijk zou kunnen maken dat er in het park een lijk op ons ligt te wachten.

'Maar hoe kunnen de rechercheurs of analisten van Interpol weten dat er het laatste halfuur of zo een lichaam is gevonden in een park in Cambridge?' vraag ik. 'Het spijt me, maar hier klopt iets niet, Marino. Zo werkt het niet. Normaal verzoekt de plaatselijke politie om assistentie als er internationale belangen in het spel kunnen zijn...'

Hij valt me weer in de rede. 'Ik weet hoe het normaal werkt. Dacht je verdomme dat dit de eerste keer is dat ik meedraai?'

'Ik geloof niet dat ik er ooit van gehoord heb dat Interpol uit zichzelf contact opnam over een moord waarover bijna niemand nog iets weet,' benadruk ik. 'We weten nog niet eens of het wel moord is. Bovendien hebben we de identiteit van het slachtoffer nog niet vastgesteld. We weten helemaal niets.'

'Ik kan je alleen maar vertellen dat de rechercheur die belde zei dat hij van de afdeling Terreurbestrijding was. Hij zei dat hij had begrepen dat we een ontwikkeling hebben.' Weer dat woord. 'Een sterfgeval met internationale gevolgen, en door de bewoordingen die hij gebruikte, kreeg ik het idee dat hij dacht aan terrorisme. Ik wou verdomme maar dat ik een opname had van wat hij heeft gezegd.'

'En waar had hij die informatie vandaan?' Daar blijf ik op hameren. 'Alleen door een Brits rijbewijs op een fietspad? En hoe kan hij zelfs daarover weten als Barclay het hem niet heeft verteld? Dit is absurd.'

'Toen ik hem vroeg hoe hij in godsnaam kon weten wat er in Cambridge gebeurde en waarom hij me rechtstreeks belde, zei hij dat ze een e-mail hadden gekregen met mijn naam en telefoonnummer, waarin ik als contactpersoon werd genoemd.' Marino kijkt recht voor zich uit. Hij denkt ongetwijfeld hetzelfde als ik, maar wil het niet toegeven.

'Zo werkt Interpol niet.' Ik laat het er niet bij zitten, want dit weet ik zeker. Marino is om de tuin geleid. 'Ze hebben geen helderzienden met glazen bollen die zaken kunnen voorspellen voordat de rest er iets over hoort, voor zover ik weet.' Meteen heb ik spijt van mijn woorden, want hij zal ze opvatten als een rechtstreekse aanval, en dat is niet de bedoeling. 'Het is onwaarschijnlijk, zo niet onmogelijk, dat ze iets weten van een plaats delict en een lijk waar wij nog niet eens naar gekeken hebben.'

'Tja, ik ben niet degene die vriendjes is met de secretaris-generaal,' sneert Marino. 'Misschien moet je hem bellen en vragen hoe ze er verdomme zo snel achter zijn gekomen.'

Ik ben talloze malen in het hoofdkwartier van Interpol in het Franse Lyon geweest en ga vriendschappelijk om met de secretaris-generaal, Tom Perry, een Amerikaan die is afgestudeerd met een beurs van Rhodes, het voormalige hoofd van het National Institute of Justice en een echte renaissanceliefhebber.

'Als het nodig is, doe ik dat.' Ik blijf redelijk, let niet op Marino's sarcasme en pas goed op de toon waarop ik het zeg, want ik heb geen zin om ruzie met hem te maken. 'Hoe is het afgelopen?'

'Die man zei dat er contact was opgenomen met het hoofdkwartier in Washington, het NCB, maar hij zei er niet bij door wie. Hij zei dat dat geheime informatie was – dezelfde rotsmoes die ik altijd gebruik. Dus dacht ik er niet verder bij na,' legt Marino uit, maar ik merk dat hij er nu wel over nadenkt.

'Dit lijkt te veel op dat telefoontje naar de alarmcentrale,' antwoord ik, in de hoop dat hij dezelfde verbanden legt als ik.

Ik heb liever dat hij zijn eigen conclusies trekt in plaats van zijn boosheid op mij te richten.

'Ja, en die man hoestte.'

'Wie?'

'Die man van Interpol hoestte een paar keer, en ik weet nog dat ik me afvroeg of hij soms verkouden was. En nu bedenk ik dat degene die het alarmnummer belde ook hoestte.'

Er klinkt iets scherps door in de sombere opmerking van Marino en zijn gezicht is vuurrood.

'Ik begin te denken dat de klootzak die Elisa Vandersteel heeft vermoord anoniem zijn eigen zaak aan Interpol heeft gemeld omdat hij wil dat de hele wereld ervanaf weet,' zegt hij boven het geluid van de auto uit, en ik zie een ader kloppen in zijn nek. 'Joost mag weten wie hij nog meer op de hoogte heeft gesteld.'

Dat is misschien Marino's grootste zorg. Maar niet die van mij.

Hoe bozer hij wordt, hoe rustiger ik ben.

'Er moet een bron zijn,' hou ik vol, want ik heb veel vaker met internationale zaken te maken dan Marino en ik ken de routines en de protocollen. 'Heeft iemand van de politie contact opgenomen met Interpol? Met andere woorden, heeft een andere politieman het NCB in Washington gebeld over de zaak in Cambridge? Want dat zou geen geheime informatie moeten zijn.'

'Ik heb geen idee wie de bron was, maar iemand heeft iemand iets verteld, dat staat wel vast,' schreeuwt hij boven het gebrul van de motor uit. 'Maar Barclay zeker niet. Dat zou hij nooit doen zonder het eerst met mij op te nemen. Hij zou er niet eens aan denken.'

'Interpol praat niet zomaar met iedereen. Je moet je identificeren en je wordt nagetrokken.' Ik breng hem voorzichtig naar een beslist onaangename waarheid.

'Ik geloof niet dat ze gebeld zijn. Het leek erop dat ze een e-mail hebben gehad.' Marino gaat helemaal over de rooie als straks tot hem doordringt wat er precies is gebeurd.

In de donkere SUV kijk ik naar zijn profiel: de grote koepel van zijn kale hoofd, de sterke neus en de harde trek van zijn zware kaken.

'Ik weet dat een e-mail de snelste en eenvoudigste manier is om iets aan ze te melden,' zegt hij. 'De formulieren staan gewoon op internet. Ze hebben een website en zo. Het is gemakkelijk, maar het wordt ook gecontroleerd en alles is te traceren.'

'Dan kunnen we dus verwachten dat het NCB het zou weten als een per e-mail ontvangen tip nep was,' zeg ik weloverwogen. 'Met andere woorden, het NCB zou weten dat de mail niet afkomstig was van een echte politieman of iemand anders die gerechtigd is een incident of een bedreiging te melden.' Ik heb zo mijn vermoedens, maar de richting die die uit gaan staat Marino helemaal niet aan.

'Dat zou je wel denken,' zegt hij enigszins verdedigend. Dat verwachtte ik al, want hij zou moeten weten wat er nu komt.

Hij had het eerder door moeten hebben dan ik, maar het is

een onaangename waarheid. En dan doe je er langer over. Het is moeilijker te aanvaarden.

'Het kan ook zijn dat Interpol niet op de hoogte is gesteld door een bevoegd iemand,' opper ik. 'En jij ook niet,' voeg ik eraan toe. Hij doet alsof hij me niet hoort.

'Je zou denken dat de rechercheur die me belde me wat tegemoet had kunnen komen door erbij te zeggen dat ze niet zeker waren van de geloofwaardigheid van de tip, dat de mogelijkheid bestond dat een of andere gek iedereen in de zeik nam.' Nu klinkt Marino beledigd, en hij blijft negeren wat ik zeg. 'Maar ik heb alles gewoon voor waar aangenomen.'

'Ben je er absoluut zeker van dat het een rechercheur van Interpol was die je belde?' Ik begin Marino te confronteren met mijn vermoeden, maar hij zwijgt.

In zijn kleurrijke en verwarrende taalgebruik is dit het hele eieren eten, het vergif in de staart, de adder onder de tent en de olifant in de hooiberg. Ik vraag met wie hij nu eigenlijk heeft gesproken, want alles wijst erop dat hij voor gek is gezet. Zo zal het voor hem tenminste aanvoelen.

'Ik vraag me af waarom je dacht dat je Interpol aan de telefoon had, behalve wat de beller zelf beweerde.' Ik probeer een andere benadering en voel dat Marino koppig zijn hakken in het zand zet.

Dan zegt hij: 'De enige manier om daarachter te komen, is om die klootzak terug te bellen, denk ik.'

Hij pakt de telefoon van zijn schoot, voert de code in en geeft hem aarzelend aan mij, alsof hij een bewijsstuk overhandigt dat hem alleen maar problemen zal opleveren.

'Ga maar naar mijn notities,' zegt Marino, terwijl hij strak naar de weg blijft kijken. 'Dan zie je het nummer. Als je op de app klikt, kun je de gegevens lezen die hij me heeft gegeven.'

'Waarom heeft hij dat gedaan? Zodat je hem terug kon bellen en verslag van je bevindingen kon doen?'

'Verdomd als ik het weet. Hij heeft me gewoon een nummer gegeven en gezegd dat ik hem op de hoogte moest houden en dat we elkaar morgen weer zouden spreken,' zegt Marino. Het hele geval klinkt met de seconde meer als een misselijke grap.

Ik heb in de loop van mijn carrière nauw samengewerkt met Interpol. We hebben altijd een hechte relatie gehad, want als het gaat om dood en geweld is de wereld maar klein. Hij wordt bovendien steeds kleiner, en het komt steeds vaker voor dat ik geheime internationale informatie ontvang over voortvluchtigen en mensen die zijn verdwenen of die dood en naamloos in de Verenigde Staten opduiken.

Ik heb ook te maken met Amerikanen die in het buitenland overlijden, en nu en dan blijkt de overledene een undercover politieman of een spion te zijn. Ik weet hoe ik moet omgaan met het ministerie van Justitie, het Pentagon, de CIA, de VN Veiligheidsraad en verschillende internationale politiemachten en rechtbanken. Ik kan naar waarheid zeggen dat wat Marino me hier vertelt totaal niet lijkt op het normale proces.

'Dus je wilt dat ik dit nummer bel?' Ik kijk naar het nummer dat hij in zijn telefoon heeft gezet, een telefoonnummer met het netnummer van Washington.

'Waarom niet?' Hij is net een hogedrukpan die op het punt staat te ontploffen.

'Ik wil niet praten met degene die gaat opnemen. Bovendien is het jouw telefoon en niet de mijne.' Ik kijk naar de telefoon in mijn hand en naar het nummer op het elektronische notitieblok.

'Je moet niet altijd denken als een jurist. Bel nou maar gewoon. We kunnen het net zo goed doen, en dan luisteren we allebei op de speaker. Eens zien of die rechercheur opneemt.'

'Je hebt me zijn naam niet gezegd. Naar wie moet ik vragen?'

'John Dow. Dow zoals in Dow-Jones.' Marino's kaakspieren verstrakken.

'Of als in John Doe, oftewel de grote onbekende?'

'Ik ben er vrij zeker van dat hij het uitsprak als Dow.' De roodheid in zijn gezicht breidt zich uit naar zijn hals.

Ik tik op het nummer en kies de optie BELLEN, en dan wacht ik op verbinding. Die komt tot stand en de telefoon rinkelt luid door de speakers in de SUV.

'Het Hay-Adams Hotel. U spreekt met Crystal, wat kan ik voor u doen?' zegt een vrouwenstem.

'Hallo?' zegt Marino met een nietszeggend gezicht, dat al snel vertrekt tot een moordlustig masker. 'Is dit het Hay-Adams? Het hotel?' Hij draait zijn woedende en verbijsterde gezicht naar me toe en zijn mond vormt de woorden 'Wat krijgen we nou?'.

'Dit is het Hay-Adams in Washington. Waarmee kan ik u helpen, meneer?'

'Zou u me uw nummer even willen geven om te controleren of het inderdaad het nummer is dat ik heb gekregen?' vraagt Marino, die zijn boze ogen op de weg richt.

'Probeerde u contact te krijgen met het Hay-Adams Hotel, meneer?'

'Het zou helpen als u me uw nummer wilt geven. Ik denk dat ik het verkeerde nummer heb ingetoetst,' zegt Marino, en na een korte stilte noemt de vrouw het nummer op dat ik in de notitie heb gelezen.

'Dank u. Foutje van mijn kant.' Marino verbreekt de verbinding. 'Godverdegodver!' Hij slaat met zijn vlezige vuist op het stuur.

Wat hij heeft genoteerd, is het nummer van een hotel. Dat is hem gegeven door iemand die beweerde dat hij rechercheur was bij de afdeling Terreurbestrijding van Interpol. Dit is erger dan een typefout of zelfs een opzettelijke en spottende misleiding. Het is persoonlijk en niet alleen gericht tegen Marino. Misschien wel helemaal niet tegen hem, maar dit is niet het moment om hem dat te vertellen. Het Hay-Adams betekent niets voor hem, en ik betwijfel of hij er ooit heeft gelogeerd.

Maar het hotel staat dicht bij het Capitool en het Witte Huis en is ook heel geschikt als je op het hoofdkwartier, de academie of de afdeling Gedragsanalyse van de FBI in het noorden van Virginia moet zijn. Het Hay-Adams is onze eerste keus als Benton en ik samen naar Washington moeten, en we zijn er een paar weken geleden nog geweest voor zaken en voor ons plezier. We hebben musea bezocht en Benton had vergaderingen in Quantico, terwijl ik overlegde met generaal Briggs over onze presentatie over het ruimteveer bij de Kennedy School.

Ik ga na of er iets is opgevallen aan dat reisje, maar er komt niets bijzonders bij me op. Ik moest werken en Benton ook. We zijn allebei verscheidene kantoren in geweest en hebben een heleboel mensen gezien. Op onze laatste avond hebben we met Briggs en zijn vrouw gedineerd in The Palm, het restaurant met de striptekeningen op de muren.

Ik herinner me dat we aan een tafeltje zaten met een heel leger iconische personages om ons heen: Nixon, Spiderman, Kissinger en Dennis the Menace.

12

Een politiewagen komt met gierende banden en loeiende sirene in een strakke linkerbocht Winthrop Street uit en gaat achter ons rijden. Als een flitsende lichtshow stormen we door John F. Kennedy Street, en de andere automobilisten remmen en gaan uit de weg.

'Shit. Dit is klote. Die verdomde klootzak.' Marino vloekt nog steeds als een bootwerker, om nog een van zijn geliefde clichés te gebruiken.

Hij kijkt in zijn spiegels en ik leun achterover op mijn stoel en hoop maar dat we nergens tegenaan rijden. We gaan niet zo snel als het lijkt, maar het is toch zenuwslopend, want Marino is in een moorddadige bui vanwege het telefoontje naar het Hay-Adam Hotel. Een lijk is voor hem zelden reden om de zaak als een noodgeval te bestempelen. Zwaailichten en sirenes zijn meestal niet nodig. Over het algemeen is het te laat om nog iets te kunnen redden of voorkomen, maar door zijn blinde woede is hij ongeduldig en agressief.

'Jezus christus! Wie was dat in godsnaam? Wie heb ik verdomme aan de telefoon gehad?'

Zo gaat hij maar door sinds we gebeld hebben. Er is niets wat ik kan zeggen en ik weet dat ik beter gewoon kan luisteren. Marino moet zijn woede kwijt en dan is alles weer in orde. Maar hij is niet van het vergeven en vergeten. Nooit geweest. Wie Pete Marino voor gek zet, zal ervoor boeten. Het kan jaren duren. In sommige gevallen heeft het hem tientallen jaren gekost.

'Niet te geloven. Dit is godverdomme het toppunt! En wat denkt die idioot van een Roberts dat hij aan het doen is?' Marino kijkt woedend via zijn achteruitkijkspiegel naar de patrouillewagen die met loeiende sirene en zwiepende zwaailichten achter ons aan rijdt. 'Heb je mij om assistentie horen vragen? Heb je mij om een back-up horen verzoeken en *mayday* horen roepen?'

Hij schreeuwt bijna en kijkt boos naar mij. Ik zwijg, blijf goed vastgegespt in mijn stoel zitten kijken naar de pulserende lampen in de zijspiegel en wacht tot hij kalmeert.

'Dat dacht ik niet, nee.' Hij geeft luid antwoord op zijn eigen vragen. 'Dat noemen ze nou wildwesttaferelen. Die sukkel gaat met al die toeters en bellen helemaal nergens naartoe, want ik kan hem missen als kiespijn.'

Marino kijkt om de seconde in de spiegel en zijn kaakspieren bewegen als een razende. Hij grist zijn portofoon uit de lader.

'Wagen drieëndertig.' Hij houdt de portofoon dicht bij zijn lippen en is zo nijdig dat hij de woorden bijna uitspuugt.

'Drieëndertig.'

'Vraag wagen honderdvierenzestig om me te bellen.' Hij is meteen weer heel beleefd en zelfs een beetje lief als hij met de telefoniste praat die hij Rosie noemt.

'Begrepen, drieëndertig,' zegt ze. Ook haar stem klinkt anders als ze met hem praat, en dat steekt me een beetje.

Marino houdt van vrouwen, maar hij heeft nooit geweten wat hij met ze aan moest buiten het vaste patroon van hofmakerij, gezeur aan zijn hoofd, zich om de tuin laten leiden en in het algemeen denken met zijn 'derde been', zoals Lucy het niet erg kies omschrijft. Geen van zijn relaties is een lang leven beschoren, zelfs niet die met zijn ex-vrouw Doris, over wie hij volgens mij nooit heen is gekomen. Met mij heeft hij ook meer dan eens ruziegemaakt, heel erg en bijna onherstelbaar.

Ik denk aan zijn geflirt met mijn zus in Miami. Benton dacht zeker te weten dat er iets tussen die twee speelde toen we daar eerder deze zomer waren, en ik vraag me af hoe dat me kan zijn ontgaan. Ik zie hoe hij de portofoon weer op de lader zet terwijl Rosie wagen 164 belt en de boodschap doorgeeft.

Dan kijk ik op mijn telefoon of er nog nieuws is over de aankomst van mijn zus op Logan. Ik sta op het punt om Lucy te melden dat ik in het licht van wat er is gebeurd niet naar de luchthaven kan gaan als ik word afgeleid door het gerinkel van Marino's telefoon.

'Wat kan ik voor je doen? Wat is er aan de hand?' Er klinkt een mannenstem in de auto; agent Roberts klinkt hyper en veel te opgewekt.

‘Jij bent er aan de hand.’ Marino gaat er vol in. ‘Ik zie je op mijn bumper zitten en je moet maken dat je wegkomt.’ En dat op uitermate scherpe toon.

‘Dat moet jij nodig zeggen, je lijkt zelf wel een kerstboom. Je weet wat ze zeggen: goed voorbeeld doet goed volgen...’ Roberts kaatst de bal terug alsof hij de tijd van zijn leven heeft, maar Marino valt hem in de rede, want nu is hij echt kwaad.

‘Zet die vervloekte lichten en die verdomde sirene uit, Roberts. Als ik een sukkel nodig heb, ben jij de eerste die ik bel,’ snauwt Marino.

Als hij de hoorn op de haak had kunnen smijten, had hij het zeker gedaan. Maar dat gaat niet. Hij drukt op een knop op zijn stuur om zijn tirade af te sluiten.

‘Ik weet niet waar hij op reageerde,’ zeg ik verbaasd. ‘Ik heb op de radio niets gehoord wat zou kunnen wijzen op een mogelijke moord in het park.’

‘Hij weet dat daar iets aan de hand is. Hij weet misschien niet wat, maar iedereen weet dat er stront aan de knikker is. Die radiostilte is opzettelijk, maar dan ziet hij ons langskomen en dat is zijn excuus om achter me aan te gaan,’ gromt Marino.

Ik herinner hem eraan dat het misschien niet zo’n goed idee was om zelf zijn zwaailichten en sirene aan te doen. Dat trekt beslist de aandacht.

‘Maar dat betekent niet dat je me moet volgen. Dit is verdomme geen parade. Het is geen feestje of sportevenement.’ Marino praat zo hard hij kan. ‘Iedereen wil wel de rechercheur uithangen, tot ze het papierwerk moeten doen, te maken krijgen met advocaten, vervolgd worden, op alle uren van de dag worden opgeroepen en alle andere ellende over zich heen krijgen waar wij mee te maken hebben.’

Ik zie de patrouillewagen in de zijspiegel wegvallen en in de verte verdwijnen. De rode en blauwe flitsen zijn verdwenen en de sirene is met een laatste klagende stoot uitgezet. Wagen 164 remt af en gaat linksaf South Street in, terwijl wij als een loeiend lichtbaken door een goed verlichte straat met restaurants, cafés, bars en brouwerijen scheuren.

‘Misschien was het echt Interpol,’ zegt Marino. Het is maar goed dat ik eraan gewend ben dat hij altijd van de hak op de tak springt. 'Misschien heb ik het nummer verkeerd opgeschreven.' Hij gaat verder waar hij gebleven was, met het telefoontje van de zogenaamde rechercheur. 'Misschien is dat alles.'

'Dat betwijfel ik. Het spijt me dat ik het moet zeggen, maar ik denk dat dat telefoontje precies is wat het lijkt te zijn, Marino, hoe verontrustend dat ook is.' Ik zeg er niet bij dat hij zich ongeveer zal voelen als ik toen Benton het telefoontje naar de alarmcentrale voor me afspeelde, dat Marino me niet wilde laten horen.

Ik weet maar al te goed hoe het is om vals beschuldigd, uitgesloten, gekleineerd, vreemd behandeld of gewoon gekweld en lastiggevallen te worden. Maar als Marino van streek is, vergelijkt hij zijn situatie niet met die van anderen, ook niet met die van mij. Er is maar één situatie. Die van hem.

'Wacht maar tot ik die klootzak te grazen krijg.' Zijn woede keert in volle hevigheid terug. 'Hoe heeft die vent verdomme mijn naam en telefoonnummer te pakken gekregen? Waar heeft hij die informatie vandaan? Hoe wist hij dat hij mij moest hebben?'

'Ik weet het niet.' Dat zeg ik vandaag veel.

'Nou, dat is het belangrijkste wat we moeten uitzoeken. Wie heeft die lulhannes die informatie gegeven?'

'Ik geloof niet dat dat het belangrijkste is wat we op dit moment moeten uitzoeken.' Ik kijk naar hem en vind het vreselijk dat iemand hem zo in de tang heeft genomen.

Ik weet hoe Marino in elkaar zit. Hij kan het absoluut niet hebben om voor gek te worden gezet, om het gevoel te krijgen dat hij nog net zo onbeduidend, onbelangrijk en machteloos is als toen hij opgroeide in een achterbuurt in New Jersey.

'Ik stel voor dat je dit voorlopig even in de ijskast zet. We maken ons later wel druk om Interpol. Als je de gelegenheid hebt, kun je Lucy misschien naar je telefoon laten kijken om te zien of ze het telefoontje dat zogenaamd van de afdeling Terreurbestrijding van het NCB kwam kan traceren.'

'Oké,' zegt hij strak. Hij kan zichzelf wel voor zijn kop slaan.

Marino is voor de gek gehouden, en het zou vervelend zijn als andere politiemensen daarachter komen.

Ik denk bijvoorbeeld aan Roberts, die net een veeg uit de pan heeft gekregen van Marino. De manier waarop hij zijn maats behandelt, zal hem zwaar opbreken als ze ontdekken dat hij er met beide benen in is getrapt. Ze zullen hem genadeloos afstraffen. Maar het is geen grap. Het is niet om te lachen. Marino kan heel goed hebben gepraat met dezelfde anonieme persoon die vandaag kennelijk met gebruik van stemvervormende software over mij geklaagd heeft bij de alarmcentrale.

Voor zover we weten, kan Marino Tailend Charlie wel aan de lijn hebben gehad. En als de dode vrouw Elisa Vandersteel is en ze is vermoord, heeft Marino misschien met de moordenaar gesproken. Het is niet te zeggen wie hem heeft opgebeld, maar ik ben ervan overtuigd dat het niet Interpol was. Ik meen het als ik zeg dat hij het moet loslaten. Bij het werk dat ons wacht is geen ruimte voor woede of schaamte om persoonlijke problemen.

'We gaan gewoon aan de slag.' Ik verhef mijn stem om boven het lawaai uit te komen terwijl we als een kermisattractie door Cambridge razen. 'Het is een loodzware dag geweest, maar we hebben ergere meegemaakt. Hoeveel jaar doen we dit al niet? En kijk ons nu zitten. We zijn er nog en we komen er wel achter. Dat doen we altijd.'

'Je hebt verdomme nog gelijk ook,' zegt hij, en ik voel dat hij een beetje kalmeert. 'Ik kan gewoon niet geloven dat dit me overkomen is.'

'Dat weet ik. Maar het zou iedereen kunnen gebeuren.'

'Zelfs jou?' Hij kijkt even naar me en ik knik. 'Gelul,' zegt hij.

'Iedereen,' verzeker ik hem, maar ik ben niet helemaal eerlijk.

Ik betwijfel echt of ik net zo goedgelovig zou zijn geweest als Marino. Ik had meer vragen gesteld. Ik had meteen argwaan gekregen als ik op mijn persoonlijke telefoon was gebeld door iemand die beweerde rechercheur bij het NCB te zijn. Ik had geweten dat zulke dingen zo niet gaan, omdat ik het proces beter ken dan Marino.

'Nou, ik voel me ontzettend stom,' bekent hij, en opeens voel ik me ook stom, maar om een heel andere reden.

Ik moet tot mijn verrassing en ontzetting weer aan Dorothy denken. Ik zie gewoon de afkeuring in haar ogen, die blik van 'Heb ik het niet gezegd?' en de glans van tevredenheid. Ze vindt het prachtig als ik de fout in ga, en toen ik bij de Faculty Club in Marino's SUV stapte, was mijn aandacht afgeleid van mijn zus en haar op het laatste moment aangekondigde bezoek.

Terwijl Marino en ik op weg zijn naar een plaats delict, is zij op weg hiernaartoe. Ik denk aan zijn geflirt met telefoniste Rosie. Hij zit altijd achter de vrouwen aan. Ik mijd zijn blik als ik herinnerd word aan wat Benton zei, en dat wordt nog verontrustender als ik denk aan Marino's herhaalde aanbod om Dorothy vanavond op te halen van de luchthaven.

Het laatste wat ik heb gehoord, is dat ze rond halftien zou aankomen vanuit Fort Lauderdale, maar dat ze volgens Lucy vertraging zou oplopen. Het is al bijna halfnegen en ik twijfel er niet aan dat mijn zus verwacht dat Benton en ik keurig op haar zullen zitten wachten, hoe laat ze ook landt.

Dat gaat niet gebeuren, en Marino kan er ook niet zijn. Niet dat ik dat zou aanmoedigen. Vervolgens krijg ik nog een klap te verwerken als ik eraan denk dat ik mijn shopper in de garderobe van de Faculty Club heb laten staan. Nu heb ik geen cadeautjes voor de chronisch ontevreden Dorothy. Verdorie. Dat zul je net zien, maar ik kan op dit moment helemaal niets voor haar doen. Ik kan geen aandacht aan haar besteden en haar op geen enkele manier welkom heten. Ze zal ongetwijfeld vinden dat ik tekort ben geschoten.

Ze zal het alleen negatief bekijken en het opvatten als een persoonlijke belediging. Geen moment zal het bij haar opkomen dat het voor haar niet zo erg is als voor de dode. Het is voor Dorothy niet eens zo erg als voor mij, maar daar zal ze niet aan denken. Voor de zoveelste keer ben ik de drukke en onbereikbare grote zus, en als ze moeite voor me doet en zich kwetsbaar opstelt, krijgt ze dit. Ik kan haar nu al horen. Ik kan woordelijk voorspellen wat ze zal zeggen.

Ik stuur Lucy en Janet een berichtje: *Kan niet naar het vliegveld. Kunnen jullie Dorothy ophalen? Of zou ze gebruik kunnen maken van Uber? Sorry.*

Janet antwoordt bijna meteen: *Geen probleem. Wij zorgen wel voor Lucy's moeder. Misschien kun je later langskomen? Dat zou leuk zijn.*

Ik krijg altijd een schok als Dorothy Lucy's moeder wordt genoemd. Het klinkt niet goed en op zulke momenten word ik eraan herinnerd hoe hecht de band is die ik heb met mijn nicht, die ik als een dochter heb grootgebracht. Ik geef toe dat ik misschien een beetje bezitterig ben, en een heel klein beetje jaloers.

13

De logge vormen van eeuwenoude bomen en hoge, dichte heggen steken scherp af tegen de nachtelijke hemel als we het John F. Kennedy Park in rijden.

Marino rijdt nog maar stapvoets. Hij heeft de zwaailichten en de sirene uitgezet. Ik tel vier patrouillewagens en één SUV zonder markeringen, die bumper aan bumper aan de stoeprand staan. Dieper in het park is het te donker om echt iets te kunnen zien – niet veel meer dan de indruk dat daar iets is. Een verre bergketen misschien. Of dichte bossen in sombere moddertinten.

Als ik niet had geweten hoe mijn omgeving eruitzag, had ik dat aan de hand van wat ik kan zien niet kunnen zeggen. In de duisternis zien de banken, paden, afvalbakken en de bocht in de rivier er zo anders uit dat ik me bijna overal zou kunnen bevinden. Maar Boston, aan de overkant van het water, zou ik wel herkennen. De Hancock-wolkenkrabber met zijn antenne als een lans en de Prudential Tower zijn niet te missen. En ik zou het verlichte Citgo-teken zien, ook bekend als het C-it-Go-teken omdat er zoveel homeruns van de Red Sox overheen zijn gezeild.

Met de auto komen we niet heel ver, want er zijn geen wegen in het park, dat op dit punt breed is maar ook heel smalle delen heeft. Er is geen gemotoriseerd verkeer toegestaan in het openbare gebied vol goed verzorgde grasvelden, struikgewas en loofbomen, dat zich uitstrekt tussen de rivier de Charles en Memorial Drive. Ik ben hier al vaak geweest. Vanaf ons huis aan de noordoostrand van de campus is het een ideaal wandelpark.

Als Benton en ik er flink de pas in houden, kunnen we in een uur een rondwandeling maken. Dan moeten we wel de meest directe route nemen, en dat doen we niet altijd. Af en toe dwalen we van de kiosk naar het terras of de markt om op ons gemak bij het water terecht te komen, vooral bij erg mooi weer, zoals in de lente en de herfst vaak het geval is. Op warme zondagen, als het tenminste niet regent, drinken we graag koffie van Peet's en lezen we ladingen kranten op een bankje bij de Charles.

In de winter lopen we hier soms op sneeuwschoenen naartoe en dan delen we dik ingepakt en dicht tegen elkaar aan een thermosfles met dampend hete cider. Dat gaat allemaal in mijn hoofd om, in een emotionele subroutine waar ik me niet op concentreer maar die ik ook niet kan blokkeren. Ik voel de verre echo van nostalgie en verlies als ik eraan denk hoe zelden Benton en ik tijd hebben om ons te ontspannen, om niets te doen, wat dat ook mag betekenen.

We koesteren gesprekken en activiteiten die niet belast worden door wetsovertredingen en tragedies. Voor ons is het een bijzondere gelegenheid als niemand een gewelddaad pleegt of overlijdt in de uren of het weekend waarin Benton en ik aandacht aan elkaar kunnen besteden. Daarom zijn onze regelmatige dinertjes bij de Faculty Club zo belangrijk voor ons. Daarom zijn favoriete geheime plekjes, zoals hotels, de oceaan, de rivier en mooie omgevingen om te wandelen noodzakelijk voor een goede relatie en een goede gezondheid.

Het park is een populair plekje om even weg te zijn, om te picknicken, te zonnebaden, te lezen, te studeren of wat over te gooien met een frisbee. Er mogen alleen fietsers en voetgangers komen, maar dat weerhoudt Marino er niet van met zijn grote politiewagen over het gras en een smal, onverhard pad te crossen. Hij stopt tussen een grote esdoorn en een hoge ijzeren lantaarn, die zwak gloeit in de bijna volkomen duisternis. De koplampen van de wagen, die met de neus naar de Charles staat, verlichten het bakstenen botenhuis met zijn rode dak. Links daarvan is de brug waar ik tijdens mijn ongelukkig verlopen ritje met Bryce langs ben gekomen. Dat lijkt nu al dagen geleden.

Ik zie rijen auto's over de brug heen en weer rijden, waarvan de felwitte en bloedrode lampen twee snoeren vormen. Daaronder is het water, traag, groenzwart en rimpelig. Ik zie niet veel mensen met bootjes. De meesten zullen bij zonsondergang wel van het water zijn gegaan. Aan de overkant wordt Back Bay zachtjes verlicht door de opgloeiende ramen in de oude huizen. In de verte sprankelt de skyline van het centrum van Boston en boven de haven en de oceaan, die ik van hier af niet kan zien, heeft de nachtelijke hemel een lichtere zwarte tint, een diepe houtskoolkleur.

Marino zet de motor uit en we doen de portieren open. Er gaan geen lampjes branden in de auto, omdat hij die zo lang ik hem ken al uitschakelt. Maakt niet uit waarin hij rijdt. Hij wil geen gemakkelijk doelwit zijn, geen hert in de koplampen, zoals hij het zegt, en dat zijn we bij alle kilometers die ik met hem heb gereden ook nooit geweest. De meeste ongelukken die zich voordeden wanneer ik bij hem in de auto zat, gebeurden bij het in- en uitstappen omdat ik niet kon zien waarin ik ging staan, waarop ik ging zitten of waaraan ik werd blootgesteld.

Maar ik moet hem nageven dat hij tegenwoordig zorgvuldiger is met zijn auto's, pick-ups en motoren dan toen we pas gingen samenwerken. Ik zal nooit zijn opgevoerde Crown Victoria's vergeten, met hun enorme motoren en de lange antennes, die bewogen als vishengels. De asbakken zaten altijd boordevol en de ramen en spiegels waren soms helemaal beslagen door de rook. Overal lagen verpakkingen van fastfood, en ik zat vaak op zout dat eruitzag als zand. Als je niet wist wat het was, had je kunnen denken dat Marino bij een strand woonde.

Hij is over het algemeen wat beschaafder geworden. Hij rookt nog steeds, maar lang niet meer zoveel, en als hij het doet, is de natuur zijn asbak. Hij zou er niet meer over denken om de asbak in zijn auto vies te maken. Niet dat dat iets is om over op te scheppen. Als hij onderweg iets eet, scheurt hij de zakjes zout en ketchup niet meer zo wild open als vroeger en hij maakt veel beter schoon. Toch zie ik liever waar ik ga zitten als hij me in het donker rondrijdt.

Ik heb wel een lintje verdiend na al die vlekken van vet en sausjes die ik op mijn broeken en rokken heb gekregen. Ik heb mijn benen gestoten tegen hagelgeweren die tussen of onder de stoelen lagen en ben uitgegleden op treeplanken die glad waren van de wapenolie. Ik heb mijn panty's opengehaald aan een hertengewei en mijn duim aan een vishaak in het handschoenenkastje, dat ook nooit is verlicht. Op een keer hotsten we over een gat in de weg en viel er een centerfold uit de *Playboy* vanachter de zonneklep op mijn schoot. Hij was van een paar edities geleden. Marino was vergeten dat hij daar zat, denk ik.

Ik laat mijn pumps op het onverharde pad zakken, sta op en loop tegen een muur van hitte aan. Het is niet zo erg als toen ik de

Faculty Club uit liep, maar nog maar net draaglijk. Dat betekent niet dat je er lang in rond kunt lopen zonder het risico op oververhitting, en ik ga ervan uit dat we nog uren op de plaats delict bezig zullen zijn.

Als de truck er is, kan die dienen als rustruimte, waar we af en toe kunnen afkoelen. Dan hebben we ook genoeg water, snacks en plaszakjes.

'We moeten bedenken hoe we dit gaan aanpakken,' zegt Marino als we de portieren dichtslaan.

De stilte wordt doorbroken door het gerommel van verkeer in de straat achter ons en op de brug. Verder hoor ik weinig. Misschien een vliegtuig. Er beweegt niets en de warme lucht hangt als een onontkoombare deken over ons heen.

'Eerst verkennen we de plaats delict in het algemeen,' antwoord ik eenvoudig terwijl ik mijn aktetas over mijn schouder hang. 'Daarna gaan we zoeken en bewijsstukken veiligstellen.'

'Ga je dat lichaam daar nog langer laten liggen?'

'Langer dan wat? We weten niet hoelang het er al ligt. We weten wanneer de politie gebeld is, en hoelang is dat geleden? Dertig of veertig minuten? Daar hou ik allemaal rekening mee en de getallen en gegevens zullen zo precies zijn als mogelijk is. Zo gaat het altijd, het komt wel goed.'

'Dus we laten haar gewoon liggen.' Hij drukt op een knop op zijn elektronische sleutel om de achterbak open te doen.

'Waarom maak je je daar zo druk over?'

'Omdat ik dat lichaam zo snel mogelijk wil laten weghalen. Dat zou het grootste deel van onze problemen oplossen, doc.'

'En tegelijkertijd nog grotere problemen veroorzaken. Ik wil ook niet langer wachten dan nodig is, maar ik heb niet veel keus als ik wil zien wat ik doe.'

'Het is wel jammer dat dit net moet gebeuren nu Dorothy hiernaartoe komt,' zegt hij, en dat is misschien wel het laatste waarover ik met hem wil praten.

'Bovendien heb ik niets bij me aan beschermende kleding.' Ik ga door op wat hij zei voordat hij opeens over mijn zus begon. 'Ik kom rechtstreeks uit een restaurant en ik had mijn auto niet bij me. Onder normale omstandigheden was ik nog niet hiernaartoe gekomen.'

We lopen naar de achterkant van de SUV. Ik begin er maar niet over dat Marino nog steeds een speciale status heeft en anders wordt behandeld dan de rest. Als hij de vereiste stappen had genomen, waar andere rechercheurs meestal niet van afwijken, had hij het onderzoeksteam van het CFC gebeld, waar hij vroeger het hoofd van was.

Dan had hij de zaak besproken met degene die de telefoon opnam. Nadat er een aantal routinevragen was gesteld en een digitaal rapport was aangemaakt, was er contact opgenomen met de dienstdoende lijkschouwer. En meestal kwam die dan naar de plaats delict, maar niet voordat de truck en alle benodigde spullen en personeel ernaartoe waren gestuurd.

Als ik überhaupt al naar de plaats delict zou zijn gekomen, zou het niet nu zijn. Daar zou zeker nog een uur overheen zijn gegaan. Dan had ik waarschijnlijk eerst met Benton kunnen eten, en als ik genoeg wijn had gedronken, was ik helemaal niet gekomen. Ik zou vanavond helemaal niet werken. Ik zou een avond met mijn man hebben en mijn zus gaan ophalen. Maar Marino heeft alle normale protocollen aan zijn laars gelapt, zoals hij altijd doet.

Ik ga hem niet zeggen dat ik het niet echt erg vind. Als hij belt, weet ik dat het ernstig is. We hebben een routine die zo vertrouwd en ingesleten is als een oud karrenspoor. Ik kijk toe terwijl hij de achterklep omhoogtrekt, en er gaat uiteraard geen lampje branden. Ik zou net zo goed een grot in kunnen kijken.

'Ik heb handschoenen en overalls,' zegt hij weifelend, want hij weet dat ik verzuip in dingen die hem passen. 'En de gebruikelijke uitrusting, maar geen thermometer. Ik zou er eigenlijk een bij moeten doen, zodat je die zo nodig kunt gebruiken. Dat ben ik al een tijdje van plan.'

'We moeten wachten,' zeg ik weer. Hij zal ongetwijfeld niet de enige zijn die ongeduldig wordt.

Iedereen staat natuurlijk te trappelen om alle aanwezige forensische schatten veilig te stellen. Iedere agent – en Marino zeker – wil weten wat er met het slachtoffer is gebeurd. Daar kan ik pas inzicht in krijgen als ik haar onderzoek, en dat kan ik niet doen als de situatie zich er niet toe leent. En dat doet hij op dit moment niet.

Als we op deze voor iedereen zichtbare plek de lichten aandoen, wordt de plaats delict meteen een theater. Iedereen om ons heen zit op de eerste rij, en als ik dit aan Marino vertel, geeft hij me wat onwillig gelijk.

'We beginnen met foto's. We kijken hoe de situatie is.' We blijven discussiëren over de meest logische aanpak. 'De truck kan hier elk moment zijn.'

'Maar daarna duurt het nog een goede twintig tot dertig minuten om alles op te zetten.' Marino hangt half in zijn SUV en verlicht met de lamp op zijn telefoon de zorgvuldig opgestelde en ingepakte sporenkoffers en andere uitrusting. 'Intussen zien we geen hand voor ogen.' Zijn stem klinkt gedempt terwijl hij daar binnen iets zoekt. 'En mijn nachtzicht is ook niet meer wat het geweest is. Het lijkt wel of alles naar de klote gaat zodra je veertig bent.'

Ik kijk door de fluwelige duisternis naar de rivier, waarin het water traag als vloeibaar, donker glas voorbijstroomt. Het is al een hele tijd geleden dat Marino veertig was en als hij zo doet, kan ik niet veel zeggen. Ik neem het hem niet kwalijk. Ik zou ook mijn wonden likken als ik zo te kakken was gezet als hij.

'Het is ellendig om ouder te worden.' Ik weet dat hij zich gekleineerd voelt, en gekweld. 'Het is klote. Heel erg,' voegt hij eraan toe. Die zogenaamde Interpol-rechercheur heeft hem flink te pakken.

'Je bent niet oud, Marino.' Ik heb genoeg gehoord, en we hebben nog een heleboel te doen. 'Je bent prima in vorm en niet van gisteren. Je hebt ervaring. Ik ook, en we weten precies wat we hier moeten doen. We hebben lastiger plaatsen delict onderzocht. Vergeet dat telefoontje nu maar even. Zet het uit je hoofd. Ik verzeker je dat we het tot op de bodem uitzoeken. Maar daar zou je je nu niet mee bezig moeten houden.'

Hij blijft dingen zoeken in zijn truck en ik begin mijn omgeving op te nemen door als vanaf een vuurtoren de dingen om me heen te bekijken, op zoek naar zaken die beschermd of genegeerd moeten worden. Omdat we niet weten wat er gebeurd is en waar dat precies gebeurd is, beginnen we een heel eind buiten het gebied dat de politie heeft afgezet.

Op de plek waar wij geparkeerd staan zie ik geen politielint, maar ik heb een vrij goed idee dat we dat zullen aantreffen op de open plek waar een lijk en een fiets op ons liggen te wachten. Maar als het gaat om een gewelddaad waarbij de dader en het slachtoffer lichamelijk contact hebben gehad, is de open plek niet waar alles begonnen is. Dat kan niet. Marino denkt hetzelfde als ik.

'De dader is gekomen en weer weggegaan,' zegt hij. 'Tenzij er een elfje in een boom woont of zo.'

'Als we ervan uitgaan dat de beschrijving van rechercheur Barclay ook maar enige waarheid bevat,' antwoord ik, 'en als ze echt aangerand en geslagen is, dan moet de dader inderdaad het park in zijn gekomen. Of ze nu hier is vermoord of is gedumpt, de dader is gekomen en weggegaan, en we kunnen er niet van uitgaan dat hij niet dezelfde route heeft genomen die wij volgen. Ik wil hiermee niet zeggen dat het een hij is.'

'Ja, dat weet ik.' Marino geeft me een doos nitrilhandschoenen, maat extra large, die hij wel zal gebruiken en ik niet. 'Maar als het om een verkrachting of een poging daartoe gaat, hebben we het waarschijnlijk over een man. Ik kijk uit naar bandensporen, vooral naar groeven en platgereden gras. Tot dusver zie ik daar niets van, maar hij kan langs een aantal verschillende wegen het park in zijn gekomen.'

'Hier en langs de rivier zijn een heleboel doodlopende straatjes,' merk ik op. 'En er staat geen muur om het park, dus hij kan op een heleboel plekken hebben geparkeerd. Maar hoe heeft hij vandaar het lichaam hierheen gekregen?'

'Gedragen.' Marino is aan het schuiven met zware dozen.

'Dat betwijfel ik.'

'Ik zeg niet dat ik dat denk. Ik zeg alleen dat het mogelijk is.'

'Waarom ligt haar fiets dan bij haar lichaam?' vraag ik.

'Omdat ik denk dat we al weten dat ze niet gedumpt is.' Hij scheurt een kartonnen doos open. 'Ze is vermoord op de plek waar ze is gevonden.' Hij geeft me een opgevouwen wegwerpoverall, nog in de cellofaanverpakking, maat XX.

'We moeten wel in ons achterhoofd houden dat we niet weten dat ze is vermoord.' Ik kijk afwisselend naar hem en om ons heen. 'We hebben geen idee waarom ze dood is.'

De flikkerende lichtjes die weerspiegeld worden in de trage stroming zijn net een enorme school zilverkleurige visjes. Aan de andere kant is Boston een glinsterend rijk van eeuwenoud steen en baksteen met daartussen moderne wolkenkrabbers. Maar al dat licht dringt bijna niet door in de duisternis om ons heen en ik zoek in mijn aktetas naar de kleine zaklamp die ik altijd bij me heb. Ik prop de doos met handschoenen en de overall erin om mijn handen vrij te hebben.

'We moeten vaststellen tot waar de plaats delict reikt,' zegt Marino. 'Dus moeten we ergens beginnen, maar het is zo donker dat het eigenlijk giswerk is.'

'Daarom beginnen we hier. We kijken goed uit waar we lopen en zorgen dat we overzicht krijgen,' antwoord ik. Met enige spijt kijk ik naar wat ik aanheb.

Het kan zijn dat ik dit pakje moet verbranden als ik het eindelijk van mijn lijf heb geschraapt. Ik hou er niet van wegwerpkleding aan te trekken en me te hullen in helderwit Tyvek, als een gebouw waaraan gewerkt wordt. Maar op dit moment verlang ik bijna naar een losse overall en lichtgewicht enkellaarsjes.

'We kunnen alles wat we zien markeren met kegels of vlaggetjes en ernaar terugkomen als we eenmaal de tijd, wat privacy en behoorlijk zicht hebben.' Ik ga verder met de discussie met Marino. 'Ik neem aan dat je het met Rusty of Harold over afzettingen hebt gehad? Ik weet dat we de basisbenodigdheden in onze trucks hebben, maar daar hebben we in deze situatie niet genoeg aan. De plaats delict is bijna vanuit elke hoek duidelijk zichtbaar als we het licht eenmaal aandoen.'

'Ik heb tegen Harold gezegd dat we meer nodig hebben dan de gebruikelijke schermen en zandzakken om ze vast te zetten als we willen dat de mensen vanaf straatniveau niets kunnen zien.' Marino trekt een grote sporenkoffer naar de rand van de open kofferbak. 'Maar je hebt helemaal gelijk. We zullen een tent nodig hebben, want er kijken allerlei mensen op ons neer vanuit de gebouwen en vanaf de brug.'

Ik kijk naar de lange sliert koplampen boven ons, die in beide richtingen de rivier oversteekt. Ik zie de vliegtuigen, verlicht als kleine planeten, die zich rond Logan Airport verzamelen, en denk weer aan Dorothy. Marino maakt een doos genummerde kegeltjes in heldere primaire kleuren open. Hij stapelt er een stuk of tien op elkaar en dat doet me altijd denken aan een bordspel dat mijn vader toen ik klein was eens gekocht heeft op een rommelmarkt in de buurt, waarbij je elkaar kegeltjes afhandig moest maken.

'Ik heb gezegd dat we een dak moeten hebben.' Marino herhaalt wat hij tegen Harold heeft gezegd. 'Ik heb gezegd dat we alles uit de kast moeten halen.'

14

We volgen het onverharde pad waar we net overheen zijn gereden, maar buigen er langzaam van af. Het gras is droog en centimeters hoog, en het ritselt onder mijn schoenen en kietelt mijn blote enkels. We kijken goed uit waar we lopen als we dieper het beboste park in gaan, op weg naar het hard aangestampte, zanderige fietspad dat dwars over het terrein loopt.

De hoge ijzeren lampen staan ver uit elkaar. Het licht daarvan is niet veel meer dan vage gele vlekken als je 's nacht op een bankje gaat zitten of een eindje gaat wandelen. Het is dus erg donker, en ik maak gebruik van mijn zaklamp terwijl Marino zijn telefoon voor ons uit en iets naar beneden richt.

In zijn andere hand trekt hij de zware zwarte plastic sporenkoffer achter zich aan, die groot genoeg is voor een klein lichaam. De wieltjes maken een zacht knerpend geluid en terwijl ik hem volg, passen we er allebei goed voor op niet te struikelen en geen sporen te vertrappen. Tot dusver hebben we nog niets gezien waar we een kleurig kegeltje bij willen zetten.

In de gloed van onze lampen is het verdroogde gras een tapijt van bruingroene, scherpe halmen, waar mijn gehavende, lichtbruine leren schoenen scherp tegen afsteken. Verderop hoor ik fragmenten van gesprekken, alsof er kinderen praten met opgewonden, maar zachte stemmen. Het is geen blijde opwinding, maar een soort door cortisol opgewekt enthousiasme, dat ik associeer met angst en schrik. Maar ik pik nog iets anders op. De kinderlijke geluiden lijken me niet helemaal normaal.

Ze doen me denken aan enge verhalen over plekken waar het spookt en waar onaardse gesprekken worden aangevoerd door de wind. Nu eens zijn de geluiden er en dan zijn ze weer weg – het lachen van dode kinderen die spelen in het bos, van dode kinderen die bessen plukken en verstoppertje of tikkertje spelen.

De verre, onwerkelijke stemmen van onzichtbare mensen doen me denken aan horrorfilms en er gaat een rilling over mijn rug. Het donkere park ligt vreedzaam aan weerszijden van het pad waarop iemand is gestorven. Iemand die ik vandaag al twee keer heb ontmoet. Ik blijf hopen dat ik het mis heb.

We naderen een bosje bomen met een dicht bladerdak, dat een ideale schuilplek biedt voor iemand die zich verdekt wil opstellen. Marino wijst me erop als we diepere schaduwen in lopen, waar de doden en de levenden bijeen zijn gekomen en op ons wachten. Het voelt griezelig en vreemd, alsof we op weg zijn naar een surpriseparty waarbij iedereen zich in het donker verstopt tot de eregast verschijnt en het licht aangaat.

Ik denk aan de tijd dat we nog niet voortdurend bang hoefden te zijn dat we gefilmd zouden worden of dat indiscrete uitlatingen nog voordat ik klaar was met een sectie of de resultaten van het lab had ontvangen breeduit op internet zouden staan. De tijd dat niet iedereen alles filmde met zijn telefoon. Als de fotografen opdoken met hun zoomlenzen was het lichaam al weg of veilig verpakt in een lijkenzak, of anders hielden rechercheurs lakens of hun jas omhoog om de privacy van het slachtoffer te waarborgen. Het leven en de dood zijn nu veel ingewikkelder.

'Ik geloof niet dat dit een willekeurige aanval was,' zegt Marino. 'Iemand kende haar gewoontes.'

'Weten we of ze gewoontes had?' Het is mijn manier om hem nogmaals te waarschuwen niet te vroeg conclusies te trekken, maar het is vergeefse moeite.

'Iedereen heeft gewoontes,' zegt hij. Terwijl ik naar hem luister, wacht ik op het geluid van de dieselmotor van ons mobiele commandocentrum.

Ik vraag me af waar ze de truck gaan parkeren en hoeveel opschudding dat zal veroorzaken, zo vlak voor Eliot House. Naast het park staat een van de grootste wooncomplexen van de campus, met zeven bakstenen gebouwen en talloze binnenplaatsen, die doen denken aan Oxford en Cambridge in Engeland of het paleis van Versailles. Ik denk aan studenten die uit het raam kijken en naar buiten komen.

Ze zullen de truck onmiddellijk zien, en als ze eropaf komen, zullen ze het opschrift OFFICE OF THE CHIEF MEDICAL EXAMINER, het logo van het CFC en het staatszegel van Massachusetts op de portieren zien. Op de campus van Harvard kan elk moment het verbijsterend trieste besef doordringen dat er praktisch vlak onder hun neus iemand is doodgegaan. Zodra we de lampen aandoen, hebben we meer manschappen nodig om de menigte in bedwang te houden.

'Niets gaat de mensen ervan weerhouden onder het politielint door te duiken,' zeg ik tegen Marino terwijl we langzaam door het bos lopen. 'Niets weerhoudt het verkeer op de brug ervan een omweg te maken om langs het park te rijden en de ramptoerist uit te hangen. Dit kan heel snel een enorm fiasco worden.'

'Als we er klaar voor zijn, roep ik meer mensen op,' zegt hij. Enkele tientallen meters verderop komt de plaats delict in zicht. 'Als ik nu een verzoek doe, komt er een heel leger wagens binnenrijden en trekken we alleen meer aandacht. Zodra de tent staat, laat ik extra mensen komen, zoveel als nodig is.'

Ik tel de omtrekken van de zes LED-lampen op statief. Ze staan erbij als hoge bidsprinkhanen, stil en donker, alsof ze slapen.

Ik zie de gestalten van geüniformeerde agenten, die rondlopen en gedempt praten, zoals mensen doen wanneer het donker is. Het geluid van kinderlijke stemmen is een onduidelijk en verrassend staccato op de achtergrond. Ik kan niet bepalen waar het vandaan komt, maar het klinkt onaards, alsof het donkere bos wordt bezocht door geagiteerde kabouters.

Marino en ik duiken onder het gele lint door, dat zich precies bevindt waar ik het had verwacht. We komen op een open plek tussen de bomen, waar een lichaam half op het pad en half op het gras ligt. Ik zie bleke, blote armen en benen, een witte sportbeha en een lichtkleurige korte broek. Ze ligt op haar rug, met haar benen recht, maar wijd uit elkaar en haar armen omhoog en gespreid, alsof ze in de vorm van een X is gelegd.

Het geheel heeft iets dubbelzinnigs, iets van seksuele vernedering, en toch ook weer niet. Op het eerste gezicht lijkt het erop dat ze zo is neergelegd om degene die haar zou ontdekken te choqueren, maar het is vreemd dat ze haar korte broek en beha nog aanheeft. Als een lichaam uit haat in een obscene houding wordt achtergelaten, is het meestal naakt. Vaak worden er andere tekenen van minachting toegevoegd om het slachtoffer nog meer te schande en belachelijk te maken, maar zoiets zie ik nog niet.

Ik heb echter door schade en schande geleerd heel voorzichtig te zijn met het trekken van conclusies op basis van eerdere zaken. Een detail bij het ene sterfgeval kan in het andere iets heel anders betekenen. Als we dichterbij komen, zie ik dat de fiets midden op het onverharde pad ligt. Ik herken de lange, breedgeschouderde rechercheur Tom Barclay, die bij de bomen staat, zo'n vijftien meter van het lichaam. De elfachtige stemmen die ik heb gehoord, horen bij de twee meisjes die bij hem staan en die er te jong uitzien om op dit uur alleen buiten te zijn. Maar het is moeilijk te beoordelen.

Ze zouden tien of twaalf of misschien iets ouder kunnen zijn, en ze zijn een identieke tweeling, de een in het roze, de ander in het geel. Als twee rusteloze, mollige vogeltjes draaien ze tegelijkertijd hun hoofd, en hun ogen schieten steeds heen en weer. Het is duidelijk dat er iets niet helemaal goed met ze is. Als we in de buurt komen, zie ik dat Barclay een lichtstraal laat vallen op iets in zijn hand. Hij stelt een vraag die ik niet goed kan verstaan.

'Misschien wel,' zegt het meisje in het roze met de luide stem van iemand die niet goed hoort, terwijl ze kijkt naar wat Barclay laat zien op zijn telefoon. Marino en ik gaan ernaartoe.

'Ik weet het niet. Er zijn meestal een heleboel mensen en ik blijf altijd uit de buurt van de fietsers,' zegt het meisje in het geel traag, op dezelfde doffe toon. Wat me ook is verteld, ik kan bijna niet geloven wat ik hier zie in het onzekere samenspel van licht en schaduw.

Tijdens ons telefoongesprek, toen Marino onderweg was om me op te pikken, heb ik ondanks de slechte ontvangst iets opgevangen over een tweeling. Ik heb er verder niet bij stilgestaan, maar het is buitengewoon verontrustend om ze nu voor me te zien, vooral in deze omstandigheden. Ik moet letterlijk twee keer kijken naar de twee donkerharige meisjes met het identieke, helmachtige kapsel.

De bij elkaar passende, niet erg stijlvolle brillen doen me denken aan grapjassen die in het jaarboek van school nerdy zwarte randen tekenen om de ogen van een rivaal. De meisjes hebben dezelfde bouw: ze zijn maar anderhalve meter lang en vrij zwaar. Ze dragen gestreepte T-shirts, korte broeken en sandalen, gelukkig voor mij allebei andere. Als ze niet in verschillende kleuren gekleed waren, weet ik niet of ik ze wel uit elkaar zou kunnen houden.

'Wacht hier, goed? Jullie weten wat jullie moeten doen, hè? Hier blijven en nergens heen gaan. Blijf. Ik ben zo terug.' Barclay praat tegen de meisjes alsof ze niet erg slimme huisdiertjes zijn, konijnen of hagedissen of zo.

Hij beent op ons af terwijl ik op mijn telefoon kijk om te zien of er nog bericht is van Rusty en Harold.

Ik ben net aan het bellen als ik de truck hoor, dus breek ik de oproep af.

Bij het onmiskenbare gerommel van de diesel kijk ik achterom in de richting van John F. Kennedy Street. Ik zie de koplampen door het park schijnen als de witte CFC-truck, die groter is dan een ambulance, van het wegdek hotst en onder de bomen door rijdt. De laaghangende takken schrapen over het vierkante metalen dak en dat veroorzaakt een afschuwelijk krijsend geluid, dat het effect heeft van nagels over een schoolbord.

'Mooi. Misschien kunnen we nu aan de gang, en dan kunnen we eindelijk achterhalen wie we op de hoogte moeten stellen en met wie we moeten praten,' zegt Barclay veel te gebiedend als hij bij Marino en mij is. 'Hoe sneller we de plaats delict kunnen onderzoeken en het lichaam naar het lijkenhuis kunnen brengen, hoe beter,' voegt hij eraan toe. Marino negeert hem.

Mijn ogen hebben zich aangepast aan de contrasten tussen licht en schaduw, en nu kan ik de tweeling beter zien, die een eindje verderop staat. Inmiddels staat er een geüniformeerde agente bij ze, die vraagt of ze iets te eten of te drinken willen. Ze wil weten of ze niet liever willen wachten in een patrouillewagen met airconditioning. Ze zegt het alsof dit al vaker aan de tweeling is gevraagd, maar die schudt van nee. Ik heb een vrij goed idee wat er nu gaat gebeuren.

Straks brengt ze de meisjes naar het bureau, waar ze in een kindvriendelijke studio zullen worden gezet, zoals de politie de comfortabele en geruststellende verhoorkamer noemt die gebruikt wordt voor kinderen. Er zal een hulpverlener komen om met de meisjes te praten en ze te evalueren, maar dat gaat de agente hier midden in het park niet zeggen.

Ze gaat niet uitleggen dat de tweeling dezelfde behandeling zal krijgen als misbruikte kinderen. Onwillekeurig komen de vooroordelen bij me naar boven. Ik mag geen persoonlijke mening hebben over de zaken die ik in behandeling heb, maar het is onvermijdelijk dat sommige dingen me meer raken dan andere. Ik ben niet goed met slechte ouders, slechte verzorgers en slechte huisdierenbezitters.

De tweeling is jong en verstandelijk gehandicapt. Wie laat zulke kinderen nu alleen naar buiten gaan, in het donker nog wel? Vraagt niemand zich af waarom ze nog niet thuis zijn en waar ze uithangen?

'We kunnen de lampen aandoen zodra jullie er klaar voor zijn.' Barclay vraagt het niet, maar deelt het mee.

'Het probleem is dat het hier een kermis wordt zodra we dat doen,' antwoordt Marino op een gemaakt vaderlijk toontje, alsof de jonge rechercheur een heel aardige jongen is maar een beetje achterlijk, zodat je niet veel aan hem hebt. 'En daar komen uiteraard kermisgangers op af. Niet doen dus, Clay.' Marino noemt hem zo wanneer hij maar kan. 'Nog niet, toch, doc?' Hij kijkt naar mij.

'Voorlopig alleen zaklantaarns,' beaam ik. Het gerommel van de diesel wordt steeds luider en stopt als de motor wordt afgezet. 'Het wordt al moeilijk genoeg als de mensen ons mobiele commandocentrum en al die politiewagens zien staan.' Ik zie dat de tweeling met grote ronde ogen naar ons staat te kijken. 'Het is vrij duidelijk dat hier iets aan de hand is, en ik wil er geen aandacht op vestigen voordat we een barrière kunnen opzetten.'

Ik leg uit dat het lichaam te zien is voor iedereen die toevallig langskomt of er een zoomlens op richt. Ik kan de lampen niet aandoen en zonder licht kan ik mijn werk niet doen. Een impasse dus. Als ik de keus had, zou ik er niet over denken het lichaam te onderzoeken terwijl het nog donker is, en ik kan haar ook niet bedekken met een laken voordat ik haar onderzoek, want dan loop ik het risico bewijsmateriaal te verplaatsen. Voorlopig moeten we het dus doen met alleen maar zaklampen. Mijn aandacht gaat weer naar de tweeling. Ik kan mijn ogen bijna niet van ze afhouden.

Ik ben me scherp bewust van de disproportioneel kleine hoofden, de dunne bovenlippen en de platte gezichten. Ze zullen waarschijnlijk niet veel langer worden en zullen altijd moeite blijven houden met hun gewicht. Hun kleine ogen staan ver uit elkaar, als die van een vluchtdier, een paard of een giraffe. De dikke brillenglazen, de gehoorapparaatjes, de zilverkleurige beugel om hun tanden en andere dingen wijzen op een rampzalige mislukking die zich waarschijnlijk al in de baarmoeder heeft voorgedaan.

De ongeboren tweeling is waarschijnlijk aan schadelijke stoffen blootgesteld, en als mijn vermoeden juist is, is dat onuitsprekelijk tragisch. Het is onverschillig en wreed. Het foetaal alcoholsyndroom is iets wat gemakkelijk te vermijden is. Je moet gewoon niet drinken tijdens de zwangerschap. Ik vraag me af of de meisjes bijzonder onderwijs krijgen en maak me zorgen over hun functioneren en over de problemen die we kunnen verwachten als we ze in deze zaak als getuigen willen gebruiken.

De vraag is of we kunnen vertrouwen op wat ze vertellen over het vinden van het lichaam en of ze er iets mee hebben gedaan. Kunnen ze een samenhangend verhaal vertellen? Spreken ze altijd de waarheid? En wat zijn dat voor ouders of verzorgers die twee van zulke kinderen 's avonds alleen over straat laten lopen?

Ik voel woede in me opvlammen als een gloeiend kooltje waarop wordt geblazen. Dan komt Barclay bij Marino en mij staan om ons de foto van Elisa Vandersteels rijbewijs te laten zien op zijn telefoon.

'Dit heb ik gevonden op het pad,' zegt Barclay trots, alsof hij onweerlegbaar bewijsmateriaal heeft ontdekt. 'Ik heb het natuurlijk niet opgeraapt. Ik wilde wachten tot jullie er waren.' Dat zegt hij tegen Marino, terwijl ik naar de foto op het schermpje kijk.

Elisa Ann Vandersteel. Geboortedatum: 12-04-1998. Londen. De postcode is die van South Audley Street in de exclusieve wijk Mayfair, vlak bij de Amerikaanse ambassade en het Dorchester Hotel. De foto zou van de vrouw kunnen zijn die ik vandaag tweemaal eerder heb ontmoet, maar ik ben er niet zeker van.

Ik ga niets zeggen tegen Marino of wie dan ook voordat ik meer informatie heb. Als het slachtoffer ergens is gezien, is dat belangrijk bij het bepalen van het tijdstip van overlijden, en ik wil niets doorgeven zonder dat het geverifieerd is. De foto's op rijbewijzen zijn nooit erg goed, maar op dit exemplaar is Elisa Vandersteel zwaarder dan de vrouw die ik heb ontmoet. Het gezicht op de foto is breder en het bruine haar is kort, terwijl de vrouw met de Converse-schoenen slank was en een paardenstaart had. Maar we weten niet hoe oud de foto is. Ze kan er nu heel anders uitzien.

'Nog iets anders?' vraag ik. 'Andere persoonlijke bezittingen? Veel fietsers hebben fiets- of zadeltassen voor hun portemonnee, sleutels en andere spullen.'

Ik zeg er niet bij dat ik me niet herinner dat ik zoiets gezien heb toen ik de vrouw in Quincy Street tegenkwam. Maar Barclay zegt dat hij geen enkele tas op de fiets of daarbij in de buurt heeft gezien.

'Dat betekent niet dat er geen was,' voegt hij eraan toe. 'Hij kan zijn gestolen door de dader.'

'We weten nog niet eens of het moord is.' Ik blijf het zeggen. 'We weten nog helemaal niets.' Ik geef hem de telefoon terug.

'Hoeveel mensen heb je moeten wegjagen sinds je hier bent?' Marino vraagt wat er allemaal is gebeurd sinds de radio-oproep.

'Er is een handvol mensen aan komen lopen.'

'Hoe dichtbij zijn ze gekomen?' Marino heeft hem al die tijd dat ze in gesprek zijn nog niet één keer echt aangekeken.

'Niet in de buurt.'

'Voor zover wij weten, tenminste.' Marino loopt abrupt op de tweeling af.

'Een paar studenten – drie, om precies te zijn,' zegt Barclay tegen zijn zich verwijderende rug. 'Ik heb ze weggestuurd voordat ze iets konden zien. Ze konden niet zien dat er een lijk ligt.' Dit zegt hij tegen mij, en ik vraag me af wat hij aan het doen was voordat hij hierheen is gekomen.

15

Hij is heel slank en best een stuk in zijn zwarte parachutebroek, poloshirt en hoge leren schoenen.

Met de holster op zijn rechterheup en de politiepenning aan zijn riem, zijn korte blonde haar en een gezicht als de barbiepop Ken ziet de slanke, gespierde rechercheur Barclay eruit als de ster in zijn eigen tv-serie. Ik ruik zijn eau-de-toilette van een meter afstand. Hij is wat we vroeger een patser noemden en ik ken het type.

Marino heeft grovere termen voor ijdele jonge kerels als Clay, zoals hij hem noemt. Ik kan me niet voorstellen dat die twee onder welke omstandigheden dan ook vrienden zouden kunnen zijn. Terwijl dit door mijn hoofd gaat, zie ik zijn bijnaam opeens in een ander licht. Beter gezegd: ik krijg oog voor de waarschuwing die ervan uitgaat.

'Noemt iedereen je Clay?' vraag ik, maar wat ik eigenlijk wil weten is of alleen Marino dat doet.

'Ik weet niet waarom hij daar opeens mee is begonnen, tenzij hij me gewoon op de kast wil jagen, zoals gebruikelijk.' Hij kijkt naar Marino, die met de tweeling staat te praten. 'Mijn voornaam is Tom en mijn tweede naam David. Iedereen noemt me Tom. Het is gewoon een van zijn stomme grapjes, die hijzelf zo briljant vindt. Het idee zal wel zijn om nog meer van dat soort onzin uit te lokken. Eerst is het Clay. Dat wordt het Klei. Als ik iets verkeerds doe, gaat hij me Modder noemen. Maar dat hoort erbij als je grote zaken krijgt.' Hij haalt zijn schouders op. 'Dan word je gepest.'

Barclay blijft strak naar Marino kijken, en Marino praat met de tweeling alsof hij het niet merkt. Maar dat is niet zo. Puberale grapjes en kinderachtig gedrag zijn zijn specialiteit, en hij is zo alert als een havik. Barclay kan geen spier vertrekken zonder dat hij het in de gaten heeft. Het is maar goed dat ik hem geen Clay heb genoemd. Dat zou Marino om te brullen hebben gevonden, want het kan heel goed zijn dat hij de enige is die hem ooit zo genoemd heeft.

Maar de kans is groot dat Marino niet de laatste zal zijn. Als hij een bijnaam voor iemand verzint, raakt het slachtoffer die niet meer kwijt. Het zou me niet verbazen als binnenkort iedereen in het korps het over Clay Barclay heeft, alsof die flauwe herhaling echt zijn naam is.

'Hoe maakt u het, doctor Scarpetta?' Hij is veel te opgewekt en amicaal, alsof we elkaar net zijn tegengekomen bij een receptie of in een drukke bar.

'Bedankt dat je het hier zo rustig hebt weten te houden...' begin ik.

'Kunt u zich overdag een minder beschutte plek voorstellen?' Hij kijkt toe terwijl ik in mijn tas een notitieblok en een pen zoek. 'En dan hebben we het nog niet eens over een onderzoek bij meer dan achtendertig graden. Het is nu tenminste wat koeler – eenendertig graden.'

Methodisch en ongehaast haal ik het pakje met de overall en de doos met handschoenen uit mijn tas. Ik zet ze op de sporenkoffer. Dan loop ik terug naar Barclay, waarbij ik elke stap bijlicht met mijn zaklamp.

'Ik bepaal de omgevingstemperatuur zodra de truck er is,' laat ik hem weten, maar wat ik eigenlijk wil zeggen, is dat hij voorzichtig moet zijn met informatie strooien.

Hij heeft zijn nek al uitgestoken door te bepalen dat het slachtoffer Elisa Vandersteel is terwijl haar identiteit nog niet is bevestigd door een DNA-test, gebitsgegevens of op een andere officiële manier. Een identiteitskaart op een fietspad in een openbaar park is geen bevestiging. Bij lange na niet.

Hij heeft ook gezegd dat ze is aangevallen en vermoord, en dat kan ik helemaal niet weten, want ik heb nog niet eens naar haar gekeken. Het gevaarlijkste is wellicht wat hij tegen ten minste één andere persoon – Marino – heeft gezegd, namelijk dat het lijk zo stijf is als een etalagepop. Met andere woorden, het bevindt zich in een vergevorderd stadium van lijkstijfheid. Dat heeft rechtstreeks betrekking op het tijdstip van overlijden. Ik wou dat Barclay zijn mening voor zich had gehouden.

Dit is het soort schijnbaar onschuldige misvatting waar je in de rechtszaal op onderuit kunt gaan. Vooral het tijdstip van overlijden is lastig te bepalen. Het is geen exacte wetenschap, maar wel van het allergrootste belang bij het vaststellen van alibi's. Dus zetten advocaten er maar wat graag hun tanden in, en vreemden kunnen heel snel het geloof verliezen in wat een getuige-deskundige als ik zegt. Ik ben niet van plan juryleden te laten twijfelen aan mijn geloofwaardigheid omdat een onervaren rechercheur dacht dat hij mijn werk kon doen.

Hoewel het niet meer dan normaal is dat Barclay heeft gecontroleerd of het slachtoffer echt was overleden, had hij vervolgens niet de rol van lijkschouwer op zich moeten nemen door vast te stellen hoe vergevorderd de lijkstijfheid wel of niet is. Hij moet voorzichtig zijn met informatie van internet. Hij zou niet zomaar voor waar moeten aannemen wat een app over de temperatuur in Cambridge zegt.

Welk deel van Cambridge? Er kan bijvoorbeeld een groot verschil zijn tussen een schaduwplek bij het water en de warm gestoofde stenen van Harvard Square.

'Ik neem aan dat je de temperatuur van een soort app op je telefoon hebt,' zeg ik tegen Barclay na een stilte die hij kennelijk graag wil verbreken. 'Dus dat detail dat het eenendertig graden zou zijn houden we uit de rapporten, want we weten niet hoe hoog de temperatuur precies is op de plek waar het lichaam is gevonden.'

'Als u een thermometer hebt, kan ik die naast haar leggen.' Ik hoor aan zijn toon hoe agressief hij is.

'Nee, dank je. Dat is niet wat ik bedoelde. Ik heb mijn sporenkoffer nog niet, maar als ik die heb, stel ik zelf de temperatuur vast van het lichaam, de omgeving en de rest.' Ik praat langzaam en afgemeten, op wat ik beschouw als een neutrale toon. 'Het kan hier koeler zijn vanwege de rivier,' zeg ik alsof het niet veel uitmaakt.

Maar hij weet dat het wel uitmaakt. Hij voelt zich op zijn nummer gezet en bekritiseerd, en ik merk hoe snel zijn stemming verandert. Opeens besef ik dat ik dat al eerder heb meegemaakt als ik in zijn buurt was. Hij is labiel. Hij gaat van heet naar koud zonder dat er echt iets tussen zit.

'Hadden we maar een beetje wind.' Hij kijkt naar de rivier, duidelijk in zijn wiek geschoten. 'Je krijgt amper lucht. Het is om te stikken.'

Hij heeft me praktisch de rug toegekeerd.

'Hoe laat is het lichaam gevonden?' vraag ik vervolgens. Als hij daar blij van wordt, mag hij me wat mij betreft de rest van de nacht de rug toekeren.

Na een norse stilte zegt Barclay: 'We zijn ongeveer drie kwartier geleden gebeld. Ho! Wacht even!'

Hij draait zich om en doet alsof hij opeens een belletje hoort rinkelen. Zijn witte tanden flitsen in het donker.

'Ik heb de tijd van mijn telefoon.' Hij deelt een geniepig prikje uit, maar het treft geen doel.

'Is dat goed? Of moet ik op mijn horloge vertrouwen?' vraagt hij. Ik ga er niet op in.

'De tijd die ik heb opgeschreven toen ik gebeld werd, is negentien-twintig uur.' Hij zegt het alsof ik niet zal weten wat dat is.

Ik schrijf het op. 'Drieëntwintig uur twintig Zoeloe-tijd, dus. Hier twintig minuten over zeven.' Dan vraag ik: 'Hoe werd de situatie omschreven? Wat is er precies gezegd? Het lijkt er namelijk op dat de media nog van niets weten.'

'Het is binnengekomen als een tien-zeventien.' Hij wacht om me de gelegenheid te geven te vragen wat dat is, maar ik ken de politiecodes waarschijnlijk net zo goed als hij. Ik hoor ze mijn hele carrière al, en een 10-17 komt veel voor. Het betekent: 'Contact opnemen met melder.'

'Ik neem aan dat dat over de tweeling ging,' concludeer ik. Barclay kijkt me aan en ik denk: wat een lul.

Hij zegt dat er over de radio niets is gezegd wat verslaggevers die de radiofrequenties van de politie afluisteren zou kunnen alarmeren. Dit wijst erop dat het verdachte telefoontje van Marino niet komt van iemand die officieel betrokken is bij de zaak. Barclay heeft zo te horen absoluut niet gebeld met het National Central Bureau, Interpols bureau in Washington. Ik heb het gevoel dat Marino gelijk heeft. De onervaren rechercheur zou er nooit op komen en weet misschien niet eens wat het NCB is. Niet iedere agent weet dat.

Marino heeft beslist niet zelf contact opgenomen, en ik uiteraard ook niet. Het kan ook niet iemand van mijn kantoor zijn geweest. Op het moment dat die zogenaamde rechercheur van het NCB Marino belde, wisten wij niet wat het tijdstip van overlijden was. Het wordt steeds duidelijker dat de verantwoordelijke persoon niets goeds in de zin heeft, om het zacht te zeggen.

‘Ik reed toevallig over Memorial Drive en was binnen een minuut of drie hier.’ Barclay geeft antwoord op de vraag waarom hij de eerste aanwezige was en waarom hij aandacht heeft geschonken aan een onbelangrijke melding, hoewel ik die vraag niet gesteld heb.

Contact opnemen met een melder betekent dat iemand met een agent wil praten, meestal om zijn bezorgdheid of ontsteltenis over het een of ander uit te spreken. Een algemene oproep die over van alles kan gaan. Vaak gaat het helemaal nergens over, en het verbaast me dat een rechercheur aandacht schenkt aan een dergelijke melding, tenzij die speciaal aan hem is gericht. Maar Barclay is nieuw op de afdeling Zware Delicten. Misschien is hij een beetje al te gretig. Misschien verveelde hij zich.

‘En de meisjes die haar hebben gevonden?’ vraag ik. Ik kijk naar Marino, die buiten gehoorsafstand met hen staat te praten. ‘Zijn het studenten? Ze lijken me te jong voor de universiteit.’

Vanwaar ik sta lijken het amper pubers, en ik wil wedden dat ze niet oud genoeg zijn voor een rijbewijs.

‘Nee, mevrouw, het zijn geen studenten,’ zegt Barclay, die door zijn aantekenboek bladert. ‘Ze zitten op een school bij Donnelly Field. Dat zeiden ze tenminste, en ik heb geen reden om te denken dat ze iets verzinnen of verbergen. Of dat ze het slachtoffer kenden. Ze zeiden van niet.’

Ik vind zijn opmerkingen over twee meisjes die zijn getraumatiseerd door een ontdekking die hun de rest van hun leven zal bijblijven nogal gevoelloos en vraag me af of hij ermee wil zeggen dat hij ze heel even als verdachten heeft aangemerkt, of het bij hem is opgekomen dat de tweeling het een grappig idee zou vinden om een fietser te overvallen. Alles is mogelijk, veronderstel ik. Ik zie dat zijn zaklamp uit is. Het lijkt erop dat hij hem is vergeten. Hij kijkt zijn aantekeningen door en vindt de bladzijde die hij zoekt alsof hij als een kat in het donker kan zien.

De meisjes wonen in de buurt van de Highland Laundromat bij Mount Auburn Street, zegt hij terwijl hij met veel geritsel door het aantekenboek bladert. Het is dus niet onlogisch als ze van Harvard Square door John F. Kennedy Street naar de rivier gaan. Het plan was om langs het water door het park te lopen en dan via Ash Street weer naar huis te gaan. Alles bij elkaar was het hele tochtje net geen anderhalve kilometer.

'Normaal gesproken nemen ze de directe route naar Mount Auburn.' Barclay legt uit wat hij van de zusjes heeft gehoord. 'Maar het is zo warm dat ze een omweg maakten door het overschaduwde park en zo dicht mogelijk bij het water bleven.'

'Wat deden ze eigenlijk buiten?' Ik maak aantekeningen.

'Ze zeiden dat ze van Harvard Square op weg waren naar huis. Ze waren bij Uno's geweest. Hoe kan iemand pizza eten met dit weer? Ik heb vanmorgen op het nieuws gehoord dat we deze hitte nog een dag houden. Daarna gaat het regenen en wordt het meteen winter. U bent opgegroeid in Miami, toch? Dan zal dit weer voor u wel heel normaal zijn. Maar niet voor mij. Het is veel te warm voor mijn dikke bloed.'

Ik vraag niet waar hij vandaan komt, maar waarschijnlijk niet uit deze streek. Hij heeft een licht accent dat wijst op het Midwesten.

'Ik ben nog maar een paar keer in Miami geweest,' zegt hij. Ik ga er niet op in.

16

Hij wacht even af of ik ga reageren op zijn gepraat over koetjes en kalfjes, maar ik heb geen belangstelling. Mijn aandacht gaat steeds naar Marino, die een eindje verderop met de tweeling staat te praten en zijn telefoon zo houdt dat iemand die door een verrekijker of een zoomlens mee zou kunnen kijken niet veel heeft aan het licht.

Maar ik zie wat hij doet. Hij wil de uitdrukking op het gezicht van de zusjes zien terwijl hij ze ondervraagt. Ik merk dat de meisjes zich bij hem op hun gemak voelen. Dat zie ik aan de manier waarop ze naar hem opkijken en aan het feit dat ze dicht bij hem blijven onder het donkere bladerdak van de brede eik, alsof ze door een eng bos moeten en Marino hun gids is.

'Hoe dan ook,' – Barclay wijst naar de rododendrons links van het lichaam, ongeveer zes meter van ons af – 'u kunt maar beter voorzichtig zijn als u daar rondloopt, en dan bedoel ik niet vanwege bewijsmateriaal dat we nog niet hebben veiliggesteld. Een van de meisjes heeft daar overgegeven.'

'Wanneer was dat?'

'Toen ik hier net kwam aanlopen. Ze kwam uit de bosjes en veegde haar mond af met de rug van haar hand. Ze keek een beetje glazig uit haar ogen. Ik weet niet wie van de twee het was en of ze inderdaad heeft overgegeven. Geloof me, dat is iets wat ik niet al te nauwkeurig wilde onderzoeken.'

'Weet je of een van hen het lichaam heeft aangeraakt?' Ik kom op de belangrijkste vraag. 'Wat hebben ze precies gezegd dat ze gedaan hebben?' Ik kijk even naar de tijdsaanduiding op mijn telefoon; de gloed van het schermpje is in het donker zo fel als die van een televisiescherm.

Het is 20.22 uur, en daar maak ik een aantekening van.

'Toen ik hier kwam, was er niemand anders in de buurt en ze stonden niet dicht bij het lichaam, minstens zes meter ervandaan,' zegt Barclay. 'Ze waren helemaal van streek en ze zeiden dat ze het niet hadden aangeraakt. Ik heb het ze wel zes keer gevraagd en ze zeiden van niet. Ze zijn er niet dichterbij geweest dan een meter of zo.' Hij houdt zijn handen een metertje uit elkaar, alsof ik anders niet zal begrijpen wat hij zegt.

'Het?' vraag ik.

'De dode vrouw.'

Hij blijft het slachtoffer als een voorwerp beschouwen, en mij behandelt hij als een minderwaardig persoon die niet het recht heeft hier te zijn. Ik laat het nog even aan me voorbijgaan. Daarna ga ik hem zeggen waar het op staat. Ik zal hem wat gratis advies geven.

'Ze zijn ernaartoe gelopen om te kijken, maar toen zijn ze achteruitgegaan, want ze deden het ongetwijfeld in hun broek van angst,' zegt Barclay. 'Ze zijn op afstand gebleven en hebben de politie gebeld.'

De meisjes hebben bij elkaar passende rugzakken, en ik heb geen idee wat erin zou kunnen zitten. Maar ik zie zo snel geen telefoon.

'Hoe hebben ze om hulp gebeld?' vraag ik.

'Geen idee. Het alarmnummer.' Dit is zijn manier om zijn middelvinger tegen me op te steken.

'Ik weet dat het alarmnummer is gebeld. Mijn punt is dat minstens een van hen een telefoon moet hebben.'

'Dat weet ik niet. Ik heb ze niet gefouilleerd,' zegt hij. 'Maar weet u wat? Als ik ze in de kindvriendelijke studio heb en ze even kan afleiden, zal ik in hun rugzak kijken. Daar zitten vast hun telefoons in, en wie weet wat nog meer.'

Ik ga terug naar de vondst van het lichaam, en hij dreunt de details op die ik al gehoord heb. De meisjes waren op weg naar huis en zagen even verderop iets op het pad liggen.

'Ze kwamen dichterbij,' zegt Barclay, 'en eerst dachten ze dat iemand een heel naar fietsongeluk had gehad. Dat ze in het donker tegen een lantaarnpaal was gebotst of iets dergelijks en zo hard haar hoofd had gestoten dat haar helm eraf was geslagen. Ze zagen bloed en dat ze niet bewoog.'

'Wat bedoel je met "eerst"?' Voor ik met de tweeling praat, wil ik een idee hebben hoe erg hij hun verhaal kan hebben bijgekleurd. 'Ze dachten eerst dat ze een fietsongeluk had gehad? Hebben ze dat gezegd?'

'Nou ja, ik betwijfel of ze dat nu nog denken. Ze denken nu dat iemand iets slechts met haar heeft gedaan.'

'Hoe hebben ze haar goed genoeg kunnen bekijken om bloed te kunnen zien en te kunnen concluderen dat ze dood was?' vraag ik. Als de meisjes kwade opzet vermoeden, is dat waarschijnlijk omdat Barclay al zeker denkt te weten wat voor zaak dit is.

Hij heeft niet geaarzeld om te zeggen dat het om moord gaat, en nog wel een moord met seksuele motieven.

'Het is buitengewoon donker, en waar zij ligt zijn de schaduwen bijzonder diep,' merk ik op. 'Hebben ze een zaklamp? Want ik weet niet hoe ze zonder lamp veel hebben kunnen zien.'

'Misschien in een van de rugzakken. Ik weet het niet. Ze zeiden dat ze er vrij zeker van waren dat ze dood was. Ze zeiden dat ze dood rook.'

'Dat is interessant. Wat bedoelden ze daarmee?'

'Ze zeiden ook dat ze rook als een föhn.' Hij grijnst.

'Ik vraag me af wat ze daarmee bedoelden,' antwoord ik, en hij lacht.

'Wie zal het zeggen? Ze zijn achterlijk, toch?'

'Het is niet mijn taak om hun IQ te testen, en volgens mij ook niet die van jou. Dat is geen gepast woord om te gebruiken.' Ik kijk toe terwijl Marino foto's maakt en een genummerde kegel neerzet, en moet me bedwingen om Barclay niet eens flink de wind van voren te geven. 'De meisjes bedoelden iets toen ze dat zeiden,' voeg ik er zo redelijk mogelijk aan toe. 'Het zou slim zijn om uit te zoeken wat dat was in plaats van ervan uit te gaan dat ze onzin praten.'

'Ze hebben waarschijnlijk vooral het bloed opgemerkt. Bloed plus warmte geeft een geur. Een soort metalige geur? Als van een haardroger misschien? En in deze hitte gaat het bloed uiteraard binnen de kortste keren ontbinden.'

'Tenzij je met mij van baan wilt wisselen, rechercheur Barclay, is dat nog zo'n detail waar je echt niets over zou moeten zeggen.' Ik kijk om als ik voetstappen en langzaam draaiende wieltjes hoor op het pad.

'Nog zo'n detail? Zijn er dan meer dan één?' Het lijkt bijna of hij met me flirt. 'Verdomme zeg, ik zou maar al te graag van baan wisselen. Ik heb altijd gedacht dat ik een goede dokter zou zijn.'

Ik hoor zachte stemmen. Rusty en Harold met al hun spullen – twee zwevende lichtjes voor een donkere karavaan. Ik kan ze net onderscheiden als ze het bos in lopen dat naar de open plek leidt.

Ze hebben lampen op hun hoofd, zoals mijnwerkers, om hun pad te verlichten terwijl ze twee trolleys achter zich aan trekken. Ik hoef ze niet te zien om te weten dat die volgeladen zijn met een hele serie sporenkoffers, dozen, zandzakken en de tent, waarvan de onderdelen zijn verpakt in iets wat eruitziet als lange, zwarte lijkenzakken. De omvangrijke, donkere omtrekken van de naderende lading, die is vastgebonden met bungeekoorden, doen me denken aan de slee van een morbide Kerstman. Ik stuur Harold een berichtje.

Achter het lint meteen uitladen. Kom zo bij jullie.

'Het zou niet meer dan twintig minuten moeten duren om alles op te zetten,' zeg ik tegen Barclay. 'Terwijl ze daarmee bezig zijn, doen Marino en ik de ronde om foto's te nemen en een idee te krijgen van wat we moeten identificeren, beschermen en bewaren voor we het lichaam overdekken. Als dat eenmaal gedaan is, doen we de lampen aan en onderzoeken we haar binnen een omheining die ons enige privacy biedt.'

'Hoe groot is het stuk dat daarmee afgedekt kan worden?' Barclay kijkt achterom naar mijn transportteam.

'Groot genoeg om zowel de fiets als het lichaam te omvatten,' leg ik uit. 'Eigenlijk zetten we een soort tent op. En als je dit nooit eerder hebt meegemaakt, moeten we een goed uitgedachte en logische volgorde bedenken, zodat de ene procedure niet de andere in de war schopt.'

Ik kijk naar de tweeling, die nog met Marino staat te praten, dan naar de fiets, zo'n zes meter vanwaar ik sta, en vervolgens naar het lichaam, dat nog weer drie meter daarachter ligt. Als ik een eerste verkenning of een voorbereidende ronde doe, krijg ik meestal een goed idee van de situatie en waar ik allemaal mee te maken krijg. Maar wat ik hier zie, is erg tegenstrijdig. De plaats delict ziet er vreemd uit, alsof iemand op goed geluk iets in elkaar heeft gezet maar geen idee had hoe het eruit moest zien.

Als het slachtoffer van haar fiets was gevallen, zou haar lichaam er geen drie meter vandaan liggen. Een fiets kan je niet afwerpen, zoals een paard, en ook al zou dat kunnen, dan klopt het tafereel nog niet. Waarom ligt haar helm zo ver vanwaar de fiets is gevallen? Ook al zat het riempje niet vast, dan is dat nog geen afdoende verklaring. Hoe heeft ze zo hard haar hoofd kunnen stoten dat ze kennelijk meteen dood was? Ik kan me ook niet voorstellen dat ze is gestorven in de positie waarin ze nu ligt, met haar armen omhoog, gespreide benen en amper gebogen knieën en ellebogen, alsof ze jumping jacks deed.

'Bent u klaar om haar te onderzoeken?' vraagt Barclay. Ik zou willen dat de opdringerige rechercheur me even alleen liet met mijn gedachten.

'En je hebt uiteraard het lichaam laten liggen waar het lag.' Ik klik mijn pen dicht en vraag het alsof het bijzaak is.

'Dat heb ik toch gezegd? Ik heb gecontroleerd of ze nog leefde, en het leek er beslist op dat ze al een hele tijd dood was.'

‘Hoe heb je dat gecontroleerd?’

‘Ik heb haar polsslag opgenomen. Ik weet vrij zeker dat het de rechterpols was. Ik pakte hem en haar arm was helemaal stijf. Dat is alles. Meer heb ik niet gedaan. Ik heb haar niet verplaatst, dat heb ik de halve wereld al verteld,’ zegt hij, en ik vraag me af wie de halve wereld is.

Marino kan natuurlijk helemaal in zijn eentje een halve wereld vormen als hij iemand op de korrel heeft.

‘Heb je de agenten die na jou kwamen verteld dat je er zeker van was dat ze al een tijdje dood was?’

‘Ik heb mijn mening gezegd. Dat ze al stijf was en ja, nog wel warm, omdat je hier buiten verdomme een ei kunt bakken.’

‘Wat je echt in gedachten zou moeten houden, rechercheur Barclay, is dat het belangrijk is niet de bron te worden van ongegronde meningen.’ Eindelijk zeg ik hem de waarheid en bied ik hem een gratis goede raad die hij zeker niet zal waarderen.

‘Hoe goed je bedoelingen ook mogen zijn,’ voeg ik er rustig en zakelijk aan toe, ‘wees heel voorzichtig met wat je zegt. Het kan me niet schelen wat je is verteld of wat je ziet. Het kan me niet schelen waar je absoluut zeker van denkt te zijn. Denk goed na voor je wat zegt. En denk er dan nog beter over na.’

‘Ik het recht op mijn mening...’ begint hij, maar ik snijd hem de pas af.

‘Niet als het te maken heeft met wetenschap, geneeskunde of een ander onderwerp waar je niets vanaf weet. Ik raad je aan om alle observaties te rapporteren, maar die niet te interpreteren of op basis daarvan beslissingen te nemen.’ Ik blijf hem recht aankijken. ‘Losse opmerkingen en verkeerde informatie zijn een godsgeschenk voor advocaten.’

‘Ik zeg alleen dat ze stijf was en daarom al een tijd dood moest zijn...’

‘Iemand kan ook door verlamming stijf worden. Dat betekent niet dat die persoon dood is. Nogmaals: zie af van interpretaties en meningen ventileren, vooral op medisch of forensisch gebied.’

‘Ik ben degene die het gezien heeft, dus daarom is wat ik zeg een feit, geen mening.’ Hij reageert als door een wesp gestoken. ‘Er is misschien ook nog sprake van een bepaalde geur. Het kan zijn dat ik rottend bloed heb geroken.’ Na een vijandige stilte vuurt hij het volgende schot af. 'Nu snap ik ook waar al dat geklets over ging. Al dat geklep over de radio, eerder op de dag.'

Ik vraag niet wat hij daarmee bedoelt, want ik heb het gevoel dat ik het al weet en word onaangenaam herinnerd aan de klacht over mijn zogenaamde ruzie met Bryce en de ordeverstoring. Misschien weet Barclay daar alles van. Misschien geldt dat voor iedereen op zijn afdeling. Ik maak een eind aan het gesprek door hem te vragen of hij even verderop wil wachten – dat wil zeggen, op een gezonde afstand van mij.

Hij beent naar Marino en de tweeling en het is duidelijk dat de knappe rechercheur me niet mag. Overduidelijk. Niet dat het mij bijzonder veel kan schelen. Marino komt mijn kant uit en hurkt bij de grote zwarte plastic koffer die hij vanaf de SUV achter zich aan heeft getrokken.

'Ik zou maar een oogje op die vent houden,' zeg ik zachtjes. 'Hij werkt hier een blauwe maandag en denkt nu al dat hij aan niemand verantwoording schuldig is. Een dergelijke instelling kan alleen maar erger worden.'

'Ik hield hiervoor al een oogje op hem.' Marino maakt de sluitingen van de koffer open. 'Hij heeft iets vreemds met oudere vrouwen, een of ander ziek moedercomplex. Ik waarschuw je maar even.'

'Doe ik hem aan zijn moeder denken?'

'Een tante, een moeder. Alleen omdat je ouder bent dan hij.'

'Dat betekent niet dat ik hem doe denken aan zijn moeder of tante of wie dan ook.'

'Ik wil alleen maar zeggen dat hij denkt dat hij een godsgeschenk is voor vrouwen, maar in tegenstelling tot ondergetekende houdt hij niet van ze. Niet echt.' Hij doet het deksel van de koffer open.

In de koffer zit een volledige voorraad forensische benodigdheden, perfect georganiseerd en netjes ingepakt. Hij pakt een camera en een grote flitser met een afneembare schouderriem. Dan trekt hij wegwerphoezen over zijn schoenen en wringt zijn grote handen in een paar handschoenen.

'Ik weet dat je hierin zult verdrinken, doc.' Hij geeft me een paar schoenhoezen en handschoenen.

Ik vraag om twee elastieken om de hoezen vast te zetten, zodat ze niet afvallen en ik er ook niet met mijn andere voet op kan gaan staan. Als ik de handschoenen aantrek, heb ik centimeters ruimte over in de losse paarse nitrilvingers.

'Aan de slag,' zegt hij, en we beginnen aan het volgende stadium, de binnenring. We maken ons niet druk over beschermende kleding – nog niet tenminste.

Er bestaat geen risico op besmetting zolang we ervoor zorgen nergens op te gaan staan en niets te verstoren. Een zeldzame uitzondering daargelaten gaan we geen bewijsmateriaal verzamelen tot de plaats delict is beschermd en de lampen aan zijn. We beginnen op de open plek en beschijnen met onze zaklampen het pad voor ons en de bomen en het gras aan weerskanten.

Bij elke stap stopt Marino alsof hij iets ziet. Hij bukt, gromt zachtjes om duidelijk te maken dat het niets is en neemt foto's. Ik hoor voortdurend de sluiter open- en dichtgaan. Het verblindende licht van de flitser zorgt voor enige desoriëntatie als we onze beproefde synchrone benadering voortzetten. Het is een diep ingesleten procedure, net als de juiste manier om een tennisbal te raken, en we hoeven elkaar nog maar zelden ergens op te wijzen.

'Stop,' zeg ik tegen hem als in de duisternis voor ons het silhouet van een niet-brandende straatlantaarn opdoemt, dicht bij de gevallen fiets, aan de buitenrand van de open plek, net voor het punt waar het bos weer begint.

De lamp op de zwarte ijzeren paal is uit en we richten onze zaklampen erop en zien dat een van de glazen panelen wijd openhangt en de lampen erachter verbrijzeld zijn. Als we naar het gras kijken, schitteren de scherven ons tegemoet en overal om de fiets glanzen stukjes glas.

'Van hieraf lijkt het bijna alsof ze tegen die lantaarn aan is gereden,' zeg ik. 'Misschien heeft Barclay wel gelijk.'

'Hij heeft nooit gelijk,' zegt Marino bits.

Het is mogelijk dat de vrouw niets kon zien en een ongeluk heeft gehad. Maar dat verklaart niet de kapotte lampen in de hoge lantaarnpaal. Het verklaart ook niet waarom het lichaam niet hier in de buurt ligt.

'Geen idee.' Marino kijkt naar de donkere metalen armatuur boven op de paal. 'Misschien heeft iemand het paneel opengezet en de lampen kapotgeslagen.'

'Vreemd dat het glas overal verspreid ligt. Hoe kan dat gebeuren als je het paneel openzet en de lampen vernielt? En je moet wel een reus zijn om het paneel open te kunnen maken.'

'Dat is precies wat ik ook denk. Waarom ligt er overal glas? De lampen kunnen niet kapotgeschoten zijn, want dan zouden de panelen ook gebroken zijn, en ik zie niet hoe je het met een steen kunt doen tenzij je op een ladder gaat staan en er de lampen mee kapotslaat.' Hij schijnt toch met de zaklamp om zich heen, op zoek naar een steen. 'Maar om eerlijk te zijn, weten we niet zeker wanneer deze schade is ontstaan.'

'Ik geloof niet dat de parkbeheerders lang zouden wachten om een kapotte lantaarn te repareren.'

'Nou, het is zo in elk geval een stuk donkerder op de plek waar ze is aangevallen,' zegt hij terwijl we voortdurend met onze zaklampen in het rond schijnen. 'Misschien heeft een of andere psychopaat de lamp kapotgeslagen. Hij kan in de lantaarn zijn geklommen, wie zal het zeggen, en daarna op haar of op een ander slachtoffer hebben gewacht. Zo ziet het er tenminste uit. Dat zou betekenen dat dit een vooropgezette aanval was.'

'Of misschien was de lamp al stuk en heeft ze een ongeluk gehad.' Dat denk ik niet echt, maar ik herinner hem eraan dat hij zich niet moet vastbijten in een idee. 'We weten nog niet zeker of ze is aangevallen.' Ik heb dit al heel vaak gezegd, maar niemand lijkt te willen luisteren.

Nog een stap en dan nog een en nog een, tot we ongeveer anderhalve meter van de fiets staan. Het lichaam ligt er zo'n drie meter vandaan en ik zie nu al sleepsporen.

'Verdorie!' mompel ik. Wat Barclay ook beweert, ik had al zo'n idee dat ik dit zou zien. 'Ze is verplaatst.'

17

Ze zijn gemakkelijk te zien als je eraan gewend bent uit te kijken naar sporen op de grond of in het gebladerte. Het is een tweede natuur voor me geworden om te letten op alles wat erop kan wijzen dat er iets gebeurd is op een stuk grond, per ongeluk of met opzet.

De sleepsporen tonen aan dat het lichaam is verplaatst, maar niet heel ver, en dat is weer zo'n vreemde omstandigheid; het wordt intussen een hele lijst. Haar bovenlichaam ligt op het gras en haar heupen en benen liggen op het pad. Ik zie het spoor in het korrelige oppervlak; het begint een klein eindje vanaf de hielen van haar enkelsokken. Dat roept meteen de gedachte op dat er op z'n minst één persoon aan haar getrokken heeft en dat die persoon werd gestoord of er om een andere reden mee is gestopt. Ik vraag me af wat er met haar schoenen is gebeurd.

Haar schoenen zijn verdwenen, net als haar shirt, aangenomen dat ze die voor haar dood aanhad. Misschien liggen ze hier ergens, bedenk ik. We zouden nog een heleboel kunnen vinden als we eenmaal behoorlijk licht hebben. Ik denk weer aan de vrouw met de helderblauwe helm.

Ik herinner me haar sportschoenen. Ik hoop dat de dode vrouw geen Converse-schoenen droeg. Maar dat weet ik niet, omdat er iets met haar schoenen is gebeurd. Ze draagt geen blauwe halsdoek met paisleypatroon en geen gouden ketting, zoals die vrouw. Maar ook daar kan iets mee gebeurd zijn, en ik moet me bedwingen om niet meteen naar haar te gaan kijken, om niet gewoon naar haar toe te lopen en een ondraaglijke nieuwsgierigheid, vermengd met angst, te bevredigen.

Ik zou heel dicht bij haar kunnen gaan staan. Ik zou mijn zaklamp op haar gezicht kunnen richten om te kijken of het om de vrouw met het Britse accent gaat. En of dat Elisa Vandersteel is. Maar ik weet beter. Ik moet me langzaam een weg naar het lichaam banen, nauwgezet en geduldig. Ik moet doen alsof ik niet weet wat daar in het donker op me ligt te wachten. Of het me niet kan schelen. Ik mag geen gevoelens of emotionele reacties hebben als ik mensen onderzoek, maar die heb ik natuurlijk wel.

Ik kijk achterom, waar Harold en Rusty met enig lawaai de trolleys afladen en de grote zakken van zwart vinyl openritsen. Ik hoor hun zachte gemompel.

'Mag ik even?' Ik wissel mijn kleine zaklamp in voor Marino's grote.

Dan ga ik op mijn hurken midden op het pad zitten en kijk om me heen, waarbij ik ervoor zorg dat ik niets aanraak wat belangrijk zou kunnen zijn. De lamp, die 6000 lumen licht verschaft, is gemaakt van metaal en weegt een paar pond. Hij heeft een grote lens met zes LED-lampen en de felle straal daarvan valt over het pad en laat zanderige mineralen als kwarts en silica fel oplichten.

Ze sprankelen als levende wezentjes als het licht erop valt, en als ik het gebied rond en onder de fiets verlicht, flitsen overal de glasscherven. Ik kijk langzaam en bedachtzaam om me heen en let goed op. Als je eenmaal een plaats delict hebt betreden, kun je niet meer terug. Je kunt niets meer ongedaan maken, en als het mogelijk is, neem ik alle tijd die ik nodig heb, hoezeer anderen zich daar ook aan mogen ergeren. Ik richt de lichtstraal op de grond achter de fiets en op het lichaam.

Nu kan ik duidelijker zien dat haar hielen door het losse oppervlak van het pad zijn gesleept, alsof ze een eindje is weggetrokken, van hieraf gezien op z'n hoogst twintig centimeter. Ik veronderstel dat rechercheur Barclay die sporen heeft aangezien voor bewijs van een worsteling. Ze heeft grijzige enkelsokjes aan, vergelijkbaar met die van de vrouw op de fiets, maar dat kan ik pas goed zien als ik dichterbij kom.

'Ik weet niet goed wat hier is gebeurd, maar het staat me helemaal niet aan,' zeg ik tegen Marino. 'Het klopt van geen kant. Het lijkt erop dat haar fiets daar is neergevallen, bij de straatlantaarn waarvan het glazen paneel openstaat en waar overal glas ligt van de kapotte lampen. Toch ligt haar lichaam helemaal daar. En ik denk niet ze op haar sokken aan het fietsen was. Ik moet haar van dichterbij bekijken. Als je het niet erg vindt om even afstand te houden en foto's wilt blijven maken.' Ik kom overeind.

Mijn slecht passende, met elastiek vastgemaakte schoenhoezen maken een schrapend geluid als ik erop rondloop. Ik richt de lichtstraal op het pad en loop naar het lichaam, en ik kan op deze afstand zien dat het lange bruine haar in de war zit. Ik zie haar aantrekkelijke jonge gezicht met de wipneus en de spitse kin, haar bleke huid, de modder op haar iets geopende lippen en de ogen die dof tussen amper geopende oogleden door kijken.

De zonnebril die ze eerder op had is weg, ervan uitgaand dat de dode vrouw en de fietser die ik heb ontmoet een en dezelfde persoon zijn.

Ik raak er steeds meer van overtuigd dat dat heel goed mogelijk is, en dan zeg ik het nog heel voorzichtig. Dan hou ik geen rekening met wat mijn gevoel zegt. In het felle licht zie ik dat haar korte broek lichtblauw is en dat er smalle streepjes in de sokken zitten. Onder haar nek is bloed in het gras gelopen. Vanwaar ik sta, lijkt het geen grote hoeveelheid en ik zie ook geen schaafplekken, sneden of andere verwondingen in haar gezicht. Alleen modder en plantenresten, alsof ze gevallen is.

Maar de positie van haar armen is veelzeggend. Ze liggen uitgestrekt boven haar hoofd, wijd uit elkaar en met de handpalmen omhoog, en dat klopt met mijn groeiende overtuiging dat ze aan haar polsen is weggetrokken. Het blijft me verbazen waar mensen niet aan denken in de hectiek van het moment. Het zou zo eenvoudig zijn geweest om de sleepsporen uit te wissen en het lichaam anders neer te leggen, zodat niet zo duidelijk zou zijn wat er naderhand met haar is gedaan. Ik kijk weer even naar de tweeling, en ze blijken hun ogen niet van me af te kunnen houden. Ik heb het akelige gevoel dat ze liegen.

Ze beweren dat ze niet in de buurt van het lichaam zijn geweest, niet dichterbij dan een meter, volgens Barclay. Maar iemand heeft dat wel gedaan, wellicht meer dan één persoon. Twee mensen die ongeveer even sterk zijn, kunnen de dode vrouw ieder aan een arm hebben getrokken en daar toen weer mee zijn opgehouden. Ik verbaas me weer over de helm, die zes meter verderop ondersteboven in het gras ligt, als een gestrande schildpad. Heeft iemand hem daar neergegooid? Wat is er gebeurd met haar schoenen en haar shirt? En met de zonnebril, de ketting en de halsdoek? Als ze die droeg, waar zijn ze dan?

Ik laat het licht over de fiets spelen terwijl ik er langzaam omheen loop. Ik zoek naar schade aan de banden, het witte frame met de blauwe accenten en streep en het gelzadel. Ik zie helemaal geen deuken of schaafplekken. Maar de zwarte plastic telefoonhouder aan het stuur is leeg. De klem die de telefoon op zijn plek moet houden, is losgemaakt. Er is geen telefoon te zien, en ik krijg weer dat gevoel, maar nog sterker. Het komt terug als een steek in mijn buik en wordt vergezeld van een diepe ontmoediging. Ik haal langzaam en diep adem.

Ik probeer mijn gedachten over de vrouw die ik vandaag al twee keer ben tegengekomen onder controle te houden en zet me schrap voor de onvermijdelijke waarheid, die als een vloedgolf over me heen slaat. De fiets komt me in elk geval bekend voor. Er was geen reden om die in detail te bestuderen, maar ik ben er zeker van dat er blauwe markeringen zaten op een lichtgekleurd of wit frame. Ik weet nog dat het blauw dezelfde tint had als de helderblauwe helm die ze op had, en die tint zie ik nu weer oplichten in het gras bij een Japanse esdoorn.

'Dit is gewoon raar,' zeg ik tegen Marino. Ik haal me het gezicht van Elisa Vandersteel voor ogen op de identiteitskaart die ik zojuist heb bekeken. 'De helm ligt wel zes meter van het lichaam. Waarom?' vraag ik.

'Dat kan zijn gebeurd toen ze tegenstribbelde en misschien probeerde weg te rennen van de aanvaller,' oppert hij, maar tot dusver zie ik geen enkel bewijs dat ze gevochten heeft of ergens heen is gerend.

'Of hebben die zusjes hem daar neergegooid, en zo ja, waarom?' antwoord ik. 'Het lijkt bovendien onwaarschijnlijk dat ze het shirt van het slachtoffer hebben uitgetrokken, maar waar is dat dan? En waar zijn haar schoenen?'

Ik zeg niets over de telefoon, de halsdoek, de ketting of de zonnebril, want daar zou ik niets over weten als ik het slachtoffer nooit eerder had gezien. Ik ben er nog niet klaar voor om daar met Marino over te beginnen. Als het ook maar enigszins mogelijk is dat ik het mis heb en dat ik het slachtoffer niet eerder heb ontmoet, kan ik hem zo op een dwaalspoor zetten. Dat zou gevolgen kunnen hebben in de rechtbank. Ik schijn met de lamp om me heen en merk op dat de grond om de fiets en het lichaam niet veel sporen vertoont, behalve de sleepsporen.

'Ik zie tot dusver niets wat kan wijzen op een achtervolging of een worsteling, ook het bloed niet,' leg ik uit. 'Maar wat ik wel zie, klopt helemaal niet, dat heb ik al eerder gezegd. Het is een chaos.'

Dan valt het licht op twee glanzende draden die centimeters van elkaar over het pad kronkelen.

De stukken zijn vijftien tot achttien centimeter lang en ik zie dat we een tere gouden ketting hebben gevonden die in stukken is gebroken.

'Mogelijk delen van een ketting,' zeg ik tegen Marino terwijl ik weer naar de fiets kijk.

Hij ligt een paar meter achter ons en ik bekijk het pad rond de gebroken ketting, op zoek naar enig teken van een confrontatie, een worsteling. Maar het geelbruine, onverharde oppervlak ligt er glad en onberoerd bij, alsof er niets bijzonders is gebeurd.

'Een ketting die iemand kapot heeft getrokken. Hij ziet er niet naar uit alsof hij hier al lang ligt.' Marino zet nog een kegeltje neer, blauw met het nummer 7 erop. 'Ik vraag me af of er iets aan hing, een medaillon, een kruisje of iets anders wat er kostbaar uitzag. Het kan ook zijn meegenomen als souvenir.'

'Dat kan,' antwoord ik, en ik laat het licht nog eens op de stukken van de ketting vallen om te kijken of ik daar een hanger, een ring of een bedeltje zie, of iets anders dat aan een ketting kan hebben gehangen.

Een schedeltje bijvoorbeeld, zoals de vrouw op de fiets om had. Het viel nogal op toen we elkaar in het theater zagen en ook later op het trottoir. Ik zag een ketting met een gouden schedeltje, een grappig ding. Ik herinner me dat ze het op haar rug hing toen ze wegfietste, zodat het bungelende stukje metaal niet in de weg zat en niet tegen haar tanden kon slaan bij het fietsen, veronderstel ik.

Ik loop verder door het gras, maar ik zie geen shirt. Ik weet vrij zeker dat het een beige hemdje was, een aandenken aan de tour van Sara Bareilles van een paar jaar geleden. Zoiets zie ik nergens. Maar ik vind wel haar schoenen, de ene hier en de andere helemaal daar: gebroken witte Converse-schoenen, de veters nog netjes gestrikt, alsof ze letterlijk van haar voeten zijn gerukt.

Ik ben misschien niet zeker van haar naam, maar ik twijfel er niet meer aan dat dit de vrouw op de fiets is die ik eerder in het theater en voor de Faculty Club heb gezien. Maar ik moet me in bedwang houden, ik kan er niet op reageren. Ik mag niet laten merken dat ik een persoonlijke reactie heb op wat ik hier aan het doen ben. En terwijl we kegeltjes neerzetten en aantekeningen en foto's maken, kom ik tot een besluit. Het wordt tijd om Marino op de hoogte te stellen.

'Ik kan het niet bewijzen,' zeg ik tegen hem, 'en ik weet niet of het iets uitmaakt. Maar het is mogelijk dat ik haar eerder op de avond heb gezien.'

'Je neemt me in de maling.' Hij blijft staan en kijkt naar me alsof ik vijf hoofden heb.

Ik leg kort uit dat ik haar heb gesproken bij het American Repertory Theater en later voor de Faculty Club.

'Benton en ik troffen haar op de stoep,' voeg ik eraan toe. 'Dat moet ongeveer om kwart voor zeven zijn geweest, want de zon ging onder, maar het was nog niet donker.'

'Als ze het echt is, kan ze niet lang dood zijn geweest toen de meisjes haar vonden,' zegt hij. 'We hebben om ongeveer halfacht de melding gehad.'

'En daarom is wat Barclay zegt onlogisch,' antwoord ik. 'Als ze minder dan een uur dood was toen hij haar pols voelde, kan ze niet helemaal stijf zijn geweest. Er kan zelfs geen gemakkelijk vast te stellen mate van lijkstijfheid zijn opgetreden.'

Ik kijk achterom naar de tweelingzusjes, die voortdurend verwilderd om zich heen kijken terwijl Barclay met ze praat. Ik zie dat ze zich bij hem niet zo op hun gemak voelen als bij Marino, dat is heel duidelijk. Sinds hij bij ze is weggegaan, zijn ze veranderd in twee angstige, vermoeide zoutpilaren.

Ik hoor Barclay iets zeggen over hun moeder. Hij vraagt naar haar op een manier die me doet vermoeden dat hij het al eerder over haar heeft gehad. Ze schudden hun hoofd, en als er een vader in beeld is, moet ik die nog horen noemen.

'Gaat ze altijd zo vroeg slapen, om halfnegen al?' zegt Barclay.

'Dat hangt ervan af.'

'Soms.'

'Als ze zich niet goed voelt.'

'Misschien neemt ze daarom de telefoon niet op?' vraagt hij. Ik kan niet uitmaken welk van de twee meisjes antwoord geeft.

'Nee,' zegt een van hen. 'Maak haar niet wakker als ze slaapt. Dat vindt ze niet fijn.'

'Ze vindt het niet fijn als ze zich niet goed voelt,' herhaalt de ander, en ik krijg het gevoel dat ze eraan gewend zijn om voor hun moeder te zorgen.

Ik vang slechts flarden op van het gesprek, maar dat is genoeg om problemen te verwachten. Het zou me niet verbazen als de moeder gescheiden is en haar telefoon niet opneemt omdat ze dronken is. Ze heeft waarschijnlijk geen idee dat haar dochters nog niet thuis zijn. Ik hoop maar dat ik het mis heb. Ik ontgrendel mijn telefoon en stuur een berichtje naar Harold. *Kom jullie kant uit.*

Dan zeg ik tegen Marino: 'Ik geloof dat we voorlopig wel genoeg hebben gezien. Ik wil even nagaan of Rusty en Harold precies weten waar ze de tent moeten opzetten. Zo terug. Dan kunnen we beschermende kleding aantrekken en hopelijk het licht aandoen.'

Marino kijkt in de richting van het politielint in het bos, ongeveer een voetbalveld verwijderd van de plek waar Rusty en Harold staan te wachten. Dan gaat zijn blik naar de tweeling, zo'n vijftien meter van ons vandaan aan de rand van de grazige open plek, dicht bij de bomen. Hun blikken dwalen rusteloos heen en weer terwijl Barclay dingen blijft zeggen die ik niet kan verstaan.

'Ik ga even naar ze toe om met ze te praten,' laat Marino weten.

'Ik zie je daar.' Ik zie dat de tweeling naar ons kijkt. 'Het zou een stuk helpen als ze in hun eigen woorden vertelden wat ze hier hebben gedaan. Dat wil ik als allereerste weten, als je daar geen bezwaar tegen hebt.'

'Ja,' zegt Marino. 'Ik denk dat we al weten dat ze iets verzwijgen. Waarom er met de dode vrouw is gesleept, bijvoorbeeld, en waarom haar spullen weg zijn of overal in het rond liggen.'

18

Rusty en Harold zijn een raar stel binnen het CFC. Mijn twee beste technici verschillen zoveel van elkaar dat ze eigenlijk niet met elkaar overweg zouden moeten kunnen.

Rusty ziet er in zijn surfbroeken en hoody's uit als een hippie uit de hoogtijdagen van Woodstock en knoopverven, terwijl Harold een voormalige militair is, die later directeur van een begrafenisonderneming is geworden. Zijn grijze haar wordt dun, hij heeft een nette snor en hij heeft nooit iets anders aan dan een pak met een conservatieve snit en een enkele rij knopen, in een degelijke, sombere tint zwart of grijs.

'Hoelang gaat het duren?' Ik kijk naar wat ze bij het licht van zaklampen in elkaar moeten zetten. 'Kunnen we over maximaal twintig minuten in bedrijf zijn?'

'Ik denk van wel.' Harold gaat op zijn hurken zitten, gevolgd door Rusty, en hun hoofdlampen verlichten de opengeritste zakken om ons heen.

In de zakken zitten opgevouwen aluminium frames, zwarte zijschotten met een polyurethaan coating en een dak van zwaar, zwart polyester. Op de trolleys liggen nog steeds de nodige zandzakken, haringen, sporenkoffers, dozen met handschoenen en in plastic verpakte wegwerpkleding.

Alle andere dingen die we nodig zouden kunnen hebben, waaronder water en houdbaar voedsel, zoals proteïnerepen, zitten in de grote truck. En ik ben van plan snel die kant uit te gaan. Ik moet iets drinken en even uit de hitte, al is het maar een paar minuten. Nog belangrijker is dat ik Lucy wil bellen en niet wil dat iemand ons gesprek afluistert. Ik wil haar vragen naar een drieëntwintigjarige vrouw die Elisa Vandersteel heet en op wier rijbewijs een adres in Londen staat. Ik wil kijken wat Lucy over haar te weten kan komen, en daar moet ze nu mee beginnen.

Het maakt niet uit dat we niet zeker zijn van de identiteit. Op dit moment, na wat ik tot dusver heb gezien, is een bevestiging niet veel meer dan een formaliteit. De rest van het verhaal is een verbijsterend mysterie, net als andere verontrustende gebeurtenissen die zich hebben voorgedaan, en we moeten een onderzoekslijn starten om een en ander duidelijker te krijgen.

Wie was Elisa Vandersteel? Waarom was ze in de Verenigde Staten? Wat deed ze in Cambridge, en was het een gewoonte van haar om tegen zonsondergang langs de rivier te fietsen? Als dat zo is, kan een stalker of een andere gevaarlijke belager dat weten.

'Het spijt me dat het allemaal zo onhandig moet,' leg ik uit. 'Maar we moeten ons echt zorgen maken over wie hier boven zit, en dan bedoel ik niet God.' Ik wijs naar boven, naar de brug, de omringende gebouwen en naar de hemel, waar pershelikopters zullen verschijnen zodra het nieuws bekend wordt. 'We kunnen van alle kanten gezien worden, ook van boven.'

'Daar worden we nou zo goed voor betaald,' zegt Rusty. Hij zegt dat vaak.

'Weet je de doodsoorzaak al?' vraagt Harold.

'Ik heb haar nog niet onderzocht, want ik wil niet heel dichtbij komen voordat we enige privacy en voldoende licht hebben. Maar van een afstand kan ik tekenen zien van trauma's. Het lijkt erop dat haar lichaam is versleept en anders neergelegd.'

'Dat is beroerd,' zegt Harold. 'Weet je zeker dat er met het lichaam is geknoeid?'

'Er zijn sleepsporen.'

'Shit,' antwoordt Rusty. 'En ze is gevonden door een stel kinderen?'

'Wie weet wat die allemaal hebben uitgespookt voordat de politie er was,' zegt Harold somber.

'Het lijkt erop dat een aantal van haar bezittingen zoek is. Andere liggen overal verspreid. Er is mogelijk een ketting gebroken, en wat eraan hing is momenteel niet te vinden.' Ik zeg niet dat het een gouden schedeltje is.

Ik wil niemand vertellen wat hij moet zoeken. Ik blijf mezelf eraan herinneren dat ik moet oppassen het onderzoek niet te beïnvloeden met een persoonlijke theorie die wellicht is gebaseerd op een ervaring die niet meer is dan een toevalstreffer. Wat maakt het uit dat ik Elisa Vandersteel heb ontmoet, als dat tenminste de onweerlegbare waarheid blijkt te zijn? Wat heeft dat te maken met haar dood of met wat we hier wel of niet aantreffen?

Maar ook al probeer ik onze ontmoeting als een onbelangrijk detail te beschouwen, ik weet dat het dat niet is. Het zal in elk geval niet helpen als in de rechtbank bekend wordt dat ik haar niet lang voor de moord heb ontmoet. Het zal de zaak niet sterker maken. Integendeel. De verdediging zal het tegen me gebruiken. Ik zal ervan worden beschuldigd dat ik niet objectief ben, dat ik beïnvloed en afgeleid ben door het feit dat het pad van het slachtoffer slechts een paar uur voor haar dood dat van mij heeft gekruist, en niet één, maar twee keer.

‘Met geweld afgerukt,’ zegt Harold over de gebroken ketting die ik heb genoemd.

‘Zo ziet het er wel uit, aangenomen dat hij van haar is,’ antwoord ik.

‘Dat klinkt alsof er een worsteling heeft plaatsgevonden en de dader naderhand iets in scène heeft willen zetten,’ oppert hij. Hun hoofdlampen verblinden me als ze me aankijken.

‘Er is geweld gepleegd,’ antwoord ik. ‘Maar ik kan niet zeggen of er een worsteling heeft plaatsgevonden, want ik weet nog niet genoeg. Zodra de tent staat, weet ik meer.’

‘We hebben overlegd wat het beste zou zijn. We dachten al dat je iets met een dak zou willen en dat hebben we ook aan Marino voorgesteld.’ Harold praat altijd een beetje zalvend, alsof hij mensen begroet bij de kerkdeur of een rondleiding geeft door een showroom met kisten of een uitvaartcentrum. ‘We kennen het park uiteraard. Maar we hebben ook op de kaart gekeken.’

Ik kijk op naar de studentenkamers op de bovenste verdiepingen van het Eliot House en zie verscheidene mensen door de verlichte ramen naar buiten kijken. Dan werp ik een blik op de brug, waarover in beide richtingen een gestage stroom auto’s rijdt. Er rinkelt aluminium en ik hoor het geluid van zakken die over de grond worden geschoven.

‘Doe je vannacht nog de sectie?’ vraagt Rusty.

‘Normaal gesproken zou ik wachten tot morgenochtend. Maar dit is geen normaal geval,’ antwoord ik.

‘Ik vroeg me namelijk af of Anne naar kantoor moest komen.’ Hij haalt nog een lichtgewicht, maar onhandig opgevouwen frame uit een zak en zijn koplamp is een fel cyclopenoog. ‘Zo ja, dan moet ze nu zo’n beetje naar het CFC gaan.’

De tentdelen die om ons heen worden opgezet, doen denken aan een idioot soort Stonehenge van zilverkleurige buizen.

‘Als het zover is, haal ik een busje om haar te vervoeren.’ Nu heeft Rusty het over het lichaam.

‘Hoe ben je van plan dat aan te pakken?’ vraag ik. ‘Zonder midden over de plaats delict te rijden?’

‘Ik denk dat we zo dichtbij parkeren als we kunnen zonder de boel te verzieken,’ zegt Rusty. ‘En als jij zover bent dat we haar weg kunnen dragen, zit ze in een verzegelde lijkenzak. Meer krijgen ze niet op de foto, alleen het ingepakte lijk op een brancard. Ik denk dat we haar tegen negen uur wel kunnen inboeken als alles goed gaat.' Ze kijken elkaar aan en knikken.

'Ik kan Anne waarschuwen,' zegt Harold.

Anne is de forensisch radioloog van het CFC, en ik wil het slachtoffer zo snel mogelijk in de CT-scanner hebben. Dus antwoord ik dat Anne inderdaad naar kantoor moet komen als ze kan. Het is verstandig om nu iedereen te mobiliseren, daar ben ik het helemaal mee eens.

'Je denkt dat ze is vermoord,' zegt Rusty.

'Ik weet nog niet wat ik moet denken.'

'Om even de advocaat van de duivel te spelen,' gaat hij verder, 'ik vraag me af of ze niet kan zijn overleden aan oververhitting. Dat ze bijvoorbeeld aan het fietsen was, flauwviel en haar hoofd stootte. We hebben de laatste tijd zat van die sterfgevallen die aan de hitte te wijten zijn, en daar zitten heel vreemde bij.'

'Een fietsongeluk verklaart niet waarom haar spullen overal verspreid liggen,' zegt Harold bedachtzaam.

'Dat hangt ervan af wie eraan is gekomen nadat het gebeurd was,' spreekt Rusty hem tegen. 'Als iemand de boel wilde pikken, bijvoorbeeld. Zoals je wel ziet bij vliegtuigongelukken. Als je er niet snel bij bent, stelen de mensen alles wat los- en vastzit.'

'Maar niet hier. Dat gebeurt hier niet,' zegt Harold somber.

'Er wordt overal gestolen.' Rusty rolt nog een stuk zwart polyurethaan uit.

Ik vertel meer over de tweeling die het lichaam heeft gevonden en zeg dat we niet met zekerheid kunnen zeggen wie wat heeft gedaan. Kinderen begrijpen de consequenties niet altijd, zegt Rusty, wiens hoofdlamp comfortabel op de doek om zijn lange, wilde bos haar drukt, op zijn trage, joviale manier.

'Ze verplaatsen iets, nemen iets mee omdat ze niet beter weten.' Hij zet een groot paneel in elkaar. 'En dan krijgen ze soms de schrik te pakken en liegen omdat ze bang zijn straf te krijgen.'

'We bereiden alles hier voor,' zegt Harold tegen me terwijl ik de trolleys bekijk en beslis wat ik nu meteen van ze wil hebben. 'Als je dan klaar bent en denkt dat we daar veilig kunnen werken, zetten we het op de juiste plek in elkaar.'

'We zullen de buitengrens aangeven, en daarna kunnen jullie de tent over de fiets en het lichaam zetten.' Ik voeg eraan toe dat Marino met een spuitbus met verf duidelijk zal maken waar de tent kan komen, waar het veilig is om iets neer te zetten.

Ik doe de slecht passende handschoenen die hij me heeft gegeven en de enorme schoenhoezen uit en laat alles in de felrode zak voor gevaarlijk afval vallen.

Ik pak mijn spullen bij elkaar. Een sporenkoffer, eigenlijk niet meer dan een grote plastic gereedschapskist. Een doos paarse nitrilhandschoenen, maat small, verscheidene paren schoenhoezen met antislipzooltjes en verpakte overalls met capuchon. Dan laat ik Rusty en Harold verdergaan met hun bouwproject en loop over het pad de open plek weer op.

Ik richt de zaklamp naar beneden en iets voor me uit om niet op mogelijk bewijsmateriaal te gaan staan, ook al hebben Marino en ik dit stuk al afgezocht. Ik kijk voortdurend naar beneden en om me heen, want het is heel goed mogelijk om verscheidene malen ergens langs te lopen zonder het op te merken. Tot dusver heb ik niets anders gezien dan de verspreide bezittingen van het slachtoffer, die we al hebben gemarkeerd met kegeltjes. Het park is schoon. Elk stukje afval dat ik heb gezien, lijkt er al een tijdje te liggen.

Ik hoor mijn ademhaling en het geluid van mijn voeten op het pad, en dan het ruisen van het gras als ik daaroverheen loop. Ik vang het gestage gegons op van het verkeer op de brug, het gerommel van vrachtwagens en auto's en het gejank van een motor in John F. Kennedy Street. Het is warm en drukkend, en volkomen windstil. Ik ga langzamer lopen als er een gestalte opdoemt in het donker, die op me toe loopt. De agente die ik eerder heb gezien, komt doelbewust op me af.

'Doctor Scarpetta?' Ze is zo gespannen dat ze bijna buiten adem is en blijft voor me staan, haar zaklamp op de grond gericht. 'Hebt u ooit meegemaakt dat u iets vond terwijl u er niet naar zocht?' Op het glanzende stalen naamplaatje op haar donkerblauwe overhemd met korte mouwen staat N.E. FLANDERS.

'Dat gebeurt voortdurend,' antwoord ik. 'Wat heb je gevonden?'

'Ik liep hierheen om te kijken of uw mannen iets nodig hebben.' Ze kijkt in de richting van Rusty en Harold. 'En toen heb ik iets gezien. Het zal wel niets te betekenen hebben, maar het is een beetje vreemd. Volgens mij heeft iemand in de bosjes staan overgeven. Ik ben er vrij zeker van dat het vers is.' Ze draait zich om en wijst. 'In het bos net opzij van het pad, niet heel ver van de fiets en het lichaam.'

'Rechercheur Barclay zei al dat een van de meisjes waarschijnlijk gebraakt had,' zeg ik, en ik krijg het gevoel dat agent Flanders daar niets van weet omdat hij niet de moeite heeft genomen de informatie te delen. 'Hij zei dat hij bij aankomst een van hen uit de bosjes zag komen en dat het leek of ze had overgegeven.'

'Iemand heeft staan spugen, dat staat vast.'

'Ik wil wel even kijken, als je dat soms wilde vragen. Ik ging toch die kant uit.'

'Hoelang denkt u dat het nog gaat duren tot we hier wat lampen kunnen aandoen?'

Ik vertel dat het opzetten van de tent niet veel tijd in beslag zal nemen. Daarna zal ik het lichaam zo snel mogelijk naar mijn kantoor laten overbrengen.

'Als u het niet erg vindt dat ik het zeg: het lijkt verkeerd om haar daar gewoon te laten liggen.'

'Ik zou haar een veel slechtere dienst bewijzen als ik bewijsmateriaal in gevaar bracht,' antwoord ik.

'Kunnen we niet iets over haar heen leggen? Een laken of zo?'

'Ik ben bang van niet. Ik kan het risico niet nemen bewijsmateriaal te verplaatsen of kwijt te raken, vooral sporenmateriaal. Als ik haar bedek voordat ik haar zorgvuldig heb bekeken door een loep, heb ik geen idee wat voor schade ik aanricht.'

'Nou ja, als ze hier toch al een tijdje ligt, zal een halfuur extra ook niet veel uitmaken,' beslist agent Flanders.

'Waarom denk je dat ze hier al een tijdje ligt?'

'Nou, dat zegt Barclay.'

'Het is beter om geen geruchten te verspreiden,' zeg ik, en ze richt haar lamp op wat ik meesjouw.

'Kan ik ergens mee helpen? Het is veel te warm om iets zwaars te dragen.'

'Het lukt wel. Als een van jullie water wil of even uit de hitte wil zijn, we hebben de truck bij ons.'

'Zolang er maar niets doods in ligt,' lacht ze.

'Ik kan je geruststellen: we vervoeren geen lichamen in de truck waarin we uitrusten, drinken, eten en werken. Er komt een busje voor het lijk,' leg ik uit. Agent Flanders heeft een breed gezicht, dat niet mooi maar ook niet onaantrekkelijk is.

Mijn moeder zou haar 'gewoontjes' hebben genoemd, haar woord voor een onopvallend meisje, dat veel erger af was dan de 'echt lelijke'. Zo zou ze het zeggen, en haar verklaring voor deze venijnige bewering had niet logischer kunnen zijn. Volgens haar bekrompen zienswijze tenminste, en ook die van Dorothy, want die is het met haar eens. Knappe meisjes doen geen moeite omdat ze dat niet nodig hebben. Lelijke meisje doen om voor de hand liggende redenen des te meer moeite.

Dan blijven de gewone meisjes over, wat meestal een synoniem is voor slimme meisjes, en die moeten moeite doen maar weten niet hoe of interesseren zich er niet voor. Daarom valt aan meisjes die er 'gewoontjes' uitzien de eer te beurt om als eersten te eindigen als het om prestaties gaat en als laatsten als het om uiterlijk gaat. Het is mijn moeders vreemde versie van het verhaal van de schildpad en de haas, veronderstel ik, behalve dat er geen moraal is en er niet echt iemand wint.

N.E. Flanders is zo'n doorsnee vrouw waar Dorothy geen aardig woord over te zeggen zou hebben. Ik schat dat ze midden tot eind veertig is en de krakende zwartleren dienstriem en de heupbroek zijn niet erg flatterend voor haar stevige figuur met het korte bovenlichaam. Haar donkere pagehaar is achter haar oren gestopt en in de hals van haar overhemd is een wit T-shirt te zien.

'Ik zal het u laten zien.' Ze wenkt dat ik moet volgen. 'Er ligt een lap, een doek of een handdoek, ik weet het niet. Maar voor zover ik kan zien, heeft iemand erop overgegeven. Ik bedoel, ik ben er niet heel dicht in de buurt geweest en ik heb het uiteraard niet aangeraakt.'

Bij het licht van de lampen lopen we om de fiets heen en we blijven staan aan de rand van het bos tussen het pad en de rivier. Ik herken de rododendrons waar Barclay me eerder op heeft gewezen, en terwijl agent Flanders de dichte schaduwen verjaagt met haar zaklamp, ruik ik het sporenmateriaal voordat ik het zie.

'Daar.' Ze richt de lichtstraal op iets wat eruitziet als een ineengepropte doek, die tussen de takken vlak boven de grond zit, alsof hij erin is geduwd.

Ik zet de sporenkoffer neer en als ik me buk en het licht van mijn eigen lamp erop laat vallen, kom ik tot de conclusie dat de agent niet een vod of een handdoek heeft ontdekt. Het is een shirtje, licht van kleur, mogelijk beige, en ik zie een gedeelte van een datum en van een gezicht. Ik herinner me dat de vrouw op de fiets een beige topje met Sara Bareilles erop aanhad.

'Ik neem aan dat dit nog niet is gefotografeerd.' Ik maak de sloten van mijn sporenkoffer open.

'Nee. Ik zag het bij het licht van mijn zaklamp. En toen zag ik u komen.'

'We moeten Marino erbij halen.' Ik balanceer op één been en dan op het andere om de schoenhoezen met antislipzooltjes aan te trekken over pumps die nog steeds vochtig en plakkerig zijn tegen mijn blote voeten.

Ik wurm mijn handen in een paar handschoenen, kleine ditmaal, die passen. Dan schud ik een transparante plastic zak open en pak een steriele wegwerptang. Ik leg uit dat ik normaal alleen iets in plastic bewaar als het voorwerp helemaal droog is. Bloed en andere lichaamsvloeistoffen, ook braaksel, gaan snel rotten als de bacteriën en schimmels zich vermenigvuldigen, en dan gaan sporen zoals DNA verloren.

Dat vertel ik allemaal aan agent Flanders, en dan hoor ik Marino voor ik hem zie. Zijn grote voeten naderen op het pad.

'Wat is er aan de hand?' galmt zijn stem in het donker, en ik laat zien wat we hebben gevonden. 'Waarom denk je dat het van haar is?' vraagt hij aan mij, en ik ben blij dat hij geen toespelingen maakt op wat ik hem even eerder heb verteld.

Hij vraagt niet of het shirt me bekend voorkomt en wil niet weten wat ik me herinner van het uiterlijk en de kleding van de vrouw op de fiets na onze twee eerdere ontmoetingen.

'Het is een shirtje en het is nat, kennelijk bedekt met braaksel,' zeg ik. 'Het lijkt er nog niet lang te liggen, want met dit weer zou niets lang nat blijven.'

Terwijl hij foto's neemt, leg ik uit dat het shirt te vies is voor een papieren zak. Ik ga het in plastic verpakken, maar niet voor lang. Ik laat het meteen met de CFC-truck naar het hoofdkwartier brengen en zorg dat het behoorlijk wordt veiliggesteld. We zullen monsters van het shirt halen en het dan in een droogkast hangen. Ik vertel punt voor punt wat we gaan doen. Dan bedek ik mijn neus en mond met een masker.

'Ga jij maar even naar die twee meisjes,' zegt Marino tegen agent Flanders. 'Hou alle anderen bij ze weg en vraag ze niets. Blijf alleen bij ze. De doc en ik komen zo.'

Ze loopt weg en ik geef Marino een masker. Hij zet het op en begint foto's te nemen.

'Kolere,' klaagt hij. Het kreupelhout kraakt en knapt onder zijn voeten als hij rondloopt. 'Aan sommige dingen wen je nooit. Godverdomme!'

'Gaat het?'

'Zo gaat het ook als een kind overgeeft in de bus. Dan begint iedereen te kotsen.'

'Doe dat maar niet, behalve in een zakje. Wil je er een?'

'Nee, ben je gek. Ik heb wel erger meegemaakt.'

Ik geef hem een wegwerptang en hij pakt het shirt ermee en trekt het uit de rododendron. Hij brengt het boven de transparante plastic zak die ik openhoud, en ik zie meteen dat het een hemdje is van een concert van Sara Bareilles en dat het beschadigd is. Er zitten scheuren in het katoen, maar ik zie geen bloed. Als het slachtoffer het droeg toen ze werd aangevallen en gewond raakte, zou er bloed op moeten zitten.

Marino en ik praten er even over, omdat het zo onlogisch is.

'Ik snap niet hoe haar shirt hier terecht is gekomen.' Hij blijft in de bosjes zoeken. 'En er zit echt geen bloed op?'

'Ik moet het zorgvuldig bekijken, en dat ga ik niet hier doen.'

'Tenzij die meisjes het hebben gedaan. Misschien hebben ze het haar uitgetrokken omdat ze het zelf wilden hebben.'

'Waarom zitten er dan scheuren in? Waarom is het beschadigd?' Ik druk het zegel van de zak dicht met mijn vingertoppen.

'Hoe weten we dat het niet al gescheurd was?' vraagt Marino.

Ik herinner me niet dat het shirt van de vrouw gescheurd was. Maar ik heb ook niet zo goed gekeken. Op dat moment was er geen reden om elk detail in mijn hoofd te prenten alsof ik van tevoren een onderzoeksrapport aan het opstellen was.

'Dat zoeken we in het lab wel uit,' antwoord ik. 'Maar ik kan je op dit moment met zekerheid vertellen dat er meerdere scheuren in het shirt zitten en dat het bedekt is met braaksel.'

'En verder? Hoe is het in de bosjes terechtgekomen? Het antwoord is: het is hier niet zelf naartoe gewandeld. En de aarde en de dode bladeren zijn hier behoorlijk omgewoeld.'

Hij kijkt naar de twee zusjes. Ik zie de rug van agent Flanders en de bewegende lichtstraal van haar zaklamp. Ze is bijna bij ze.

'Kom op.' Marino komt uit de bosjes en stapt op het gras. 'Laten we gaan vragen wat ze verdomme hebben uitgespookt.'

19

Ik stel me voor, maar de naam Kay Scarpetta zegt hun niets.

Ik zeg niet dat ik dokter ben en gebruik ook geen aanspreektitel. Misschien ben ik een politievrouw. Misschien werk ik bij de sociale dienst. Ik zou ook nog kunnen doorgaan voor Marino's vriendin. Ik weet niet wat de tweeling van me denkt of welke reden ik volgens hen heb om met ze te komen kletsen over een lijk dat ze hebben gevonden.

'Gaat het een beetje met jullie?' Ik zet mijn sporenkoffer neer en glimlach.

'Ja, hoor.'

Ze zien er verhit en moe uit, maar ik heb begrepen dat ze standvastig weigeren in een auto met airco te gaan zitten. Ze blijven liever buiten, in de warme, donkere nacht, en dat doet bij mij de vraag opkomen of ze aandacht zoeken. Ik heb het gevoel dat ze vaak worden gepest of genegeerd, en het zou me niet verbazen als ze veelvuldig meemaken dat ze buitengesloten en gekoeioneerd worden.

'Ze wil jullie graag een paar dingen vragen,' zegt Marino tegen hen. 'Daarna brengen we jullie ergens naartoe waar het lekker koel is en waar jullie iets lekkers kunnen drinken en eten. Zouden jullie het leuk vinden om te zien hoe een echt politiebureau eruitziet?'

‘Oké,’ zegt een van hen.

‘Waar zijn de tv-camera’s?’ vraagt de ander. ‘Waarom is dit niet op het nieuws? Het hoort op het nieuws te zijn!’

‘We willen hier nu nog geen tv-camera’s of verslaggevers bij hebben,’ antwoordt Marino.

‘Maar waarom zijn ze er niet?’

‘Omdat ik hier de leiding heb,’ zegt Marino effen. ‘Die aardige agente die een paar minuten geleden bij jullie was, gaat jullie in haar politiewagen naar mijn hoofdkwartier brengen.’

‘Zitten we in de problemen?’

‘Waarom zouden jullie in de problemen zitten?’ vraagt Marino.

‘Omdat er iemand dood is.’

‘Omdat iemand iets slechts heeft gedaan.’

Toen Marino en ik naar hen toe liepen, vertelde hij dat de meisjes veertien zijn. Ze heten Anya en Enya Rummage. Arme meiden, denk ik onwillekeurig. Wat een ongelukkige namen voor een identieke tweeling. Alsof ze nog niet genoeg bespot worden, denk ik zo. Ik glimlach nog maar eens geruststellend en meelevend, alsof we allemaal in hetzelfde schuitje zitten in deze ellendige hitte en akelige omstandigheden, wat natuurlijk absoluut niet waar is.

‘Ik vraag me af waar jullie precies waren toen jullie het lichaam zagen,’ zeg ik, alsof ik er geen touw aan kan vastknopen en hun hulp nodig heb.

‘Daar.’ Anya, in het roze, wijst naar de bomen ver achter ons, waar Rusty en Harold het frame van de tent in elkaar aan het zetten zijn.

‘Dus jullie liepen over het pad door het bos naar de open plek,’ antwoord ik.

‘Ja, en toen zagen we de fiets op de grond liggen.’

‘Toen zagen we haar.’

‘Hebben jullie nog iemand anders gezien toen jullie vanaf John F. Kennedy Street het park inkwamen, of hebben jullie soms iets gehoord? Ik vraag me af hoelang ze hier al lag toen jullie haar vonden.’

Ze zeggen dat ze niets ongebruikelijks gehoord of gezien hebben toen ze door het park liepen. Ze hebben niemand horen praten en zeker geen geschreeuw of hulpgeroep gehoord. Terwijl ze met z’n tweeën vertellen wat er is gebeurd, zie ik voor me hoe ze over het fietspad zijn gelopen, net als Marino en ik even eerder.

Toen ze bij de open plek kwamen, dachten ze eerst dat er een fietsongeluk was gebeurd. Het was tegen die tijd helemaal donker en er was niemand anders in de buurt. Voor zover zij wisten, was het park helemaal verlaten, behalve de 'dieren', zoals ze een paar keer melden. Een eekhoorn of mogelijk een hert, beweren ze. Ik vraag hoe laat ze de fiets en de dode vrouw hebben ontdekt, maar de meisjes schudden hun hoofd. Ze weten het niet.

'Wat hebben jullie toen gedaan? Kunnen jullie me precies vertellen wat er toen is gebeurd?' vraag ik. Ze kijken allebei naar Marino en hij knikt goedkeurend. 'Hoe dicht zijn jullie bij haar geweest?' vraag ik.

'Zeg het maar. Het is oké,' verzekert hij. 'Ze is dokter en probeert te helpen.'

Maar het is niet echt de juiste opmerking. De tweeling kijkt naar het lijk alsof het niet te laat is voor de tussenkomst van een dokter.

'Ik ben een dokter die samenwerkt met de politie,' leg ik uit zonder alarmerende woorden te gebruiken als 'lijkschouwer', 'forensisch arts' of 'patholoog'. 'We moeten erachter zien te komen wat er is gebeurd met de vrouw die jullie hebben ontdekt. Het is mijn werk om uit te zoeken hoe ze gewond is geraakt en is doodgegaan.'

'Ze moet ergens tegenop zijn gebotst,' zegt Enya, het meisje in het geel. 'Of anders heeft iemand haar besprongen terwijl ze niet zoveel kon zien. Dan moet je langzaam rijden, als je niets ziet. En dan staat een slecht iemand je op te wachten.'

'Het was te donker,' zegt de andere zus.

'Te donker om met de fiets door het park te rijden?' Ik ga mee met hun gedachtegang, en ze knikken.

'Waarom hebben jullie dan besloten over dit pad te lopen?' vraagt Marino. 'Waren jullie niet bang nu het zo donker is?'

'Nee, want wij lopen hier altijd.'

'Niet altijd,' spreekt Anya haar tegen. 'Meestal niet als het donker is, maar het duurde zo lang voor de pizza klaar was.'

'Omdat jij extra worst wilde. Ook al wilde ik dat niet.'

'Nou èn?'

'Toen jullie hier kwamen, was het al donker. Maar jullie waren niet bang om alleen door het park te lopen?' vraagt Marino, en ze schudden hun hoofd.

'We kijken goed uit voor de auto's. En in het park zijn geen auto's. Mama houdt er niet van als we ergens lopen waar veel auto's zijn.'

'Maar als het regent, komen we hier niet.'

'We lopen maar heel soms hierdoorheen. Niet in de winter of als het te koud is bij het water.'

'Meestal als het warm is.'

'Mama geeft ons geld voor eten als ze zich niet goed voelt.'

'Vandaag voelt ze zich niet goed.'

'Ze is heel moe.'

'Ze slaapt en wil niet opstaan.'

Ik kijk van het ene gezicht naar het andere, van Anya naar Enya. Of misschien is het van Enya naar Anya. Ze hebben allebei een stretchbroek aan met een koordje door de band en een T-shirt met tulpzoom. Ik blijf vragen stellen en krijg hetzelfde verhaal te horen als van Barclay. Ze zijn naar het lichaam gelopen, maar hebben het niet aangeraakt. Hun ogen schieten alle kanten uit als ze dit vertellen. Als ik vraag hoelang ze hebben gewacht voor ze de politie belden, geeft geen van beiden antwoord en kijken ze me niet aan.

Ik vraag aan Enya, het meisje in het geel, of zij gebeld heeft, en ze schudt van nee.

'Jij dan?' vraag ik Anya.

'Nee.' Ze schudt heftig haar hoofd, en nu staren ze me allebei aan.

'Misschien wil je me jullie telefoon even laten zien,' zegt Marino. 'Een van jullie heeft een telefoon, wil ik wedden, of jullie allebei.' De meisjes zeggen van niet. 'Dus geen van jullie heeft de politie gebeld?' vraagt Marino. 'Kom op nou. Iemand moet het gedaan hebben, toch? Hoe konden wij hierover weten als jullie ons niet gebeld hebben?'

'Ik heb de politie niet gebeld,' zegt Enya langzaam met haar doffe stem.

Terwijl ze hardnekkig volharden in deze schijnbare leugen, krijg ik het gevoel dat het dat niet is. Ik heb een idee wat er gebeurd kan zijn.

We weten dat de alarmcentrale is gebeld over een dode in het park, en dat zou erop wijzen dat de meisjes de beschikking hadden over een telefoon. Maar als ze echt geen telefoon bezitten, moeten ze er een hebben gebruikt die van iemand anders was.

Aan dit sommetje voeg ik toe wat ik even eerder heb gezien toen ik naar de fiets op het pad keek. De telefoonhouder aan het stuur is leeg. Als de vrouw die ik heb ontmoet Elisa Vandersteel is, zoals ik vermoed, heb ik haar een iPhone in de houder zien zetten voordat ze op haar fiets Quincey Street overstak en de Yard op reed. Wat is er daarna met haar telefoon gebeurd? Ik denk dat ik het weet, en als ik gelijk heb, zou dat verklaren waarom Anya en Enya zweren dat ze geen telefoon hebben.

Misschien hebben ze die ook niet – geen eigen telefoon. Ze beweren dat ze de politie niet hebben gebeld, en het is heel goed mogelijk dat ze dat ook niet konden. Als de telefoon niet van hen was, was hij waarschijnlijk vergrendeld en ze hadden natuurlijk het wachtwoord niet. Dan konden ze de politie dus niet bellen. Ze zouden zelfs het alarmnummer niet kunnen bellen zonder het scherm te openen, en ik betwijfel of ze weten hoe ze dat in een noodgeval moeten doen, tenzij iemand ze dat heeft laten zien.

Dat leg ik voor aan Enya, die in het geel. Ik vraag of ze weet wat een iPhone is, en dat weet ze. Kennelijk heeft haar moeder er een, en ja, ze weet dat ze het vergrendelde scherm naar rechts moet schuiven om het wachtwoord te kunnen invoeren. Onder het toetsenbord op dat tweede schermpje staat het woord 'noodgeval'. Dat hoef je maar aan te tikken en dan krijg je een schermpje waarop je het alarmnummer kunt invoeren, in dit geval 911.

Dus heeft noch Enya, noch Anya het algemene nummer van de politie gebeld. Een van de zusjes heeft NOODGEVAL gekozen, 911 ingevoerd en op VERZENDEN gedrukt. Dat is letterlijk wat Anya, in het roze – niet Enya, in het geel – zegt gedaan te hebben.

'Hoe wisten jullie dat het zo moest?' Marino doet alsof hij onder de indruk is.

'Dat heeft mama ons laten zien,' zeggen ze in koor.

'Ze heeft jullie laten zien hoe jullie haar telefoon moeten gebruiken als er ooit een noodgeval is?' vraag ik, en ze knikken.

‘Als we een ambulance moeten bellen,’ voegt Anya eraan toe.

‘En dachten jullie dat jullie die belden? Dachten jullie dat jullie om een ambulance vroegen?’ Ze beamen dat dat hun bedoeling was.

‘Dan dachten jullie dus niet aan de politie.’ Marino gaat verder waar ik ben opgehouden. ‘Jullie wisten niet dat de politie zou komen als jullie om hulp belden. Daar hebben jullie niet om gevraagd.’

Ze bevestigen dat ze niet om de politie hebben gevraagd, dat het nooit hun bedoeling is geweest dat de politie zou komen. Ze vertellen dat ze de vrouw wilden helpen, en de politie helpt niemand. De politie moet je juist bellen als je iemand in de problemen wilt brengen.

‘Als iemand gemeen is,’ zegt Anya, ‘en als hij in de gevangenis moet worden opgesloten.’

Marino en ik beseffen allebei dat de meisjes ons niet opzettelijk hebben misleid over de telefoon en over wie ze wel of niet hebben gebeld. Het is duidelijk dat er grenzen zijn aan wat ze begrijpen, en een noodgeval is niet hetzelfde als een misdaad. Bij het ene zijn medici nodig. Bij het andere de politie. Dit zou erop kunnen wijzen dat de zusjes er aanvankelijk niet zeker van waren dat het slachtoffer dood was en dat ze er niet van uitgingen dat ze was aangevallen. Hun eerste gedachte was dat ze een ongeluk had gehad, en daar reageerden ze op door medische hulp in te roepen, precies zoals hun moeder hun kennelijk geleerd heeft.

‘Jullie vroegen niet om de politie.’ Marino vraagt het nog maar eens. ‘Jullie wilden een ambulance.’

‘Ja.’

‘Dachten jullie dat ze nog leefde?’ Hij blijft doorvragen tot hij een bevredigend antwoord krijgt.

‘Ze bewoog niet.’

‘En er was een vieze geur.’ Anya, in het roze, trekt haar neus op.

‘Kun je die eens beschrijven?’ vraag ik.

‘Het rook als mama’s haardroger als hij het niet doet.’

‘Jullie vingen een geur op die jullie deed denken aan de haardroger van jullie moeder?’ Ik probeer te ontcijferen wat ze bedoelt en doe alsof ik dat van die vreemde geur voor het eerst hoor.

Ik wil niet laten merken dat Barclay me ook al zoiets heeft verteld.

'Dan wordt hij te heet,' zegt Enya.

'Een elektrische geur?' opper ik, en ik denk aan de kapotte lamp.

'Zouden jullie de politie hebben gebeld als jullie hadden gedacht dat iemand iets slechts met haar had gedaan?' vraagt Marino dan, en na een paar tellen schudden de meisjes eensgezind het hoofd.

Ze halen hun schouders op en zeggen dat ze het niet weten. Dan wijst hij naar de open plek en vraagt of ze willen terugdenken aan hun eerste indruk toen ze de fiets en de vrouw op de grond zagen liggen. Ze blijven zeggen dat ze aanvankelijk dachten dat het een ongeluk was.

'Jullie wilden haar helpen,' zegt hij, en ze knikken. 'Jullie zagen dat ze gewond was.' Ze knikken nog eens.

'We wilden niet dat ze nog erger gewond raakte.'

'Als er bijvoorbeeld een andere fietser over haar heen reed,' zegt Anya, en dat is de open deur.

'Dat is het gevaar als iemand midden op het pad ligt, hè?' Marino trapt de deur meteen in. 'Hebben jullie haar misschien een eindje verschoven? Zodat er niemand over haar heen zou fietsen?' vraagt hij, en ze knikken.

Zo eenvoudig is het.

'Waar zijn jullie misselijk van geworden?' vraagt Marino aan allebei de meisjes tegelijk, omdat we niet weten wie wat gedaan heeft.

'Mijn maag,' zegt Enya.

'En het shirt waarmee je je hebt afgeveegd?' Marino gaat zelfverzekerd verder. 'Had ze dat aan toen jullie haar voor het eerst zagen?' Hij gaat ervan uit dat de meisjes de vrouw het shirt hebben uitgetrokken, maar ze schudden van nee en ze kijken niet zenuwachtig.

Ze lijken helemaal niet meer bang of ongelukkig.

'Het hing in de bosjes waar dat ding was. Ik werd er bang van en daardoor werd ik misselijk.' Anya wijst.

'Hm.' Marino fronst. 'In het bosje waar wij het net hebben gevonden?'

'Ik zag alleen maar wat het was. En toen was daar iets.' Opeens gaan haar ogen wijd open achter de bril. 'Het probeerde me te schoppen en ik gilde.'

'Wie denk je dat het was?' vraagt Marino, alsof haar commentaar heel normaal is.

'Een hert misschien.'

'En misschien hoorde zij het ook toen ze langsfietste en schrok ze ervan. Misschien heeft ze daarom een ongeluk gehad.'

'Hebben jullie echt een hert gezien?' vraag ik.

'Ik heb het gehoord,' zegt Anya opgewonden. 'Ik hoorde het wegrennen.'

'En jij?' vraagt Marino aan Enya.

'Ik heb het ook gehoord!' roept ze, als een kind dat beseft dat iemand graag zijn verhaal wil horen. 'Ik hoorde het wegrennen in het donker en toen kwam de politieman.'

'Even kijken of ik dit goed begrijp,' zegt Marino. 'Jullie hoorden iets uit de bosjes rennen en toen kwam rechercheur Barclay eraan. Hebben jullie enig idee hoeveel minuten er voorbijgingen tussen dat lawaai in de bosjes en toen Barclay eraan kwam?'

'Een minuut,' zegt Enya.

'Ik weet het niet,' luidt het antwoord van Anya.

'Eén minuut en ik weet het niet?' Marino kijkt ze om de beurt aan. 'Wat is het nou?'

'Misschien meer dan een minuut. Ik weet het niet.'

'Ik was bang en toen kwam hij op ons af lopen. Zitten we nu in de problemen?' Enya kijkt weer onzeker.

'Nee, waarom zouden jullie in de problemen zitten?' vraagt Marino.

'Ik weet het niet.'

'Hm.' Hij zwijgt even en doet overdreven alsof er iets onplezierigs bij hem opkomt. 'Ho ho, wacht eens even. Hebben jullie iets gedaan wat ik niet weet? En zijn jullie bang dat jullie daardoor in de problemen zouden kunnen komen?'

Officieel is het antwoord ja. Het lijkt erop dat ze geknoeid hebben met een plaats delict en misschien hebben geprobeerd de dure telefoon van een dode te ontvreemden. Zelfs al hebben ze hem eerst alleen maar geleend, het ziet ernaar uit dat ze van plan waren hem te houden, tenzij er een betere verklaring is voor wat ermee is gebeurd. Maar ik denk dat we veilig kunnen zeggen dat het hun niet aangerekend zal worden, en zo hoort het ook. Ik weet niet of ze wel beter weten.

Enya pakt haar rugzak van het gras bij haar voeten alsof ze mijn gedachten kan lezen. Hij is roze met kleine hartjes erop, net als die van haar zus. Enya haalt een iPhone in een ijsblauw hoesje uit de voorzak – precies zo'n telefoon als ik de vrouw op de fiets in de houder aan het stuur heb zien klemmen.

Marino raakt de telefoon niet aan. Hij laat niets blijken van verrassing en zeker niet van boosheid of argwaan. Hij doet een bruine papieren zak open en houdt hem Enya voor. Dan zegt hij dat ze de telefoon erin moet laten vallen.

'Nou, dat helpt een boel,' zegt hij tegen de meisjes, en ik kan me de smeulende wrok van Barclay voorstellen als hij erachter komt wat Marino heeft gedaan. 'Weet je wat ik niet begrijp?' Hij kijkt de meisjes aan.

'Wat dan?'

'Hoe jullie deze te pakken hebben gekregen. Hoe hebben jullie dat voor elkaar gekregen?'

Anya, die in het roze, geeft met enige trots toe dat ze de telefoon 'op het stuur' zag zitten en hem heeft 'geleend'.

'Dat was een slim idee, om de telefoon te lenen en om hulp te bellen,' zegt Marino, en ze kijken blij.

Hij wil weten of ze het erg vinden als hij even in hun rugzak kijkt. Misschien zit er nog iets in dat kan helpen.

'Oké,' zegt Enya, en ze pakt zijn hand.

Ze drukt de hand tegen haar gezicht, alsof ze Marino heel lief vindt.

20

De afgelopen veertig minuten ben ik al twee keer in mijn eentje over de open plek gelopen en heb ik het pad gevolgd naar de rand van het park, waar een dieselgenerator zoemt in het donker.

Met elke minuut die voorbijgaat neemt mijn frustratie toe. Ik had gehoopt tegen deze tijd weer op mijn hoofdkwartier te zijn, maar in plaats daarvan ben ik amper begonnen aan het onderzoek. Het lichaam zou al in de CT-scanner moeten liggen. Ik zou de sectie moeten voorbereiden.

Ik had al een goed idee moeten hebben van wat er met haar is gebeurd, maar dat is niet zo. Om het er nog maar niet over te hebben dat het doodvermoeiend is om zo ontzettend waakzaam te zijn. Om te moeten nadenken bij alles wat je doet en zegt, om goed te kijken wat je aanraakt of waar je gaat staan. Dat is heel uitputtend. Vooral in dit weer.

Het is al 21.30 uur en de tent is nog lang niet klaar. Eigenlijk moet ik met veel vertoon buiten rondhangen in plaats van me terug te trekken in de stilte en het comfort van deze koele truck. Maar ik kan op het moment niet veel doen en als ik in de loop der jaren één ding heb geleerd, is het dat ik mijn energie goed moet besteden. Als ik niet oppas voor uitdroging en oververhitting, als ik niet strategisch vooruitdenk, heeft niemand iets aan me.

Het mobiele commandocentrum van het CFC heeft de omvang van een klein jacht en is vastgemaakt aan een zware cabine, wit met het logo van het CFC en het staatszegel op de portieren. Er zitten geen ramen in de trailer. Maar het interieur is goed verlicht en koel, en vormt een combinatie van een zitkamer en een regieruimte, waar de onderzoekers en ander essentieel personeel kunnen uitrusten, werken, teleconferenties kunnen houden, de computers kunnen gebruiken en bewijsmateriaal voor de laboratoria veilig kunnen opslaan. De eerste keer ging ik erheen om water te drinken, andere kleren aan te trekken en het verpakte, bevuilde shirt veilig in een minikoelkast te leggen.

Nu ben ik terug om de inwendige mens te versterken met nog meer water en een proteïnereep, terwijl ik probeer niet te denken aan het diner dat ik heb gemist in de Faculty Club. Ik heb honger en wacht rusteloos tot ik iets hoor van Lucy. Even geleden, toen ik niet vrijuit kon praten, wilde ze per se een discussie met me voeren. Nu ik alleen ben en een paar minuten de tijd heb, kan ik haar natuurlijk weer niet te pakken krijgen. Ik zal moeten zien wat ik zelf over Elisa Vandersteel kan ontdekken, dus ga ik achter een computer zitten.

Ik log in, typ de naam in en krijg een onrustig gevoel als de zoekmachine helemaal geen resultaten oplevert. Dan probeer ik de achternaam Vandersteel in combinatie met Mayfair in Londen, maar ook dat heeft geen resultaat, en dat is heel vreemd. Het is tegenwoordig best moeilijk om helemaal niet op internet vermeld te worden, maar als ik op mijn zoekmachines moet afgaan, bestaat Elisa Vandersteel niet.

Ze is kennelijk ook niet te vinden op de sociale media. Ik kan haar niet vinden op Instagram, Facebook of Twitter, en dat is wel heel ongebruikelijk voor zo'n jong iemand. De vrouw die ik recepten zag opplakken in het ART leek zeker niet verlegen of introvert. Maar ik besef dat dat niet veel zegt. Je kunt best zelfverzekerd en vriendelijk in de omgang zijn en toch een teruggetrokken persoon zijn. Misschien heeft ze in het verleden problemen gehad waardoor ze nu onder de radar wil blijven. Maar hoe meer zoektermen ik probeer zonder dat dat succes oplevert, hoe meer argwaan ik krijg.

Ik denk aan de foto op het Britse rijbewijs dat rechercheur Barclay me heeft laten zien. Ik herinner me dat het adres in Mayfair South Audley Street was, niet ver van de Amerikaanse ambassade. Maar ik heb niet op het nummer gelet. Ik graaf in mijn geheugen, maar het komt niet bij me op en ik ben blij dat mijn oppervlakkige zoektocht niet alles is wat we kunnen doen.

Ik ben Lucy niet. Ik ben bij lange na niet zo technisch onderlegd als zij, en zodra we even onder vier ogen met elkaar kunnen spreken, laat ik haar zoeken. Nogmaals kijk ik op mijn telefoon; ik kan aan de cijfers bij de icoontjes van bepaalde speciaal voor ons ontworpen apps zien of ik nog iets nieuws heb binnengekregen. Er staat niets bij wat ik op dat moment belangrijk genoeg vind, en ik hoop dat alles goed is met Lucy. Als ik eraan denk wat er vandaag allemaal is gebeurd, kan ik me goed voorstellen hoe zij eraan toe is. Ik heb een vrij goed idee van wat er allemaal door haar hoofd gaat.

Of beter gezegd: wie er door haar hoofd gaat en snel bezig is al het andere te verdringen. Het is deprimerend. Eigenlijk is het een soort terugval, want een vijand, een Nemesis, wordt een verslaving als je niet voorzichtig bent. Dat is Lucy nooit. Nooit geweest ook. Ze kan het niet. Het is te persoonlijk voor haar. Ze zal zich enorm druk maken, tot ze in een staat van paranoia is die Marino, Benton en ik nooit zullen bereiken als het gaat om een zeker menselijk virus dat haar tientallen jaren eerder heeft aangetast.

Ik besluit dat ik net zo goed weer naar buiten kan gaan om te kijken hoe het gaat met de tent, die lastiger op te zetten was dan we hadden verwacht. Het was een frustrerende aangelegenheid om de contouren aan te geven met een spuitbus met verf, omdat we de lampen niet aan kunnen doen zonder de hele plaats delict bloot te leggen voor iedereen die met een camera bij de hand zou kunnen toekijken. Ondanks de vele zaklantaarns die overal in het rond schijnen, is het heel donker. Het terrein is hobbelig en er staan hoge heggen, banken en straatlantaarns in de weg.

De eerste poging werd een mislukking, dus die moesten we laten varen, en bij de volgende poging ontstond een grotere puinhoop dan ik me had kunnen voorstellen. Eerst moest Marino's feloranje omtrek worden overgespoten met zwarte verf; daarna moest het terrein opnieuw gemeten en ingedeeld worden om ervoor te zorgen dat we de tent niet boven op het bewijsmateriaal zouden zetten. Het ging niet veel beter dan de eerste keer, en terwijl ik dit allemaal bedenk, ben ik me er heel goed van bewust dat Marino, Rusty en Harold nog steeds bezig zijn en ook nog wel een tijdje bezig zullen blijven.

Het wordt een hele uitdaging om de fiets, het lichaam en zo veel mogelijk persoonlijke eigendommen af te dekken, bosjes en bomen te vermijden en elk risico om de plaats delict aan te tasten uit te sluiten. Maar als ze die tent niet snel opgezet krijgen, zal ik moeten improviseren. Dit duurt al veel te lang. Het gaat niet volgens plan en iemand zal er iets van gaan zeggen. Waarschijnlijk Tom Barclay.

Marino wilde niet dat hij de tweeling vergezelde naar het politiebureau, en de aanmatigende en irritante rechercheur loopt nog steeds rond en probeert zo onopvallend mogelijk precies te zien wat ik doe. Misschien hoopt hij iets te leren en beter te worden in zijn werk. Of anders wacht hij tot ik een fout maak.

Maar waarschijnlijk doet hij precies wat je van hem zou verwachten en neemt hij als een ekster elk glinsterend roddeltje mee naar zijn nest. Hij handelt in informatie en hoewel hij misschien geen kwaad in de zin heeft, zijn mensen als hij gevaarlijk.

Ik sta op van een stoel die is vastgeschroefd aan de roestvrij stalen vloerplaten en het glanzend gepolijste metaal voelt koud aan onder mijn blote voeten.

Ik heb mijn zijden blouse, mijn rok en mijn jasje kunnen verruilen voor dofgroene operatiekleding, maar ik heb helaas niets om mijn gehavende en klamme pumps mee te vervangen. In de opslagboxen zit kleding voor alle omstandigheden behalve die in de Sahara, en zo voelt het de laatste tijd in Cambridge. Over het algemeen is het CFC niet voorbereid op meedogenloze, extreme hitte, want die komt in New England bijna nooit voor.

Ik kan mijn ongemakkelijke schoenen niet echt verruilen voor iets wat hier beschikbaar is, namelijk rubberen lieslaarzen en waterdichte brandweerlaarzen, *one size fits all*. Ik doe een kastje open en pak een schoon paar schoenhoezen met antislipzooltjes. Dan doe ik mijn vochtige pumps weer aan. De dunne leren binnenzooltjes zijn losgegaan en voelen slijmerig aan tegen mijn blote voetzolen. Ik trek de hoesjes over de schoenen, maar doe nog geen overall of handschoenen aan. Weer kijk ik op mijn telefoon, maar er is nog steeds niets binnengekomen.

Ik heb Lucy laten weten dat ik haar hulp nodig heb, maar heb er niet bij gezegd waarom. Ik ben niet van plan mijn vermoedens op schrift of in een voicemail vast te leggen, hoe veilig mijn communicatiemiddelen ook mogen zijn. Vooral niet nu mijn telefoon zo vreemd doet. En Lucy is nog voorzichtiger met elektronische sporen achterlaten dan ik. Ik vraag me af wat ze aan het doen is. Of ze aan het werk is in haar lab of in het Persoonlijke Immersie Theater, het PIT.

Of misschien is ze bij Janet en Desi, en als ik die drie voor me zie, denk ik eraan wat een uitzonderlijke familie we zijn geworden. Janet is juriste en gespecialiseerd in milieukwesties. Ze heeft vroeger bij de FBI gewerkt en ze kent Lucy al van de universiteit en uit Quantico. Ze zijn praktisch samen opgegroeid, en ik had geen betere partner voor mijn nicht kunnen wensen. Als het aan mij lag, zou ik te allen tijde voor Janet kiezen. Ze is warmvoelend, slim en zachtaardig, net als haar zus Natalie, die ruim een jaar geleden is overleden.

Janet en Lucy hebben Desi een ideaal thuis bezorgd, en we vormen met z'n allen een uitgebreide familie, een ondersteunende en beschermende matrix. Anders zou hij als wees zijn opgegroeid, en wat zou dat zonde zijn geweest. Het is zo'n onweerstaanbaar joch, een tweede Christopher Robin, volgens mijn zus, met zijn betoverend blauwe ogen en zijn bos lichtbruin, door de zon gebleekt haar.

Desi is nu negen en hij groeit snel, zodat hij een en al armen en benen is. Zijn gezicht is hoekiger geworden. Hij is lenig, onverschrokken en angstaanjagend slim. De laatste tijd plaag ik Lucy ermee dat ze eindelijk haar gelijke heeft gevonden. Wie zou niet graag deel uitmaken van zo'n familie? Ik word onaangenaam herinnerd aan wat Benton zei voor ons etentje werd onderbroken.

Volgens hem was er meer tussen Dorothy en Marino dan een speelse flirt. En nu is ze op weg hiernaartoe, terwijl ze daar al die jaren dat ik in het noordoosten woon en werk nooit moeite voor heeft gedaan. Marino heeft een band opgebouwd met Desi door met hem te gaan vissen, hem te leren honkballen en hem zijn eerste slokje bier te laten proeven, en nu gaan mijn gedachten een richting uit die ik te onaangenaam vind om verder te volgen.

Het is onsmakelijk, zo niet hemeltergend om je Dorothy met Desi voor te stellen. Mijn zelfzuchtige zus, die nooit naar Lucy heeft omgekeken. Mijn aan mannen verslaafde enige zus die haar dochter vergat zodra het nieuwste vriendje voor de deur stond. En nu kan Dorothy alleen nog maar praten over Desi, alsof ze niets leuker vindt dan een kind te verzorgen en op te voeden, in het bijzonder een jongetje. Het is gewoon obsceen. Het is de hypocrisie ten top, en dan kan ik er niet verder over nadenken. Ik duw de gedachte weg.

Dorothy zal straks op Logan landen, aangenomen dat haar vliegtuig niet nog meer vertraging heeft opgelopen. Lucy, Janet en Desi zijn haar waarschijnlijk aan het ophalen en daarom belt Lucy niet terug, hou ik mezelf voor. Ze is op weg in een van haar lastig te besturen bolides of gepantserde en van alle snufjes voorziene SUV's. Maar wie weet wat de anderen aan het doen zijn, mijn man niet uitgesloten. Ik heb geen idee waar Bentons gesprek met Washington over ging en evenmin waar hij is.

Het is heel onwerkelijk dat onze afspraak zo is afgelopen. Ik klik op de app voor de beveiligingscamera's waarmee we de honden in de gaten houden. Daarnet waren Sock en Tesla nog in de woonkamer. Nu slapen ze op hun Tempur-matras in de keuken, en ik spoel achteruit naar het punt waarop Page, die op onze honden past, binnen komt lopen. Benton heeft haar kennelijk laten weten dat er iets is gebeurd en dat we niet weten wanneer we thuis zijn.

Zo te zien blijft ze slapen, want ze draagt een pyjamabroek en een T-shirt zonder beha eronder en loopt op blote voeten. Ik vind het niet prettig als ze de logeerkamer op de benedenverdieping gebruikt. Dat wil ik niet hardop zeggen, maar het is waar en het betekent waarschijnlijk dat ik een egoïst ben. Ik heb er een hekel aan om iemand in huis te hebben, maar nu Tesla erbij is gekomen, hebben we geen keus. De hond moet opgevoed en gesocialiseerd worden en moet mensen om zich heen hebben.

Ik zie hoe Page de drinkbakken vult met gefilterd water uit een kan. Ze is een vriendin van Lucy en Janet, en heeft een indrukwekkend lichaam, omdat haar bovenlijf door het wedstrijdzwemmen ongelooflijk gespierd is voor een vrouw. Het is wel eens bij me opgekomen dat ze wellicht steroïden gebruikt, want ik kan niet helemaal geloven dat al die spieren alleen te danken zijn aan lange uren in de sportzaal of een dienstverband bij de marine, waar ze werd opgenomen in het trainingsprogramma voor duikers.

De lange Page met haar donkere krulhaar en haar enorme bravoure is met honden een vriendelijke reus, lief maar gezaghebbend. Ze kan niet attenter zijn voor een ouder wordende hazewindhond die is gered van de renbaan of een Engelse buldogpup die is mishandeld door kinderen en daarna is achtergelaten.

'Wie heeft er zin in een plasje en een laatste traktatie?' vraagt Page aan Tesla en Sock.

Ik hoor hun nagels fel over de vloer tikken als ze naar de achterdeur rennen.

Ik loop door de gekoelde ruimte vol LED-lampen naar het keukentje met het koffiezetapparaat, het koelkastje, de magnetron en het gelamineerde witte aanrecht.

Als ik de lege waterflesjes in de recyclebak heb gegooid, kijk ik om me heen naar de werkplekken, de kisten met uitrusting, de forensische instrumenten en de ladekasten met gereedschap en voorraden. Ik ga na of ik nog iets nodig heb. Ik geloof van niet. Harold en Rusty kennen de kneepjes van het vak. Op weg hiernaartoe heb ik hun mijn sporenkoffer en andere benodigdheden gegeven. Als ik weer terugkom, zullen ze die onder de tent hebben neergezet en is alles precies zoals het hoort te zijn.

Maar ik ben rusteloos en gespannen, en ik heb een bezwaard gemoed. Ik denk aan de tweede keer dat ik de vrouw ontmoette die volgens mij nu dood is en mijn patiënt gaat worden en die toen letterlijk de zonsondergang tegemoet is gereden. Ik weet niet waar ze daarna naartoe is gegaan of wanneer ze uiteindelijk het park in is gefietst, maar om halfacht was het helemaal donker.

Als ik ervan uitga dat ze rond die tijd is doodgegaan, betekent dat dat haar lichaam bijna twee uur midden in een openbaar park heeft gelegen, omringd door studentenflats en andere bewoonde gebouwen. In een ideale situatie had ik haar een goed uur geleden weggehaald.

Dit duurt allemaal veel te lang, maar dat is geen verrassing. De dingen gaan zelden zo snel als wij zouden willen en bij een lastig onderzoek is het eerder regel dan uitzondering dat heel weinig gaat als gepland. Maar de buitenwereld is minder vergevingsgezind dan vroeger en ik bereid me alvast voor op de kritiek.

Iemand zal vinden dat ik te weinig respect heb betuigd, omdat ik een dode zomaar open en bloot heb laten liggen waar iedereen het lichaam kan zien. Ik ben ongevoelig en onverschillig. Of nalatig. Dat zal ik allemaal lezen in een blog of horen op YouTube. Dat is altijd zo.

21

Ik scrol langs het laatste nieuws en tot dusver gaat het goed.

Er wordt nog helemaal niets geschreven over de politie en mensen van mijn kantoor die aan de rand van de campus van Harvard onderzoek doen naar een fietsongeluk, geweldpleging of wat dan ook. Ik zie niets over een lijk in een park in Cambridge of zelfs maar de vaagste verwijzing naar 'ontwikkelingen in het park', waarover de zogenaamde rechercheur van Interpol het had tegenover Marino.

Er is niets te lezen wat me zorgen baart, behalve wat Benton me heeft verteld over de verhoogde terreurdreiging. Ik laat mijn blik gaan over een artikel in *The Washington Post* over het eerder vandaag gepubliceerde bulletin:

> *De minister van Binnenlandse Veiligheid heeft de terreurdreiging verhoogd omdat er aanwijzingen zijn voor aanslagen op knooppunten in het openbaar vervoer, toeristische trekpleisters en grote openbare evenementen als sportwedstrijden en concerten. Men maakt zich vooral bezorgd om mogelijke geplande aanslagen in de stad Washington en in Boston en aangrenzende plaatsen. Dit wordt gebaseerd op gedetailleerde berichten op internet, die door de Amerikaanse inlichtingendiensten zijn onderschept en waarin deze potentiële doelen worden genoemd en wordt geopperd dat geradicaliseerde personen met de Amerikaanse nationaliteit die heel onopvallend zouden kunnen aanvallen...*

Als het dreigingsniveau is opgeschaald van 'substantieel' naar 'kritiek' wil dat zeggen dat er geloofd wordt in een ophanden zijnde aanslag, en dus vraag ik me af hoe het met de beveiliging op de luchthaven is gesteld. Die zal zeker zijn aangescherpt, vooral in Boston. Dat zou de reden kunnen zijn waarom het vliegtuig van mijn zus vertraging heeft opgelopen. Het zou verklaren waarom de TSA in Fort Lauderdale het werk niet aankon en de rij passagiers zich uitstrekte tot op het trottoir voor de vertrekhal, 'tenzij je eersteklas reist, zoals ik', zoals mijn zus tegen Lucy opmerkte, die het doorgaf aan de rest van ons.

Van Dorothy zelf heb ik helemaal niets gehoord. Ze neemt niet de moeite me te vertellen dat ze verlaat is of dat ze in het vliegtuig zit. Ik moest het van iemand anders horen, en dan weet ik nog niet wat ik moet verwachten. Maar ik veronderstel dat het niet meer uitmaakt, omdat ik niet degene ben die haar gaat ophalen. Toch herken ik een steek van teleurstelling, aangescherpt door een zekere gekwetstheid.

Iets in me verwacht meer van mijn enige zus. Dat is altijd zo geweest, en het feit dat ik me nog zo voel na alles wat ik met haar heb doorgemaakt, is niet alleen ongegrond maar ook irrationeel. Het wordt tijd om me eroverheen te zetten. Dorothy is wie ze is, en dat ik blijf hopen op iets beters doet me denken aan een uitspraak die aan Einstein wordt toegeschreven: *Waanzin is altijd hetzelfde blijven doen en toch een ander resultaat verwachten.*

Dorothy is voorspelbaar. Ze doet herhaaldelijk hetzelfde en verwacht geen ander resultaat maar hetzelfde dat ze de laatste keer heeft gekregen toen ze deed wat ze zelf wilde zonder aan anderen te denken. Dus misschien is zij wel de slimme van ons tweeën, denk ik wrang terwijl ik mijn berichten bekijk en tot mijn verrassing zie dat generaal John Briggs zojuist geprobeerd heeft me te pakken te krijgen. Om een of andere reden heb ik maar een paar minuten geleden een telefoontje vanuit zijn huis gemist.

Ik heb voor elk van zijn nummers een aparte ringtone en kijk of het geluid van mijn telefoon wel aanstaat. Dat is aan. Toch is hij niet overgegaan, en ik weet niet waarom, want de ontvangst is hierbinnen uitstekend. Dat moet ook wel. Lucy zorgt in al onze voertuigen voor een goede ontvangst met behulp van range extenders, boosters, repeaters of wat er ook maar nodig is. En ik begin me serieus af te vragen of er iets mis is met mijn smartphone. Het is geen exemplaar dat je in een winkel of online kunt kopen, en volgens Lucy is hij bijna niet te hacken. Maar misschien heeft ze het mis. Het hangt ervan af wie de hacker is.

Ze ontwikkelt voortdurend speciale apps en coderingssoftware en doet er alles aan om ervoor te zorgen dat onze computers, radio's, telefoons en andere apparatuur zo veilig zijn als iets in deze tijd maar kan zijn. Maar niets is onfeilbaar. Ik laat het bericht afspelen en verwacht de stem te horen van het hoofd van de militaire lijkschouwers, de directeur van de Amerikaanse medische inlichtingendienst, mijn vriend en voormalige mentor Briggs.

Maar het blijkt dat zijn vrouw heeft geprobeerd me te bereiken, en ik weet meteen dat ze geen goed nieuws heeft. Ruthie is de traditionele vrouw van een militair en heeft haar leven gewijd aan haar hooggeplaatste echtgenoot; ze verhuisde mee naar elke nieuwe standplaats, regelde hun hele privéleven zodat hij zijn werk kon doen en bad intussen dat hij niet gewond zou raken, ontvoerd zou worden of zou sneuvelen in de onstabiele, door oorlog verscheurde, helse oorden waar hij vaak naartoe moet.

Irak, Afghanistan, Syrië, Turkije, Kameroen, Jemen – ze weet het nooit echt zeker. Vaak wordt haar niets verteld, maar intussen moet ze elke keer dat hij aan boord gaat van een militair transportvliegtuig of landt op een vliegdekschip leven met de afschuwelijke wetenschap dat ze hem misschien nooit meer zal zien. Haar leven draait om Briggs, en als ze niet wil dat iemand hem te spreken krijgt, gebeurt dat ook niet, ook niet als ik het ben. En als hij niet direct met mij wil communiceren, krijg ik Ruthie, afhankelijk van wat er op het spel staat.

Dus ik ben gewend aan haar tussenkomst, haar bemiddeling, en af en toe stelt dat mijn geduld aardig op de proef. Maar ze klinkt ongewoon rauw en emotioneel in het bericht dat ze heeft ingesproken, en ik kom er niet achter of ze gehuild heeft, gedronken heeft, ziek is of dat allemaal bij elkaar. Ik beluister de voicemail nog eens. En nog eens, waarbij ik af en toe stop, heel goed luister en probeer te bepalen of er iets mis is of dat ze gewoon moeite heeft met de reden voor haar telefoontje. Ik ben er vrij zeker van dat ik weet wat die reden is. Ik had het al verwacht.

'Kay? Met Ruthie Briggs,' begint ze met het trage, lijzige accent van Virginia. Ze klinkt moe en alsof haar hoofd helemaal vol zit. 'Ik hoop dat je opneemt. Ben je daar?' zegt ze nasaal. 'Hallo, Kay?' Ze schraapt haar keel. 'Ben je daar? Ik weet hoe druk je het hebt, maar neem alsjeblieft op. Nou ja, bel me alsjeblieft als je dit hoort. Ik wil zeker weten dat je hebt gehoord...'

Haar stem klinkt gesmoord en het is net alsof ze haar woorden inslikt, zodat ik ze amper kan verstaan. De gedachte komt bij me op dat ze misschien iets vastheeft, een zakdoekje voor haar gezicht houdt of zo, en dat ze zich van de telefoon af draait onder het praten.

'Ik ben nog een tijdje op dit nummer te bereiken en daarna... Nou, zoals je je kunt voorstellen is er veel te doen en ik kan gewoon niet geloven...' Haar stem trilt. 'Nou, bel me alsjeblieft zodra je kunt.' In haar verwarring geeft ze haar telefoonnummer, alsof ik dat niet heb.

En dan komt er een abrupt einde aan de voicemail.

Als mijn vermoeden juist is, hoeft Ruthie zich niet heel druk te maken. Het is niet anders, en het is niet eens op het allerlaatst, zoals ook nog had gekund.

Ik heb me er de hele tijd al op ingesteld dat ik letterlijk vlak voordat Briggs en ik het podium in de Kennedy School op moeten gebeld kan worden. Nu weet ik het nog bijna vierentwintig uur van tevoren, en het is niet alsof ik niet herhaaldelijk ben gewaarschuwd. Hij heeft me vanaf het begin gezegd dat hij misschien niet in staat zal zijn morgenavond mee te doen. Het hangt allemaal af van de stemming in het Pentagon en bij de NASA, heeft hij gezegd, en hij heeft zich van tevoren verontschuldigd voor wat nu waarschijnlijk gebeurd is.

Waarschijnlijk probeerde Ruthie me te bellen met het bericht dat ik het morgenavond alleen moet doen. Briggs zal niet met mij in het panel zitten. Dus is het ook geen panel meer, want nu sta ik alleen op het podium. Maar ik red me wel. De gedachte komt bij me op dat ik het imposante complex met zijn rode bakstenen van hieraf tussen de bomen door zou kunnen zien als ik nu naar buiten zou gaan.

De Kennedy School staat met de achterkant tegen het park, en ik moet er onwillekeurig aan denken dat alles vreemd met elkaar verbonden en heel vertrouwd lijkt te zijn. Het is alsof ik door een landschap reis dat een ingewikkelde doolhof blijkt en niet weet hoe groot die is, waarmee het in verbinding staat of hoe ik eruit moet komen.

Ik kom niets te weten over de reden voor Briggs' afzegging voordat ik hem spreek, aangenomen dat ik hem kan bereiken. Hij kan ook ergens naartoe zijn gestuurd. Ik weet hoe erg hij het vindt om iemand te laten zitten, vooral mij. Ook al is hij een geharde militair, hij gaat de confrontatie het liefst uit de weg als hij slecht nieuws moet brengen. Ik bel het huisnummer. Er wordt niet opgenomen en ik hoor een eigenaardig geklik op de lijn.

'Ruthie, met Kay. Sorry dat ik je gemist heb.' Ik spreek een voicemail in, en nu hoor ik een echo alsof ik twee keer vlak na elkaar hetzelfde zeg. 'Om de een of andere reden is mijn telefoon niet overgegaan. Ik ben buiten aan het werk en kan ergens zijn waar het signaal niet erg sterk is of ik niet kan opnemen. Maar blijf het alsjeblieft proberen.'

Dan stuur ik een berichtje naar Harold en Rusty om te vragen of een van onze busjes onderweg is. Het zal misschien even moeten wachten, maar we kunnen het maar vast ter plekke hebben, zeg ik erbij.

Begrepen, baas. Het gaat langzaam. Onvermijdelijk. Blijf z.l.m. in de koelte. Dat is Rusty's afkorting voor 'zo lang mogelijk'. Hij heeft er een fronsende emoji met een rood gezicht bij gezet.

Aan de rechterkant van de trailer, achter het keukentje, is een steile trap die naar buiten leidt. Mijn in Tyvek gehulde schoenen dreunen op de metalen treden en onder aan de trap doe ik de deur open. Ik stap de warme nacht in en word verblind door felle koplampen. Ik hoor het lage gerommel van een krachtige motor en ruik de uitlaatgassen van benzine met een hoog octaangehalte, een geur die niet afkomstig kan zijn van de dieselgenerator van het mobiele commandocentrum. Dan wordt het weer stil en donker.

'Hallo?' Er gaat een rilling van angst door mijn haarwortels als ik het geritsel van gras hoor, alsof iemand heel snel op me af loopt. 'Wie is daar?'

Uit het donker doemt een slanke gestalte op, die als een geest op me af snelt.

'Tante Kay, ik ben het. Niet schrikken,' zegt Lucy, maar het is al te laat.

Mijn adrenalinepeil gaat door het dak. Geschrokken klik ik mijn zaklamp aan en richt hem naar beneden om haar niet te verblinden. En net zo snel doe ik het verdomde ding weer uit. Ik voel me heel dwaas, en dan word ik boos.

'Godsamme, Lucy!' Mijn hart bonst en mijn gedachten schieten als een zwerm opgeschrikte vogels alle kanten uit. 'Je moet me niet zo besluipen.' Het bloed dendert door mijn aderen. 'Jezus. Het is maar goed dat ik niet gewapend ben.'

'Ik weet niet of dat zo goed is. Vooral nu niet.'

'Ik had je neer kunnen schieten. Dat is geen grap.'

'Er is niets om grapjes over te maken en ik heb je niet beslopen.'

Ze kijkt voortdurend om zich heen, alsof we niet alleen zijn. 'Ik kwam net aanrijden en zag je naar buiten komen. Ik kwam je zoeken.'

'Waarom?' Ik haal diep en langzaam adem, en de warme lucht lijkt amper in mijn longen door te dringen.

'Ik ben blij dat alles goed met je is.' Ze kijkt naar me en dan weer naar de straat, omhoog en om ons heen, alsof we elke minuut aangevallen kunnen worden.

'Wat bedoel je met "vooral nu niet"? Wat is er aan de hand?' Er is iets mis, want ze is hyperalert. 'Waarom zou niet alles goed met me zijn?'

'Je hebt berichten voor me achtergelaten,' zegt ze, en ik bespeur een zekere broosheid in haar stem, een harde agressie. 'Hier ben ik dus. Laten we naar binnen gaan.'

Ik zie in welke stemming ze verkeert en weet waarschijnlijk wat dat betekent. 'Ik hoefde je niet per se persoonlijk te spreken. Ik had een eenvoudige vraag en een telefoontje was genoeg geweest. Je moet iemand voor me natrekken...'

'Het is hier buiten veel te warm.' Ze onderbreekt me en lijkt niet naar me te luisteren.

'Wat is er aan de hand?'

'Iets wat me helemaal niet aanstaat.' Haar grote ogen zijn diepe schaduwen en haar mond is grimmig.

'Er is iemand dood en daar is niets leuks aan, en ook niet aan een heleboel andere dingen op het moment.' Maar ik weet dat ze dat niet bedoelt.

'Het staat me helemaal niet aan,' herhaalt ze, en haar aandacht is weer ergens anders. 'Dat probeer ik je steeds te vertellen. Er zijn dingen die je niet weet. Het is een grote klerezooi.' Haar zachte stem klinkt fel in het donker en diep vanbinnen krijg ik een gevoel, een mengeling van emoties die ik niet gemakkelijk kan beschrijven.

Teleurstelling. Frustratie. Een doffe, moordlustige woede, die hard en koud is geworden als iets heel ouds dat versteend is. Ik word steeds ongevoeliger, vooral de laatste jaren, en het is waar dat je ook te vaak alarm kunt slaan. Lucy doet het misschien niet hoorbaar, maar ik weet wanneer ze nog maar aan één ding kan denken.

Ze komt zelden over als iemand die snel opgewonden raakt. Ze is niet het type om uit de bocht te vliegen, om impulsief te handelen, om nerveus of bang te worden of haar stem te verheffen. Maar mij houdt ze niet voor de gek. Ik voel het altijd als ze op het punt staat de controle te verliezen, zoals nu. Dat wordt niet prettig. Dat is het nooit. Als ze zo gaat doen, weet ik meestal waarom. Of liever gezegd: ik heb een goed idee over wie het gaat.

'Wat is een grote klerezooi, Lucy?' Ik zet me schrap voor wat er gaat komen. Intussen passen mijn ogen zich weer aan aan de duisternis.

Ik weet vrij zeker wat ze gaat zeggen. Ik had haar reactie kunnen voorspellen na dat telefoontje naar de alarmcentrale, waarvan we inmiddels denken dat er stemvervormende software bij is gebruikt. Als ze wist over een ander vals telefoontje van even geleden, dit keer zogenaamd van Interpol, zou ze alleen maar gesterkt worden in haar bekrompen wereldbeeld. Lucy is rotsvast overtuigd van haar eigen mening over het kwaad, en die luidt dat alle gruwelijkheden en vernederingen afkomstig zijn van dezelfde kwaadaardige bron.

Alsof er maar één duivel is. Maar één aartsvijand. Maar één kanker. Was dat maar waar.

'Laten we naar binnen gaan en iets drinken.' Haar gezicht bevindt zich zo dicht bij het mijne dat ik de kaneel in haar adem ruik en de subtiele kruidigheid van haar mannengeurtje van Escada opvang.

Ze gedraagt zich alsof we in de gaten worden gehouden. Misschien is ze bang dat ze gevolgd is, en ik kijk langs haar heen naar wat er achter de CFC-truck staat geparkeerd. Ze zegt wel eens voor de grap dat haar Ferrari FF een familieauto is omdat hij een achterbank en een kofferbak heeft.

De kleur kan ik in het donker niet onderscheiden. Ik weet dat hij een felblauwe tint heeft die Tour de France wordt genoemd, en dat het interieur is uitgevoerd in felgeel Italiaans leer. Maar ze had in van alles kunnen komen aanstormen – een Aston Martin, een Maserati, een McLaren, een andere Ferrari.

Lucy is een genie. Ik gebruik dat woord niet lichtvaardig of als een soort liefkozing. Het is niet de overdrijving van een liefhebbende tante, maar een accurate beschrijving van iemand die op haar tiende al software programmeerde, computers maakte en patenten aanvroeg voor allerlei uitvindingen. Lucy was nog niet eens oud genoeg om drank te kunnen kopen of te mogen stemmen toen ze al een onvoorstelbaar fortuin had verdiend met het maken van zoekmachines en technische snufjes.

Als tiener kwam ze terecht op de 'lijst van jonge en stinkend rijke mensen', zoals ze vaak spottend zegt, en begon ze iets te doen met haar passie voor helikopters, motoren, speedboten, straaljagers en andere snelle machines. Ze kan zo'n beetje alles besturen, en ik kijk naar haar Ferrari FF met vierwielaandrijving, die met zijn lange, aflopende neus stil en donker op het gras geparkeerd staat. Ze is er vanmorgen mee naar het werk gereden, en dat weet ik omdat de Ferrari is gefilmd door de bewakingscamera's van het CFC terwijl ik boven in mijn kantoor aan mijn bureau zat, voor de vele computerschermen.

Op een daarvan zag ik Lucy in haar zogenaamde familieauto van vierhonderdduizend dollar de ruimte in rijden waar ambulances en andere voertuigen lichamen ophalen en afleveren. Zelfs de politie mag daar niet parkeren, en ik werd er weer eens aan herinnerd dat ze haar dure transportmiddelen daar vaak neerzet, beschermd voor vuil en viezigheid, beschut voor het weer. Het is nogal zelfzuchtig, en af en toe hebben personeelsleden er commentaar op. Maar dat is niet waarom ik daar nu aan denk. Het komt door de vliegoverall die ze aanheeft.

Toen Lucy vanmorgen op het beeldscherm uit haar elektrisch blauwe V-12 coupé stapte, droeg ze een gescheurde spijkerbroek, een wijd T-shirt en sportschoenen. Ik weet nog dat ze een grote beker koffie in haar hand had en over haar schouder hing haar zwarte rugzak met de vele vakjes, die eigenlijk een draagbaar kantoor en arsenaal is.

Nu ik erover nadenk, heeft ze die rugzak bijna altijd bij zich als ze gaat vliegen. Op een gegeven moment heeft ze een van haar brandwerende vliegoveralls in lichtgewicht, kakikleurig Nomex aangetrokken, met het CFC-logo in rood en blauw op de linkerborstzak. Het is niet ongewoon dat ze naar eigen believen in haar tweemotorige toestel de hort op gaat.

Maar het is al laat. Het is pikkedonker. We hebben te maken met extreme weersomstandigheden en bevinden ons op een lastige plaats delict. Haar moeder zit in het vliegtuig naar Boston. Ik begrijp er niets van.

'Ik vraag me af wanneer je je hebt omgekleed.' Ik begin tactisch, en ze kijkt naar haar overall alsof ze was vergeten wat ze aanhad. 'Vlieg je ergens naartoe? Of heb je dat al gedaan?'

Maar dat slaat nergens op. De temperatuur is vandaag opgelopen tot meer dan achtendertig graden en de vochtigheid was op dat ellendige moment meer dan zeventig procent. Hoe warmer en hoe vochtiger het is, hoe minder efficiënt de helikopter vliegt, en Lucy houdt de weersomstandigheden altijd scherp in de gaten. Ze moet rekening houden met de belading, de torsie en de motortemperatuur, en ik denk eraan hoe vaak ik vandaag bij haar in de buurt ben geweest.

Bij een stafvergadering, in de lift, en ik ben haar ook nog tegengekomen in de kantine toen ik Bryce zocht. De laatste keer dat ik haar zag, was rond vier uur in de middag, toen ik met mijn assistent, dokter Zenner, de snijzaal uit kwam en we langs het PIT liepen.

Lucy was binnen een paar projectors aan het vervangen en we bleven even met haar praten. Ze droeg toen geen vliegoverall.

22

Ze wimpelt mijn opmerking af met de bewering dat ze koffie had gemorst en zich moest omkleden.

Ik weet wanneer mijn nicht ontwijkende antwoorden geeft. Het valt net zo op als haar roodgouden haar en de smalle neus op haar knappe gezicht. Ik kijk op mijn telefoon; de minuten tikken voorbij en ik heb nog steeds niets van Harold of Rusty gehoord over hun voortgang met de tent.

Normaal gesproken zou Lucy vragen of ze even bij hen moet gaan kijken. Met haar technische inzicht kan ze misschien helpen. Maar ze biedt het niet aan en is niet van plan ergens heen te gaan. Het is me wel duidelijk dat ze niet voor niets onaangekondigd is komen opdagen, en ik kan net zo goed afwachten tot ik te horen krijg wat ze komt doen, hoewel ik mijn ongeduld moet bedwingen en om de paar seconden naar mijn telefoon kijk.

Ik wil Rusty en Harold niet te dicht op de huid zitten. Het helpt niet als ik ze steeds stoor terwijl ze 'proberen 'm omhoog te krijgen', zoals Marino het de laatste keer dat ik contact had nogal smakeloos uitdrukte. Maar het is waarschijnlijk ook niet verstandig om hier in het donker met mijn nicht te blijven praten. Ik kan beter teruggaan naar de open plek om zelf te zien hoe het daar gaat. Ik wil zeker weten dat niemand oververhit raakt of iets nodig heeft, en ik moet ook oppassen voor geruchten.

Ik wil niet dat wordt rondverteld dat ik op mijn gemak in de koele truck heb zitten wachten terwijl anderen in de verstikkende hitte aan het zwoegen waren. Ik wil niet dat gezegd wordt dat ik alle tijd nam voor een praatje met mijn nicht, die naar de plaats delict is komen razen in een Ferrari die meer kost dan menig huis. Mijn moeder houdt nog steeds vol dat niets zo belangrijk is als uiterlijke schijn. Ze heeft geen idee hoe waar dat tegenwoordig is.

Er is niet veel nodig om mensen – met name politiemensen – te laten twijfelen aan je competentie en geloofwaardigheid. Je eerlijkheid wordt nog sneller in twijfel getrokken en je fatsoen staat helemaal snel ter discussie. Elk vermoeden dat ik arrogant of lui ben kan een jury negatief beïnvloeden. Maar ja, dat geldt voor zo'n beetje alles.

'Lucy, ik moet gaan controleren...' begin ik, maar ze komt dicht bij me staan en raakt mijn arm aan om me tegen te houden.

'Laten we even afkoelen en iets te drinken nemen,' antwoordt ze. Het is geen voorstel.

Ik kijk om naar de zaklampen die in de verte de duisternis doorboren, naar de felle lampen van de voertuigen op John F. Kennedy Street en naar de gestage verkeersstroom op de brug. Ik laat mijn blik gaan over het groeiende aantal politiewagens die her en der geparkeerd staan. Er zit niemand in. Ik zie niemand die dicht genoeg bij ons is om ons te kunnen afluisteren.

Maar ik twijfel er niet aan dat Lucy de adem van de vijand in haar nek voelt, en niets wat ik kan zeggen gaat daar merkbare verandering in brengen. Het is net als bij mensen die lijden aan een posttraumatische stressstoornis: je zult ze er nooit van overtuigen dat er niets is om bang voor te zijn. Hoe je ook op ze inpraat, het helpt niets tegen de nachtmerries en de fobieën. Ze krijgen er geen gelukkige gedachten en zoete dromen van.

Lucy's vroegste passies, overwinningen, mislukkingen en flirts maken haar tot wie ze is. Haar ervaringen in Quantico zijn onuitwisbaar in haar geheugen gegrift, en die tijd was echt de beste en de slechtste van haar leven als jongvolwassene. Met mijn zegen en onder mijn leiding nam ze een minder vaak bewandeld pad en kwam frontaal in botsing met een monster. Hun treffen was rampzalig, en ik heb het niet zien aankomen. Lucy is nooit meer de oude geworden, en ik ook niet. Niemand zou na zoiets de oude zijn.

Psychisch letsel kan storingen opleveren die net als fouten op de harde schijf en andere haperingen in de computer niet altijd te verhelpen zijn. Het is verontrustend om te bedenken hoe vaak de instinctieve reacties van mijn nicht gerechtvaardigd worden door wat zij denkt waar te nemen. Meestal zeg ik er niet veel van. Ik wacht tot ze helderheid krijgt, en dat lijkt niet zo vaak meer te gebeuren. Het is steeds moeilijker geworden om te weten waarop je kunt vertrouwen. Wat is echt? Wat niet? Zelfs Lucy lijkt het niet altijd te weten, en als ik korte metten zou kunnen maken met de monsterlijke psychopaat Carrie Grethen, zou ik het alleen daarom al doen.

Ze is erin geslaagd iemand die in wezen mijn dochter is te beroven van elke gemoedsrust die ze ooit had kunnen hebben in dit leven, en ik lijk daar niet veel aan te kunnen doen. God weet dat ik het geprobeerd heb. God weet hoe vreselijk ik de toegebrachte schade vind. Als ik echt Lucy's moeder was, zou ik een heel slechte zijn. Zij is het belangrijkste wat ik goed had moeten aanpakken.

Ook dat zal ik Carrie Grethen nooit vergeven, en op momenten als dit weet ik weer hoe graag ik zou willen dat ze van de aardbodem verdween. Compleet en voor altijd. Als een plaag. Als een kwelling.

'Goed dan.' Ik reageer neutraal op Lucy's verzoek en laat niets belangrijks los, voor het onwaarschijnlijke geval dat we niet alleen zijn. 'We duiken even naar binnen om af te koelen en nemen iets te drinken, maar het moet wel snel. Zoals je misschien al doorhebt, duurt het langer om de boel op te zetten dan ik had gehoopt.'

'De wet van Murphy.'

'Als we er eenmaal klaar voor zijn, moet ik meteen aan het werk.'

'Geduld is een schone zaak.' Lucy antwoordt met clichés, kennelijk bedoeld voor degene die ons volgens haar in de gaten houdt.

De laatste tijd lijkt alles wel over spioneren, schaduwen, bespieden, trollen, voor de gek houden, stalken, hacken, overvallen en rondsnuffelen te gaan. Misschien staat Carrie echt ergens in het donker en doet het haar enorm plezier om al onze bewegingen in de gaten te houden en al onze gesprekken af te luisteren.

Hoe meer ik aan haar denk, hoe erger mijn bloed gaat koken. Ik zeg verder niets tegen Lucy. Zwijgend toets ik mijn persoonlijke code in op het toetsenbord naast de zijdeur van de trailer.

'Voorzichtig.' Ik voel de kaneeladem van mijn nicht in mijn oor en ben me ervan bewust dat iemand met een zoomlens de getallen en symbolen die ik invoer zou kunnen afkijken.

Er zijn allerlei skimmers in de handel die van aanzienlijke afstand signalen kunnen opvangen. Ik weet maar al te goed dat Carrie heel handig is met dat soort en nog veel meer dingen, en ik ben al die waarschuwingen spuugzat. Behalve Lucy's inktzwarte projecties heb ik ook nog te maken met Marino's eindeloze, angstaanjagende hypotheses over alle verschillende manieren waarop ik om allerlei vergezochte redenen zou kunnen worden gevolgd of gestalkt.

'Ik ben altijd voorzichtig.' Ik trek de aluminium deur open. 'Niet onfeilbaar, maar zeker niet achteloos,' voeg ik eraan toe terwijl ik naar binnen ga, waar het bijtend koud is.

Lucy volgt me en doet de deur achter zich dicht. 'Ik vind nog steeds dat onze voertuigen sloten met vingerafdrukherkenning zouden moeten hebben.'

'Dat weet ik. Misschien is het op een dag niet meer zo onpraktisch.' De airconditioning is heerlijk, maar straks bevries ik nog.

'Ik wou dat deze wagens gepantserd waren. Dat zouden ze moeten zijn.'

‘Dat zou helemaal onpraktisch zijn. Is alles goed met Janet en Desi?’ Nu we ons op het trapje in de trailer bevinden, die niet kogelvrij is maar waar niemand ons gesprek kan afluisteren, kan ik over hen beginnen.

‘Ze rijden in kringetjes rond op Logan omdat ze nergens langer dan een nanoseconde stil kunnen blijven staan.’ Ze trekt nog eens aan de deurgreep om te controleren of de deur echt dicht is. ‘Ik heb Janet gezegd dat ze er niet zo vroeg naartoe moest gaan, maar ze heeft het toch gedaan, vraag me niet waarom. Mam gaat voorlopig nog niet landen.’

‘Heb je enig idee waarom?’ Ik ga naar boven.

Lucy volgt me op de voet. ‘Eerst was er oponthoud in Fort Lauderdale vanwege een achtergelaten tas bij de gate waar mam door moest. Daardoor is haar vliegtuig meer dan een uur te laat vertrokken, en daarna hebben ze een tijdje bij de startbaan staan wachten.’

‘En hoe weet jij dat? Ik denk niet dat een achtergelaten tas bij de gate van mijn zus een veelbesproken onderwerp is op internet.’

‘Mam heeft Janet via e-mail op de hoogte gehouden,’ zegt Lucy, wat me weer met mijn neus op het feit drukt dat mijn zus voor mij die moeite niet heeft willen nemen.

‘Het zal wel een van die situaties zijn waarin er geen tijd is om naar huis te gaan.’ De pijn die ik voel, is zo oud als de tijd zelf, maar ik laat er niets van merken. ‘Ze was veel liever omgedraaid en weer teruggegaan,’ voeg ik eraan toe.

‘Bovendien ondervindt het luchtverkeer boven New York al de hele week vertraging vanwege de hittegolf. Er zijn problemen met zeemist en de thermiek omdat de lucht op dit moment veel warmer is dan het water. Veel vluchten worden tegengehouden of omgeleid. Afhankelijk van hoeveel brandstof ze hebben, zal mam zeker niet voor halfelf landen.’

Ik kijk hoe laat het is: bijna tien uur.

‘En ze heeft bagage,’ zegt Lucy. ‘Een heleboel.’

‘Dat klinkt alsof ze een tijdje bij jullie blijft logeren.’

‘Ik hoop maar dat de batterij van haar telefoon niet leeg raakt, want ik weet niet hoe Janet dan nog contact met haar kan houden. Het is kennelijk een enorme puinhoop op Logan, en je weet hoe mam is,’ zegt Lucy terwijl onze voeten dof bonzen op de traptreden. 'Ze is meestal de laatste die uitstapt. Ze heeft geluk als al haar tassen er zijn, en Janet kan niet naar binnen om te helpen.'

'Het wordt wel erg laat voor Desi.'

'Hij heeft me laten weten dat het verkeer een ramp is. De staatspolitie laat iedereen zo veel mogelijk doorrijden. Je kunt amper even stoppen om iemand af te zetten of op te pikken.'

'Hij zal wel opgewonden zijn nu Dorothy komt logeren,' zeg ik lauw terwijl we de keuken met de felwitte formica en roestvrij stalen oppervlakken in gaan.

'Ja, want ze verwent hem door en door. Heb je Benton gesproken?'

'Niet meer sinds de Faculty Club,' zeg ik. In Lucy's groene ogen ligt de afwezige blik die ik goed ken en ben gaan vrezen.

Ze mag dan lijfelijk hier zijn, met haar gedachten is ze heel ergens anders – op een verre, emotionele plek waarover ze niets wil loslaten. Lucy is mooi en briljant, halverwege de dertig, maar in veel opzichten veel jonger, en vergeleken met het grootste deel van de bevolking is ze enorm bevoorrecht. Het is zo triest dat een obsessie de weg van de minste weerstand is geworden voor een geweldig goed presterende hoogvlieger als zij. Niet dat Lucy met andere mensen vergeleken kan worden; het feit dat ze zo uniek is, maakt deel uit van de tragiek.

Het is vreselijk jammer dat ze van nature aangetrokken wordt door Carries door haat vervulde eenzaamheid, als water dat het laagste punt zoekt. Lucy denkt dat ze haar eigen koers vaart, dat ze haar eigen lot in handen heeft. Dat ze een vrije wil heeft. Maar daar ben ik niet meer zo zeker van.

'Hoezo? Heb jij hem gesproken?' vraag ik.

'Ja,' zegt ze. Ik zou de vloek die over haar ligt opheffen als ik kon.

Dat zou ik eigenhandig willen doen als het betekende dat ik Lucy kon bevrijden. Daar zou ik bijna alles voor doen. En vreemd genoeg denk ik aan de vrouw op de fiets en aan wat ze tegen me zei voordat ze de gloeiend hete straat overstak: *Als je er niet aan doodgaat, word je er sterker van.*

Maar stel dat je er wel aan doodgaat? Dat zouden we ons eens moeten afvragen, want Carrie maakt ons niet sterker. Daar is het te laat voor. Dat punt zijn we twee jaar geleden gepasseerd, toen ze ons op de ergst mogelijke manier liet weten dat ze nog leeft. Sinds die tijd zijn we onderworpen aan de wet van de afnemende meeropbrengsten, omdat zij aan ons vreet, ons laat bloeden en ons verminkt terwijl wij doof en blind in het duister tasten.

We horen en zien Carrie niet. We worden ons pas van haar bewust als zij dat wil, en haar grootste voordeel is dat ze niet lijkt te bestaan. Zeggen dat zij iets gruwelijks heeft gedaan is net zoiets geworden als zeggen dat de duivel dat heeft gedaan. Behalve dan dat ik zichtbare littekens aan haar heb overgehouden en dat er een heleboel mensen zijn gedood.

'Ik vraag me af wat Benton aan het doen is.' Ik klink kalm, ook al voel ik me helemaal niet zo. 'Toen Marino me belde over deze zaak, kreeg hij net een telefoontje uit Washington. Hoe kwam hij op jou over?'

'Moeilijk te zeggen. Ik weet vrij zeker dat hij in een auto zat toen ik hem te pakken kreeg,' zegt Lucy.

'Een auto? Of zijn auto?' Ik leun tegen het aanrecht. 'Ik vraag me af of hij gezelschap heeft van andere FBI-agenten, of er iets is gebeurd. Hij vertelde dat de terreurdreiging is verhoogd, vooral in Washington DC. En ook hier, in de omgeving van Boston.'

'Hij zei niet wat hij aan het doen was of wie er bij hem was,' zegt ze. In het felle licht zie ik de subtiele welving van het pistool onder haar rechterbroekspijp.

23

De holster is vlak boven haar hoge schoen vastgemaakt.

Ik kan niet zien wat erin zit, maar het is waarschijnlijk haar 9-mm Korth PRS. Het is niet te zeggen wat ze allemaal in haar auto heeft, maar daar zit zeker een krachtig pistool in, en mogelijk heeft ze nog veel meer vuurwapens bij zich.

'Ik weet niet of hij zelf reed of ergens naartoe werd gereden, maar ik meende aan zijn stem te horen dat hij niet alleen was.' Lucy zet haar handpalmen achter zich op de rand van het aanrecht.

Ze duwt zich omhoog en gaat zitten met haar rug tegen een kastje en met bungelende benen, zodat de zwarte holster onder haar broek vandaan komt. Haar sterke, sierlijke handen vouwt ze in haar schoot, en ik zie de eenvoudige platina trouwring van Tiffany aan haar linkerringvinger.

Niemand van ons is uitgenodigd toen zij en Janet vorig jaar, na de dood van Natalie, op The Cape voor de wet trouwden. Maar zoals Lucy en Janet allebei uitlegden, deden ze dat niet om uiting te geven aan hun liefde en betrokkenheid bij elkaar. Ze hadden het niet nodig om elkaar of wie dan ook iets te bewijzen, zeiden ze. Ze deden het omdat ze Desi willen adopteren.

'Waarom heb je Benton gebeld?' vraag ik. 'En wanneer?'

'Daarnet. Nadat ik het laatste bericht van Tailend Charlie had beluisterd,' zegt ze tot mijn ergernis.

'Waarom zou je hem daar in godsnaam mee lastigvallen nu hij al zoveel andere dingen aan zijn hoofd heeft?' Het is ongelooflijk.

'Er zijn nieuwe ontwikkelingen waar jij nog niets van weet. En er zijn ook wat oude dingen die weer zijn gaan opspelen. Dat is allemaal belangrijk, anders zou ik je niet storen.' Maar ik twijfel al voor de woorden helemaal uit haar mond zijn.

Er is iets wat Lucy me niet vertelt. Ik zie het aan haar gezicht. Ik voel het. En Benton is erbij betrokken. Ik vraag haar nog eens of alles goed met hem is. Ze zegt dat hij het enorm druk heeft, en ik antwoord dat dat voor ons allemaal geldt. Dan vertelt ze dat de laatste audioclip van Tailend Charlie is verzonden op de vaste tijd: twaalf minuten over zes in de avond. Meer dan drie uur geleden. Mijn frustratie bereikt een hoogtepunt. Ik zie niet waarom dit midden in een onderzoek onze onverdeelde aandacht verdient.

'Ik wil niet vervelend doen,' zeg ik tegen haar, 'maar dat is geen nieuwe informatie, Lucy. Al die idiote berichten van hem zijn om twaalf over zes 's avonds verstuurd. Dat doet hij met opzet, zoals jij al herhaaldelijk hebt opgemerkt. Laat me raden. De nieuwe opname is identiek aan de andere, op de inhoud van het bericht na. Met andere woorden, de opname klinkt vervormd en is precies tweeëntwintig komma vier seconden lang.'

'En tweehonderdvierentwintig is ook het nummer van het huis in Miami waar jij en mam zijn opgegroeid.' Lucy blijft overtuigd van iets waar ze helemaal geen bewijs voor heeft.

'Tweeëntwintig komma vier is niet hetzelfde als tweehonderdvierentwintig.'

'Als je het in cijfers schrijft wel.'

'Ik weet niet of we zo snel moeten uitgaan van een opzettelijke symboliek.' Ik kies mijn woorden voorzichtig om haar niet in de verdediging te dringen. 'Het tijdstip twaalf over zes en de lengte van twee minuten en vierentwintig seconden kunnen best restanten zijn van een programmeercode die verder geen enkele betekenis hebben.'

'Twaalf minuten over zes is ook exact het tijdstip waarop dat onzintelefoontje bij de alarmcentrale is binnengekomen,' merkt Lucy op, alsof ze me niet gehoord heeft.

'Dat is waar. Maar het kan best allemaal toeval zijn...' Ik maak de zin niet af, omdat ik weet dat het waarschijnlijk geen toeval is.

Ik kijk weer op mijn telefoon. Nog niets van Rusty en Harold, dus stuur ik Marino een berichtje: *Hoe gaat het?*

'Luister, tante Kay,' zegt Lucy tegen me terwijl ik naar mijn telefoon kijk en wacht op antwoord van Marino. 'Ik geef het niet graag toe, maar ik was een beetje afgeleid omdat er meerdere dingen tegelijk gebeurden.'

Ze klopt op de zakken van haar vliegoverall en haalt er een blikje met haar favoriete kaneelsnoepjes uit. Ze ratelen zachtjes als ze het dekseltje opendoet en me het blikje voorhoudt. Ik denk aan haar woordkeuze: *meerdere dingen*. Er is iets wat ze me niet gaat vertellen. Ik neem een snoepje. De sterke smaak prikt in mijn neusgaten en mijn ogen gaan ervan tranen.

'Toen we elkaar een paar uur geleden spraken, was ik vooral bezig met dat telefoontje naar de alarmcentrale.' Lucy stopt het blikje weer in haar zak. 'Ik probeerde uit te zoeken wat er in godsnaam gebeurd was, wie erachter zat en waarom. Ik kan niet alles tegelijk.'

'Zelfs jij kunt dat niet.' Ik verplaats het snoepje naar de andere kant van mijn mond en neem een slokje water.

Ze gaat verder met haar verhaal en beweert dat we eerder op de avond gelijktijdig op meerdere fronten werden aangevallen. Daar heb je dat woord weer: *meerdere*.

'De timing is geen toeval. Volgens mij hebben we te maken met aanvallen die met elkaar in verband staan, en door dezelfde persoon of personen. En dat doet weer vermoeden dat er nog meer zullen komen,' voegt ze eraan toe.

Maar het echte probleem is niet wat er gebeurd is of wat er gaat gebeuren. Of hoe. Of waarom. Het gaat erom wie erachter zit, en ik heb altijd volgehouden dat het obsessief en gevaarlijk is om ervan uit te gaan dat elk abnormaal voorval te wijten is aan dezelfde manipulerende duivel.

Ik ben niet naïef als het om Carrie Grethen gaat. Haar schandelijke voorkeuren en verraderlijke aard hebben geen geheimen voor mij. Ik weet wat het is om door haar te worden aangevallen, om bijna door haar vermoord te worden, om haar plaatsen delict te onderzoeken en sectie uit te voeren op haar slachtoffers.

Dus het is niet zo dat zij voor mij een abstract gegeven is. Maar helaas is zij niet de enige onmens. Ik open het berichtje dat net is binnengekomen. Marino schrijft: *Grote teringzooi. Blijf voorlopig waar je bent. Je kunt niets doen.*

Ik vind het maar niets dat hij de plaats delict een teringzooi noemt. Hopelijk krijgen we daar later geen problemen mee.

'Ik hoef alleen maar te zeggen dat het weinige dat ik van het audiobestand kon ontcijferen nog erger was dan de vorige keren.' Lucy gaat verder over de laatste haatmail van Tailend Charlie. 'Dat komt al veel te dichtbij, en er is niets te zeggen over de rest van het bericht.'

'Wat zegt Benton ervan?' vraag ik.

'Ik wilde het er via de telefoon niet met hem over hebben, niet met andere mensen erbij, en zeker niet een stel FBI-lui,' antwoordt ze, en ik vraag me af hoe ze kan weten wie hij bij zich had als hij het niet heeft verteld. 'En ik was zeker niet van plan over Natalie te beginnen,' voegt ze er tot mijn verbazing aan toe.

'Je bedoelt zeker Janet, niet Natalie.' Ik neem aan dat Lucy zich vergist.

'Ik bedoel wel degelijk Natalie,' zegt Lucy. 'Je begrijpt het vast wel als je denkt over haar laatste maanden, toen Janet en ik vaak in Virginia waren. Jij en Benton waren op het eind ook een paar keer bij Natalie, vooral toen ze in het hospice lag, en als je terugdenkt aan sommige dingen die ze heeft gezegd, krijgen die opeens een heel andere en walgelijke betekenis.'

'Ik begrijp totaal niet waarom jij en Benton in deze context over haar praten.' Er komt een onrustig gevoel bij me op terwijl ik wacht op de rest van het verhaal.

'Weet je nog dat jij en mam altijd ruziemaakten toen jullie klein waren?' Lucy maakt mijn verwarring nog groter. 'Weet je nog hoe je haar noemde als je echt nijdig werd?'

'Sister Twister. Omdat ze je naast haar andere streken altijd zo venijnig kneep. Ze kneep en trok aan je haar of knipte het af terwijl je sliep, en Joost mag weten wat ze allemaal nog meer uithaalde. Hoewel, als je het haar hoort vertellen, was jij juist de pestkop.' Lucy herinnert me aan iets waar ik in jaren niet aan heb gedacht.

'Dorothy heeft altijd veel fantasie gehad.' Meer ga ik er niet over zeggen.

Het grootste deel van mijn leven als volwassene ben ik buitengewoon voorzichtig geweest met wat ik tegen Lucy over haar moeder zeg.

'We moeten erachter zien te komen wie zou kunnen weten wat er bij jullie thuis gebeurde toen jullie kinderen waren.' Lucy sluit haar telefoon aan op de oplader die op het aanrecht ligt.

'Behalve mijn moeder en Dorothy? En ik uiteraard? Er komt zo spontaan niemand bij me op, maar ik zal erover nadenken.' Ik trek een kastje open en pak een donkerblauw CFC-jack om over mijn operatiekleding aan te doen, want ik krijg het koud.

'Ik vermoed dat bepaalde dingen met elkaar in verband staan, al veel langer dan wij beseffen,' zegt Lucy. 'Het gaat terug tot twee zomers geleden, toen Natalie stervende was, en zelfs nog verder.'

'Wat bedoel je?' Ik rits het jack dicht, dat zo groot is dat het tot halverwege mijn bovenbenen komt. 'Welke dingen?' Ik doe de roestvrij stalen koelkast open waarin drinken en eten staat en waarin geen bewijsmateriaal mag worden opgeslagen. 'Water of Gatorade?'

'Om te beginnen geloof ik niet meer dat haar sterfbed de privéaangelegenheid was die wij dachten dat het was. Gatorade, graag. Een flesje, geen blikje.'

'Cool blue of lemon lime?'

'Er moet ook orange zijn.'

'Dus Natalies dood was geen privéaangelegenheid?' vraag ik terwijl ik zoek naar het juiste flesje. 'Bedoel je dat iemand haar bespioneerde? Ik heb je hier nog niet eerder over horen praten alsof het een vaststaand feit is. Ik weet alleen dat Natalie heel paranoïde was. Ze was bang dat ze in de gaten werd gehouden.'

'Ze had alle reden om bang te zijn. Daar wil ik juist naartoe. Ik denk dat iemand heeft geprobeerd ons te bespioneren tijdens die laatste weken, dagen, uren, seconden.' Lucy's groene ogen fonkelen. 'Ik kan niet met zekerheid zeggen hoe ver dat is gegaan, omdat niemand van ons erop bedacht was. Dus het is mogelijk dat we dingen over het hoofd hebben gezien.'

'Omdat we Natalies angst niet serieus genoeg namen,' zeg ik.

'Nee, inderdaad. En ik kan er nu niet meer op zweren dat er geen andere apparatuur was in haar huis of later in het hospice. Ik heb er niet naar gezocht.'

'Andere apparatuur?'

'Behalve Natalies computers, en in het bijzonder haar laptop.' Lucy maakt het flesje open dat ik haar gegeven heb. 'We weten niet zeker wat er verder nog aanwezig was. Ik heb niet elke keer gecontroleerd op afluisterapparatuur als we in Virginia waren, en Janet ook niet. We dachten niet dat daar reden voor was.'

'En nu ben je er zeker van dat er gespioneerd werd?' vraag ik, en Lucy knikt. 'Terwijl Natalie op haar sterfbed lag?'

'Een deel van die tijd, volgens mij. We zullen misschien nooit weten hoelang.'

'Je moet wel heel ontaard zijn om zoiets te doen.'

'En we weten precies wie daartoe in staat zou zijn. Ik heb het sterke gevoel dat ze dit keer iets heel bijzonders in haar schild voert.'

Ze bedoelt Carrie, en ik voel weer die argwaan, maar nu nog sterker. Er is nog iets anders gebeurd. Maar om een of andere reden wil ze me daar niet over vertellen, en ik blijf maar aan Benton denken. Ze heeft hem gesproken. Ik weet niet echt waarover. Lucy zal er niets over zeggen als hij haar heeft gevraagd dat niet te doen, dus ga ik terug naar het begin van ons gesprek.

Ik vraag of Natalie misschien heeft geweten van de bijnaam die ik voor Dorothy heb bedacht toen we klein waren. Kan het zijn dat ze iemand over Sister Twister heeft horen praten?

'Ik weet het niet.' Lucy buigt haar hoofd naar achteren en neemt een slok Gatorade.

'Ik vraag me af of het soms jaren geleden in het bijzijn van Carrie ter sprake is gekomen, toen zij, Janet, Natalie en jij nog vriendinnen waren.'

'Volgens mij niet.'

'Ik weet niet hoe een anonieme verzender van dreigmails anders nooit gepubliceerde, persoonlijke details over mijn familie kan weten. Tenzij hij het uit de eerste hand heeft,' voeg ik eraan toe.

'Je bedoelt: tenzij hij het direct van Sister Twister heeft. Mijn moeder, de gemene knijper,' zegt Lucy, en ik verbeter haar niet.

Het is niet waar dat knijpen en aan haren trekken de ergste streken van Dorothy waren, maar dat ga ik Lucy niet vertellen. Ik heb nooit in detail verteld hoe achterbaks, leugenachtig en gewelddadig mijn zus kon zijn. Ze kon je met twee handen bij de arm of enkel grijpen en dan snel en heel hard in tegengestelde richtingen draaien. Prikkeldraad, zoals je dat noemde, was haar specialiteit.

Als je het hard en handig genoeg doet, is het heel pijnlijk en laat het weinig sporen na, behalve een rode plek, maar ik leerde al heel vroeg daar niet over te klagen. Als ik dat deed, zei Dorothy gewoon dat het zonnebrand was. Of dat ik een allergische reactie had. Ik beschuldigde haar weer eens ten onrechte. Ik wilde haar in de problemen brengen, en als ernaar werd gevraagd, verzon ze de gekste leugens als verklaring voor mijn rode en pijnlijke huid.

Ik had bij het raam zitten lezen en mijn arm of enkel verbrand, zei ze tegen onze moeder. Of de zon had in een bepaalde hoek op me geschenen terwijl ik sliep. Of ik had koorts of uitslag. Misschien was ik gebeten door een spin of ontwikkelde ik een allergie voor gardenia's of mango's. Of ik had kanker, net als onze vader.

Hoe zieker hij werd, hoe meer lef ze kreeg en hoe meer ze de grenzen opzocht. Ze had door dat hij niet meer voor 'het vaderskindje' in de bres kon springen en nam aan dat ik weerloos was. Dat was ik niet. Maar ik klikte nooit en werd ook niet zelf handtastelijk.

Er zijn betere manieren om met pestkoppen af te rekenen, en in sommige opzichten ben ik mijn zus zelfs dankbaar. Dankzij haar leerde ik te zwijgen en te luisteren en sterker te worden door te wachten. Zoals onze vader altijd zei: *A volte la vendetta è meglio mangiata fredda.*

Wraak wordt soms beter koud opgediend.

'Ik vraag me af of mijn zus die domme bijnaam soms heeft doorverteld aan Natalie of Janet.' Dit zeg ik omdat ik me serieus begin af te vragen met wie Dorothy allemaal heeft gepraat, niet alleen de laatste tijd maar door de jaren heen.

'Ik weet het niet,' zegt Lucy, 'maar mam heeft dat verhaal in elk geval nooit doorverteld aan Carrie.'

'Tenzij onze aanname dat die twee elkaar nooit hebben gekend onjuist is. Zijn we daar absoluut zeker van?'

'Ze hebben elkaar nooit ontmoet en mam weet niets van haar af.' Lucy weet het heel zeker, maar ik ga er verder op in.

24

'Ook niet heel in het begin?' vraag ik aan Lucy. 'Weet je zeker dat je het nooit over Carrie hebt gehad toen je stage ging lopen in Quantico? Het zou volkomen logisch zijn als je iets tegen Dorothy had gezegd over je begeleider en mentor als je naar huis ging of met haar telefoneerde, vooral omdat Carrie je zoveel bijzondere aandacht gaf.'

Carrie had niet welwillender en charmanter kunnen zijn, en Lucy was enorm gevleid. Ze had geen schijn van kans.

'Ik weet dat je er niet over wilt nadenken,' – en ik wil haar niet al te zeer provoceren – 'maar in het begin was je helemaal weg van haar. Je had het alleen nog maar over haar. Tegen mij, tenminste.'

'Ik denk dat je wel weet waarom ik tegen mam over haar heb gezwegen.' Lucy's ogen staan hard en nerveus. 'Ik praatte niet over Carrie of over andere meiden, ook al dronk ik alleen maar een biertje met ze.'

Dorothy is bitter teleurgesteld in 'de manier van leven' van haar enige kind, zoals zij lesbisch-zijn blijft noemen. Het maakt niet uit hoe vaak ik haar heb verteld dat op wie je verliefd wordt en wie je als partner kiest geen manier van leven is, zoals lid worden van een golfclub of in een buitenwijk wonen. Mijn zus snapt het gewoon niet. Volgens mij wil ze het niet snappen, omdat het gemakkelijker is Lucy onconventioneel of wild te noemen – Dorothy's eufemisme voor lesbisch. Het is gemakkelijker als Lucy en ik allebei last hebben van penisnijd, en dat is het eufemisme van mijn zus voor mensen die niet zo afhankelijk zijn van mannen als zij.

'Penisnijd is echt een probleem', zegt ze maar al te vaak, vooral waar onze moeder bij is. Pas nog in het bijzijn van Marino, toen we afgelopen juni in Miami waren, waar hij Dorothy meenam op de motor, en wie weet wat ze verder nog uitspookten.

'Er is een heleboel waar Benton en ik niet over praten als Dorothy erbij is,' verzeker ik Lucy. 'Als jij nooit iets hebt gezegd over dat deel van je leven, heeft ze geen idee wie Carrie Grethen is. Of iemand anders moet het haar hebben verteld.' Ik denk aan Marino en hoop dat Benton het mis heeft.

Ik word niet goed van de gedachte dat Marino verliefd zou zijn op Dorothy, dat hij haar dingen vertelt over ons, of over andere zaken waar ze niets mee te maken heeft en die gevaarlijk kunnen zijn. Het idee maakt me razend, en ik zet het uit mijn hoofd.

'Je wilt zeggen dat Tailend Charlie het over Sister Twister heeft gehad.' Ik grijp daarop terug, omdat ik zeker wil weten dat me duidelijk is waar het vandaan komt. 'Zoals je weet, heb ik het audiobestand nog niet beluisterd, Lucy. Dus ik neem aan dat het nog niet uitgeschreven of vertaald is, tenzij je dat door iemand anders hebt laten doen.'

'Nee, en dat doe ik ook niet,' antwoordt ze. 'Het is belangrijk dat jij het doet, omdat jij het doelwit bent. De opname is voor jou gemaakt.'

'Hij is nog niet vertaald en toch weet je wat er gezegd wordt?'

'Stukjes en beetjes. Gemakkelijke fragmenten.' Lucy neemt nog een slokje Gatorade. 'Mijn Italiaans is misschien niet al te best, maar ik weet dat *sorella* "zus" betekent en ik hoorde duidelijk *Sorella Twister* of *Sister Twister* toen ik het bestand afspeelde. Ik heb de bijnaam gehoord toen mam me verhalen vertelde over de verschrikkelijke dingen die je haar hebt aangedaan.'

Weer komt die enorme wrok opzetten, die heel oud is maar nog niets aan kracht heeft ingeboet.

'Ik herkende je naam, je initialen en het woord "chaos".' Lucy vertelt wat ze allemaal heeft opgevangen in de laatste tirade. '"*Chaos*" is in het Italiaans zo'n beetje hetzelfde als in het Engels, schijnbaar.'

'In het Italiaans ontbreekt de *h*. Je spelt het zo: *c-a-o-s*.' Ik zeg het haar voor.

'Ja.' Lucy knikt. 'Dat is precies wat ik heb gehoord. *De chaos komt*, of zoiets.'

Ze legt uit dat het audiobestand grote gelijkenis vertoont met de andere die ik sinds de eerste dag van de herfst heb ontvangen.

'Beledigende kreupelrijmpjes waarin je met de dood wordt bedreigd,' zegt Lucy.

In elk van de bestanden is een gesynthetiseerde, Italiaanssprekende stem te horen. De lyrische bariton klinkt als mijn vader, die is gestorven toen ik twaalf was.

Ze zoekt het audiobestand op haar telefoon, draait het volume zo hoog mogelijk en drukt op PLAY. De bekende computerstem begint luid aan het rijmpje: *Torna di nuovo, K.S. A grande richiesta!*

De dreigende rijmpjes beginnen steeds met dezelfde zin, die betekent: 'Daar ben ik weer, K.S. Op algemeen verzoek, nog wel!' Terwijl ik luister, voel ik de bloedvaten in mijn gezicht zich verwijden en mijn hartslag versnellen.

Ik wil deze stem niet horen, omdat ik dan steeds aan mijn vader moet denken. Alsof hij er nog is. Alsof hij nog leeft. Maar dat is niet zo. De stem die ik hoor, is niet die van hem en hij zou nooit zo onaardig tegen me praten. Hij zou me nooit dood wensen. Het doet zo'n pijn. Ik voel me helemaal hol vanbinnen.

'Ik heb hier nu geen tijd voor.' Ik zeg tegen Lucy dat ze de opname moet onderbreken, en dat doet ze. 'Jij denkt dat Tailend Charlie Carrie Grethen is. Dat kom je me vertellen.' Ik noem het beestje maar eens bij de naam.

'Ik denk dat zij erachter zit, dat het onderdeel is van wat ze in haar schild voert, ja. Zo sta ik erin.' Lucy kijkt uitdagend.

'Je bent er al van overtuigd.'

'Ik weet het zeker.'

'En dat moest me onmiddellijk verteld worden, want als Carrie Tailend Charlie is, dan is ze misschien ook degene die de alarmcentrale heeft gebeld om over me te klagen.' Ik vul de lege plekken in. 'Misschien zit ze wel achter alles wat er op dit moment gebeurt en weet ze zelfs die vervloekte tent zo te betoveren dat ik de plaats delict niet kan onderzoeken.'

'Probeer je niet zo op te winden. Vooral niet in deze hitte. Dat is niet goed voor je.'

'Je hebt gelijk, dat is het ook niet.'

'Ik denk dat ze samenspant met Tailend Charlie, wie dat ook mag zijn.' Lucy's groene ogen kijken me strak aan. 'Carrie heeft iemand gevonden die haar kan helpen. Dat is haar werkwijze. Ze doet het altijd als ze een groot offensief voorbereidt. Dan bouwt ze een tweepersoonsleger op.'

'Haar nieuwe Temple Gault, Newton Joyce, Troy Rosado.' Ik heb een gortdroge mond en neem nog een slokje water, een kleintje maar om niet telkens in een zakje te hoeven plassen.

'Ze heeft er een jaar voor uitgetrokken om te hergroeperen na haar laatste bloedbad, toen ze Troys vader heeft vermoord. En toen ze Troy niet meer nodig had, heeft ze hem ook bijna vermoord. Carrie is anderen snel zat.' Lucy zegt het allemaal alsof het vaststaande feiten zijn. 'Je denkt toch niet dat ze sinds die tijd uit haar neus heeft zitten vreten?'

Ik kijk haar aan, maar zeg niets. Er is niet veel te zeggen. Ze heeft gelijk of ze heeft geen gelijk, daar heb ik niets aan toe te voegen.

'Beslist niet.' Ze geeft antwoord op haar eigen vraag. 'Daar kennen we Carrie inmiddels te goed voor. Op de achtergrond is ze druk bezig geweest.' Lucy's toon is snijdend. 'En haar nieuwste slaafje is een anonieme nerd die zichzelf Tailend Charlie noemt,' voegt ze er nog aan toe, en even ben ik verbijsterd door haar jaloezie.

Mijn laatste cyberstalker is een bedreiging voor Lucy omdat ze hem tot dusver niet heeft kunnen opsporen, en Lucy faalt nooit. Toch is zo'n beetje alles wat ze heeft geprobeerd sinds de spottende berichten van Tailend Charlie binnenkomen mislukt. Falen is Lucy's kryptoniet. Ze kan er niet tegen.

'Ik weet niet wie hij is, maar Carrie doet dit niet in haar eentje,' zegt Lucy, maar ik word afgeleid door mijn telefoon, die op het aanrecht ligt.

Het schermpje licht plotseling op, zonder aanwijsbare reden.

Ik pak het toestel, ontgrendel en controleer het. De trilfunctie staat aan, zoals ik de telefoon ook heb ingesteld. Ik heb kennelijk geen oproepen meer gemist en verder lijkt alles in orde.

Ik leg de telefoon weer op het aanrecht waar ik tegenaan leun, en ik vind het verontrustend dat Ruthie Briggs niet teruggebeld heeft. Ze heeft ook geen tekstberichtje gestuurd.

'Na een tijdje kunnen bepaalde dingen opeens logischer lijken.' Lucy heeft het over de dood van Natalie, bijna een jaar geleden, op 18 september, en intussen maak ik me steeds drukker over die vervloekte tent.

Het is nu al tien uur geweest en ik heb nog steeds niets gehoord van Rusty en Harold. Geen teken van leven, van wie dan ook. Waarom duurt het in godsnaam zo lang? Ik begin nog maar eens aan een berichtje aan Marino, maar besluit het niet te versturen. Het helpt niet als ik ze allemaal tot waanzin drijf. Als ze klaar voor me zijn, laten ze het wel weten.

'Janet had ervoor gezorgd dat ze de noodzakelijke wachtwoorden kreeg.' Lucy heeft het inmiddels over Natalies elektronica. 'Ik dacht gewoon dat ze zo van streek was dat ze er een was vergeten of verkeerd had opgeschreven.'

Toen Natalie was overleden, bleken Janet en Lucy geen toegang te kunnen krijgen tot het belangrijkste apparaat: de laptop die in Natalies slaapkamer en later in haar kamer in het hospice had gestaan. Het wachtwoord dat ze Janet had gegeven werkte niet.

'En het was helemaal niet zo makkelijk om er alsnog in te komen.' Lucy vermijdt het woord 'hacken'. 'Natalie werkte op de financiële afdeling. Ze was heel slim met computers.'

Ik kijk naar Lucy terwijl ze praat, en haar ogen zijn vensters waardoor het bloedbad binnen in haar te zien is. Je zou er op een CT-scan niets van zien. Bij een sectie zou het niet zichtbaar zijn. Maar het bewijs voor het slagveld ligt onder het oppervlak, als de afdruk van een fort dat eeuwen geleden is weggerot en is begraven onder vele lagen aarde en afzettingen. Lucy heeft haar succesvolle leven opgebouwd op de puinhopen die Carrie heeft achtergelaten, en ik vraag me niet langer af wie er bevrijd en genezen tevoorschijn zou komen als die twee elkaar zouden treffen voor een strijd op leven of dood.

Ik ben ervan overtuigd dat geen van beiden het zou overleven.

'Ik dacht echt dat Natalie overdreef met haar vermoeden dat ze bespied werd,' legt Lucy verder uit, en ik merk dat ze zich schuldig voelt. 'Ik dacht dat ze gek werd, dat de kanker was uitgezaaid naar haar hersenen.'

'Heel begrijpelijk,' zeg ik, maar ik denk dat er dingen zijn die niet meer goedgemaakt kunnen worden.

Er zijn veldslagen die niet meer gewonnen kunnen worden. En wie zou wie vermoorden als Lucy en Carrie een duel zouden aangaan? Ik hoop dat ik het mis heb. Ik hoop dat niet zal blijken dat ze niet zonder elkaar kunnen. Wat zou die twee motiveren in hun eindeloze, bloederige tenniswedstrijd als de ander niet aan de andere kant van het net stond? Ik weet het antwoord niet, maar zoals Benton altijd zegt over dysfunctionele relaties: 'Het is moeilijk om je ijzeren long op te geven.'

'Ik weet nog dat je me hebt verteld dat Natalie de camera's op haar computers had afgedekt met tape,' zeg ik. 'Een heleboel mensen doen dat, maar zij deed het pas toen ze wist dat ze doodging.'

'Ze heeft zwarte tape over de camera's van haar desktop, tablet en laptop geplakt,' bevestigt Lucy. 'Het is een gemakkelijke manier om te voorkomen dat iemand je via je eigen computer bespioneert. Natalie maakte altijd de ingebouwde camera's van haar persoonlijke elektronische apparatuur onklaar, omdat ze wist dat die op afstand kunnen worden aangezet. En een echt goede hacker kan op afstand wijzigingen aanbrengen in de camerachip, zodat het lampje niet langer aangaat als je in het geniep wordt gefilmd.'

'Dus dat afplakken van de lens was een beetje dubbelop,' zeg ik.

'Op dat moment leek het gewoon krankjorem.'

'Maar stel dat het niet zo gek was?'

'Daarom praten we er nu over,' zegt Lucy. 'Ik had haar serieus moeten nemen. Als ze niet zo ziek was geweest en zulke rare dingen had beweerd, had ik dat gedaan.'

'Heeft ze zich ooit zorgen gemaakt over Carrie?'

'Daar was geen reden voor. We dachten allemaal dat die voorgoed uit beeld was.'

'Omdat ze zat opgesloten in een tbs-kliniek,' neem ik aan. 'En toen ze was ontsnapt, kwam ze om het leven. Dat dachten we tenminste.'

'Net als wij allemaal was Natalie ervan overtuigd dat Carrie samen met Newton Joyce in vlammen was opgegaan toen zijn helikopter voor de kust van North Carolina neerstortte,' zegt Lucy.

'Door wie dacht ze dan dat ze bespioneerd werd?'

'De FBI. Of misschien door een buitenlandse mogendheid, andere juristen, lobbyisten of verslaggevers. Wie je maar kunt bedenken. De juristenfirma waar ze werkte had een heleboel vooraanstaande politici als klant.'

'En toen ze werd overgebracht naar het hospice, ging haar laptop mee.' Ik zie hem nog op het tafeltje naast het bed staan, waar Lucy hem had neergezet.

25

Ik kan me niet herinneren dat ik zwarte tape heb gezien over de cameralens in de zilverkleurige rand van Natalies computer. Maar ik herinner me andere dingen die in die tijd gebeurden.

Ongeveer in dezelfde tijd vond Lucy vreemde dingen in het computersysteem van het CFC. Na een paar weken bevestigde ze dat iemand onze e-mail en mogelijk ook de database had gehackt. Maanden na de dood van Natalie vond Lucy volgens haar andere zorgwekkende dingen.

'Ik ging haar computerlogs door en controleerde alle lopende processen en op welke tijden van de dag en nacht die actief waren geweest,' legt ze uit. Het is de eerste keer dat ik haar in detail hoor vertellen over wat ze in die tijd heeft gedaan. 'Ik vond mogelijke aanwijzingen voor Trojaanse paarden, malware die zich voordoet als een normaal programma, en meer van dat soort dingen.'

'Ik neem aan dat je het daar met Janet over hebt gehad?' vraag ik, want Lucy heeft het in elk geval nooit met mij besproken.

'Ik heb haar gezegd dat ik er niet zeker van was. Er kunnen een heleboel verklaringen zijn voor een beschadigd register. Voor een heleboel dingen kunnen meerdere redenen zijn. En als er geen aanleiding is om argwaan te hebben en je veel meer bezig bent met het verlies van iemand van wie je houdt en de zorg voor haar zevenjarige kind, dan kijk je misschien ook niet zo goed.'

'Maar nu is je argwaan gewekt.'

'Daar is het niet bij gebleven.'

'Je bent tot de conclusie gekomen dat Carrie de hacker was. Dat Carrie Natalie en eigenlijk ons allemaal heeft bespioneerd.' Het is geen vraag, omdat het wel duidelijk is.

'Ze heeft waarschijnlijk een RAT, een Remote Administration Tool, gebruikt om Natalies computer of computers te kunnen besturen.' Lucy loopt door de kleine keuken terwijl ze praat en doet kastjes en laatjes open als een onrustig kind. 'Wie weet hoelang dat al aan de gang was.'

'Hoe oud was Natalies laptop?'

'Ze installeerde geregeld upgrades op haar computers en deed er zo een hele tijd mee. Die laptop was op dat moment zes jaar oud en een aantal van de betrokken bestanden zat er vanaf het begin in. Dus het is mogelijk dat ze nog eerder is gehackt, maar die computers en apparaten zijn nu allang weg. Ik kan het niet meer controleren.'

'Als Carrie Natalie al minstens zes jaar in de gaten hield, heeft haar ziekte en zelfs het feit dat jij en Janet weer samen zijn daar niets mee te maken. Dat was toen allemaal nog niet gebeurd.'

Het lijkt niet erg logisch dat het gespioneer al zo lang bezig is. Waarom zou Carrie Natalie nog in de gaten hebben gehouden nadat Janet en Lucy meer dan tien jaar geleden uit elkaar waren gegaan? Als ik het me goed herinner, vond Carrie haar saai en noemde ze haar een ouwe sok. Maar er is kennelijk een heleboel wat ik niet weet, en ik wil mijn nicht geen kruisverhoor afnemen.

Ik zal nooit een bevredigende verklaring krijgen voor het feit dat zij en Janet een paar jaar geleden weer contact kregen, nadat ze meer dan tien jaar uit elkaar waren geweest. Ik weet niet of ze al die tijd contact hebben gehouden en wier idee het was om het weer samen te proberen. Maar op een dag was Janet er opeens weer, en voor ik het wist lag Natalie in een hospice en woonde Desi bij Lucy en Janet.

'Carrie is verslaafd, weet je,' zegt Lucy terwijl ze de hoofdruimte van de trailer in loopt. Haar hoge schoenen bonzen over de glanzende stalen vloer. 'Ze is verslaafd aan ons. Het is ziek, maar we zijn het enige wat ze heeft.'

'Ze heeft ons niet. Ze heeft ons nooit gehad.' Ik voel dat ik verstrak van woede.

Lucy gaat aan een werkplek zitten en schakelt de computer op het ingebouwde bureau in.

'In die gemuteerde alchemie van haar zit een kolkende, onverzadigbare behoefte om belangrijk voor iemand te zijn.' Lucy voert een wachtwoord in. 'En als ze haar slachtoffer – want iedereen met wie zij een verbond aangaat, is een slachtoffer – in haar macht heeft, is niemand belangrijker voor die persoon. Een tijdlang is ze God. Maar het loopt altijd op hetzelfde uit. En dan is ze weer alleen. De ironie van het hele verhaal is dat ze ons nodig heeft.'

'Ze is niet God, en het kan me geen donder schelen wat ze nodig heeft.' Ik loop terug naar de stoel waarop ik eerder gezeten heb.

'Benton zegt dat je haar nooit zult begrijpen als je haar niet als mens kunt zien.' Lucy kijkt me recht aan. 'En als je haar niet begrijpt, zul je haar ook nooit kunnen tegenhouden.'

Ik kijk nog eens naar mijn telefoon. Niets. Wat gebeurt er in godsnaam? Ik verwacht half dat het hele park verdwenen is als we de deur van de trailer opendoen. Alsof we ons in een gruwelijke schemerzone bevinden en op afstand worden bestuurd, net als Natalies laptop.

'Zelfs als Carrie achter dit alles zit, leg me dan alsjeblieft uit hoe ze iets kan weten over mijn vader.' Ik denk aan de gesynthetiseerde stem die zo op die van hem lijkt, en ik typ een berichtje naar Marino terwijl ik zeg: 'En als ze de partner is geworden van een of andere gek, hoe zou hij of zij dan iets over hem weten? Voor zover ik weet, is de stem van mijn vader nooit opgenomen en Carrie heeft hem nooit ontmoet. Ze was nog niet eens geboren toen hij overleed.'

'Er moet ergens iets over hem te vinden zijn.' Het is niet de eerste keer dat Lucy dat zegt.

'Daar weet ik dan niets van.'

'Je hebt nooit een opname van hem gehoord, maar je hoort hem nog steeds in je hoofd.'

'Alsof het gisteren was.'

'Hoe zit dat met mam?'

'Ik weet niet wat Dorothy zich ervan herinnert.'

'En het is niet mogelijk dat zij een opname heeft of weet waar er een te vinden is?'

'Aan haar heb ik niets. Ik heb haar er een paar dagen geleden naar gevraagd, toen we het over haar reis hadden.' Ik heb er niet bij verteld waarom ik er nieuwsgierig naar was.

'Er moet ergens een opname bestaan,' zegt Lucy. 'Dat kan niet anders. En als dat zo is, hoefde iemand die alleen maar te pakken te krijgen, de fonetische eigenschappen te identificeren en zinnen te maken. Je kunt hetzelfde doen om een Italiaanssprekende stem te synthetiseren.'

'Waarom kunnen we die iemand niet vinden?' vraag ik op de vrouw af. 'Wat is er deze keer zo anders dat ervoor zorgt dat je geen enkele communicatie van Tailend Charlie hebt kunnen traceren?'

'Ik denk dat we te maken hebben met iemand die virtuele apparaten opzet. Dat zou ik in zijn plaats doen.'

'Leg alsjeblieft uit wat je bedoelt.'

'Het betekent dat we genaaid worden,' zegt ze.

'Wat je doet, is een open computer of netwerk hacken. Universiteitscampussen zijn daar ideale doelwitten voor en het gebeurt hier behoorlijk vaak.' Lucy legt uit wat ze gelooft dat Tailend Charlie aan het doen is.

'Als je eenmaal een virtueel apparaat hebt gemaakt, gebruik je dat om een virtuele mailserver te creëren,' gaat ze verder. 'Na elke e-mail wis je de server en maak je een nieuwe, en dat gaat tot in het oneindige door.'

'En dat laat geen sporen achter, geen IP of zo?' veronderstel ik.

'Er kan een IP te vinden zijn in de logs van de gebruikte routers. Maar dat is zoeken naar een speld in een hooiberg. Elke keer dat je een e-mail traceert, is de server weer weg en duikt er een nieuwe op op een totaal andere plek.'

'Het klinkt als iets wat Carrie zou doen,' geef ik toe. 'Je kunt je voorstellen dat zij op de hoogte is van dergelijke technologie.'

'Je kunt er gerust van uitgaan dat ze alles weet wat ik weet,' zegt

Lucy met tegenzin. Het valt haar moeilijk iets lovends te zeggen over Carrie.

En het valt mij nog moeilijker om het aan te horen. Lucy begint over Bryce. Ik zat al te wachten tot ze aan hem toe zou komen. Ze zegt dat hij er totaal niet op let wie hij informatie verschaft tijdens wat hij als normale gesprekken beschouwt.

'Dat geldt ook voor dat detail van die neptattoo, die een normale toeschouwer helemaal niet had kunnen zien.' Lucy pakt haar telefoon. 'Hij had zijn sok naar beneden moeten trekken en dan is het nog een kleine tatoeage, die behoorlijk vervaagd is omdat hij er zo hard op geboend heeft.'

Ze legt uit dat ze Bryce meteen nadat ze had gehoord over de melding bij de alarmcentrale gevraagd heeft een foto van de tattoo te maken en die per e-mail naar haar toe te sturen. Ze geeft me de telefoon. Het wietblad boven Bryce' rechterenkel is dofgroen en ongeveer zo groot als een kwartelei.

Nu ik deze foto zie, verbaast het me niet dat niemand op het werk de onopvallende tijdelijke tattoo vandaag gezien heeft. Volgens mij kan niemand hem zien zonder heel dicht bij Bryce te staan terwijl hij zijn sok uit of omlaaggetrokken heeft. Misschien heeft de verkeerde persoon gehoord van Bryce' mislukte feestgrapje en is het detail op die manier eerder die avond beland in de melding naar de alarmcentrale.

'Dat zou het aantal verdachten heel klein maken,' vindt Lucy. 'Het zou iemand moeten zijn die weet wat Bryce gisteravond heeft gedaan.'

'Wat heeft hij jou daarover verteld?' vraag ik.

'Dat hij een neptattoo heeft aangebracht tijdens een dinertje met vrienden. Er is niets over op de sociale media gezet en hij heeft geen idee hoe iemand ervan kan weten, behalve de vrienden die erbij waren. Dat stond in zijn berichtje aan mij. Ik heb hem niet persoonlijk gesproken.'

'Misschien moeten we dat dan maar eens doen.' Ik neem nog een slokje water en probeer niet te denken aan mijn lege maag of het late uur.

Ik verdring elke gedachte aan de grand cru-chablis die Benton en ik niet hebben opgedronken en aan de klamme schoenen die wel aan mijn blote voeten vastgelijmd lijken te zitten. Ik blijf steeds op mijn telefoon kijken. Volgens Marino's laatste update, van een paar minuten geleden, is de tent nog niet helemaal opgezet omdat er een probleem is met het plaatsen van de panelen rond een paar grote bomen. Een deel van het frame is omgevallen. Daarna paste het dak niet helemaal. Of zoiets.

'Heb je Bryce ooit verteld dat de kinderen bij jou op school je vroeger een Florida Cracker noemden?' luidt Lucy's volgende vraag, en ik voel me belaagd met rotte eieren uit het verleden.

'Dat kun je niet menen,' antwoord ik.

'Tailend Charlie weer. Hij moet het ergens vandaan hebben. Daarom vraag ik het.'

'In het laatste rioolrijmpje worden Sister Twister en Florida Cracker allebei genoemd?'

'Ja,' zegt Lucy, en diep in mijn hart roert zich verontwaardiging. Ik voel een schaamte die lang vanbinnen heeft gesluimerd, maar de woede is springlevend nu mijn privacy en mijn verleden steeds weer met voeten worden getreden en door een anonieme klootzak worden verwrongen en besmeurd.

'We zoeken dit tot op de bodem uit,' zeg ik vanaf mijn metalen stoel. Ik stop mijn handen in de zakken van mijn jack. 'Bryce weet iets, ook al denkt hij van niet. We gaan het hem vragen.'

Met een paar klikken van de muis opent Lucy een bestand. Binnen de kortste keren heeft ze mijn kantoormanager op de video in haar eigen verbeterde versie van Skype of FaceTime. Ze komt meteen ter zake en vraagt hem of hij veel weet over mijn jeugd in het zuiden van Florida. Heeft hij het daar wel eens met iemand over gehad? Vooral de laatste tijd?

'Nou, we weten allemaal dat ze zo arm waren als kerkratten,' antwoordt hij. 'Maar ik kan niet precies terughalen wat ze misschien heeft laten vallen als we zomaar wat zaten te ouwehoeren. Is ze daar bij je?'

'Ja,' zeg ik zelf.

'Niet dat het vaak voorkomt dat we niets beters te doen hebben dan een beetje ouwehoeren, hè doctor Scarpetta?' Hij wuift, en zijn aantrekkelijke, jongensachtige gezicht kijkt ons wat vermoeid aan vanaf het scherm. 'Moet ik met de billen bloot?' Hij houdt een bruin flesje cider van Angry Orchard omhoog, met het kenmerkende etiket van een boos kijkende appelboom. 'Mijn tweede, maar ik drink niet op het werk, want ik ben thuis. Ook al zit ik met jullie te praten.' Hij heeft het tegen mij, geloof ik, en ik weet niet of het een vraag is of een opmerking, of hij grappig wil doen of niet, en dat is bij hem niet ongebruikelijk.

'De vrienden waar je het eerder over had.' Lucy steunt haar kin in haar hand en spreekt hem via het schermpje aan alsof hij tegenover haar aan het bureau zit. 'Vertel je die wel eens over je werk?'

'Nooit zo dat het ongepast wordt,' zegt hij. Ik zie aan de achtergrond dat hij in zijn woonkamer zit en de tv op pauze heeft gezet.

'En over haar?' zegt Lucy met een blik naar mij.

'Wil je soms suggereren dat ik niet loyaal ben?' protesteert Bryce. 'Wil je soms zeggen dat ik achter haar rug om over doctor Scarpetta praat?'

'Ik wil helemaal niets zeggen. Ik stel vragen. Is het volgens jou beslist niet mogelijk dat een van die vrienden met wie je gisteravond hebt gegeten iets over die tattoo online heeft gezet? Niet dat ik al ergens iets heb gezien...'

'Dat zul je ook niet zien, want er is niets,' antwoordt hij. 'Waarom zou het op internet staan?'

'Dat is juist wat we willen uitzoeken. Hoe iemand erover heeft kunnen weten,' zegt Lucy.

'Misschien iemand die geen idee had dat er problemen van zouden kunnen komen?' Ik geef hem de kans om zijn gezicht te redden.

'Absoluut niet. Iedereen die belangrijk voor me is, weet dat zulke dingen me een heleboel problemen kunnen bezorgen vanwege mijn werk,' zegt hij, alsof ik er opeens niet meer bij ben. 'Dat alles tegen iemand gebruikt kan worden in de rechtszaal.'

Hij blijft nog even doorratelen en laat op zijn warrige manier doorschemeren dat hij geregeld als getuige moet optreden bij rechtszaken waarbij zijn geloofwaardigheid in twijfel wordt getrokken. Dat is niet zo. Hij is nooit ergens voor opgeroepen, behalve om dienst te doen als jurylid, en dan wordt hij altijd weer weggestuurd.

'Waar ben je gisteravond naartoe geweest?' vraagt Lucy.

'We hadden twee mensen op bezoek en hebben Mexicaans gekookt – onze specialiteit, zoals je weet.' Bryce glimlacht bij de herinnering. 'Zoute crackers met jalapeño's, een dip van zeven lagen met mijn beroemde guacamole en taco's en de heerlijkste margarita's met die enorm lekkere *añejo* tequila die we sinds Kerstmis al hebben liggen. Die we van je moeder hebben gekregen.'

Heel even weet ik niet wat hij bedoelt. Dan besef ik dat hij het over Dorothy heeft en herinner ik het me weer.

26

Toen we vorig jaar met de feestdagen in Miami waren, heb ik uitentreuren gehoord over de vrijgevigheid van mijn zus – 'die heerlijke schat', om met Bryce te spreken.

Elke keer als hij en ik over de telefoon zaken moesten bespreken, leek het gesprek op Dorothy te komen. Als hij dacht dat ze hem kon horen, zei hij dat ik moest doorgeven dat ze genoten van de tequila. Of hij riep 'hallo' als ze binnen gehoorsafstand was. Of anders vroeg hij me een opmerking of een vraag door te geven. Het was niet echt leuk.

'O, hoe heet hij ook weer?' Op het beeldscherm knipt Bryce een paar keer met zijn vingers. 'Een echt heel mooie Patrón in een leren doos. En ze heeft een fantastisch recept doorgegeven met agave-nectar en vers limoensap, zonder ijs, zoals een cosmopolitan, in een koud glas en zonder zout. Ik heb tegen haar gezegd dat we zouden oefenen, dan kan ze het hier komen drinken als ze in de stad is. En zoals je je kunt voorstellen, hadden we met z'n zessen véél te veel plezier.' Hij rolt met zijn ogen. 'Vraag maar aan onze chagrijnige buurman.'

'Over welke vrienden heb je het? Met wie heb je tequila zitten drinken?' wil Lucy weten. 'En wanneer heb je mijn moeder daarover verteld?'

Bryce dreunt vier namen op die ik hem in de loop der tijd vaak heb horen noemen, en Lucy typt ze in in zoekvensters. Mijn lichtelijk aangeschoten kantoormanager blijft de naar zijn mening bezoedelde eer van zijn beste vrienden verdedigen, die hij 'al eeuwen' kent. Hij zegt het alsof het een vraag is.

'En zal ik je eens wat vertellen? Ik kan je verzekeren dat ze niets te maken hebben met dat liegbeest dat de alarmcentrale heeft gebeld omdat doctor Scarpetta me in het openbaar zou mishandelen,' voegt hij er emotioneel aan toe.

'Ik heb je niet mishandeld.' Ik herinner hem eraan dat hij op zijn woordkeus moet letten. 'Wees alsjeblieft voorzichtig met wat je zegt, Bryce.'

'Ik herhaal alleen wat een of andere klootzak van een bezorgde burger aan de politie heeft gemeld.' Hij ziet er heel oprecht uit met zijn blauwe ogen en piekerige blonde haar.

'Wanneer heb je mijn moeder gezegd dat je margarita's voor haar zou maken?' Lucy gaat een eindje terug.

'Nou, vandaag is het woensdag, dus ik denk dat het maandagavond was, toen we haar vluchtinformatie en een paar andere dingen doornamen.'

'En die neptattoo? Waar was je toen je daar gisteravond mee zat te rotzooien? En wie heeft dat allemaal gezien?' vraagt Lucy.

'Ho! Nou komen de rubberslangen voor de dag! Of doen we tegenwoordig alleen nog aan waterboarden? In onze woonkamer. Er was verder niemand bij. We waren veilig in ons eigen huis. Het is te warm om uit te gaan, en ik ben niet iemand die zichzelf in het openbaar te kijk zet. Niet dat een neptattoo en margarita's verboden zijn, voor zover ik weet.'

'Hoe laat was dat?' vraagt Lucy.

'Even zien. Het was uiteraard donker, en we hadden al gegeten. Ik denk dat het ongeveer even laat was als nu. Kwart voor tien, tien uur. Misschien halfelf, want toen kwam ik er tot mijn grote schrik achter dat de tattoo niet zo tijdelijk was als op het pakje stond. Hij ging er niet zo gemakkelijk af, en ik denk erover contact op te nemen met de fabrikant en een klacht in te dienen.'

'Laten we het even hebben over bijnamen,' zegt Lucy.

'Nou, ik weet zeker dat ik er een heleboel heb. Misschien wil ik sommige wel niet horen.'

'Ik heb het eigenlijk over je baas,' zegt Lucy met een blik naar mij.

Als ze hem vraagt naar bijnamen uit mijn jeugd die hij misschien heeft opgepikt, vraagt hij: 'Zoals wat, bijvoorbeeld?'

'Zeg jij het maar.' Lucy gaat hem geen ongepaste details verschaffen als hij die nog niet heeft.

'Misschien is ze wel eens een betweter genoemd.' Bryce fronst, zoals hij altijd doet als hij diep nadenkt. 'Maar dat is te verwachten, neem ik aan. Het is niet beledigend bedoeld,' voegt hij eraan toe, vermoedelijk ter wille van mij.

'Laat het me weten als je nog iets anders bedenkt,' zegt Lucy tegen hem. 'Wat voor commentaar dan ook, maakt niet uit hoe onschuldig. Iedereen die je kent en die zonder het te beseffen iets kan hebben doorgegeven.'

Hij belooft dat hij dat zal doen en verdwijnt met een klik van de muis uit beeld.

'Dat beperkt het aantal mensen, maar geeft me geen beter gevoel.' Lucy draait haar stoel om en kijkt naar me, terwijl ik op mijn telefoon kijk of ik al updates heb. 'Als dat gedoe met die neptattoo in een bar, een restaurant of ergens anders in het openbaar had plaatsgevonden...' zegt ze, terwijl ik een berichtje van Harold lees: *Tent staat voor je klaar*. '... dan zou het logischer zijn dat iemand het had gezien. Maar in zijn eigen woonkamer?' vervolgt Lucy.

Ze verwachten me op de plaats delict. Ik zeg tegen haar dat ik moet gaan en vraag of ze wil kijken wat ze te weten kan komen over Elisa Vandersteel. Ik vertel haar kort over mijn ontmoetingen met de vrouw die naar ik vrees nu dood is, en als Lucy verbaasd is, laat ze daar niets van merken. Maar ik vang een flits op in haar groene ogen, alsof het licht op een smaragd valt.

'Waar heb je de naam vandaan?' begint ze haar verhoor, en ik vertel haar over het Britse rijbewijs.

'Waar lag het en waarom denken we dat het van haar is?' gaat ze verder.

'Op het fietspad tussen het lichaam en de fiets. Marino kan je er een afbeelding van sturen.'

'De meeste zaken zijn niet erg ingewikkeld, tante Kay. De meeste zijn zo'n beetje wat ze op het eerste gezicht lijken te zijn. Maar dit geval wordt niet simpel.' Ze klinkt redelijk, maar onder haar kalme woorden ligt een dreigende onderstroom. Ik sta op uit mijn stoel.

'Je verzwijgt iets voor me.' Wat klinkt dat afgezaagd.

Het klinkt naïef en bijna belachelijk, omdat er altijd wel iets is wat Lucy voor me verzwijgt. Er is ook een heleboel wat ik voor haar verzwijg, vooral over Dorothy.

'Ik heb een idee. Meer wil ik er op dit moment niet over zeggen.' Lucy's blik maakt duidelijk dat ze niet wil dat ik doorvraag. 'Ik neem weer contact op als ik feitelijke informatie heb.'

Ik denk aan wat ze eerder heeft gezegd. Ze had het over meerdere dingen die tegelijk gebeurden, en ik vertel haar over het telefoontje dat Marino heeft gekregen, zogenaamd van Interpol. Meer van hetzelfde, dat is alles wat Lucy erover te zeggen heeft.

'Lucy, je moet er niet zo snel van uitgaan dat Carrie overal achter zit.' Ik zeg het maar recht voor z'n raap.

'Ik ga helemaal nergens van uit,' antwoordt ze, maar ik voel haar koppigheid, als een betonnen plaat onder een dun vloerkleed.

'Nou, je weet waar ik ben. En het zal wel geen verrassing voor je zijn dat het er niet naar uitziet dat ik mijn zus vanavond nog zal zien.' Als het even kan, weiger ik koppig haar Lucy's moeder te noemen. 'Zeg alsjeblieft tegen haar dat het me spijt dat Benton en ik haar niet hebben kunnen ophalen en dat we ons daarvoor excuseren.'

Ik zou bijna zeggen dat we ons erop verheugen Dorothy te zien en niet kunnen wachten tot ze bij ons op bezoek komt, zodat we voor haar kunnen koken en met haar naar het theater kunnen gaan. Maar het zou niet waar zijn, en dat weet Lucy maar al te goed. Ik kan het niet over mijn hart verkrijgen om te liegen, vooral niet tegen iemand die om de tuin is geleid en geestelijk is mishandeld door een ouder die alleen aardig is als het haar uitkomt. Misschien ben ik ook niet aardig, maar sommige mensen kan ik gewoon niet vergeven. Mijn zus bijvoorbeeld. Die zal ik nooit vergeven.

'Zeg maar dat ik hoop dat ze niet al te moe is na een vlucht die zo te horen niet al te aangenaam is verlopen.' Dat is het beste wat ik kan opbrengen. Ik doe de deur onder aan de metalen trap open, die doet denken aan een schoolbus.

Ik weet dat ik die wel eens heb gemist omdat Dorothy het grappig vond elke klok in huis te verzetten. Ze vond het enorm leuk om mijn huiswerk te verstoppen, en ook daardoor miste ik de bus.

'Ik blijf hier even werken,' hoor ik Lucy nog zeggen als ik de warme duisternis in stap, waar de gulzige nacht me opwacht als een onverzadigbare entiteit, gehuld in verstikkend zwart.

De verkeersgeluiden en het zoemen en trillen van de generator verdwijnen langzaam in de inktzwarte duisternis achter me.

Ik loop terug naar een open plek die ik niet meer kan zien; hij is niet meer dan een donkere leegte door de zwarte tent die een eindje verderop staat. Intussen denk ik steeds aan wat ik net heb gehoord. Het is al een tijdje geleden dat ik heb gedacht aan de dure fles tequila die Dorothy Bryce en Ethan tien maanden geleden heeft gegeven.

Ik weet nog dat ik het vreemd vond dat ze opeens zo vrijgevig was voor mensen voor wie ze nooit enige belangstelling had getoond, hoewel mijn zus altijd heel goed in de smaak valt bij homofiele mannen. Ze is gek op South Beach en South Beach op haar. Ze vindt het bevredigend en amusant om zich flink op te dirken en het middelpunt te zijn in homobars, om mee te lopen met gay pride-parades of, nog beter, mee te rijden op een van de wagens, bij voorkeur in een strakke, diep uitgesneden jurk, waarin haar oogverblindende welvingen goed tot hun recht komen en ze naar de fans kan zwaaien alsof ze Sofía Vergara is, een van haar idolen.

Het Italiaans dat mijn zus als kind heeft geleerd, is ze zo compleet vergeten dat ze amper *ciao* kan zeggen of pasta kan bestellen, wat ze dan ook niet doet. Ik weet niet goed wanneer het is gebeurd, maar op een gegeven moment heeft Dorothy besloten dat ze Zuid-Amerikaans is.

Ze spreekt vloeiend Spaans en weet alles van de latinocultuur. The Miami Sound Machine. De hiphopscene. Ze is gek op Cubaans en Mexicaans eten, en opeens is Bryce daar ook een fan van. Tot een paar minuten geleden heb ik niet veel belang gehecht aan die fles ambachtelijke, gerijpte tequila.

Ik besefte niet wat die kon betekenen, en waarom zou ik ook? Het is niet ongewoon dat mijn zus grootse gebaren maakt als ze daarvoor in de stemming is. Vaak gaat haar vrijgevigheid ten koste van mij. Het is niet toevallig dat ik bij Dorothy en mijn moeder in Miami was toen Bryce en Ethan de Gran Patrón ontvingen, een *burdeos* nog wel, wat natuurlijk Spaans is voor 'bordeaux' en slaat op het type vaten waarin de tequila is gerijpt.

Met andere woorden, ik heb erover horen praten tot het mijn

neus uit kwam, en nu ik eraan terugdenk, weet ik weer dat ik ervan uitging dat Dorothy het deed om mij de loef af te steken of om me te ergeren – maar wat dan nog? Ik liet me niet kennen, want ik gunde haar de lol niet. Maar nu moet ik rekening houden met de akelige mogelijkheid dat haar kerstuitspattingen helemaal niet zo willekeurig of impulsief waren.

Het ging er niet eenvoudig om dat ze met haar vrijgevigheid wilde pronken en mij eens goed wilde inwrijven hoe gul ze was. Niet tijdens die feestdagen, en later ook niet met Pasen of met de verjaardagen van Bryce en Ethan, en onlangs nog met die van Desi, wat nog belangrijker is. Ze heeft ze een mand vol delicatessen, geurkaarsen, potpourri en cadeautjes voor hun huisdieren gestuurd. Desi kreeg een jack van Miami Heat en een cheque, en ik weet dat Dorothy hem ook gebeld heeft.

En dat terwijl ze ons vroeger in wezen volkomen links liet liggen. Bij de zeldzame gelegenheden dat ze me op mijn werk belde, heeft ze beslist nooit enige aandacht besteed aan mijn kantoormanager. Tot voor kort deed ze heel neerbuigend tegen Bryce als ze hem aan de telefoon had. En voor Desi heeft ze nooit belangstelling gehad voordat zijn moeder overleed. Tot op heden heeft Dorothy nooit naar het noorden willen komen om ons te bezoeken, en ik vraag me af hoe vaak zij en Bryce elkaar eigenlijk spreken.

Maar ik dwing mezelf er nu niet over na te denken. Elke stap op het onverharde pad brengt me dichter bij een jonge vrouw die niet dood hoort te zijn, wat de oorzaak ook is. Nog steeds naamloos en vol mysteries wacht ze geduldig op me in een tent aan de andere kant van de open plek.

Nu ik zelf zie waar Rusty en Harold bijna twee uur mee hebben moeten worstelen, begrijp ik pas goed wat een karwei het was, een 'levenswerk', zoals Rusty altijd voor de grap zegt. De rechthoekige afzetting is groot genoeg voor een kleinschalig bruiloftsfeest of een begrafenis.

De donkere, hoekige vorm onttrekt hoge oude bomen, struiken, de vage sterren en de kwartmaan aan het gezicht. Ik kan de doffe gloed van de lampen, de lichtjes die zich weerspiegelen in de rivier en het uitdijende rijk vol wolkenkrabbers aan de andere kant van het water niet meer zien.

Als ik dichterbij kom, is het alsof de aarde daar ophoudt, of alsof ik aan het duiken ben bij een ondiep rif dat abrupt wegvalt naar de lichtloze zeebodem. Ik heb het vreemde gevoel alsof ik in de ruimte zweef, dat ik naar een afschuwelijke plek in mijn herinnering ben geschoten, waar ik niet wil zijn. En wat steeds weer bij me opkomt, is iets wat Benton zei toen we pas samen waren, in wat nu wel een ander leven lijkt.

Ik herinner me zijn precieze woorden, lang voordat we enig idee hadden hoe juist ze eens zouden blijken: *Carrie Grethen is nog niet klaar met mensen in de afgrond storten.*

Dat was de eenvoudige voorspelling van Benton Wesley, de legendarische FBI-profiler, lang voordat we wisten wie ze was, lang voordat ze werd gearresteerd. Hij bleef waarschuwen voor haar kwaadaardigheid nadat ze was veroordeeld en stopte daar niet mee toen ze was opgesloten op de vrouwenafdeling van het Kirby Forensic Psychiatric Center in New York City.

27

Als krankzinnige crimineel werd Carrie niet in staat geacht om terecht te staan en werd ze opgeborgen op Wards Island, midden in de East River. Dat was een fatale vergissing.

Ik weet niet waarom iemand nog verbaasd was toen ze wist te ontsnappen. Benton had het zo'n beetje voorspeld, en hij zei dat de ploert die haar met een helikopter had opgepikt, Newton Joyce, niet de eerste of de laatste Clyde was voor deze Bonnie. Als kind was Joyce afschuwelijk verminkt geraakt bij een brand. Na zijn dood doorzocht de politie zijn huis en trof daar een vrieskast aan vol gezichten van zijn slachtoffers. Carrie had hem ertoe aangezet die als souvenirs te bewaren. Waarschijnlijk was het haar idee.

Ik weet zeker dat ze na hem nog andere partners heeft gehad, wie weet hoeveel, tot ze ten slotte Troy Rosado gebruikte tot ze hem zat werd. Carrie heeft de vaste gewoonte om mensen aan zich te binden die ze volgens haar kan domineren, meestal ernstig gestoorde mannen zoals Troy en Joyce, en daarvoor Temple Gault, die Carrie aanbad en die ze niet kon overheersen.

Gault, een zeldzaam soort monster, was een flamboyante Caligula die zichzelf niets ontzegde, maar hij was tegelijkertijd heel gedisciplineerd en buitengewoon competent. Met zijn tengere en lenige lijf was hij zo soepel en dodelijk als een zweep met scheermesjes aan het uiteinde. Hij kon zo snel als een cobra toeslaan en iemand de keel afsnijden of doodschoppen, en hij had een fetisj voor bijten. Terwijl ik door de zware, warme avond loop, zie ik zijn lichtblonde haar en zijn blauwe ogen, wijd open als die van Andy Warhol.

Jarenlang heb ik bijna niet aan Temple Gault gedacht, maar nu is het opeens alsof hij overal om me heen is. Eén akelig moment voel ik zijn kwaadaardige aanwezigheid in de roerloze nacht, en ik ben dankbaar dat hij en Newton Joyce voorgoed verdwenen zijn. Dood. Helaas is Carrie dat niet en ik zie haar zwartgeverfde haar voor me, de honkbalpet en haar onnatuurlijk bleke huid, die ze obsessief beschermt tegen ultraviolet licht en toxines. Zo zag ze er een jaar geleden tenminste uit; we hebben geen idee hoe dat nu is. Ze zou nu een heel ander uiterlijk kunnen hebben.

Maar ik zou die ogen herkennen, eng blauw als radioactief kobalt, alsof de ontbinding van haar kern een saffieren gloed afgeeft die donkerder wordt naarmate haar stemming verslechtert en verkleurt naar de felpaarse tint van een ribbaars wanneer ze haar agressie de vrije teugel laat. Vroeger was Carrie in lichamelijk opzicht bloedmooi. Ze is geboren met een buitengewoon fraai uiterlijk en een uitnemend stel hersenen. Die bepaalden mede haar noodlot.

Dat noodlot werd verder voltrokken door een gestoorde, religieuze fanaat als moeder, die pathologisch jaloers was en leed aan meerdere persoonlijkheidsstoornissen en waandenkbeelden. Carrie had geen broertjes of zusjes die in leven waren gebleven. Na haar geboorte kreeg haar moeder twee miskramen. Het broertje dat na de derde poging werd geboren, overleed niet lang nadat haar vader in de gevangenis was beland, en ik weet nog dat ik de sectieverslagen en laboratoriumrapporten heb opgezocht toen ik hoofd was in Virginia.

Ik weet nog dat ik vond dat veel mysterieuze sterfgevallen, zoals die van de elf maanden oude Tailor Grethen, waren toegeschreven aan Sudden Infant Death Syndrome, SIDS oftewel wiegendood, terwijl daar wellicht geen reden voor was. Ik weet nog dat ik me afvroeg hoe hij werkelijk was overleden en dat ik me voorstelde dat de kleine, engelachtig uitziende Carrie iets met haar babybroertje had uitgehaald wat later niet meer aantoonbaar was. Zijn hoofd tussen de matras en de zijkant van het wiegje duwen. Hem zo neerleggen dat hij geen lucht kreeg. Hem smoren. Om Benton te citeren, die op zijn beurt Gilbert O'Sullivan aanhaalde: *Alone again, naturally*.

Carrie bleef enig kind in een duister universum. Ze kreeg thuis les en had geen klasgenoten of vriendinnen, en ze nam geen deel aan normale activiteiten. Ze ging niet naar de film, kreeg geen muziekles, deed niet aan sport en mocht niets lezen voor haar genoegen. De enige televisieprogramma's die ze mocht bekijken, waren fundamentalistische uitzendingen over Jezus en het laatste oordeel, over wie er verlost zou worden en wie niet. *The Jim and Tammy Show. The 700 Club.* Jerry Falwell. Ze hoorde tv-predikanten dreigen met eeuwige verdoemenis en het vagevuur, en toen Carrie zes was, wist ze alles over de zonde.

Daar zorgde haar moeder wel voor. Benton gelooft dat ze niet alleen niet ingreep toen haar dochter seksueel werd misbruikt, maar dat het ook haar idee was. Ze moedigde het aan en lokte de mannen met haar mooie kind als extraatje. Carrie was het toetje, een cadeautje dat haar moeder vrijelijk aanbood en waar ze haar naderhand streng voor strafte. Carrie werd gedwongen om vergeving te smeken, om na elke mishandeling en verkrachting afstand te nemen van haar slechte gedrag en vernederende boetedoeningen uit te voeren.

Haar enorme geestelijke discipline en haar vermogen om zich te distantiëren hebben van haar een buitengewoon succesvolle psychopaat gemaakt, waarschijnlijk de succesvolste die hij ooit heeft ontmoet, zegt Benton, die een groot deel van zijn carrière bezig is geweest haar te bestuderen en jacht op haar te maken. Ze kan in haar hoofd ergens anders heen gaan en zich zo losmaken van het hier en nu dat ze geen pijn of stress meer voelt, en ze kan wachten. Carrie kan tientallen jaren wachten op voldoening als het de moeite waard is, en leugen en waarheid zijn voor haar twee kanten van dezelfde realiteit. Ze zou kunnen zeggen dat de wereld plat is en de maan gemaakt is van kaas zonder dat de leugen wordt geregistreerd door een leugendetector.

Emoties als angst, spijt en verdriet komen niet voor op haar palet, en Lucy had pech dat dit rampzalige, kwaadaardige wezen haar mentor werd bij de Engineering Research Facility van de FBI. Mijn onschuldige en onvolwassen nichtje werd letterlijk aan de zorgen van Carrie toevertrouwd tijdens de stage die ik persoonlijk voor haar geregeld had en waarvoor ik mijn invloed en connecties had ingezet. Lucy was op dat moment niet veel meer dan een kind.

Ze heeft nooit echt een kans gehad om verliefd te worden op de juiste persoon, en die had ze misschien wel gekregen als ik niet het lumineuze idee had gehad om haar naar de FBI Academy te sturen. Had ze maar nooit een voet in Quantico gezet. Dan was ze haar eerste echte relatie misschien niet aangegaan met iemand die haar verleidde en haar hart en in sommige opzichten zelfs haar identiteit en haar ziel stal. Misschien had ze in dat geval andere gevoelens gehad voor Janet, zowel in het verleden als nu. Ik zou niet graag in Janets schoenen staan.

Ik was niet graag degene geweest die Lucy moest troosten nadat Carrie er bijna in was geslaagd ons allemaal te vernietigen. Het is geen eerlijke strijd. Dat is het nooit geweest, en Janet is slim genoeg om te beseffen dat er maar een heel dunne scheidslijn bestaat tussen moordlustige haat en erotische liefde. Het zijn twee uitersten van dezelfde kolkende hartstocht, en zij roept in Lucy geen van beide op.

In het leven met mijn nicht is Janet iets tussen de beste en de slechtste partner die ze kon treffen in, en dat vind ik vreselijk, ook al zeg ik er niets van. Het zijn mijn zaken niet. Maar ik ben bang dat het mijn schuld is. Misschien was Lucy beter af geweest als ik niet zoveel voor haar had willen doen, als ik niet mijn uiterste best had gedaan om haar te behoeden voor machteloosheid en verlies, en voor elke andere denkbeeldige narigheid die mijn jeugd heeft verknald.

Misschien heeft Dorothy gelijk als ze zegt dat ik de nicht van wie ik niet meer had kunnen houden als ze mijn eigen dochter was geweest zelf het ergst heb beschadigd. Het ironische is dat Dorothy niets weet van de grootste fout die ik heb gemaakt. Ze weet niets over Carrie Grethen. Mijn zus zou naast haar in het vliegtuig kunnen zitten zonder te weten wie ze is en waarom ze ertoe doet.

Terwijl ik op de grote tent af loop, die zich aftekent tegen de nachtelijke hemel, besef ik hoe erg ik van streek ben geraakt door wat Lucy heeft losgelaten over haar ergste angsten. Ik vind het niet prettig om in het donker rond te lopen en aan Carrie te denken, en ik voel dat ik me tegen haar begin te verweren, zoals ik al talloze keren heb gedaan.

'Hoe gaat het?' vraag ik een van de geüniformeerde agenten als mijn bezwete, met Tyvek bedekte voeten zachtjes krakend voorbijgaan op het onverharde pad dat zich voor me uitstrekt.

'Het gaat.'

'Zorg dat je het niet te warm krijgt,' zeg ik tegen een andere agent.

'U ook, baas.'

'Laat het weten als iemand water nodig heeft,' bied ik de volgende die ik tegenkom aan.

'Hé, doc, al enig idee wat er met haar is gebeurd?'

'Ik ga nu kijken,' antwoord ik. Ik wissel met alle agenten die ik tegenkom gelijksoortige opmerkingen.

Er staan minstens twee keer zoveel geüniformeerde manschappen in het park als eerder, en ik twijfel er niet aan dat Marino ervoor heeft gezorgd dat het helemaal omsingeld is. Er kan niemand in of uit. Ik merk dat ik voortdurend luister of ik pershelikopters hoor, en ik ben blij dat ze er nog niet zijn. Ik kan niet hebben dat ze laag boven het park gaan hangen en de plaats delict verstoren met de wind van hun rotoren.

Ik kom bij de tent en schrik voor de tweede keer die avond van een gestalte die uit de schaduwen op me toe komt.

'Marino staat binnen op u te wachten,' zegt rechercheur Barclay formeel, alsof ik laat ben voor een afspraak.

Als ik het klittenband heb opengescheurd, ga ik de tent binnen. Even word ik verblind door de felle lampen, waardoor de plaats delict wel een operatiekamer lijkt. Ik blijf staan, zet mijn schoudertas neer en leg mijn telefoon erop.

Voor me ligt een stuk grond van twaalf bij tien meter, met daarop de ijzeren straatlantaarn met zijn kapotte lampen, de fiets en het lichaam, alles verlicht alsof het midden op de dag is. Marino en ik zijn alleen; niemand anders mag binnenkomen tot wij toestemming geven. Hij loopt heen en weer in witte beschermende kleding, die sterk afsteekt tegen de zwarte wanden en het drieënhalve meter hoge zwarte dak van de tent, dat wordt ondersteund door een stelsel van dofgrijze aluminium palen.

Ik kijk naar hem terwijl hij aantekeningen en foto's maakt, en krijg het gevoel alsof we ons in een zwart-witte postmoderne foto bevinden. De enige zichtbare kleuren zijn de stroken groen gras, het geelbruine fietspad, de rode zakken voor gevaarlijk afval en de lichtblauwe korte broek van de dode vrouw. Vanwaar ik sta, kan ik het bloed niet zien, maar het zal een kleverige roodbruine vlek vormen, die snel helemaal zwart zal opdrogen.

Dat baseer ik op wat ik eerder heb gezien toen ik dicht bij haar stond, en ook op de weersomstandigheden, die nog steeds extreem zijn. Ik voel nu al dat de vochtigheid van de rivier in de tent blijft hangen. De warme lucht is klam en door de lage luchtdruk lijkt het alsof we ons in een tennishal bevinden. Er hangt een geur van plastic, en het zal niet lang duren voor de bedompte tent zich zal vullen met een smerige stank, omdat de bacteriën zich razendsnel vermenigvuldigen en het dode vlees en de lichaamsvloeistoffen zullen gaan rotten.

'Ik heb de rugzakken doorzocht,' roept Marino naar me, en ik neem aan dat hij het heeft over die van Enya en Anya.

'De meisjes zitten veilig en koel in een kinderverhoorkamer, hoop ik?' Ik loop naar een kist vol uitrusting, zodat ik kan gaan zitten en beschermende kleding kan aantrekken.

'Ze eten snacks en drinken frisdrank. Flanders past op ze en ik heb een paar geüniformeerde agenten naar de moeder gestuurd.' Marino's zware stem klinkt in de kleine ruimte nog harder.

'Neemt ze nog steeds de telefoon niet op?'

'En ze doet ook de deur niet open. Arme kinderen. Ik vind het erg voor ze.'

'En ze zeggen nog steeds dat ze thuis zou moeten zijn?'

'Ze lag in bed te slapen toen ze weggingen van huis, en ik denk dat ik weet wat dat betekent. Stomdronken, wedden?' zegt Marino. 'Ik zal het DCF moeten inschakelen, want er is duidelijk een probleem.'

Het Department of Children and Families is de instantie die in Massachusetts verantwoordelijk is voor verwaarloosde en mishandelde kinderen. Ik zeg tegen Marino dat hij ervoor moet zorgen dat de tweeling veilig is, ongeacht wat er verder gebeurt in deze zaak. Het lijkt erop dat ze niet voldoende begeleiding van een volwassene hebben. Als dat zo blijft, kunnen er heel nare dingen met ze gebeuren, en ik geloof niet dat ze begrijpen wat voor problemen ze zich op de hals kunnen halen.

'Door te stelen, bijvoorbeeld. Door te knoeien met bewijsmateriaal en een onderzoek te belemmeren,' beaamt Marino. 'Noem het zoals je wilt. Maar dat is het als je op een plaats delict iets opraapt wat niet van jou is en besluit het te houden. En ik zal je nog eens iets vertellen.' Hij trekt zijn schouder op om het zweet van zijn kin te vegen. 'Ze bleken in het bezit te zijn van de zonnebril van de dode vrouw. En dat is echt heel erg, want ik had graag willen zien waar ze hem gevonden hebben. Hoe dicht bij de fiets of bij de helm en zo.'

Hij laat de camera zakken en loopt op me toe, terwijl ik de schoenhoezen die ik op weg hiernaartoe heb gedragen van mijn voeten trek.

'Wil ik weten wat er nog meer in hun rugzakken zat?' Als kinderen op een plek terechtkomen waar gewelddaden zijn gepleegd, is dat in alle opzichten slecht.

'Restanten van hun diner,' zegt Marino, die inmiddels bij me staat. 'In servetjes verpakt brood, kleine zakjes met Parmezaanse kaas, chilivlokken, zout, saladedressing.' Zijn grote gezicht wordt omlijst door wit Tyvek, als dat van een non in een habijt, en zijn bolle wangen zijn dieprood en bezweet.

'Dat klinkt alsof ze niet genoeg te eten krijgen.' Ik kijk naar hem op. 'Maar dat kom je pas te weten als je bij hen thuis hebt rondgekeken. Gaat het, Marino? Zo te zien heb je het erg warm.'

'Nou, ze zien er niet echt uit alsof ze verhongeren. Ja, ik heb het warm. Klotezooi.'

'Je kunt overgewicht hebben en toch ondervoed zijn,' merk ik op. 'Dat is zelfs vaak het geval, vooral als de voeding voornamelijk bestaat uit suiker en fastfood. En als ze aan zichzelf worden overgelaten, eten kinderen dat 's ochtends, 's middags en 's avonds.'

'Het lijkt erop dat ze de waarheid hebben verteld over de pizza's en waarom ze buiten rondliepen,' zegt hij. 'Ik krijg het gevoel dat ze dat vaak doen, weer of geen weer, waarschijnlijk omdat je helemaal gelijk hebt. Hun moeder zorgt niet voor hen.'

'Het kan zijn dat ze nooit voor hen gezorgd heeft, zelfs niet toen ze in verwachting was.' Ik opper dat de tweeling misschien lijdt aan het foetaal alcoholsyndroom.

'Dat zou verklaren waarom ze allebei te dom zijn om voor de duvel te dansen,' zegt Marino. 'Ze weten wat ze op straat allemaal tegen kunnen komen, maar dat is het wel zo'n beetje. En zelfs dat is beroerd. Kleine kinderen horen dat niet te weten.'

'De zonnebril die ze hebben opgeraapt.' Ik kom terug op wat hij eerder zei. 'Hoe ziet die eruit?'

'Een sportief model van Maui Jim.'

'Een schildpadmontuur zonder onderrand en met amberkleurige glazen?' vraag ik, en de moed zakt me weer in de schoenen.

'Ja,' zegt hij. 'Volgens Enya lag hij bij het lichaam. De glazen zijn stoffig en er zitten heel veel krassen op, dus ik denk dat het slachtoffer de bril droeg toen ze werd aangevallen. Aangenomen dat ze niet al beschadigd waren.'

'We moeten niet zomaar zeggen dat ze is aangevallen.' Ik vind het niet prettig als ik hem voortdurend terecht moet wijzen.

'Jij hebt de vrouw op de fiets eerder gezien; is je toen opgevallen of haar zonnebril beschadigd was?'

'Ik heb het niet gezien, ervan uitgaand dat dit inderdaad dezelfde vrouw is.'

'Ik denk dat dat wel vaststaat.' Hij trekt zijn handschoenen uit en gooit ze in de dichtstbijzijnde afvalzak, die in een metalen frame hangt. 'Ik kan me moeilijk voorstellen dat we te maken hebben met twee verschillende vrouwen die er hetzelfde uitzien, ongeveer dezelfde leeftijd hebben en allebei Converse-schoenen en een shirt van Sara Bareilles droegen. En misschien hetzelfde soort zonnebril. En dan waren ze ook nog tegelijkertijd in hetzelfde deel van Cambridge.'

'Ook al gaat het om dezelfde persoon, dan betekent dat nog niet dat we weten wie ze is.' Ik blijf hem eraan herinneren dat we voorzichtig moeten zijn, ook al luistert hij niet.

'En dan de andere spullen die de meisjes hadden weggestopt.' Hij pakt een rol papier en scheurt er een paar vellen af om zijn gezicht af te vegen. 'Een hangertje. Een gouden schedeltje met een diameter van zo'n vijfentwintig millimeter, dat kennelijk aan een ketting hoort te hangen. Ik denk dat het afkomstig is van de gebroken gouden ketting.'

'Waar is het gevonden?'

'Op het pad bij de fiets, zeiden ze. Als ik die twee moet geloven, lag het zo'n beetje bij de stukken ketting.' Hij gooit de prop papier in een felrode vuilniszak en ik doe hetzelfde met mijn gebruikte schoenhoezen.

'De vrouw die ik eerder ben tegengekomen, had een ongebruikelijke ketting om met een hangertje in de vorm van een schedel. Hij was van goud en zag er vrij dik uit, niet plat als een muntstuk, maar rond,' vertel ik. 'Ik zag dat ze hem op haar rug hing en in haar shirt stopte toen ze Quincey Street overstak in de richting van de Yard.'

'Het moet dezelfde vrouw zijn. Het staat me niet aan dat je haar vlak voordat ze werd vermoord twee keer hebt gezien. Ik ben steeds bang dat er verband tussen jullie is, doc.'

'Ik kan me niet voorstellen wat dat verband zou kunnen zijn,' antwoord ik. 'Ik geloof niet dat ik haar vóór vandaag ooit eerder heb gezien.'

Dan vertel ik hem over mijn zoekactie op internet naar Elisa Vandersteel. Ik heb haar niet kunnen vinden, niet in Londen en ook nergens anders.

28

'Het rijbewijs zou vals kunnen zijn,' zegt hij. 'Met de moderne technologie is het een fluitje van een cent om valse identiteitsbewijzen te maken die er heel echt uitzien.'

'Het is wel vreemd dat er nergens op de sociale media een Elisa Vandersteel te vinden is,' merk ik op. 'Alle jonge mensen zitten daar tegenwoordig toch op? En ik heb ook in het nieuws niets kunnen vinden over iemand met die naam. Maar ik heb maar een paar minuten kunnen zoeken.'

'Ik ben het met je eens dat het vreemd is. Tenzij ze een reden heeft om onder de radar te blijven.' Marino trekt zijn witte capuchon af en dept zijn glanzende hoofd droog met papieren handdoekjes. 'Jezus, ik zweet als een hoer in de kerk. Of anders had ze een valse identiteitskaart en bestaat er helemaal geen Elisa Vandersteel met die geboortedatum en dat adres. Daarom is er dus niemand met die naam op de sociale media te vinden.'

'Lucy gaat ermee aan de slag. We zullen zien wat zij boven water weet te krijgen.' Ik trek het pakje van een overall open.

'Meer dan ze tot nu toe heeft weten te vinden, hoop ik.' Het is onnodige kritiek op haar mislukte pogingen om Tailend Charlie te vinden, en daar wil ik met hem niet op ingaan.

Ik bekijk het verlichte stuk park binnen de vierkante omheining met het platte dak en laat mijn blik over het gras, het pad, de fiets en het lichaam gaan. Alles ziet er vreemd onberoerd uit, alsof het onmogelijk is dat hier iemand een gewelddadige dood is gestorven.

'Hoe gaat het?' Ik vraag Marino me bij te praten over de ontwikkelingen sinds we voor het laatst met elkaar hebben gecommuniceerd. 'Heb je nog interessante dingen gevonden die we de eerste keer over het hoofd hebben gezien? We moeten dit zo snel en zo veilig mogelijk afhandelen. Het is hier verschrikkelijk warm en ik wil niet dat een van ons of iemand anders oververhit raakt.'

'Ik heb vooral de spullen veiliggesteld die we al hadden gezien. De stukken van de gouden ketting, het rijbewijs. En haar helm. Die leek mij niet beschadigd.'

'Denk je dat Enya en Anya nog andere spullen hebben opgeraapt?'

'Waar zouden ze die dan gelaten hebben? Ik heb hun rugzakken doorzocht en we hebben de bril, het schedelhangertje en de telefoon. Het shirt, waarop een van hen in de bosjes had overgegeven, hebben we ook gevonden.'

'Ze kunnen nog ergens iets verstopt hebben,' opper ik. 'Geld, bijvoorbeeld. Creditcards, contanten? Fietste het slachtoffer hier rond zonder geld en zonder sleutels?'

'Ik kan je alleen maar vertellen dat ze zweren dat ze verder niets "geleend" hebben.' Marino trekt zijn handschoenen uit en ritst een zwart Harley-Davidson-koeltasje open dat zijn persoonlijke bezit is. 'Ze hebben hun zakken voor me binnenstebuiten gekeerd. Niets.'

'Het hangt er denk ik van af of ze je genoeg vertrouwen om de waarheid te durven zeggen,' antwoord ik terwijl hij een druipend flesje water uit het tasje haalt en het mij aanbiedt. 'Nee, dank je. Ik hoef nog even niet. En het hangt ervan af of jij hen vertrouwt,' voeg ik eraan toe. 'Doe je dat?'

'Ach, ze denken inmiddels dat ze elk moment kunnen worden ingezworen tot junior rechercheurs. Dus ik ben er vrij zeker van dat ze het afgegeven zouden hebben als ze nog iets hadden.'

'Het verbaast me ook dat ze het rijbewijs niet hebben opgeraapt.' Ik trek de synthetische witte broekspijpen over mijn geruïneerde schoenen. 'Het lag nog op het pad toen rechercheur Barclay arriveerde. Ik vraag me af hoe het daar is gekomen en waarom de meisjes andere dingen hebben gepakt maar dat niet.'

'Waarschijnlijk omdat ze dachten dat ze er gloeiend bij zouden zijn met het identiteitsbewijs van een dode in hun zak. Het is niet zo dat ze het een prima idee vinden om de bezittingen te pikken van iemand die gewond of in dit geval vermoord is. Het punt is dat ze tot op zekere hoogte weten wat goed en wat slecht is. Wie iets vindt, mag het houden, dachten ze. En ze gingen ervan uit dat de dode vrouw geen zonnebril, telefoon of gouden schedeltje meer nodig had.'

'Zeiden ze dat?'

'Daar kwam het wel op neer.'

'Nou, ze had haar geld ook niet meer nodig.'

'Dat weet ik. Maar dan moeten ze het in hun ondergoed hebben verstopt.' Hij neemt grote slokken van het water, en het flesje is bijna leeg als hij het weer in de koeltas zet. 'Ik zal het door Flanders laten controleren, want dat ga ik natuurlijk niet zelf doen. Voor je het weet, word je beschuldigd van aanranding.'

'Laten we hopen dat ze niets anders hebben weggenomen dat het slachtoffer niet meer nodig had.' Ik denk na over mijn ontmoeting met de vrouw voor de Faculty Club.

Ik heb toen niet veel sieraden gezien.

'Geen horloge, bijvoorbeeld,' geef ik aan Marino door. 'Maar de telefoon, de zonnebril en andere voorwerpen die Anya en Enya hebben opgeraapt en in hun rugzak hebben gestopt, worden een probleem als dit voor de rechter komt.'

'Ik hoop dat ze niet met belangrijke dingen hebben geknoeid.' Hij strekt zijn vingers en wurmt zijn handen in schone handschoenen. 'Niet dat er veel is om mee te knoeien. Tot dusver zie ik geen voetafdrukken of verse peuken. Geen bloeddruppels of iets anders waaruit je zou kunnen afleiden dat er een worsteling heeft plaatsgevonden. Het is alsof ze al dood was toen ze op de grond terechtkwam.'

'Het ziet er inderdaad naar uit dat ze zich niet meer heeft bewogen.' Ik sta op en worstel mijn armen in de glibberige witte mouwen. 'Afgaand op wat ik zie, vermoed ik dat ze bewusteloos en stervende was zodra ze op de grond lag.' Mijn telefoon gaat.

Het is Lucy, en ik doe mijn oortje in. 'Ik hoop dat je iets hebt gevonden,' zeg ik.

'South Audley Street, Mayfair. Bij Grosvenor Square,' zegt ze.

'Het adres van Elisa Vandersteel?' Ik ga weer op de kist zitten en kijk op naar Marino.

'Een huis van bijna zeshonderd vierkante meter en een waarde van rond de dertig miljoen pond,' zegt Lucy. 'Dat is het adres op het rijbewijs, en een van de redenen dat haar naam niet naar boven komt bij een gewone zoekopdracht, is dat het niet van haar of haar familie is.'

'Het adres is dus vals.'

'Nee, dat is het niet. De eigenaar is de CEO van een technisch bedrijf, William Portison. Brits, gestudeerd aan het MIT, getrouwd met Diana.' Lucy's stem klinkt in mijn oortje. 'Zegt dat je iets?'

'Ik geloof van niet.'

'Hij is de eigenaar van het huis waar Elisa Vandersteel de laatste twee jaar heeft gewoond als au pair,' zegt Lucy zelfverzekerd. 'Het zou kunnen verklaren waarom het chique adres van de Portisons op haar Britse rijbewijs staat. En het feit dat ze au pair was, is misschien ook de reden waarom ze niet op de sociale media te vinden is. Niet iedere werkgever die voorzichtig is met zijn kinderen en ze uit de publiciteit wil houden wil dat.'

'Je zou gelijk kunnen hebben, maar het is toch vreemd,' antwoord ik.

'Een heleboel au pairs werken in ruil voor kost en inwoning,' zegt Lucy dan. 'Ze worden eigenlijk deel van de familie.'

'Ja, maar meestal niet letterlijk,' zeg ik. 'Ik geloof niet dat het feit dat je bij een gezin in huis woont je het recht geeft je hun adres toe te eigenen. Als het huis in South Audley Street niet het officiële adres van Elisa Vandersteel is, dan hoort het ook niet op haar rijbewijs of op andere identiteitsbewijzen te staan. Het is op z'n minst lastig voor de Portisons.'

'Nou, ze hebben er kennelijk geen bezwaar tegen gehad dat ze het gebruikte toen ze twee jaar geleden naar Londen verhuisde en het rijbewijs aanvroeg,' zegt Lucy. 'Ze heeft het voor een heleboel dingen gebruikt en ontving daar post. Dus ik neem aan dat ze ervan wisten.'

'Waar verhuisde ze vandaan?' vraag ik.

'Van Canada,' zegt Lucy in mijn oortje. 'Ze heeft haar rijbewijs omgewisseld voor een Brits exemplaar. En de voor de hand liggende reden daarvoor is dat ze van plan was meer dan twaalf maanden in het Verenigd Koninkrijk auto te rijden.'

Ze gaat erover door met een beslistheid die me verbaast, maar ik vraag niet hoe ze dit allemaal te weten is gekomen. Toen ik internet afzocht naar Elisa Vandersteel, kon ik niets vinden. Maar ik weet niet waar Lucy heeft gekeken. Misschien op het Deep Web of Undernet. Ik waag mezelf niet in die Bermudadriehoek van de cyberspace, waar zich allerlei terroristen en onaangepaste lieden ophouden en waar nietsvermoedende mensen en hun bezittingen schipbreuk lijden en voor altijd verdwijnen.

Lucy herinnert me er vrijwel voortdurend aan dat niets meer privé is. Wat ik meemaak met de Tailend Charlies van deze wereld is gewoon de prijs die je tegenwoordig moet betalen. Maar ik moet toegeven dat ik er een enorme hekel aan heb. Soms voel ik me net Rip van Winkle, die bij het ontwaken merkt dat er tientallen jaren voorbij zijn gegaan. Alleen lijkt het meer een eeuw. Het leven was vroeger veel beschaafder, dat staat vast.

'Waarschijnlijk was haar werkvergunning verlopen of had ze een ander probleem,' gaat Lucy verder, alsof ze een dossier heeft ingezien. 'Dat verklaart waarom ze niet meer in Londen woont.'

'De vrouw die ik eerder vandaag heb ontmoet, klonk beslist

Brits, niet Canadees,' zeg ik. 'Mijn eerste gedachte was zelfs dat ze misschien uit Londen kwam.'

'Elisa Vandersteel heeft de laatste twee jaar in Londen gewoond, maar kwam daar niet vandaan.'

'En daarvoor?'

'Toen studeerde ze aan Leicester University, en daarvoor woonde ze in Toronto, waar ze is geboren.'

'En hebben we enig idee wat ze hier in Cambridge deed?' vraag ik. 'Het lijkt erop dat ze iets te maken had met het Repertory Theater of de musical *Waitress*, want daar kwam ik haar de eerste keer tegen.'

'Ze studeert hier niet.' Lucy zegt het alsof het algemeen bekend is. 'Haar naam wordt ook niet vermeld bij het ART, het Loeb Center, *Waitress* of aanverwante of zelfs maar gelijksoortige dingen. Misschien was ze vrijwilliger of zo. Daar kan ik gemakkelijk genoeg achter komen.'

'Ik vraag me af of ze hier misschien bij iemand inwoonde, net als in Londen.' Ik vertel haar over de jongeman die ze zoende voor de Faculty Club.

'Dat denk ik ook. Ze logeert bij iemand, en daarom kan ik nergens in Boston en omgeving een adres vinden. Er staat niets op haar naam. Geen huurwoning. Geen koopwoning. Zelfs geen hotelkamer of pand dat is onderverhuurd, voor zover ik gezien heb.' Ik voel de nieuwsgierige blik van Marino.

'Weten we wie ze is?' vraagt hij, en ik maak duidelijk dat het daarop lijkt.

Het Britse rijbewijs dat op het fietspad is gevonden, is echt. De dode vrouw is de drieëntwintigjarige Elisa Vandersteel, voormalig studente en au pair. Maar we geven haar naam niet vrij tot we dit bevestigd hebben via haar DNA of gebitsgegevens en de nabestaanden op de hoogte hebben gebracht. Voorlopig gaan Marino en ik ervan uit dat zij het slachtoffer is, en ik ben weer helemaal aangeslagen.

Ik voel me afschuwelijk. Eigenlijk weet ik niet eens goed hoe ik me voel, hoe ik me moet voelen, hoe iemand zich zou moeten voelen. Het is alsof ik de kans had het lot van Elisa Vandersteel te veranderen en die niet heb aangegrepen. Slechts een paar uur voor haar dood heb ik haar tweemaal ontmoet. Maar het maakte niet uit. Had ik haar maar tegengehouden. Had ik maar gezegd dat ze het bandje van haar helm moest vastmaken of dat ze niet in die moordende hitte moest blijven rondfietsen. Misschien had ze mijn advies opgevolgd.

Misschien had ze een andere route gekozen of iets anders gewijzigd, wat dan ook. Had ik haar maar kunnen ophouden of afleiden, bijvoorbeeld door te zeggen dat ze niet in haar eentje in het donker door een verlaten park moest rijden. Ik wist natuurlijk niet dat ze dat ging doen. Ik wist helemaal niets en had Elisa Vandersteel dus ook niets kunnen vertellen wat had kunnen voorkomen dat ze zou doodgaan. Ik moet hiermee ophouden, anders word ik gek.

'Haar vader was Alexander Vandersteel, en die heeft in 2009 op zijn eenenveertigste zelfmoord gepleegd.' Lucy vertelt wat ze tot dusver heeft gevonden, en ik hoor op de achtergrond toetsen klikken terwijl ze doorgaat met haar zoektocht. 'Ik heb hier zijn overlijdensbericht, en het lijkt erop dat hij directeur was van een liefdadigheidsorganisatie die flink het schip in is gegaan bij een investeringsfraude als die van Madoff. Hij heeft zich opgehangen aan een balk in de garage.' Ik kan me niet voorstellen dat een dergelijk detail in een overlijdensbericht staat.

'En Elisa's moeder?' Ik sta op en rits de overall tot aan mijn kin dicht, maar laat de gevreesde capuchon nog even af.

'Daar weet ik nog niet veel van,' zegt Lucy. 'Haar ouders waren gescheiden.'

'Dus als ik het goed begrijp, is de vader dood, weten we niet waar de moeder zit en waren de ouders gescheiden,' herhaal ik. 'Dan zullen we moeten overgaan op plan B, want het lijkt erop dat Elisa Vandersteels familie niet kan helpen met de identificatie.'

Ik ga weer zitten en trek een schoon stel schoenhoezen aan.

'We zullen waarschijnlijk niet kunnen verifiëren wie ze is,' voeg ik eraan toe, 'tot we bepaalde persoonlijke voorwerpen hebben gevonden, zoals haar tandenborstel of haar haarborstel.'

'Ik denk dat ze hier bij iemand logeerde,' herhaalt Lucy. 'En ik ben ervan overtuigd dat we bij het theater in elk geval een paar antwoorden zullen kunnen vinden. Ik dacht dat ik er maar even naartoe moest lopen voordat iedereen is verdwenen. Ik zal een beetje rondsnuffelen, dan kom ik er misschien achter waar het vriendje woont en waar ze logeert. Ik vind wel iets.'

Ik kijk op mijn telefoon hoe laat het is. De avondvoorstelling in het theater is al meer dan een uur geleden afgelopen.

'Hoe verklaar je je belangstelling?' informeer ik. 'We willen niet dat dit nu al bekend wordt.'

'O, dat was ik vergeten. Ik doe dit voor het eerst,' zegt mijn nicht, die bij de FBI en het ATF heeft gewerkt en jaren undercoverwerk heeft gedaan, en die mijn raad niet nodig heeft.

Ik zeg dat ze voorzichtig moet zijn en zij zegt dat we elkaar straks nog wel zullen zien.

'Waarschijnlijk op kantoor,' voegt ze eraan toe. Ik vraag niet of Dorothy al met haar enorme hoeveelheid bagage bij Janet en Desi in de auto zit.

Ik beëindig het gesprek, want ik heb geen zin in het bijzijn van Marino over mijn zus te beginnen. Hij heeft me de hele tijd dat ik aan de telefoon was in het oog gehouden. Volgens mij denkt hij aan haar, maar ik ga hem geen aanknopingspunt geven om over haar te praten. Als wat Benton zei waar is en Marino en Dorothy iets hebben waar ik niets vanaf weet, wil ik daar nu niets over horen. Ik heb genoeg aan mijn hoofd.

'Klaar?' zeg ik tegen hem.

29

'De omgevingstemperatuur is dertig komma zes graden,' zegt Marino, en ik zie de thermometer op mijn sporenkoffer liggen, vlak bij het lichaam.

Ik trek paarse nitrilhandschoenen aan en er zitten nu al zweetplekken in mijn operatiekleding.

'Dank je.' Ik pak mijn notitieblok.

'Hoe ga je haar temperatuur meten?' vraagt hij. 'Misschien hadden we het beter kunnen doen toen we hier net waren.'

'Met zaklampen in het donker, zonder te kunnen zien wat voor sporen we zouden kunnen verstoren of besmetten?'

'Ik weet het. En ik ben het met je eens, doc. Ik wil alleen maar zeggen dat ik wat commentaar heb gehoord, weet je wel, van agenten die erover praten dat jij in de koele truck zit en geen moeite wilt doen.'

'We hebben dergelijk commentaar eerder gehoord en we zullen het nog wel vaker horen.'

'Moeten we haar omdraaien of zoiets? Want ik zie niet hoe je een thermometer onder haar oksel kunt steken als haar beide armen recht omhoog liggen.' Hij strekt zijn armen boven zijn hoofd, en met die witte, beschermende kleding weet ik weer waarom Bryce hem soms de yeti noemt.

'Op dit moment is het niet nodig. Ik hoef haar niet om te draaien om haar temperatuur te nemen.'

'Oké. Maar hoe langer ze hier buiten ligt, hoe meer het erop lijkt...'

'Ik weet waar het op lijkt,' antwoord ik. 'Maar zoals je al hebt opgemerkt, liggen haar armen recht omhoog. Zelfs als ik haar anders neerleg, is dat niet ideaal om haar temperatuur op te meten.'

Dat laat de mogelijkheid open om het via haar rectum te doen. Maar ik ben niet van plan daar een thermometer in te steken en mogelijk verwondingen te veroorzaken of daar in elk geval door een strijdlustige advocaat van beschuldigd te worden. Ik kies voor de minder gemakkelijke optie en maak een kleine incisie in de rechterkant van de bovenbuik om de temperatuur van de lever te meten.

Dat ga ik als eerste doen, dus keer ik terug naar het lichaam. Ik kniel naast haar met een steriele wegwerpscalpel. Daarbij vang ik een lichte geur van ontbinding op en daarnaast nog iets, vooral bij haar hoofd. De stank van ontbindend bloed is vermengd met iets anders. Ik probeer te bepalen wat het is.

'Ik ruik iets scherps,' zeg ik tegen Marino als er donkerrood bloed omhoogkomt uit de incisie die ik heb gemaakt.

'Ik ruik niets.' Hij kijkt weg als ik de lange thermometer naar binnen steek.

Marino heeft niet snel ergens last van, maar soms kan hij opeens ergens niet tegen. Ik kniel dichter bij het hoofd van Elisa Vandersteel om na te gaan waar de geur vandaan komt, en buig me voorover om haar zorgvuldig te bekijken.

'Ik niet,' zegt Marino. 'Ik ruik alleen maar rottend bloed.'

'Kijk.' Ik laat hem het verschroeide haar in haar nek en bij haar rechterkaak zien.

'Verdomd. Je hebt iets van een bloedhond in je, ik zweer het je.'

Ik zie ook kleine stukjes glas. Ze glanzen als zandkorrels in haar verwarde paardenstaart, maar ik zie helemaal geen glas op haar kleren en huid of in het opgedroogde, roodbruine bloed in haar rechteroor.

'Misschien heeft ze een hoofdwond,' zegt Marino als hij ziet waar ik naar kijk en haar aanraak. 'Daardoor kun je uit je oren gaan bloeden.'

'Het hangt ervan af wat voor hoofdwond.'

'Wat dacht je van een schotwond?' oppert hij, en hij maakt geen grap. 'We weten niet of ze niet is neergeschoten.' Zijn ogen gaan weer schuil achter de camera als hij nog meer foto's neemt. 'We hebben gevallen zat gezien waarbij je pas merkte dat het slachtoffer was neergeschoten toen het in het mortuarium lag.'

'Op dit moment weten we niet veel,' beaam ik, en ik twijfel er niet aan dat Marino er in dit vroege stadium de voorkeur aan zou geven dat het slachtoffer was gedood met een schot hagel, een mes in haar rug of een bijl in haar hoofd.

Dan zou hij precies weten wat er aan de hand is en zou hij verder kunnen met een zaak waar hij al zijn ideeën over heeft. Het is niet meer dan natuurlijk om te willen dat de feiten passen bij je onderbuikgevoel, en dat is een probleem waar ik vaak mee te maken heb, want het is moeilijk voor politiemensen om afstand te nemen. Als Elisa Vandersteel is overleden door natuurlijke oorzaken of een ongeluk komen er geen overwinning, eervolle vermelding of adrenalinestoot aan de zaak te pas.

'Ze kan zijn neergeschoten.' Marino blijft erop doorgaan, maar zal daar uiteindelijk wel mee stoppen. 'En als je van dichtbij in het oor wordt geschoten, kan je haar verschroeien door de vlam uit de loop.'

'Ik ben er vrij zeker van dat dat niet de doodsoorzaak is.' Ik bestudeer de plukjes en stoppeltjes, en ze doen me denken aan gesmolten nylon. Intussen denk ik aan wat Anya en Enya is opgevallen toen ze wat dichter bij het lichaam waren gekomen.

Ze hadden het over een geur die deed denken aan de oververhitte föhn van hun moeder, en misschien roken ze verbrand haar. Zo ja, dan vertelden ze de waarheid, en hoe beter ik het slachtoffer bestudeer, hoe meer de werkelijkheid voor mijn ogen verandert.

Wat aanvankelijk een overval, beroving of verkrachting met dodelijke afloop leek, ziet er met de minuut anders uit. Marino zal het niet willen horen. Aanvankelijk. Maar ik heb het grootste deel van mijn carrière met hem samengewerkt en ik ben eraan gewend hem tot rede te brengen. Hij doet hetzelfde met mij. Af en toe heb ik ook mijn vooroordelen. Ik ken niemand die ze niet heeft.

Marino is waarschijnlijk de koppigste politieman met wie ik ooit heb gewerkt, en hij zal zich automatisch verzetten tegen de richting die mijn vermoedens uit gaan. Iedere rechercheur die een knip voor de neus waard is, laat niet los als hij eenmaal zijn tanden in een theorie heeft gezet. Als je niet oppast, wordt een onderzoek zo een wedstrijdje, terwijl het helemaal niet zou moeten gaan om winnen. Het moet gaan om de waarheid.

'Misschien heeft ze haar haar verbrand toen ze het vanmorgen na het douchen föhnde,' oppert hij. 'We moeten voor ogen houden dat we niet weten wanneer het gebeurd is. Misschien heeft het niets te maken met haar dood.'

'Dus ze heeft vanmorgen na het douchen haar haar geföhnd?' Ik vestig de aandacht op wat hij net heeft gezegd. 'Weten we dat?'

'Nee, natuurlijk niet. We weten amper wie ze is. Wat ik probeer te zeggen, is dat we geen idee hebben wanneer het is gebeurd. Ik heb mensen hun haar zien verschroeien aan de grill, het fornuis en sigarettenaanstekers.'

Eigenlijk wil hij zeggen dat hij dat meer dan eens zelf heeft meegemaakt. Marino is niet veel veranderd. Ik word nog steeds gek als hij bij een barbecue met benzine begint te spuiten, en ik kan het aantal keren niet tellen dat ik tegen hem heb gezegd: 'Waarom snap je nou niet dat meer niet altijd beter is?'

'In de tijd dat ik nog haar had om me druk over te maken, is het eens verschroeid geraakt toen ik een vuurpijl afschoot,' zegt hij, en dat herinner ik me nog. 'Daar ben ik lang mee gepest.' Het was in Richmond, en hij wordt er nog steeds mee geplaagd. 'Het punt is dat we niet weten wanneer haar haar is verschroeid en dat het misschien helemaal niet uitmaakt.'

Haar ogen staren me dof aan door de spleetjes tussen haar oogleden.

Kon je maar praten, denk ik altijd. Dat zal ze ook doen, op haar eigen manier en in haar eigen tijd. De taal van een dode is moeilijk te verstaan, en Elisa Vandersteel ziet er opmerkelijk schoon en ongedeerd uit. Ik heb haar nog niet omgedraaid, en ik kom meer te weten als ik haar inwendig kan onderzoeken. Maar ik ben er nu al van overtuigd dat het verschroeide haar direct verband houdt met haar dood.

Dat betekent niet dat ze is vermoord. Ze is gedood, maar niet per se door een mens. Het is mogelijk dat ze geëlektrocuteerd is, en ik kijk om me heen naar een mogelijke stroombron. Ik zoek iets wat beschadigd is, iets waar kortsluiting in is ontstaan en waarmee ze in aanraking kan zijn gekomen.

Mijn aandacht gaat naar de voor de hand liggende verdachte: de ijzeren lantaarnpaal met de kapotte lampen. Steeds weer kijk ik op naar de hemel, alleen om eraan herinnerd te worden dat ik die niet kan zien vanwege het tentdak. Ik denk aan elektriciteitslijnen en bliksem, en zeg tegen Marino dat haar haar waarschijnlijk op of rond het tijdstip van haar dood is verschroeid. Als het eerder was gebeurd, geloof ik niet dat we het nu nog zouden kunnen ruiken.

'Ik ruik het anders niet.' Hij buigt zich diep over het lichaam en haalt zijn brede schouders op.

'Maar ik wel,' hou ik vol. 'En als het nu nog zo goed te ruiken is, was de geur waarschijnlijk nog sterker toen Enya en Anya haar een paar uur geleden hebben gevonden.'

Marino kijkt naar het lichaam en dan naar het verlichte stuk park dat wordt omsloten door de tent.

'Wat dan meteen opvalt, is die kapotte lamp.' Hij begint iets in het idee te zien, al is het onwillig, en nu komen we ergens.

'Dat is precies waar ik ook naar zit te kijken. De schade aan de lamp vertelt ons iets belangrijks,' antwoord ik, en we praten over elektriciteitskabels.

In Cambridge lopen die meestal bovengronds, en Marino zegt meteen dat we het inmiddels gemerkt zouden hebben als er een was geknapt.

'Waarschijnlijk door schade en schande. Of de tweeling had een schok gekregen,' voegt hij eraan toe. 'Vertel me eens hoe het elektrocutie kan zijn, doc? Dan moet ze in contact zijn gekomen met iets wat elektrisch geladen was, en ik snap niet hoe dat kan zijn gebeurd.'

Hij wijst me erop dat er geen toegankelijke panelen zijn waarachter bedrading zit en geen kabels of apparaten waarin storing kan zijn ontstaan.

'En ik zie ook geen draden of kabels op de grond liggen.' Hij gaat het lijstje af, en hij zou het moeten weten.

Marino heeft zijn eigen werkplaats. Hij heeft een enorme garage en heeft er geen enkele moeite mee om een uitbouw aan zijn huis te maken of de motor van zijn truck te reviseren. In het verleden is hij meer dan eens de klusjesman geweest die ik belde als ik een probleem had met de elektriciteit. Vooral in de eerste jaren, toen ik alleen woonde, kwam hij voortdurend over de vloer om dingen te doen, zoals lampen installeren met bewegingssensoren, de garagedeur repareren, de olie van mijn auto verversen of de afvalvermaler vervangen.

'En dat is maar goed ook, toch?' zegt hij. 'Anders waren we allemaal geroosterd zodra we hier gingen rondlopen.'

'Dat is geen fijn idee.' Ik ga weer op het pad staan om naar de lamp en het gevallen glas te kijken.

Die lampen zijn niet zomaar gebarsten of verbrijzeld. Ze zijn uit elkaar gespat, met zoveel kracht dat de stukken en scherven meters zijn weggeslingerd. De lantaarn is ongeveer drie meter hoog en ik kan niet zien of de kap beschadigd is. Maar Marino heeft het kennelijk wel gezien.

'De schroeven zitten er nog in en de drie lampen zijn volledig vernield.' Zijn gezicht is rood en bezweet als hij om de lantaarnpaal heen loopt en met zijn handen in zijn zij omhoogkijkt. 'De gloeidraden zijn ook bijna helemaal weg.'

'Hoe kun je dat van hieraf zien?' De lantaarn is te hoog om erin te kunnen kijken – voor mij tenminste.

'Toen ze klaar waren met de tent, heb ik een ladder gepakt en foto's genomen. Ik kan ze je later laten zien,' zegt Marino. 'De metalen grendel is weg, en dat verklaart misschien waarom het glazen paneel open is, en de vraag is wanneer dat is gebeurd. Is de grendel afgebroken toen de gloeilampen ontploften? Of zat hij er al niet meer op? We blijven zoeken, maar we hebben hem nog niet gevonden.'

Ik loop naar de fiets, die op zijn kant ligt. De achterband ligt het dichtst bij de ingang waardoor Marino en ik het park in zijn gekomen. Elisa Vandersteel is kennelijk ook van die kant gekomen, en ik zie haar nog door de Harvard Yard rijden. Ik stel me voor dat ze via John F. Kennedy Street het park in is gereden, vanaf de oostkant dus.

Vandaar zal ze in westelijke richting over het fietspad naar de open plek zijn gegaan, terwijl de zon verdween achter de bomen en de schaduwen donkerder en langer werden. Te oordelen naar de positie van de fiets is hier op het pad iets gebeurd, precies waar ik sta, met de ijzeren lamp maar een paar meter links van me. Haar lichaam is drie meter verderop terechtgekomen met glas in het haar, en haar helm ligt nog verder weg.

Ik denk aan mensen die door de bliksem zijn getroffen en die bij onderzoek op het eerste gezicht altijd gewelddadig om het leven lijken te zijn gebracht. Hun kleding kan gescheurd zijn of helemaal zijn afgerukt, en ik denk aan het shirt in de bosjes. Schoenen of laarzen splijten wijd open of worden van de voeten gerukt, zoals de Converse-sportschoenen. Sieraden smelten of breken, en ik zie de stukken van de gouden ketting voor me. De gebroken uiteinden zagen er gerafeld uit, en dat komt overeen met een elektrische schok. De stroom raakt een metalen voorwerp, verhit het tot een enorm hoge temperatuur en het valt uit elkaar.

De slachtoffers raken vaak levensgevaarlijk gewond als de explosieve kracht van een elektrocutie of bliksemflits hen tegen de grond gooit. Het is niet ongewoon dat ze sterven aan een stomp trauma en dat kan ook met Elisa Vandersteel zijn gebeurd. Maar ik heb mijn twijfels.

30

Het dunne, witte, gladde materiaal van mijn overall kraakt zachtjes als ik op mijn hurken ga zitten om van dichterbij naar het onverharde pad en het gras ernaast te kijken.

Het is al elf uur geweest en door de geur van ontbinding lijkt de lucht doodser en dichter. Het is hier bijna niet meer uit te houden. Maar we worden tenminste niet belaagd door vliegen. De tent houdt ze weg, en in de regel zijn ze 's nachts ook niet actief op zoek naar rottende wonden en lichaamsopeningen waarin ze hun eitjes kunnen leggen.

Ik bestudeer stukjes glas ter grootte van zoutkorrels, die schitterend als diamanten op het frame en de banden van de fiets en op de grashalmen zijn neergeregend.

'Ik ben geen expert als het om exploderende lampen gaat,' zeg ik tegen Marino als ik weer naar de achterband van de fiets kijk, 'maar hier, waar ze is gevallen, ligt een behoorlijke hoeveelheid glas dat tot stof is verbrijzeld.'

'Ik heb dat eerder gezien bij brand door kortsluiting. Het glas van een gloeilamp is heel kwetsbaar, en als er te veel spanning op komt te staan, barst het helemaal uit elkaar.' Hij komt naast me zitten, en ik voel zijn warmte en ruik zijn zweet. 'Maar een deel van dat poeder heeft waarschijnlijk aan de binnenkant van de gloeilamp gezeten.'

We kijken naar de lege lantaarn met het open paneel, en daaronder is een wit residu zichtbaar op de zwarte ijzeren paal. Toen de stukjes glas zijn weggespat, hebben ze een spoor achtergelaten, dat sprankelend en schitterend als toverstof over het fietspad en het gras naar de bomen loopt.

Ik speel het tafereel in mijn hoofd af, als een animatie, en zie de lamp uit elkaar spatten en de fiets vallen. De twee dingen gebeuren tegelijkertijd, en Elisa Vandersteel wordt van het zadel geworpen. Als het zo is gebeurd, verklaart dat de kleine glasdeeltjes op de gevallen fiets. Het zou de enige verklaring kunnen zijn voor de korrels glas in haar haar.

'Nou, ik denk dat je gelijk hebt en dat het verbrande haar hiermee in verband staat.' Marino kijkt weer op naar de zwarte ijzeren straatlantaarn. 'Maar zou je niet verwachten dat ze snijwonden had van het rondvliegende glas als er iets misging met de lamp op het moment dat ze voorbijreed?'

'Dat is een goed punt, en ik kan alleen maar zeggen dat ik zulke verwondingen nog niet heb gezien.' Ik denk eraan hoe Elisa Vandersteel voorbij is gereden.

De lichtgewicht hybride fiets heeft een klein aluminium frame, een laag stuur en een gelzadel, dat zich naar mijn schatting ongeveer een meter twintig van de grond zou bevinden als de fiets rechtop stond. Toen ze door de Yard reed, zat ze voorovergebogen, maar niet helemaal in wielrenpositie. Ik schat dat de lantaarn zich minstens twee meter boven haar hoofd heeft bevonden toen de scherven van de lampen door het open paneel naar buiten schoten.

'Hoe groter de massa, hoe hoger de snelheid,' leg ik Marino uit. 'De grote stukken zullen over haar hoofd heen zijn gegaan. Maar poeder komt niet ver. Dat dwarrelt naar beneden. Dan ga ik ervan uit dat ze op dat moment op haar fiets zat, en ik zie niets wat aanleiding geeft om te denken dat het niet zo was,' voeg ik eraan toe. 'Dat is natuurlijk allemaal hypothetisch. Maar het is veelzeggend dat er glas in haar haar zit. Dat kan er niet in terecht zijn gekomen waar ze nu ligt.'

'Nee. Daar ligt helemaal niets, want al het glas is die kant op gespat.' Hij wijst in de richting van de Kennedy School. 'Dus we denken niet echt dat ze van haar fiets is gesleurd.' Hij kijkt naar me en het is een goed teken dat hij het woord 'wij' is gaan gebruiken. 'We denken dat er geen dader is, dat ze gewoon door het park reed en is geëlektrocuteerd door een kapotte lamp, een bliksemschicht of zoiets raars.'

'Het is een mogelijk scenario,' antwoord ik. 'Ik zie geen sporen van een gewelddadige confrontatie.'

'Dus noemen we het geen moord. Noemen we het wel iets als iemand ernaar vraagt?'

'Er staat op het moment nog niets vast. Hoe minder erover wordt gezegd, hoe beter.'

'Dat is een ding dat zeker is. Maar ze is drie meter weggeworpen, alsof ze uit een kanon is geschoten. Ik kan alleen maar zeggen dat dat wel een heel krachtige schok moet zijn geweest. Ik denk dat haar helm nog verder weg is beland omdat het ding zo weinig weegt.'

'En misschien omdat hij niet was vastgemaakt.' Ik vertel hem dat het bandje loshing toen ik Elisa Vandersteel over Quincy Street naar de Harvard Yard zag rijden.

'Verdomme,' zegt hij. 'Nou, dat is dus het antwoord.'

'We weten meer als precies is vastgesteld wat er met de lamp is gebeurd,' zeg ik. 'Dat wordt nog leuk, als je het hele ding uit moet graven en naar het lab moet brengen.'

'Het zal niet de eerste en ook niet de laatste keer zijn.'

Ik maak mijn sporenkoffer open en haal er doorzichtige plastic en bruine papieren zakken uit. Ook pak ik rollen afplakband, viltstiften en een set die ik gebruik bij het veiligstellen van materiaal dat is bestemd voor de krachtige elektronenmicroscopen van het CFC. Ik trek schone handschoenen aan en keer terug naar het lichaam, waar ik op mijn knieën bij het hoofd ga zitten. In het felle licht van de lampen steken mijn in polyethyleen gestoken knieën helderwit af tegen het groene gras.

Ik haal het dopje van een metalen staafje met een zwarte kleeflaag, druk de kleefkant tegen Elisa Vandersteels verschroeide haar en verzamel stukjes glas, vezels en andere deeltjes, wat ik maar kan vinden. Elk staafje gaat in een steriel buisje, dat van een etiket wordt voorzien en waarop ik mijn initialen zet. Zo maak ik ter plekke monsters voor het sporenlab.

Dat maakt het gemakkelijker voor mijn microscopist, Ernie Koppel, om de analyses te doen als hij morgenochtend op het werk komt. Het materiaal zal op hem liggen wachten. Het bespaart een heleboel tijd als hij de monsters alleen nog van een gouden sputtercoating hoeft te voorzien. Daarna kunnen ze meteen in een vacuümkast.

Ik betast de schedel en ga met mijn vingers door Elisa Vandersteels lange, kastanjebruine paardenstaart. Voorzichtig en nauwgezet volg ik de ronding van de schedel. Mijn handschoenen worden donkerrood.

'Ze heeft een wond op haar achterhoofd,' zeg ik tegen Marino, en ik voel de zijkant van zijn gezicht tegen mijn been.

Ze is warm, alsof ze nog leeft, en ik voel weer dat gefladder bij mijn hart. Het is alsof ik ben aangeraakt door de adem van God en word herinnerd aan wat ik hier aan het doen ben. Ik verman me; ik kan me nu geen persoonlijke reacties veroorloven. Ik veeg het bebloede haar weg om de wond te meten met een plastic meetlatje.

De snee in het achterhoofd is nog geen twee centimeter lang. Ik zeg tegen Marino dat de huid gespleten is ten gevolge van een stomp trauma en waarschijnlijk de bron is van het meeste bloed dat we zien.

'Waarschijnlijk is ze met haar hoofd op het pad gekomen,' voeg ik eraan toe.

'En er zit bloed op haar rug omdat ze een eindje is weggesleept. Zo is dat daar terechtgekomen.' Marino kijkt naar Elisa Vandersteels voeten en de sokjes met lichtgrijze en witte strepen. 'We weten hoe dat gebeurd is, wie dat gedaan heeft.'

Hij neemt nog een paar foto's van de sporen in de aarde, niet meer dan vijftien centimeter lang, die eindigen bij de hielen. De meisjes hebben haar niet erg ver weggetrokken bij hun poging om haar voor verder letsel te behoeden. Als ze wilden zorgen dat ze niet overreden werd, zoals zij zeiden, zijn ze daar niet in geslaagd.

Haar lichaam ligt nog grotendeels op het pad, maar ik maak me zorgen om hun impuls om haar weg te trekken. Ik vraag me af of ze dat thuis vaker bij de hand hebben, wanneer hun moeder bijvoorbeeld stomdronken op de vloer in elkaar is gezakt.

Voorzichtig raak ik de wond op het achterhoofd aan. Ik spreid de onregelmatig gerafelde randen, zodat ik de dunne, overbruggende weefsels daaronder kan zien. Die wijzen erop dat deze wond niet is veroorzaakt door een wapen met een scherpe rand. Ik vertel Marino dat de hoofdhuid en het onderliggende weefsel zijn gespleten door een zware klap op een benige rand in de schedel.

'Dus ze leefde nog toen ze die klap kreeg, anders had ze niet zo gebloed,' zegt hij.

'Maar ze heeft ook weer niet heel erg gebloed, en dat wijst erop dat ze het niet lang heeft overleefd. Er lopen ontzettend veel bloedvaten door de hoofdhuid,' leg ik uit. 'Er zou veel meer bloed moeten zijn als ze lang genoeg was blijven leven om zich te kunnen bewegen, om te kunnen lopen of om een poging te doen voor iemand weg te rennen.'

Ik blijf met mijn vingers door haar haar gaan, op zoek naar zompig weefsel of breuken. Maar ik voel of zie geen andere verwondingen aan haar hoofdhuid of schedel, en ik vraag Marino om een loep uit mijn sporenkoffer te halen. Ik hoor hem weglopen en laatjes opentrekken, en dan is hij terug. Met de loep en een zaklamp kan ik Elisa Vandersteels rechteroor beter bekijken.

'Geen schaafwonden, verschroeiing of andere verwondingen, en ook geen kruitresten,' zeg ik. 'Ik zie alleen maar aarde en opgedroogd bloed, en ik zal de oorzaak van de bloeding waarschijnlijk pas weten als we haar in de CT-scanner hebben.'

Ik leg mijn handen onder het hoofd en til het iets op. Dan draai ik het naar rechts, en er zit ook opgedroogd bloed in haar linkeroor.

'Waarom heeft ze bloed in haar oren als ze geëlektrocuteerd is?'

'Meestal komt het van gescheurde trommelvliezen.' Ik duw haar ogen verder open.

Ik controleer ze op brandwonden en bloedingen. De blauwe irissen worden al dof. Ik trek de lange thermometer uit de snee in de buik en veeg het bloed eraf, zodat ik de temperatuur kan aflezen. De lichaamstemperatuur van Elisa Vandersteel is vierendertig graden Celsius, en dat klopt wel ongeveer als ze hier een paar uur heeft gelegen.

'En de lijkstijfheid zet in, wat daar ook mee klopt. Ik voel enige weerstand in haar nek.' Ik laat het Marino zien. 'Maar haar rechterhand en pols zijn helemaal stijf, zoals rechercheur Barclay eerder heeft opgemerkt, en dat lijkt nu ook te kloppen.'

Als ik haar arm optil, zie ik dat boven aan haar pols een eigenaardige witte lijn zit, een brandwond van zo'n zevenenhalve centimeter lang en zo dun dat het wel lijkt of ze tegen een brandend spinnenweb aan is gekomen. Het was niet zichtbaar toen haar armen boven haar hoofd lagen en daarom zie ik het nu pas, en ik vraag me af of haar rechterhand zich bij haar haar bevond toen dat verschroeid raakte. Zo ja, waar is ze dan mee in aanraking gekomen? Mario neemt foto's en ik laat hem zien dat de rechterpols en hand volkomen stijf zijn.

'Toch is de lijkstijfheid in de rechterelleboog en -schouder nog maar matig gevorderd.' Ik til haar arm nog eens op om het te laten zien. 'In andere kleine spieren is die niet echt merkbaar, ook niet in haar linkerarm.' Ik til ook die arm op. 'Ik neem aan dat rechercheur Barclay de rechterarm heeft genomen toen hij haar pols wilde voelen.'

'Ik zal het hem vragen,' zegt Marino. 'Maar dat is het enige wat stijf is. En daaruit heeft hij geconcludeerd dat de lijkstijfheid volledig was.'

'Dat is niet zo, en het zal een paar uur geleden nog minder zijn geweest. Ze was toen nog helemaal soepel, behalve hier.' Ik wijs naar haar rechterhand en -pols. 'Dat doet me denken aan wat we bij elektrocuties zien als het slachtoffer een onder stroom staande draad heeft aangeraakt. Zo ziet die witte streep op haar pols eruit. Het lijkt op een brandwond, het soort brandwond dat je krijgt als je de gloeiend hete brander van een gasfornuis of iets anders dat heel heet is aanraakt.'

'Maar van een brandwond krijg je geen onmiddellijke lijkstijfheid,' zegt Marino. 'En dat hebben we hier, hoewel ik het zelf geloof ik nog nooit ben tegengekomen.'

Een kadaverspasme of cataleptische rigor kan zich voordoen als de dood wordt voorafgegaan door een heftige inspanning, waardoor de spieren worden beroofd van zuurstof en adenosinetrifosfaat (ATP). Als gevolg daarvan verstijven de spieren. Het is een zeldzaam verschijnsel en veel deskundigen vinden het ongeloofwaardig. Maar hier is beslist iets vreemds gebeurd.

'Dus als haar rechterhand in contact is gekomen met elektriciteit,' zeg ik tegen Marino, 'zou dat in theorie tot gevolg kunnen hebben dat de spieren zich blijvend samentrekken of spannen, wat bekendstaat als tetanie.'

Ik trek het lichaam gedeeltelijk in zijligging, net genoeg om te kijken naar lijkvlekken op de rug, die ontstaan doordat het bloed niet meer wordt rondgepompt en door de zwaartekracht naar de laagste lichaamsdelen loopt. Ik zie alleen een lichtroze blos. Als ik erop druk met mijn duim, wordt de huid nog steeds wit. De livor mortis is in het beginstadium, en dat klopt ook met de aanname dat ze nog niet heel lang dood is.

Er bestaat ook geen twijfel aan dat haar shirt uit was of omhoog was geschoven toen ze op de grond belandde. Op haar rug zie ik de krassen en schaafplekken die ik zou verwachten bij een fietsongeluk, en er zit aarde op haar witte sportbeha.

Als ik het lichaam nog iets verder draai, zie ik tot mijn verrassing iets wat lijkt op een necrotische tattoo.

'Wat is dat nou?' vraagt Marino.

Opeens begrijp ik het. 'De hanger.'

31

De brandwond heeft de vorm van een schedel.

'Je kunt het gezichtje zien. Nou ja, bijna.' Ik laat het Marino zien. We trekken schone handschoenen aan; inmiddels hebben we al een afvalzak vol vuile exemplaren. 'Je kunt in elk geval een oog en een deel van de grijns onderscheiden.'

'Droeg ze de hanger op haar rug toen je haar tegenkwam?' Met een papieren handdoekje dept hij het zweet van zijn kin om te voorkomen dat het ergens op druipt, op het lichaam bijvoorbeeld.

'Nee, want ik heb gezien dat het een grijnzend schedeltje was.'

'Dan moet het daar zijn beland voordat ze zich brandde, in haar shirt en direct op haar huid.' Hij wil dat het waar is.

Marino wil niets weten van zaken die zijn fobie voor bovennatuurlijke verschijnselen zouden kunnen aanwakkeren. Hij begint bang te worden. Dat had ik al verwacht, en de dag lijkt nog lang niet om.

'Stel dat je een dergelijke verwonding zou zien en geen idee had waar die van kwam.' Hij gaat erop door. 'In de middeleeuwen zou je als heks worden opgehangen. Ze zouden zeggen dat de dode door een heks moest zijn vervloekt, en je kon maar beter hopen dat je de verantwoordelijke nooit scheef had aangekeken.'

'Nou, gelukkig leven we niet meer in die tijd. Maar je hebt gelijk. Ik zou waarschijnlijk als heks zijn opgehangen.' Ik pak mijn loep en hij neemt foto's van de brandwond.

De droge, roodbruine vlek is een gedeeltelijke afbeelding van de grijnzende schedel en is gemaakt toen het metalen hangertje heel heet werd. De dieper liggende mond en een oog maakten geen contact met de huid, en die plekken zijn niet verbrand. Daar is de huid blank gebleven, zodat er een soort groteske emoji midden op de rug van Elisa Vandersteel staat. Zelfs ik zou de eerste zijn die de afbeelding bizar zou noemen.

'Het lijkt wel een doodhoofd.' Marino's ogen gaan alle kanten uit. 'Iets bovennatuurlijks, als een stigma.'

Hij bedoelt een doodshoofd, en de plek ziet er alleen zo uit als je weet waardoor hij veroorzaakt is.

'Kun je haar even vasthouden, alsjeblieft?' Het zweet loopt over mijn borst en buik en tussen mijn bovenbenen, en de operatiekleding onder mijn overall is doornat.

Marino gaat tegenover me op zijn hurken zitten en houdt het lichaam vast, dat ik nu helemaal op de zij heb gelegd om het van top tot teen en van voor tot achter te kunnen bekijken.

'Dat is ook raar.' Hij bedoelt de dunne witte lijnen op de rechterschouder en onder aan de nek. 'Net zulke lijnen als ze op die stijve rechterpols heeft, en aan dezelfde kant van het lichaam. Maar als het brandwonden zijn, lijken ze helemaal niet op die vlek hier.' Hij wijst naar de rode wond die is veroorzaakt door de hanger.

Ik leg uit dat een leerachtige, witte brandwond meestal een derdegraads verbranding is. Ik vermoed dat die witte lijnen zijn ontstaan door direct contact met datgene waardoor ze geëlektrocuteerd is.

'Zoals elektrische bedrading.' Ik geef hem een voorbeeld. 'Alleen zouden de draden dan heel dun moeten zijn geweest, bijna zo dun als haren.'

'Wat voor draden?' Marino kijkt zenuwachtig om zich heen, alsof ze vlak om hem heen zouden kunnen hangen.

'Ik heb geen idee, en ik weet ook nog niet zeker of we daarmee te maken hebben.' Ik zie dat ze iets in de binnenzak van haar blauwe hardloopbroekje heeft. 'De andere brandwond komt van de gouden hanger, die in contact is geweest met dezelfde bron van elektriciteit. Dat denk ik tenminste.'

Ik steek mijn vingers onder de broeksband en pak het kleine binnenzakje, waar iets hards en plats in zit. Het blijkt een zwarte plastic sleutel, waar een serienummer op lijkt te staan.

‘Bingo, misschien is dat de sleutel van waar ze woont,’ zegt Marino als ik hem in een zakje gooi, dat ik aan hem overhandig.

Ik kom overeind en kijk naar de bomen, de lampen en het spoor van glasscherven. Intussen probeer ik iets te bedenken wat lang en dun is en waarmee ze in contact kan zijn gekomen toen ze hier fietste. Ik stel me voor dat ze hier in het donker en in de verstikkende hitte fietste en misschien wel moe en ongerust werd omdat het steeds later en donkerder werd.

Toen voelde ze opeens een brandende pijn op haar blote rechterschouder, in haar nek en tussen haar schouderbladen. Het moet enorm pijnlijk en angstaanjagend zijn geweest, en ze greep ernaar en verbrandde haar rechterhand. Het moet hebben gevoeld alsof ze werd aangevallen door een onzichtbare zwerm wespen, en dat was misschien het laatste waarvan ze zich bewust was voordat haar fiets omviel en ze eraf werd gegooid.

Een dergelijk scenario zou een verklaring bieden voor de dunne strepen en de asymmetrische lijkstijfheid. Een sterke elektrische stroom die een gouden hanger raakte en door haar lichaam ging, zou alle vocht in stoom hebben veranderd, en daardoor kunnen haar schoenen en kleren zijn afgerukt. Door de hitte kan de gouden ketting die we hebben gevonden zijn gebroken, en ik kijk nog eens naar haar nek, op zoek naar aanwijzingen dat de ketting in haar vlees heeft gebrand voordat hij brak.

Ik strijk het haar weg en met de loep vind ik wat ik zoek: verscheidene rode vlekken, piepkleine brandwondjes aan de rechter- en linkerkant van haar nek. Aan de voorkant zit niets, en ik zie Elisa Vandersteel weer voor me op de stoep voor de Faculty Club, warm en bezweet, maar levend en heel vriendelijk. Ze droeg een halsdoek.

Ik weet bijna zeker dat hij een blauwe paisleyprint had, en had de indruk dat hij een beetje verbleekt en mogelijk wat rafelig was, alsof hij al oud was. Ik vraag Marino of er een halsdoek is gevonden en beschrijf hem. Had de tweeling hem misschien in hun rugzak en besefte hij niet waar hij vandaan kwam?

‘Nee,’ zegt hij. ‘Zoiets heb ik niet gezien, maar ik zal het door Flanders laten controleren nu ze de meisjes nog op het bureau heeft.’

‘Zo niet, dan zou hij hier ergens moeten liggen,’ antwoord ik.

‘Tenzij ze hem heeft afgedaan nadat ik haar in Quincy Street heb gezien. Het punt is, als ze zoiets droeg en de stof onder of gedeeltelijk onder de ketting zat toen die verhit werd, kan dat haar hals hebben beschermd. Als we de halsdoek vinden, kunnen daar brandplekken op zitten die daarover uitsluitsel zouden kunnen geven.’

Ik vertel hem dat we ook moeten controleren of er vroeg op de avond onweer is geweest in de omgeving. En ik voeg eraan toe dat de hanger op haar rug hangen wellicht het slechtste is wat ze had kunnen doen.

‘Ook al was ze bezweet en ook al houdt elektriciteit van zweet, de huid is nog steeds niet de beste geleider,’ leg ik uit. ‘Maar als die elektriciteit een homp goud treft, wordt het een ander verhaal, en dat is misschien de reden waarom ze dood is.’

‘Omdat de stroom haar hart heeft bereikt.’ Marino kijkt toe terwijl ik een bruine papieren zak over een van de handen schuif. ‘Er is een heleboel weerstand; daarom hebben sommige slachtoffers later niet meer dan brandwonden. Ik ken een vent die zo een vinger is kwijtgeraakt, maar dat was alles.’

‘Als de elektrische stroom niet door haar lichaam was gegaan, had ze het mogelijk overleefd,’ beaam ik. ‘En ik wed dat we zullen ontdekken dat ze niet is doodgegaan aan die hoofdwond.’

‘Daarom ben ik altijd voorzichtig met sieraden in de buurt van dingen waar ik een schok van zou kunnen krijgen. Doris werd altijd nijdig omdat ik de dikke zilveren identiteitsarmband niet wilde dragen die ze me had gegeven. Vervolgens wilde ik ook mijn trouwring niet om, en zij zei dat ik dat deed om haar te kunnen bedriegen.’ Marino zegt het alsof het een nieuw verhaal is, maar voor mij heeft hij nog maar weinig nieuwe dingen te vertellen.

In alle jaren dat ze uit elkaar zijn – minstens twintig dus – is hij er nooit mee opgehouden over zijn vrouw te praten. Doris was zijn vriendinnetje van high school, een ongecompliceerde vrouw, heel meegaand, tot ze er opeens genoeg van had en ervandoor ging met een andere man. Ik weet dat Marino er nooit overheen is gekomen. Ik hoop alleen dat het hem nu niet gaat lukken vanwege mijn zus, en ik probeer niet te denken aan wat Benton in de Faculty Club heeft gezegd.

Ik maak de zakken om haar handen en voeten vast met afplakband rond de polsen en enkels, zodat er geen bewijsmateriaal wordt toegevoegd of verloren gaat bij de tocht naar mijn hoofdkwartier.

'Wat nu weer?' zegt Marino bij het geluid van mannenstemmen bij de ingang van de tent.

Ik draai me om als ik het klittenband open hoor scheuren. Het is rechercheur Barclay weer, die zijn hoofd naar binnen steekt.

'Hebben jullie iets nodig?' roept hij.

'Ja, eigenlijk wel, Clay,' roept Marino terug. 'Ik wil dat je niet meer hier binnen komt om ons dat te vragen!' Hij rolt met zijn ogen en schudt traag zijn hoofd.

Hij wacht tot Barclay weg is en vraagt dan naar het 'rare patroon' dat we soms bij blikseminslagen zien, meestal op de borst of de rug van het slachtoffer. Het doet hem denken aan die keer dat hij in Lucy's helikopter over de Low Country vloog, zegt hij. Al die getijdenkreekjes die door de zoutmoerassen en moddervlakten kronkelden. Marino heeft het over boomachtige tekeningen.

Ze worden ook Lichtenberg-figuren genoemd, de eigenaardige rode patronen die een bliksemflits vaak achterlaat op de huid. Als je niet weet wat een Lichtenberg-figuur is, maakt die een heel vreemde indruk, en het is niet helemaal duidelijk waar die door wordt veroorzaakt. Een goede mogelijkheid is dat de haarvaatjes barsten langs het pad van de stroom door het lichaam. En daar is bij Elisa Vandersteel niets van te zien.

Wat me meer dwarszit, is de vraag waar de uitgang is als ze in de rug werd getroffen en er duizenden volts door het gouden hangertje gingen en haar hart lieten stoppen. Bliksem is voorspelbaar en ook weer niet. Het is alsof hij een eigen wil heeft, alsof hij leeft. Hij wil naar de grond, als een wild beest dat zich een weg graaft, en het is niet ongewoon om een uitgangswond te zien in de voetzool van een slachtoffer.

Die heeft ze niet. Op haar sokken zit alleen maar aarde. Ik kan nergens een uitgangswond vinden, en ik zeg tegen Marino dat ik de hanger wil zien die Anya en Enya hebben opgeraapt. Hij loopt naar zijn grote sporenkoffer.

Met enig geritsel open ik een simpele bruine zak, die ik over het haar en het hoofd schuif, helemaal tot aan de onderkant van de nek. Ik scheur het afplakband door met mijn handen in plaats van een mes te pakken.

Ik gebruik graag dingen die ik gemakkelijk kan verwijderen als het lichaam eenmaal op de snijtafel ligt. Een haar, een verfschilfer, een vezel, DNA – er kan van alles op zitten, en ik beweeg hemel en aarde om dat niet te verliezen of te besmetten. Maar als iemand niet begrijpt waarom ik dit doe, lijkt het een afschuwelijke manier om met een dode om te gaan. Het is wat Marino 'inpakken en wegwezen' noemt. Dat is je beloning als je onder een trein bent gekomen, bent omgekomen bij een vliegtuigongeluk, bent vermoord. *Dan komt dokter Dood en pakt al je onderdelen in, als afval in de berm van de snelweg*, volgens hem.

Als laatste leg ik haar armen naast haar lichaam, zodat we haar in de laatste en grootste zak kunnen doen, een lijkenzak, en ik word eraan herinnerd dat dood en waardigheid niet samengaan. Ik trek een laatje in mijn sporenkoffer open en haal er een steriele naald uit, en dan is Marino terug. Ik herken het gouden schedeltje met de dikke contouren, de diepliggende, zwart gemaakte ogen en de brede grijns.

Ik voel het gewicht in het geëtiketteerde zakje en zie dat de hanger niet beschadigd lijkt, alleen stoffig. Ik leg de naald tegen het plastic en voel de zwakke magnetische aantrekkingskracht.

'Het moet verguld metaal zijn, of anders zit er nog een andere legering in. Goud is een uitstekende geleider van elektriciteit, maar het wordt alleen magnetisch als het niet zuiver is.' Ik geef Marino het zakje terug. Ik ben inmiddels gesloopt.

Ik voel me niet zo goed. Ik zou even pauze moeten nemen, maar daar is geen tijd voor.

'Als het een bliksemflits was,' protesteert Marino, 'waarom heb ik vanmiddag of vroeg in de avond dan helemaal geen donder gehoord? Er is geen bliksem zonder donder.'

Wat hij zegt is waar, omdat bliksem donder veroorzaakt. Het een kan niet zonder het ander bestaan. Ik opper dat we misschien zelfs geen gerommel zouden horen als de onweersbui dertig of zelfs vijftig kilometer verderop hing. In dat geval zouden we geen idee hebben dat we ons ergens zorgen over moesten maken als we buiten gingen wandelen, zwemmen of golfen. Maar een bliksemflits kan een grote afstand afleggen, ver van de storm waaruit hij ontstaat.

'Daar komt de uitdrukking "als een donderslag bij heldere hemel" vandaan.' Mijn tong maakt kleverige geluiden als ik praat. 'En bij een chaotische plaats delict als deze kun je je voorstellen dat mensen met belachelijke dingen als "de hand van God" of "spontane zelfontbranding" komen. Terwijl we gewoon te maken hebben met een bliksemflits.' Ik raak geïrriteerd, en dat is te horen. 'Het is vooral verwarrend als de dichtstbijzijnde onweersbui kilometers verderop was en al is weggetrokken.'

'Alleen is er geen onweersbui overgetrokken,' zegt Marino, maar in mijn hoofd dringt Tailend Charlie zich weer op. Ik denk eraan dat ik na de eerste spottende audioclip heb opgezocht waar zijn naam vandaan kwam.

Ik zeg 'zijn', maar ik weet niet of het om een man gaat. Voor het gemak verwijs ik zo naar hem, en Benton denkt dat het juist is. Mijn man, de profiler, zegt dat de dichtende cyberstalker een oudere, intelligente en hoogopgeleide man is, en het is vanaf het begin een raadsel geweest waarom hij een ouderwetse Britse slanguitdrukking als naam heeft genomen.

Een *tail-end Charlie*, meestal gespeld met koppelteken, kan de laatste slagman zijn bij het cricket. Maar de term kan ook verwijzen naar de boordschutter achter in een gevechtsvliegtuig of de laatste onweersbui in een buienlijn. Terwijl ik dit vertel aan Chicken Little Marino, besef ik dat ik waarschijnlijk alleen maar zijn angst versterk dat de hemel echt naar beneden zou kunnen vallen.

'Met andere woorden, net als je denkt dat iets voorbij is, moet het ergste nog komen,' klaagt hij. Ik vang de geur op van ontsmettingsalcohol.

Ik zie dat hij pakjes met ontsmettende doekjes openscheurt en de vijftien centimeter lange plastic meetlatjes schoonmaakt die we bij het fotograferen van bewijsstukken hebben gebruikt om de schaal aan te geven.

'Deze dag hangt aan elkaar van vreemd toeval.' Ik voel dat mijn maag een beetje van streek is.

'Ja, maar is het wel toeval?' Marino bergt de gedesinfecteerde meetlatjes in aparte steriele zakjes en legt ze allemaal weer terug in een geëtiketteerde la van zijn fotokist. 'Jij zegt van wel, toch? Omdat je die opnamen pas sinds een week ontvangt. En nu staan we hier.' Zijn blik schiet heen en weer, en het zweet loopt over zijn glanzend rode door Tyvek omlijste gezicht.

Ik zeg helemaal niets, ik geef geen antwoord. Mijn geduld raakt een beetje op. Het wordt me allemaal enigszins te veel. Ik heb het gevoel dat de aarde onder me beweegt en er elk moment een zinkput voor mijn voeten kan verschijnen.

'Als je er goed over nadenkt, doc, ís een donderslag bij heldere hemel een tail-end Charlie, want het is het laatste deel van een bui die is overgetrokken, toch? Een soort laatste flits als klapstuk.'

Hij gooit de ontsmettende doekjes in de afvalzak.

'Ik wil maar zeggen dat deze vrouw gedood kan zijn door een bliksemflits uit het niets – met andere woorden, een tail-end Charlie. Natuurlijk, het kan gewoon toeval zijn op een dag die aan elkaar hangt van toevalligheden, zoals je zelf zegt. Het heeft misschien niets te maken met je rijmende trol.' Hij kijkt me aan met zijn bloeddoorlopen ogen. 'Maar stel dat het wél met elkaar te maken heeft?'

Ik geef geen antwoord, want dat is precies waar ik bang voor ben. Ik wil mijn angst geen naam of gestalte geven. Ik wil er niet over nadenken en hem ook niet onder woorden brengen.

'Stel dat het allemaal met elkaar te maken heeft?' Marino blijft tegen de zere plek porren. 'Stel dat het allemaal uit dezelfde hoek komt? Ik bedoel, we moeten er in elk geval rekening mee houden na al dat andere dat is gebeurd.'

Een verband tussen Tailend Charlie en Elisa Vandersteel zou alles op zijn kop zetten, omdat die allebei met mij te maken hebben. Het zou erop kunnen wijzen dat Carrie Grethen hierachter zit. Achter alles. Ik ben te moe om theebladeren te lezen en nog meer te speculeren. In plaats daarvan stel ik voor dat we vertrouwen op de wetenschap. Omdat al het andere niet te vertrouwen lijkt. Ik raad hem aan contact op te nemen met de National Oceanic en Atmospheric Administration.

'De NOAA zou ons precies moeten kunnen vertellen hoe de weersomstandigheden waren.' Ik ontgrendel mijn telefoon, maar ik kan niet meer scherp zien. 'Zij kunnen ons vertellen of er binnen tachtig kilometer enige onweersactiviteit heeft plaatsgevonden.' Ik voel me duizelig en hongerig als ik Rusty en Harold een berichtje stuur dat we klaar zijn om het lichaam te vervoeren.

Het is al bijna middernacht en tijd om te vertrekken. Ik heb alles gedaan wat ik op dit moment kan doen. Het was een hele puzzel om de tent op te zetten en we hebben steeds even gepauzeerd tijdens het eindeloze en stressvolle karwei. We lopen achter en we zijn oververhit. Ik voel me uitgedroogd, mijn stemming verslechtert pijlsnel en ik heb een groeiende hoofdpijn.

Als ik bekende stemmen en weer het scheurende geluid van het klittenband hoor, draai ik me om. Ik ben duizelig en schrikachtig, en verlies bijna mijn evenwicht.

'... Ze zijn bijna klaar...' Rechercheur Barclay wurmt zich door de opening.

Ik kan Benton niet zien, maar ik hoor hem iets zeggen over het blokkeren van verscheidene politiewagens. Over een paar minuten is hij weer weg, zegt hij ernstig en met gezag, en ik voel een steek van angst.

32

'Zet je schrap, want zoals ik al zei: het stinkt hier als de pest...' verkondigt Barclay op luide fluistertoon.

Hij is irritant aanwezig en overgedienstig als hij de tentflap openhoudt voor mijn man, de belangrijke FBI-agent. Hij salueert nog net niet terwijl hij hem binnenlaat in onze felverlichte, kokendhete, bedompte en smerig ruikende werkplek, waar ik op het punt sta flauw te vallen.

'Als u iets nodig hebt, weet u me te vinden.'

'Ik red het verder wel.' Benton heeft er genoeg van.

'Ik was bijna bij de FBI gegaan, weet u. Ik heb er geen problemen mee om met jullie samen te werken.' Alsof alle anderen dat wel hebben. 'Nou, u hebt mijn telefoonnummer, dus als er nog vragen zijn...'

'Dit is voorlopig alles.' Bentons beleefdheid verhardt als epoxylijm als hij de opdringerige rechercheur met het bord voor zijn kop vertelt dat niemand het erg zou vinden als hij zou vertrekken.

Ik luister, geknield in het gras, en heb er moeite mee me te concentreren. Ik pak mijn sporenkoffer in en voel me een beetje duizelig, en ik vraag me af wat voor vragen Benton aan Barclay heeft gesteld. Waar hadden ze het over terwijl de zelfingenomen rechercheur hem hierheen bracht? Ik sla het deksel van de grote zwarte gereedschapskist dicht.

'Wedden dat u niet weet hoeveel FBI-agenten begonnen zijn als politierechercheurs? Ik denk namelijk dat het een groot nadeel...'

'Je moet gaan,' zegt Benton scherp tegen Barclay.

De zware plastic grendels klikken dicht. En mijn hart staat even stil. Ik voel me vreemd trillerig en emotioneel.

Rustig ademhalen. In beweging blijven.

Benton heeft zijn jasje uit- en zijn das afgedaan sinds ik hem voor het laatst heb gezien. De mouwen van zijn witte overhemd zijn tot de ellebogen opgerold en het pistool in de holster op zijn heup is voor iedereen zichtbaar.

Hij komt niet langs om te zeggen dat er thuis een heerlijke fles Franse chablis op ons wacht. Hij is hier in zijn officiële hoedanigheid als FBI-agent. Ik denk aan Lucy, en mijn hart bonst. Ik vraag of alles goed met haar is en voel misselijkheid opkomen.

'Met haar is alles in orde.' Benton blijft net binnen de tent staan, bij de kisten met uitrusting, en kijkt naar me.

Ik raak steeds meer van streek. Mijn vijandigheid smeult en vonkt alsof ik een geprikkelde draak ben, hoewel ik doe alsof alles normaal is.

'We moeten praten, Kay.'

Ik vraag me af hoe hij in godsnaam kan weten dat alles goed is met Lucy, tenzij hij onlangs nog contact met haar heeft gehad. En als dat zo is, waarom dan? Verguld de pil niet. Pak me niet met fluwelen handschoentjes aan. Vertel me gewoon wat ik niet wil horen, vertel voor één keer de waarheid, verdomme.

'Is ze nog steeds in de truck aan het werk?' Ik hoor het mezelf vragen, maar weet het antwoord al.

'Nee.' Benton blijft me aanstaren. Natuurlijk is Lucy daar niet meer.

Het is uren geleden dat we in de koele truck met elkaar hebben gepraat. De stank is nu heel doordringend. Ik word erdoor omhuld alsof ik gewikkeld ben in smerig, rottend gaas, dat ik achter in mijn keel proef als de draak moeizaam slikt.

In godsnaam, niet overgeven.

Dat zou ik tot in lengte van dagen moeten horen. Ik zie rechercheur Barclay door de tentflap verdwijnen, die een wormgat is geworden naar een parallel universum. Hij zal niet ver weggaan. Hij blijft ongetwijfeld binnen gehoorsafstand rondhangen, zoals hij bijna de hele tijd heeft gedaan terwijl Marino en ik afgescheiden van de rest aan het werk zijn geweest en met z'n tweeën hebben gepraat over geheime speculaties en roddeltjes, zonder te beseffen dat er een omhooggevallen idioot mee stond te luisteren.

Het is niet te zeggen wat Barclay heeft doorverteld aan mijn man – met andere woorden, aan de FBI. Na alles wat Marino en ik op deze plaats delict hebben doorstaan, komt de grootste bedreiging verdomme van een van onze eigen mensen. De gedachte is als een steek in mijn hart en het gaat nog harder bonzen. Mijn ogen tranen. Ik haal diep en langzaam adem en knipper een paar keer met mijn ogen, want ik ben me er heel goed van bewust dat lichtgeraaktheid een veelvoorkomend symptoom is van oververhitting. Maar aan die wetenschap heb je niet veel als je wordt meegesleurd in een maalstroom van onbeheerste woede.

'Hé, Benton. Is Dorothy veilig gearriveerd?' Net iets voor Marino om liefjes en geïnteresseerd te vragen naar een vrouw die mannen verslindt als tartaar.

Innamorato pazzo! zoals mijn vader vroeger zei.

Marino is tot over zijn oren verliefd. Nu ik erop bedacht ben, zie ik het zo duidelijk als wat, en ik let goed op terwijl Benton hem met doffe stem vertelt dat Dorothy prima is aangekomen.

Behalve dan dat een van haar absurd opzichtige en overmaatse designertassen is weggeraakt. Ik zeg niets.

Ze is veilig geland met bijna al haar bagage, vertelt Benton over mijn ijdele, gewichtig doende lastpak van een zus, die haar eigen vlees en bloed altijd als vuil heeft behandeld.

'Maar ze zit inmiddels wel in de auto?' Marino moet zeker

weten dat alles goed is met zijn geliefde. 'Ik heb namelijk de laatste paar uur geen bericht van haar gehad. Ze antwoordt niet meer.'

Sotto l'incantesimo! zou mijn vader beweren. Marino is betoverd. Dorothy en hij hebben contact gehouden terwijl ik verdomme naast hem aan het werk was op die klote-plaats delict, en daar heeft hij helemaal niets van laten merken. Ik schrik van de gedachte dat ik zoiets afschuwelijks hardop heb gezegd. Misschien heb ik dat niet gedaan. Misschien dacht ik het maar heb ik het niet gezegd.

Aan Marino is niet te merken dat ik het gedaan heb. Ik kijk goed naar hem, maar opeens zie ik twee Marino's in het wit. Geen ervan lijkt beledigd. Maar ik weet het niet zeker en ik doe mijn ogen dicht. Als ik ze weer opendoe, is Marino weer alleen en gedraagt hij zich voor zijn doen normaal. Ik hoop dat ik niet echt 'klote-plaats delict' heb gezegd. Niet dat ik preuts ben, maar zulke dingen zeg ik zelden. Ik kan niet meer helder nadenken. Ik sta op het punt als een vulkaan uit te barsten. Ik heb geen elektrolyt meer in mijn lijf, en dat is heel verwarrend.

'Zolang alles maar goed met haar is,' zegt Marino tegen Benton. 'De luchthaven is een nachtmerrie vanwege de verhoogde terreurdreiging en wie weet wat nog meer.' Hij probeert er zonder enig succes nonchalant over te doen.

'Ze is bij Janet en Desi.' Benton blijft strak naar mij kijken.

'Dus ze zit in de auto en is op weg naar hun huis?' Marino blijft doorvragen, maar Benton schenkt er geen aandacht aan.

'We moeten praten, Kay. Je moet met me mee.' Ik vang een trieste klank op in de stem van mijn onbuigzame man.

Ik duw mijn capuchon van mijn hoofd. Mijn haar plakt tegen mijn schedel. Ik pak mijn sporenkoffer, en die lijkt ongelooflijk zwaar als ik naar hem toe loop.

'Wat is er, Benton?' roept Marino. 'Worden die pennenlikkers je te saai? Kon je er niet meer tegen om alle opwinding te missen? Wilde je eens kijken wat echte rechercheurs doen?'

Hij staat achter me, praat hard genoeg om de geluidsbarrière te doorbreken en pikt geen enkele aanwijzing op. Marino heeft het te druk met zijn honende opmerkingen over de FBI, waarvoor hij behoorlijk onaardige namen heeft. Maar midden in een sneer valt hij stil, omdat Bentons grimmige gezicht zo strak blijft als een masker en hij alleen maar oog heeft voor mij.

'Verdomme.' Marino beseft dat er iets helemaal mis is. 'Hé, wat is er aan de hand?'

'Je ziet er niet goed uit, Kay.' Benton zou niet zachtaardiger of somberder kunnen zijn. 'Je moet even gaan zitten.'

Hij steekt zijn hand uit, maar ik deins achteruit. Ik heb bloed aan mijn mouwen. Ik moet me ontsmetten. Ik moet die synthetische rommel uittrekken voordat ik stik. Ik voel me claustrofobisch, zo van top tot teen ingepakt als een huis in aanbouw, en ik adem steeds sneller en oppervlakkiger.

Ik dwing mezelf niet te laten merken dat ik op het punt sta in te storten. Ik ben me scherp bewust van de alarmsignalen. Een daarvan is niet genoeg zweten. En dat doe ik niet meer.

'Wil je niet even gaan zitten en wat drinken?' zegt Benton attent.

Hij is altijd attent geweest, vanaf de eerste keer dat we samen in één ruimte waren en ik mijn ogen niet van hem af kon houden. Benton was vriendelijk en zorgzaam toen hij dat niet hoefde te zijn, toen de meeste mensen dat niet waren. Hij volgde niet het voorbeeld van zijn mannelijke collega's, die me alleen maar beschouwden als tieten en een kont in een laborantenjas. Hij heeft nooit 'mevrouw' tegen me gezegd. Hij noemde me bij mijn naam, zoals hij nog steeds doet. Alsof dat iets voor hem betekent.

'Hebben we Gatorade? Is hier zoiets te vinden?' Hij vraagt het omdat hij alles voor me zou doen.

'Ik heb het nog niet gezien, maar ik ga zoeken.' Marino zit op zijn hurken bij zijn Harley-Davidson-koeltas en ik kijk vaag toe terwijl zijn dikke vingers het metalen lipje vastpakken.

Ik hoor het geluid van de rits als ik op mijn sporenkoffer ga zitten. Ik begin mijn overall uit te trekken; alles is nu een worsteling.

'We moeten praten over Briggs,' zegt Benton.

'Omdat hij heeft afgezegd?' De vraag klinkt bijzonder slap, alsof ik gewoon wil dat het waar is.

Ik weet dat dat niet de reden is waarom mijn man, FBI-agent Benton Wesley, naar me toe is gekomen. Hij is niet gekomen om informatie door te geven over mijn praatje met Briggs, maar om me mee te nemen, omdat de Amerikaanse regering iets wil wat alleen ik kan geven. Of kan opgeven, dat is nog waarschijnlijker. Wat de FBI ook van me wil, het is niet in mijn belang. Dat is het nooit, echt nooit.

'Het spijt me,' zegt Benton, terwijl ik mijn smerige schoenhoezen vol grasvlekken uittrek. 'Ik wilde niet dat je dit van iemand anders zou horen.'

'Ruthie probeerde me nog te pakken te krijgen. Ze klonk overstuur.' Mijn hoofd bonst. 'Ik dacht dat ze daarover belde.' Maar dat was niet zo, en ik had meer moeite moeten doen om erachter te komen wat ze nou eigenlijk wilde.

'Hij is er niet meer,' zegt Benton. 'Het spijt me, Kay.'

'Shit!' Marino draait met geweld de dop van een flesje water en geeft het aan mij, en zijn gezicht wordt nog donkerder rood. 'Waar heb je het in godsnaam over?' Hij kijkt boos naar Benton. 'Hij is er niet meer? Is generaal Briggs dood?'

'Ik vind het echt heel erg,' zegt Benton tegen me. Hoe ironisch dat hij dat eufemisme gebruikt.

Hij is er niet meer. Zoiets als 'overgegaan' dus. *Niet langer onder ons. Niet meer hier.*

Dat kan niet kloppen. Dat is niet wat hij bedoelt. Maar dat is het wel, en de angst komt sterker opzetten. Die angst zet een elleboog in mijn maag en slaat de ontkenning eruit.

Dood.

Generaal Briggs is om zes uur 's avonds gaan zwemmen en is drie kwartier later drijvend in het zwembad aangetroffen. Ik probeer het tot me door te laten dringen.

Dood.

De stilstaande, smerige lucht lijkt rokerig, alsof ik door een sluier kijk. Ik neem nog een slokje water, dat warm genoeg is om in te baden. Ik giet het in mijn handen, gooi het in mijn gezicht, laat het over mijn blote armen druipen. Ik zet mijn vingertoppen tegen mijn slapen, want mijn hoofd doet ellendig pijn. Ik kijk omhoog en naar beneden en knipper een paar keer.

Terwijl Marino als een mitrailleur vragen blijft afvuren en wil weten of de FBI denkt dat wat er met Briggs is gebeurd verband houdt met de dode vrouw hier in het park, kom ik overeind. Het is onverstandig van Marino om dat te vragen. Hij maakt het alleen maar makkelijker om onderuitgehaald te worden. Dat doet hij vaak.

'Kay? Je kunt beter gaan zitten.' Bentons gezicht is wazig. 'Doe alsjeblieft een beetje rustig aan. Ik wil zeker weten dat je terug kunt lopen. Misschien moeten we je maar rijden. Wil je een rolstoel?'

'Goeie god, nee. Geef me een paar minuten de tijd.' Ik ben een beetje misselijk.

'Ga zitten en drink alsjeblieft wat water.'

'Het gaat wel.' Maar ik sta wankel op mijn benen en als ik niet oppas, wordt dat alleen maar erger.

Ik wil niet overgeven, en ik kijk van hem en van Marino weg. Niet staren. Als je je ergens op concentreert, gaat het geheid mis. Ik kijk van de ene naar de andere kant. Omhoog en omlaag. Steeds ergens anders naar. Mijn aandacht blijft niet langer dan twee seconden ergens op gevestigd en mijn blik gaat voortdurend heen en weer. Nergens op fixeren, want dan gebeurt het.

Dan raak je de controle kwijt. Ik kan het aantal mensen niet tellen dat ik van de met epoxyverf behandelde vloer heb moeten rapen of de altijd gereedstaande plastic emmer heb moeten aanreiken. De meeste politiemensen komen bij de roestvrij stalen snijtafel staan alsof het niets voorstelt, maar ik zie het altijd aankomen.

De gespannen blik als mijn scalpel door de borst snijdt om de Y-incisie te maken, over de torso en om de navel heen, en als ik met snelle tikjes van het mes het weefsel opzijleg.

Als ik de maaginhoud en de ingewanden blootleg. Dat is geen aromatherapie, om met Marino te spreken. Alleen spreekt hij het uit als 'Rometherapie'. Hij schrijft het zelfs zo, met een hoofdletter. Alsof het over de Eeuwige Stad gaat. Die van Romulus en Remus.

Nul
Een
Twee
Drie
Geen
Fix-a-tie!

Mijn mantra voor in het mortuarium. Mantra's zijn een gemakkelijke manier om je iets te herinneren. Blijf in beweging. Kijk hierheen. Kijk daarheen. Niet staren. Ik herhaal de mantra in mijn hoofd omdat ik dit keer degene ben die hem nodig heeft. Ik zorg dat mijn blik blijft ronddwalen. En mijn aandacht valt...

Op het gras.

Op het geelbruine pad.

Weer op de dode vrouw, eenzaam op haar rug.

In haar witte sportbeha.

Haar blauwe korte broek.

Haar grijsgestreepte sokken.

Met haar hoofd, handen en voeten verpakt in bruin papier, als een ontwortelde boom in een jutezak.

Dood.

Verpakt als bewijsmateriaal, beroofd van haar waardigheid en persoonlijkheid. Dat kan niet de stoutmoedige, trotse, bezielde vrouw zijn die ik eerder vandaag heb ontmoet. Niet eenmaal, maar tweemaal. Aantrekkelijk, geestig, vol zelfvertrouwen, bruisend van leven. Ze deed me denken aan Lucy. Hoe kan er niet meer dan dit van haar over zijn? Afval dat weggehaald en in stukken gesneden zal worden?

Als je er niet aan doodgaat, word je er sterker van.

Maar ze ging er wel aan dood. Wat een vreemde uitspraak eigenlijk, alsof iets in haar het wist en ze probeerde het weg te lachen. Ik had het moeten voorkomen. Ze was twee keer in mijn nabijheid en ik heb helemaal niets gedaan.

Ik kijk naar de zwarte vierkante tent met zijn grijze aluminium frame. Dan weer naar het lichaam, en ik denk aan haar sterke bruine schouders en haar brede glimlach, en aan hoe ze recepten op de muren van het Loeb Center plakte. Ik denk eraan hoe ze op de stoep voor de Faculty Club haar waterflesje liet vallen.

U bent die dame van de pindakaastaart.

Ze had het warm en over haar huid lag een laagje zweet. De zon ging onder. Aan de horizon waren perzikkleurige en roze vegen te zien, en ik zag haar Quincy Street oversteken.

Dood.

Ik kijk op naar de bomen. De zware groene takken hangen roerloos in de verstikkende lucht, en als geuren muziekinstrumenten waren, zou een stankorkest hier een luidruchtige symfonie ten gehore brengen. Ik zou mineurklanken horen, kruisen en mollen, een chaotisch crescendo, dat met percussie en zware bassen aanzwol tot aan een verstikkende coda.

Na de toegift van de dood zouden de lampen uitgaan in het gebouw en zou er zo'n opgezwollen, krioelende, smerige menigte rondlopen dat ik er niet meer doorheen zou kunnen komen. Op zoek naar een uitgang. Zonder er een te vinden. Er is geen uitgang. Briggs zou de eerste zijn die het zou zeggen. Ik kan niet voor hem naar het mortuarium in Baltimore gaan.

Het zou de slechteriken slechts iets geven om op te graven, iets wat het licht niet hoeft te zien, Kay.

Ik hoor hem alsof hij voor me staat, met die diepe kuilen in zijn wangen en die brede glimlach. Er is eigenlijk maar één regel in het leven, verkondigde hij altijd. Doen wat juist is. Maar dat deed hij niet altijd. Ik veeg met de rug van mijn handen langs mijn ogen.

33

Ik blijf rustig op mijn harde, zwarte, hoekige zitplaats zitten. Ik hou mijn rug recht en adem langzaam en diep.

Ik heb de zware plastic sporenkoffer jaren geleden gekocht bij het Home Depot, en het is een geschikte troon voor de Koningin van de Misdaad, Hare Narigheid en Hare Koninklijke Hardheid. Bryce is de meester van de woordgrapjes. Hij heeft allerlei namen voor me als hij denkt dat ik hem niet kan horen.

Ik wacht tot mijn moleculen zich herstellen en de duizeligheid wegtrekt. Als ik mijn kloppende hoofd draai, lijken mijn hersenen zwaar en traag als eigeel door mijn schedel te glijden. Ik luister naar Marino en Benton, neem slokjes water en kijk goed naar wie er aan het woord is. Heen en weer als een pingpongwedstrijd. Punt en contrapunt als een gregoriaans gezang. De Boze Bokser tegen het Stoïcijnse Masker.

Ik zit op de eerste rij terwijl Marino vragen afvuurt en Benton die afweert en ontwijkt zonder iets belangrijks te zeggen over wat er met onze wederzijdse vriend John Briggs is gebeurd. Maar het ontgaat me niet dat mijn echtgenoot zonder enige aarzeling vragen stelt over de dode vrouw in ons midden, een drieëntwintigjarige Canadese met wie de FBI zich helemaal niet bezig zou moeten houden, in elk geval nog niet.

Ik krijg ook argwaan doordat Benton zich helemaal niets aantrekt van de helikopter die inmiddels heen en weer vliegt over de rivier. Misschien is het er wel meer dan een. Hij doet alsof hij er niets van merkt, maar het is geen toeristische rondvlucht, en zo te horen is het toestel te groot om van de plaatselijke televisie te zijn. Ik heb het gevoel dat de FBI op het toneel is verschenen of op het punt staat dat te doen, en ik geloof niet dat Marino daar enig vermoeden van heeft. Waarschijnlijk omdat het gemakkelijker is om het niet te weten. Terwijl ik uitrust en mijn vochtgehalte op peil breng, geef ik hem nog een seconde of twee om de ongelukkige realiteit onder ogen te zien. Ik herken een niet al te vriendelijke overname als ik hem zie.

'... De vraag moet natuurlijk zijn waarom ze eigenlijk ontslag heeft genomen.' Benton praat met Marino over de Portisons in Londen en hun voormalige au pair Elisa Vandersteel. 'Als ze zo blij met haar waren geweest, zouden ze hemel en aarde hebben bewogen om haar vast te houden. Waarom is ze weggegaan?'

'Misschien iets met haar visum.'

'Daar was wel een mouw aan te passen geweest als ze haar echt wilden houden en zij echt wilde blijven. Maar de jongens zijn al wat ouder. Dertien en veertien. Misschien hadden ze haar gewoon niet meer nodig.'

'Welke twee jongens? Hoe weet je dat in godsnaam? Heeft Lucy je dat verteld?'

Maar Benton voelt zich niet verplicht om vragen te beantwoorden als dat hem niet uitkomt. Hij stelt vragen en geeft commentaar alsof hij de leiding heeft over de zaak, en Marino begint onrustig en geagiteerd te worden. Hij heeft zijn Pelican-koffer zorgvuldig ingepakt, maar nu knielt hij opeens in het gras en maakt hem weer open alsof hij niet goed weet wat hij met zichzelf aan moet.

'Ja, ik weet welke vragen er gesteld moeten worden,' antwoordt hij terwijl hij de klemmen openklikt. Hij schiet in de verdediging en gaat steeds harder praten. 'Je hebt zeker met Lucy gesproken? Maar ik weet niet goed waarom, want voor zover ik weet, is dit verdomme jouw zaak niet.'

'Misschien heeft ze het een en ander gehoord van de mensen van het theater?' Ook op die vraag geeft Benton geen antwoord; hij kijkt naar het lichaam, dat een meter of vijftien verderop ligt. 'Wie of wat haar naar Cambridge heeft gebracht, bijvoorbeeld.'

Marino doet het deksel van zijn sporenkoffer open.

'De vraag is of Elisa Vandersteel het doelwit was of slechts een willekeurige voorbijganger, iemand die op het verkeerde moment op de verkeerde plek was.'

'Wiens vraag?' Marino controleert het ingepakte bewijsmateriaal, en intussen zie ik zijn woede en paranoia groeien. 'Ik dacht dat je over Briggs kwam praten.' Hij kijkt argwanend naar Benton, en op zijn verhitte, rode gezicht daagt het besef.

Er is iets veranderd in de jurisdictie over de zaak-Vandersteel. Dat zou verklaren waarom Benton hier is. Als de FBI het onderzoek heeft overgenomen, is het logisch dat hij rondkijkt op de plaats delict en de bomen, het pad, de vernielde lamp en de verspreide glasscherven bestudeert terwijl hij intussen goed oppast waar hij loopt. Als hij niet naar mij kijkt, neemt hij zijn omgeving op, en dat gaat verder dan zijn normale nieuwsgierigheid.

Ik zie dat hij de situatie taxeert. Ik weet wanneer hij als profiler aan het werk is. Ik weet ook dat de FBI niet gevraagd had mogen worden te assisteren in de zaak-Vandersteel – niet in dit vroege stadium. Maar Bentons gedrag, zijn sombere energie en rustige ernst vertellen me dat hij geen uitnodiging nodig heeft.

Dat wijst op een fait accompli, en die gedachte vind ik hoogst verontrustend. We weten niet of ze wel is vermoord, en sinds wanneer heeft de FBI belangstelling voor een elektrocutie of voor blikseminslagen?

Ik twijfel er niet aan dat Barclay allerlei dingen heeft losgelaten terwijl hij Benton door het park escorteerde. Maar op dat moment was de meeste schade al aangericht. Er is een beslissing genomen, anders zou mijn man helemaal niet hiernaartoe zijn gekomen. Benton kan niet zomaar onuitgenodigd binnen komen lopen en zich een zaak toe-eigenen. Daar moet een proces aan voorafgaan, en ik vraag me af of Marino merkt dat Benton hem niet meer als collega behandelt.

Ik kijk toe terwijl hij zijn sporenkoffer ter grootte van een lijkkist weer inpakt, obsessief als hij altijd is met zijn enorme gereedschapskisten.

'... Ik stem op een hartaanval.' Hij is net een mot die steeds weer tegen een hor vliegt, vastbesloten om meer uit Benton los te krijgen over Briggs of over wat dan ook.

Maar waar ik eigenlijk getuige van ben, is de doodsstrijd van Marino als leider van het onderzoek naar Elisa Vandersteel. Hij zal ook niet betrokken worden bij wat er in Maryland gebeurt. Maar officieel zou dat sowieso niet gebeuren.

'... Daarom vraag ik me af of Ruthie soms gezegd heeft dat hij zich de laatste tijd niet goed voelde,' zegt Marino, maar Benton blijft hem negeren.

Marino is nog niet rechtstreeks op de hoogte gesteld van het feit dat zijn zaak is overgenomen door de FBI, en omdat die nooit met anderen samenwerkt, is dat hetzelfde als ontslagen worden. Zoiets zou Benton nooit zeggen. Zo gaat het niet als een plaatselijke rechercheur van een zaak wordt gehaald, of beter gezegd: als de zaak de plaatselijke rechercheur uit handen wordt genomen. Benton zal niet degene zijn die het zegt, en dat hoeft hij ook niet te doen, want de akelige waarheid is net zo aanwezig als de stank en de hitte.

'Misschien voelde hij zich al een tijdje niet goed, had hij last van pijn op de borst. Of misschien heeft het te maken met de pacemaker die hij acht of negen maanden geleden heeft gekregen.' Marino blijft maar doorgaan, en Benton reageert niet. 'Maar ik zie wel dat je me geen ene moer gaat vertellen. Met andere woorden, je bent een typische FBI-klootzak.'

Dat is Benton niet echt, en als Marino niet zo afgeleid was door zijn vermoeidheid en het lichamelijke ongemak, en door de gebruikelijke machtsstrijd en onzekerheid, had hij kunnen beseffen wat overduidelijk is. Briggs had een bijzonder hoge functie en adviseerde regelmatig militaire kopstukken, de minister van Buitenlandse Zaken en verscheidene instanties, zoals de ministeries van Defensie en Justitie.

Hij woonde sociale bijeenkomsten in het Witte Huis bij en was eraan gewend de president te informeren. Uiteraard heeft de Amerikaanse inlichtingengemeenschap grote belangstelling voor hem, maar die zal zich niet direct bemoeien met het onderzoek naar zijn dood. De CIA gaat slinkser te werk.

Die maakt vaak gebruik van de FBI, omdat mensen die zich met wereldspionage bezighouden zich natuurlijk niet rechtstreeks kunnen bemoeien met binnenlandse lijkschouwers en de politie. Dat is een nette manier om te zeggen dat de CIA in de echte wereld de onzichtbare heks is die over de glazen bol van de FBI wrijft en de agenten en deskundigen van die organisatie van hot naar her stuurt, als een leger vliegende apen.

En die storten zich vervolgens onverwachts op jouw plaats delict, je getuigen, je kantoor, je dossiers, je database, je lab, je mortuarium en zelfs op je huis en je familie, zonder te letten op de schade die ze daarmee kunnen aanrichten. Agenten als Marino komen er wellicht nooit achter wat er gebeurd is en om welke reden het gebeurd is. Het is de nachtmerrie van iedere rechercheur om te moeten toezien hoe een grote zaak wordt overgenomen door de FBI, vooral als de betrokken federale agenten heimelijk acteren op instigatie van een spionageorganisatie als de CIA.

Ik zie hoe Marino naar Benton kijkt, die de situatie beoordeelt en zich gedraagt alsof hij daar het volste recht toe heeft. Intussen weet ik nog bijna niets over hoe mijn mentor en vriend dood in een zwembad is aangetroffen. Welk zwembad? Op de Dover Air Force Base in Delaware? Ik weet dat hij daar steevast ging zwemmen als hij leiding moest geven aan het Charles C. Carson Center for Mortuary Affairs.

Of was Briggs op reis? Dan maakte hij gebruik van het hotelzwembad, als er een was. Maar ik heb het gevoel dat ik weet waar het gebeurd is, en dat zou tegelijkertijd tragisch en ironisch zijn. Het heeft iets van een oordeel uit het Oude Testament, en ik denk aan het eigenaardige stenen huis in de charmante wijk in Bethesda, bij Old Georgetown Road. Briggs heeft het tientallen jaren geleden gekocht. Een van de voordelen was dat het vlak bij het Walter Reed National Military Medical Center staat, waar we vroeger hebben samengewerkt.

'Hier.' Marino staat naast me, en ik besef dat Benton en hij niet meer met elkaar praten.

Marino heeft een sportdrankje opgeduikeld, dat net zo warm is als de vochtige, stinkende lucht. Het heeft god mag weten hoelang in een rugzak gezeten, maar dat kan me niet schelen. Ik veeg het stof en het vuil eraf en draai met een knalletje het dopje los. De zoutige fruitsmaak doet plakkerig aan en ik voel het effect meteen, als een haal van een sigaret of een slok whisky.

'Ik weet niet of zoiets na een tijdje kan bederven.' Marino kijkt toe terwijl ik kleine slokjes neem. Zijn kleren zijn een paar tinten donkerder van het zweet. 'Sorry dat het niet koud is.'

In het terras achter het huis ligt een zwembad met een tegenstroominstallatie, die Briggs voortdurend moest repareren.

Ik zie het zo helder voor me als op een foto, en het doet ondraaglijk pijn. Hij was te zuinig en te koppig om hem te vervangen en hield hem bij elkaar met spuug en elastiekjes, zoals hijzelf altijd spottend zei. Voor hem was het een functioneel trainingsapparaat, net als een loopband of een hometrainer, en zwemmen maakte deel uit van zijn dagelijkse routine als hij in zijn en Ruthies huis in Maryland was.

Ik heb dat met eigen ogen gezien als ik bij ze logeerde, en zijn vaste tijdstip was zes uur – het heksenuur tussen het werk en de Johnnie Walker, zoals hij altijd zei. Hij stapte in het water, dat verwarmd was tot bijna zevenentwintig graden Celsius, zette de tegenstroominstallatie aan en koos de weerstand die paste bij zijn stemming en zijn conditie. Dan zwom hij dertig minuten tegen de stroom in, nooit meer, nooit minder. Loopt het na alles wat we hebben doorgemaakt en al mijn klachten over zijn houtje-touwtjereparaties nu zo af?

Ik vraag het aan Benton. Ik moet het zeker weten. Waar was Briggs? Was hij thuis in Maryland? Ik wil het echt weten, en het kan me niet schelen of Benton er niet over wil praten waar Marino bij is of misschien zelfs helemaal niet. Het kan me niet schelen wie het onderzoek doet. Ik moet een paar dingen weten. Nu meteen.

'Ja, in Bethesda.' Het antwoord van Benton gaat gepaard met een blik die waarschuwt dat ik niet te veel moet aandringen, dat we er hier niet over kunnen praten.

'Waar was Ruthie?' Ik ga er toch nog even op door. 'Was ze thuis?' Dat kan hij me toch wel vertellen.

'Ze was aan het koken.'

Vanaf het aanrecht heb je uitzicht op het roodhouten terras en de omheinde tuin achter het huis. Maar het zwembad kun je van daaraf niet zien, want het ligt meer opzij, bij het vogelhuisje en de gereedschapsschuur. Ik heb Briggs meer dan eens verteld dat dat niet veilig was. Als hij een hartaanval kreeg of er iets anders gebeurde, zou niemand hem op tijd zien.

Ik heb hem achter de broek gezeten om een defibrillator aan te schaffen en camera's te installeren. Toen hij de pacemaker kreeg, heb ik hem een startset gegeven waarmee Ruthie hem vanuit verschillende kamers in het huis in de gaten kon houden als hij aan het trainen was.

Nee, dank je, liet hij weten. *Ik wil niet meer bespioneerd worden dan nu al het geval is.*

Ongeveer zes uur geleden, wordt me verteld, ging hij met zijn handdoek en zijn zwembril de achterdeur uit, op blote voeten en in zijn zwembroek. Ik ben talloze malen bij hem thuis geweest. Ik zie het zwembad, dat niet veel groter is dan een bubbelbad, zo voor me. Ik herinner me nog dat Briggs het een jaar of vijftien geleden heeft geïnstalleerd toen hij last kreeg van oude footballblessures en grapjes begon te maken over zijn gewrichten.

In plaats van hardlopen ging hij zwemmen, en thuis ging hij de strijd aan tegen de kunstmatige stroming van zijn Endless Pool. Als hij meer uithoudingsvermogen wilde krijgen, trainde hij niet langer, maar zwaarder. Hij droeg zwemhandschoenen of zwemvliezen om de weerstand te vergroten, en ik vraag of hij die aanhad. Benton weet het kennelijk niet, en ik zie dat Marino een handgreep van zijn grote Pelican-koffer pakt en hem dichter naar de ingang van de tent trekt. Dan hoor ik stemmen en het gekletter van een brancard.

Op dat moment verscheurt Marino's mobiele telefoon de verstikkende stilte met het geloei van een luchtalarm uit de Tweede Wereldoorlog – een dringende oproep die ik eerder heb gehoord, maar niet vaak. Hij stapt weg van zijn sporenkoffer en van ons en gaat in gesprek met iemand die hoog in de gelederen van de politie van Cambridge zit.

'Ja, ik ben hier nog, bijna klaar. Wat? Dat meent u niet.' Zijn stem klinkt geërgerd, maar ingehouden. 'Ja, ik hoor wat u zegt.

Niet dat het me verbaast.' Hij werpt een boze blik op Benton. 'Wanneer is dat in godsnaam gebeurd?'

De tentflap gaat weer open en Harold komt binnen, moe maar rustig. Hij kijkt meelevend naar me en vraagt of ik iets nodig heb, en ik zou het aan zijn gezicht zien als hij het nieuws over Briggs al had gehoord. Het CFC heeft zijn bestaan te danken aan generaal John Anderson Briggs. Hij heeft geholpen het centrum vorm te geven en heeft in de loop der jaren veel tijd bij ons doorgebracht. Harold, Rusty en de rest van het personeel zullen er kapot van zijn. Maar niet zo kapot als ik.

'... Dat zal best. Aardig van hem om het me zelf te vertellen, als je bedenkt dat ik hier verdomme al een kwartier met hem sta te praten.' Marino staat heftig te gesticuleren en werpt steelse en wrokkige blikken op Benton.

'Het is daar buiten nog steeds loeiheet.' Harold knikt plechtig en kijkt naar me als een begrafenisondernemer die een toekomstige klant ziet.

Ik stel me voor dat hij nadenkt over verschillende lijmsoorten en tinten make-up, en of hij klei nodig zal hebben.

'Als je het niet erg vindt dat ik het zeg, doctor Scarpetta...'

'Ik vind het wel erg, Harold. Je hoeft me niet te vertellen dat ik er op dit moment slechter uitzie dan sommige van mijn patiënten.'

'Teringlijer.' Marino heeft zijn gesprek beëindigd.

'Je ziet er gewoon uit alsof je wel een pauze op een koele plek kunt gebruiken, chef.' Harold neemt het lege flesje van me aan en bestudeert het met een frons voordat hij het in de afvalzak gooit. 'Heb je gezien dat dat spul over de datum was?'

'Dat geldt voor jou niet minder, Harold. Dank je. Je weet waar ik naartoe ga.' Ik kijk neer op mijn vochtige, smerige operatiekleding en mijn afschuwelijke pumps. 'Ik zie je op de thuisbasis.'

'Nou, ik weet niet of jij wel ergens naartoe moet lopen. Je ziet er nog steeds behoorlijk heet uit... O hemel.' Hij trekt een paar handschoenen aan. 'Zo bedoel ik het niet. Hoe dan ook, ik weet niet of jij je überhaupt wel moet inspannen.' Hij kijkt me al te onderzoekend aan, met een bezorgd gezicht.

'Als je het maar uit je hoofd laat.' Ik schud waarschuwend met een vinger.

'We hebben een brancard bij ons en die is zo schoon alsof hij gloednieuw is...'

'Nee, dank je.' Ik benadruk elk woord, zodat ze klinken als geweerschoten.

'Oké dan. Maar we lopen achter je aan voor als je duizelig wordt. Het is best een eindje, en er lopen een heleboel mensen rond. Verschillende soorten wetshandhavers en zo.' Hieruit maak ik op dat er agenten in het park zijn die er eerder niet waren.

'En de media?' vraag ik.

'O, nee. Die kunnen er niet in. Het park is helemaal verzegeld. Ze hebben de ingangen geblokkeerd en zelfs Bennett en Eliot Street en University Road. Overal staan politiewagens, de meeste zonder zwaailichten, en er zijn ook een heleboel burgerauto's. En ik heb een helikopter gehoord. Het zouden er zelfs meer kunnen zijn.'

Hij praat me op oprechte, geruststellende toon bij. Hij zegt dat mijn mensen worden gemobiliseerd, en dat bevestigt wat ik al had vermoed. Ook hij beseft dat Benton niet toevallig hier is. Harold herkent de tekenen van een ophanden zijnde overname en hij heeft de taak op zich genomen om een verdedigingslinie te vormen nu het nog kan.

Anne, de radiologe, heeft erin toegestemd om meteen naar kantoor te komen, bevestigt hij. Evenals Luke Zenner, en Bryce is er al. Rusty is met het mobiele commandocentrum naar het CFC gereden en teruggekomen met een busje om het lichaam van Elisa Vandersteel te transporteren. Harold heeft me uren wachten bespaard en waarschijnlijk nog veel meer. Het is een van de vele redenen waarom ik hem nooit zou kunnen vervangen, en ik bedank hem.

'Ik kan alle hulp gebruiken die ik kan krijgen,' voeg ik eraan toe. 'Volgens mij gaat deze lange nacht nog veel langer worden.'

'Ik ben bang dat je gelijk hebt, chef.' Zijn glimlach ligt ergens tussen zalvend en vroom in.

Benton hangt de band van mijn aktetas over zijn schouder en doet alsof hij niet gehoord heeft wat we hebben gezegd. Hij volgt me als ik door de zwarte tentflap stap en van de felverlichte tent in het pikkedonker terechtkom. Even kan ik helemaal niets zien. Maar de warme buitenlucht is een aangename opluchting en ik vul mijn longen met lucht die niet verstikkend is en niet stinkt.

'Hoe voel je je? Kun je wel lopen? Zeg me de waarheid,' zegt Benton. Misschien komt het door mijn verwarring, maar ik voel iets trillen.

'Zolang ik niet ga hardlopen.' Ik hoor een onmiskenbaar, bonkend geluid.

'Langzaam en rustig, alsjeblieft.' Hij kijkt naar me, maar mijn aandacht gaat naar de rivier.

Het gedreun trilt na in mijn botten en mijn organen. Ik kijk om ons heen terwijl de turbulentie weerkaatst van gebouwen en bruggen, zodat het moeilijk is om te horen waar dat luide en angstaanjagende geluid vandaan komt.

Ik ben er vrij zeker van dat het dezelfde helikopter is die we eerder hebben gehoord, of een andere die erop lijkt, en in het verre donker in het noordoosten zie ik een felwit licht, een zoeklicht dat op ons afkomt. We blijven staan om naar de lichte vinger te kijken die zich een weg zoekt langs de campussen van het MIT en Harvard.

Hij glijdt over het woelige water en snijdt door de dikke boomtoppen en over het fietspad aan deze kant van de rivier.

34

De Bell 429 komt langzaam en laag aandenderen, met zwiepende wieken en alle lampen aan, op een hoogte van misschien honderdtwintig meter en met een snelheid van zestig knopen. De boomtoppen schudden heftig door de weerslag van de rotor, en het is maar goed dat we het bewijsmateriaal al hebben veiliggesteld. Ik zou er niet blij mee zijn geweest als dat ding aan was komen vliegen voor de tent er stond.

'Ik hoop dat hij niet besluit hier te blijven hangen.' Ik verhef mijn stem alsof Benton iets te maken heeft met dit oorverdovende spektakel, en misschien is dat ook wel zo.

Het tweemotorige toestel gaat brullend voorbij en ik herken de schietplatformen op het onderstel, de NightSun met een lichtsterkte van vijftig miljoen mcd aan de buik, de takel en de infraroodcamera.

Het silhouet van de tweemotorige legerhelikopter doet denken aan een monsterlijke vleesetende kikkervis, en ik zie dat de deuren niet zijn opengezet of verwijderd. Dat is meestal wel het geval bij tactische operaties of reddingsmissies, en het wijst erop dat er gesurveilleerd wordt. Maar wat mij betreft is dit allemaal vooral voor de show.

'Is dat er een van jullie?' vraag ik aan Benton. 'Hij is namelijk niet van de staatspolitie en het is ook geen traumahelikopter. Ook niet van het leger, de marine of de kustwacht. En het is zeker niet Lucy, ook al heeft ze een paar uur geleden een vliegoverall aangetrokken. Dat is beslist niet haar helikopter,' voeg ik eraan toe.

Het zoeklicht priemt als een lichtende staaf witte kalk naar beneden wanneer het ongemarkeerde toestel met een scherpe bocht stroomafwaarts gaat en bij de Harvard Bridge, vlak bij mijn hoofdkwartier, honderdtachtig graden draait.

'Het was niet mijn idee,' zegt Benton terwijl we voor de tent omhoog staan te kijken.

'Over welk idee hebben we het? Om zinloos boven de rivier heen en weer te gaan vliegen?'

'Carrie Grethen geniet van aandacht, maar dat geldt ook voor bepaalde andere mensen. Meer hoef ik er niet over te zeggen.'

Met 'bepaalde andere mensen' bedoelt hij zijn collega's. We zien de helikopter nog een keer voorbijstormen.

'Ik was ertegen en zei dat ze er een kick van krijgt als ze wordt opgejaagd. Ze zal het tempo alleen maar opvoeren, maar ik was in de minderheid.' Meer zegt hij er niet over.

De rest kan ik waarschijnlijk vrij goed raden. De FBI zoekt dit gedeelte van Cambridge af, en ik wed dat ze ook helikopters boven Maryland en mogelijk nog boven andere plaatsen hebben rondvliegen. Als dat bestemd is voor Carrie Grethen, is het echt stom, daar heeft Benton gelijk in. Eigenlijk zou een poging om haar op die manier te intimideren belachelijk zijn als ik op dit moment ergens om zou kunnen lachen.

Ze laat zich niet imponeren door de machtige middelen van de FBI, die naar alle waarschijnlijkheid zijn ingezet om een goede indruk te wekken, om de belastingbetaler te laten weten dat de FBI als redder in de nood is opgetreden. Dat bedoelde Benton toen hij zei dat Carrie niet het enige ego in het verhaal is. Niets zo mooi als ostentatief vertoon, als een valse, maar spectaculaire indruk wekken. Daarom hebben agenten als Marino niets goeds te zeggen over de Famous But Incompetent, een van de laatdunkende bijnamen voor de FBI.

Het is de reden waarom Marino zoveel wantrouwen en wrok tegen de instantie koestert, en als ik eraan denk dat het lichaam van Elisa Vandersteel op dat moment op een brancard wordt getild, voel ik een golf van verontwaardiging. De FBI met zijn vele middelen en gladde agenten is niet voor haar in het geweer gekomen. Ze is niet meer dan een middel om een doel te bereiken, en ik stel mezelf dezelfde vraag als altijd: waar is de FBI echt op uit?

Het antwoord is bijna altijd heel gewoontjes, zo niet voorspelbaar. Voeg politiek toe aan macht en kruid het geheel rijkelijk met publiciteit. Dan roer je het verhoogde terreuralarm voor de omgeving Boston-Washington erbij, waar Benton het eerder over had, en dan weet je wel zo ongeveer waar we mee te maken hebben. Kortom, dat is de reden waarom Marino aan de kant is gezet en waarom mij dat ook zal gebeuren als ik dit niet slim aanpak.

'Denk eraan dat dit geen wedstrijd is,' zegt Benton, en hij neemt me in een heel rustig tempo mee naar de plek waar hij zijn auto heeft neergezet, bij de ingang van het park in John F. Kennedy Street. 'Als je sneller gaat ademen of je duizelig voelt, nemen we even pauze.'

Op de brug boven ons hoofd is het verkeer tussen Cambridge en Back Bay in Boston veel minder geworden. Op dit uur zijn er niet meer zoveel auto's en motoren en rijden er voornamelijk vrachtwagens. Het water van de Charles stroomt traag als gesmolten glas door de ongelijke gloed van de lampen langs de oever. De helikopter is weg, voorlopig tenminste, en onze voetstappen klinken niet erg luid.

'Wat is er nu echt aan de hand?' vraag ik. 'Ik weet wat ik ervan denk, maar ik hoor liever jouw kant van het verhaal.'

'Oh-o. We hebben het al over kanten.'

‘Omdat jij niet aan mijn kant kunt staan en ik niet aan die van jou wil staan. Marino mag dan het tegendeel beweren, ik ben niet getrouwd met de FBI.’

‘Ik wilde om een heleboel redenen kijken hoe het met je was, en het was belangrijk dat je het nieuws over Briggs van mij te horen kreeg. Maar dat is niet de enige reden voor mijn komst.’

‘Dat is wel duidelijk. Je loopt rond en stelt vragen over een zaak waarmee je niets te maken hoort te hebben. Je kunt niet gewoon op komen dagen en je bemoeien met een plaatselijk onderzoek, dus daar leid ik uit af dat er nog andere dingen aan de hand zijn. En dat is kennelijk verbijsterend snel gebeurd, in een oogwenk.’

‘Ja, dat is zo, omdat er zoveel tegelijkertijd is gebeurd.’ Hij vertelt dat hij voor zijn komst telefonisch contact had met Gerry Everman, de hoofdcommissaris van de politie van Cambridge.

Benton zegt er niet bij wie wie belde, maar ik kan het wel raden. Het is een initiatief van de FBI, want als die een onderzoek overneemt, gaat dat zo. Dat voelt precies zoals op dit moment, terwijl ik met hun profiler naar de dichte schaduw van de bomen aan de rand van de open plek loop.

Ik luister naar onze voetstappen op het hard aangestampte pad, dat slecht afdrukken bewaart van voeten of banden. Het verre geluid van het verkeer lijkt op windvlagen. Ik vang flarden op van gesprekken in de ondoordringbare duisternis en ben me vaag bewust van mensen die ik amper kan zien en die op gedempte toon met elkaar praten.

Ik voel hun blikken als ik silhouetten in uniform en werkkleren of cargobroeken en poloshirts zie. Agenten, mogelijk van de FBI, en ik denk aan Harolds opmerking dat het hier een beetje vol werd.

‘Een elektrische schok? Ik krijg de indruk dat dat je conclusie is.’ Benton zegt het bijna te zachtjes om hem te kunnen verstaan, en ik loop heel dicht naast hem. ‘Het lijkt erop dat ze langs een lamp reed en is geëlektrocuteerd.’

‘En daarna raakt de logica zoek, want wat ik zie is verwarrend, zo niet tegenstrijdig.’ Ik pak zijn hand; het kan me niet schelen wie het ziet. ‘Was de lamp het probleem? Of is de lamp opgeblazen door dezelfde elektrische stroom die haar doodde? En waar kwam die stroom vandaan? Als die van de lamp kwam, hoe komt ze dan aan die verwondingen? Ze heeft brandwonden in de vorm van strepen die daar niet mee kloppen. En ik begrijp niet waarom de FBI hier nu al belangstelling voor heeft, nu er meer vragen zijn dan antwoorden.'

'Het klinkt bijna alsof ze in aanraking is gekomen met losse bedrading, als ik het zo hoor.'

'Ja, ik ben ervan overtuigd dat je al heel wat gehoord hebt,' antwoord ik. 'Maar wij hebben nergens draden kunnen ontdekken, en ze moeten een eindje van de grond hebben gehangen om contact te maken met haar nek en schouders. Het is alsof ze ergens onderdoor is gefietst wat niet meer aanwezig of niet meer zichtbaar is.'

'Of alsof er iets over haar heen is gegaan,' oppert Benton.

'Jij gaat kennelijk uit van moord, maar dat weet ik nog helemaal niet zeker.'

'Maar het is een mysterie waarom zij het doelwit is geworden,' zegt hij. 'Voor zover ik kan beoordelen, heeft Elisa Vandersteel geen enkele band met ons en ook niet met Briggs. Ik zie ook niet waarom Carrie Grethen belangstelling voor haar zou hebben. Ik begrijp niet waarom dit slachtoffer is gekozen. Er klopt iets niet.'

'Hebben je collega's daar ook hun bedenkingen over? En je hebt gelijk: er klopt iets niet. Dat is nogal een understatement.'

'Elisa Vandersteel was een gemakkelijk doelwit. Een willekeurig iemand die op het verkeerde moment op de verkeerde plek was. Briggs was wel opzettelijk uitgekozen. Dat is de theorie?'

'Jouw theorie?'

'Ik weet niet of ik wel een theorie heb, maar ik weet wel dat Carrie Grethen een reden heeft voor elke moord,' zegt Benton. 'Ze doet niet aan willekeurige slachtpartijen, maar gaat eerder prat op haar eigen morele code en fatsoen. Met andere woorden, het is niet haar gewoonte om mensen te doden die het niet verdienen. Waarom zou ze dan een drieëntwintigjarige Canadese au pair kiezen, die ervan droomde actrice te worden?'

'Het klinkt alsof je al meer over haar te weten bent gekomen.'

'Ze was kennelijk in Cambridge omdat ze een stageplaats had gekregen hij het theater en hielp met de enscenering in de hoop de kans te krijgen om te acteren. Ze is daar een maand of twee geleden begonnen, begin augustus. Ze was een slimme en harde werker, heel grappig, maar erg op zichzelf. Dat zeiden verschillende mensen van het theater met wie Lucy heeft gesproken.'

Ik denk aan de jongeman die Elisa Vandersteel een FedEx-envelop heeft gegeven waar wij bij stonden, en vraag of iemand hem al heeft opgespoord.

'Er is een heleboel dat we moeten nagaan, maar ze ging uit met iemand die bij het evenementenkantoor van de Faculty Club werkt. Hij is kennelijk een vocalist die ze heeft ontmoet toen hij auditie deed voor *Waitress*. Maar hij heeft de rol niet gekregen.'

'Weten ze zijn naam?'

'Die konden ze zich niet herinneren.'

'Hebben ze enig idee waarom Lucy naar haar informeerde?'

'Ik geloof van niet. Ze is naar de kleedkamers gegaan alsof ze haar zocht en heeft een praatje aangeknoopt. Ik heb beslist de indruk dat Elisa Vandersteel samenwoonde met de man die wij op de stoep hebben gezien.'

'Maar we weten niet waar.' Ik denk aan de sleutel die ik in haar zak heb gevonden.

'Nog niet, maar het moet zo dichtbij zijn dat ze er op de fiets kon komen.'

'Heb je dit allemaal aan Marino verteld?' Terwijl ik het vraag, denk ik eraan dat Marino Elisa Vandersteels telefoon heeft, en net als ik heeft Benton gezien dat ze die gebruikte.

Maar hij begint er niet over.

'Nee, ik heb het hem niet verteld,' zegt hij. Ik krijg de indruk dat hij een reden heeft om niet over de telefoon te beginnen.

Benton zag haar ermee telefoneren toen we voor de Faculty Club op de stoep stonden, net als ik. Hij heeft er niet naar gevraagd. Als ik er niet over begin, zal hij dat waarschijnlijk ook niet doen. Misschien brengt iemand anders hem ter sprake, maar Benton zal doen alsof hij van niets weet. Waarom zou hij weten dat Elisa Vandersteel een telefoon had? Ik ben er zeker van dat hij zijn collega's niet heeft verteld dat hij haar niet lang voor haar dood heeft gezien.

Op zijn subtiele manier laat Benton me weten dat hij zich niet met mijn werk zal bemoeien, ook al doet hij dat wel.

'Ben je van plan Marino te vertellen wat je mij hebt verteld?'

vraag ik. 'En zo niet, wanneer wordt hem dan verteld dat hij de zak krijgt?'

'Niemand krijgt de zak, Kay,' zegt Benton langzaam en vriendelijk, op het ritme van zijn voetstappen.

'Officieel misschien niet.'

'Ik denk dat we elkaar begrijpen.'

'Ja, en ik vraag jou om aan het belangrijkste te denken.'

'Er hoeft niets over gezegd te worden.'

'Maar ik zeg het toch. Ze verdient het beste wat wij haar kunnen geven.' Ik bedoel Elisa Vandersteel.

'En ik twijfel er niet aan dat jij zult zorgen dat ze dat krijgt, Kay. Ik kan erop rekenen dat jij daar alles voor zult doen.'

Hij laat me weten dat hijzelf me niet voor de voeten zal lopen. Maar de FBI is een ander verhaal. Dan vraagt hij mijn mening over de doodsoorzaak, en op dat moment versnellen het tempo en de subtiele bewegingen van onze dans.

Er wordt me gevraagd informatie door te geven aan partijen die zich met mijn werk bemoeien. Ik verzwijg geen belangrijke details voor mijn man en geef hem veel meer dan ik veel anderen zou geven. Maar ik vertel hem niet alles.

35

Ik vertel wat ik met redelijke zekerheid kan zeggen en geef Benton de feiten die ik zou delen met iedere andere ambtenaar die het recht heeft ze te kennen. Maar ik breng het vriendelijker, en we lopen hand in hand tussen de bomen door, met links daken die boven het gebladerte uitsteken en rechts de glinsterende, donkere rivier.

'Er is een elektrische stroom door het hangertje gegaan dat ze om had, waardoor het magnetisch werd,' zeg ik. 'Ze werd van haar fiets geworpen en liep een snee in haar hoofd op. Sommige van haar bezittingen vielen verspreid neer, en omdat ze glas in haar haar had, geloof ik dat dat allemaal op hetzelfde moment is gebeurd als waarop de lamp is geëxplodeerd. Veel meer kan ik je niet vertellen, want ze is nog niet bij mij op kantoor onderzocht.'

'Het klinkt alsof het om een blikseminslag gaat.'

'Iets wat daarop lijkt, ja. Maar niet helemaal, en dat is behoorlijk verwarrend. Een blikseminslag kan de brandwond van het hangertje verklaren, maar niet de eigenaardige draadvormige brandwonden. Zoiets heb ik echt nooit eerder gezien.'

'Dat brengt me bij de vraag waarvan niemand mag weten dat we hem stellen,' zegt Benton. 'Is het mogelijk dat we te maken hebben met een gerichte-energiewapen of elektronisch wapen?'

'In plaats van wat? Overmand door de hitte? Een hartaanval?' Ik hoor dat de leren zooltjes in mijn schoenen zachte sopgeluidjes maken.

'In plaats van sabotage,' zegt Benton. 'Zoals knoeien met de lamp of een tegenstroominstallatie, met dodelijke gevolgen.'

Hij kijkt om alsof hij de verbrijzelde lamp en het spoor van glassplinters kan zien. Maar dat bevindt zich allemaal onder de tent. Het is alsof je omkijkt naar een zwart gat aan het eind van een donker park met hier en daar een veeg verlichting, en ik zie bijna onzichtbare mensen rondlopen. Ze houden afstand van ons en kijken toe vanuit de fluweelachtige duisternis, die doorboord wordt door hun zaklampen.

'Is dat wat de FBI denkt?' vraag ik. 'Dat iemand in twee verschillende plaatsen twee verschillende mensen heeft aangevallen met tot wapen gemaakte elektriciteit?'

'Zoiets als een stralings- of laserwapen, een vuurwapen dat energie afschiet in plaats van projectielen. De technologie bestaat. Het was slechts een kwestie van tijd voordat er iets verschrikkelijks gebeurde.'

'En hoe heeft dat wapen er in deze twee gevallen dan uitgezien?'

'Als een laserwapen voor de lange afstand, bijvoorbeeld. In een bemand vliegtuig. Of een onbemand vliegtuig dat is omgetoverd tot een moordwapen of massavernietigingswapen. Dat zou nog veel problematischer zijn.'

'Zoals een drone die je op internet kunt kopen?'

'Dat is waar wij rekening mee houden, en je hebt het me al een tijdje horen zeggen, Kay: dat een drone een groot passagiersvliegtuig, een overheidsgebouw of een wereldleider zou kunnen aanvallen. Als je er voldoende wapentuig in aanbrengt, kan een drone nog veel meer onschadelijk maken. We zijn erop voorbereid, want als de mogelijkheid er is, wordt die ook zeker gebruikt.'

'En helaas zie je tegenwoordig overal drones. Er gaat geen dag voorbij dat ik er niet ergens een zie vliegen,' zeg ik, en ik krijg er een ongemakkelijk gevoel van dat ik er eerder op de dag ook een heb gezien. 'Zelfs toen ik vanmiddag naar je toe liep vloog er eentje rond in deze hitte,' voeg ik eraan toe.

'Leek hij je te volgen?'

'Op dat moment kwam dat niet bij me op. Maar nu we het erover hebben, herinner ik me dat ik een drone heb gehoord op de Square, toen Bryce een preek hield door het open autoraampje voordat ik The Coop in ging. En later was er ook een drone toen ik door de Yard liep. Maar ik kan niet zeggen of het dezelfde was, en hij kwam niet heel dichtbij.'

'Als het ding gebruikt werd om te spioneren of te stalken, hoefde hij ook niet zo dichtbij te komen, als het in technisch opzicht tenminste een enigszins geavanceerd apparaat was,' zegt hij. 'Heb je gezien hoeveel propellers hij had? Heeft iets eraan je aandacht getrokken?'

'Hij zag eruit als een grote zwarte spin tegen de zon. Dat is de enige indruk die ik me herinner, want ik heb er niet echt op gelet. Ik dacht dat een kind uit zijn raam hing en lol had met dat ding. Ik heb er echt bijna niet bij nagedacht.'

'Kinderen staan hoog op onze lijst, juist vanwege dit probleem, maar we zijn vooral bedacht op zelfgemaakte en bewapende onbemande luchtvaartuigen, drones die bewapend zijn met explosieven, vuurwapens, pijpbommen, giftige chemicaliën en zelfs zuur. Er zijn echter nog ergere dingen om bang voor te zijn. Vooral als terreur het doel is.' Terwijl hij praat, denk ik aan wat Marino even geleden zei: *Als je er goed over nadenkt, doc, ís een donderslag bij heldere hemel een tail-end Charlie…*

'Je hebt gelijk,' zeg ik tegen Benton. 'Je wilt niet dat de burgers weten dat je dergelijke vragen stelt. De mensen zouden hun huizen niet meer uit durven als ze dachten dat ze vanuit de lucht konden worden aangevallen terwijl ze aan het zwemmen of fietsen zijn. En de brandwonden? Weten we of Briggs die ook heeft?'

'Er zit een brandwond in zijn nek. Een ronde, ter grootte van een muntstuk van tien dollarcent.'

'Rond?'

'Ja, hij is rood en er zit een blaar op,' zegt hij, en ik denk aan het schedeltje dat Elisa Vandersteel om had.

'Weten we waar die brandwond door is ontstaan?' vraag ik.

'Nee, maar het moet iets zijn waarmee hij in contact is gekomen toen hij in het zwembad lag.'

'Had hij sieraden of iets van metaal om?'

'Alleen de koperen armband die hij altijd droeg. Dat ding waar zijn pols groen van werd.'

'Als dat koper een legering is, is het misschien magnetisch geworden.'

'Het was heel zwak magnetisch toen de lijkschouwer eraan dacht het te controleren. Elektrocutie stond boven aan de lijst, omdat de tegenstroominstallatie om de een of andere reden kapot was.' Benton vertelt me wat de politie heeft gezegd.

Toen ze de installatie controleerden, kwamen ze tot de ontdekking dat er kortsluiting was geweest in de pomp en de bedrading van het licht, en ik zie het grijze paneeltje met de aardlekschakelaar voor me aan de achterkant van het huis, links van de keukendeur. Ik zeg tegen Benton dat ik er vrij zeker van ben dat het zwembad het enige was wat op die schakelaar was aangesloten, en hij antwoordt dat het palletje naar beneden stond.

Dan vraag ik naar de grote stoppenkast van het huis. Was daar ook kortsluiting opgetreden? Hij zegt van niet. Dat wijst op de mogelijkheid van een sterke stroomstoot die contact maakte met Briggs of met het zwembad waarin hij aan het zwemmen was. En dat lijkt veel te veel op wat ik allemaal heb gezegd over de zaak-Vandersteel.

'Iets wat er nu niet meer is.' Ik volg de richting van Bentons gedachten. 'Iets als kunstmatige bliksem, of een gerichte-energiewapen.'

'Stel je voor dat er een elektrische stroom door het water ging en dat je een pacemaker had,' voegt Benton eraan toe. Mijn duim raakt zijn trouwring, een eenvoudige platina band, en ik denk aan

Marino's weigering om sieraden te dragen omdat het gevaarlijk kan zijn.

Ik vraag of Briggs nog iets anders van metaal op zijn lichaam droeg. Kan het circuit door iets op zijn lijf of iets om hem heen gesloten zijn als hij in contact was gekomen met een bron van elektriciteit?

'Alleen de armband,' zegt Benton. 'Hij had zijn trouwring niet om en droeg ook zijn identiteitsplaatjes niet.'

'Dat zal ook wel niet. Hij deed ze altijd af als hij ging zwemmen. De laatste keer dat ik bij ze logeerde, legde hij ze in een schaal op de keukentafel,' herinner ik me.

'Daar liggen ze ook op de foto's die ik heb gezien.'

'Alles lijkt heel normaal.' Ik blijf staan om een steentje uit mijn schoen te schudden. 'Hij deed wat hij altijd deed, en toch denken jullie meteen aan kwade opzet? Het kan me niet schelen dat hij een driesterrengeneraal is en op de hoogte is van allerlei staatsgeheimen. Zelfs spionnen kunnen verdrinken of een hartaanval krijgen. Hoe heb je je werkgever zover gekregen dat hij zo snel zijn troepen heeft gemobiliseerd?'

'Er was letterlijk maar één telefoontje voor nodig.' Benton begint over het telefoontje uit Washington, DC, toen we weggingen uit de Faculty Club.

Het was niet zijn directeur of de minister van Justitie.

Mijn echtgenoot werd voor de gek gehouden. Hij zegt dat hij net zo'n telefoontje heeft gehad als Marino een paar minuten daarvoor, hoewel ik niet weet hoe Benton daarvan weet. Lucy zal het hem wel verteld hebben. Maar als ik terugdenk aan wat er gebeurde toen we wegliepen van ons onaangeraakte diner, besef ik dat Marino me via de telefoon vertelde dat Interpol contact met hem had opgenomen terwijl Benton op hetzelfde moment zijn eigen neptelefoontje kreeg.

'Iemand die beweerde dat hij van het National Crime Bureau was, het NCB.' Benton ontgrendelt zijn telefoon, waarvan het schermpje is gedimd, zodat het van een afstandje moeilijk te zien is. 'De beller zei dat hij me een foto had gestuurd, en dat was ook zo.'

Hij houdt zijn telefoon zo dat ik de foto kan zien, en ik probeer me te herinneren of iemand zich tien dagen geleden, op zaterdagavond 27 augustus, vreemd gedroeg of bij ons in de buurt bleef rondhangen. Ik zoek mijn geheugen af naar iemand die misschien te veel aandacht voor ons had, die naar ons staarde of zich in de buurt van ons tafeltje ophield en vooral opvallende belangstelling aan de dag legde voor generaal Briggs toen we nog geen twee weken geleden met hem en zijn vrouw dineerden bij The Palm in Washington. Er zaten voornamelijk zakenmensen in het restaurant en ik herinner me dat het er nogal lawaaiig was.

'Je was je er niet van bewust dat iemand foto's nam en je hebt geen idee wie...' begin ik, maar Benton schudt zijn hoofd.

Op het telefoonschermpje glimlacht Briggs breed, maar er is een dik zwart kruis over zijn gezicht aangebracht. Met zijn arm om Ruthie zit hij tegenover Benton en mij. We heffen ons glas om te proosten, omringd door tekeningen van Dennis the Menace, Spider-man en Nixon.

Het was een feestelijke avond, hoewel er ook veel over het werk werd gepraat, en Briggs en ik hebben onze lezing besproken. We dronken verscheidene glazen Schotse whisky terwijl we de logistiek doornamen voor ons optreden van morgenavond in de Kennedy School. Ik kijk naar de foto en vind het verbijsterend en misselijkmakend dat een gelukkig moment op zoiets kan uitdraaien.

'Het is wel duidelijk dat er iemand in het restaurant was of bij een raam stond terwijl wij zaten te eten,' zeg ik tegen Benton. 'Denk je dat het Carrie Grethen was?'

'Eerlijk gezegd wel. Ik denk dat zij of iemand die door haar is gestuurd in de buurt was of daarlangs kwam, afhankelijk van welke technologie er is gebruikt. Die iemand heeft opzettelijk een foto van ons genomen. Ik heb er ook niets van gemerkt.'

'En de bedoeling is?'

'Om ons uit ons evenwicht te brengen, dat speelt in elk geval een grote rol,' zegt Benton. 'Het is belangrijk voor haar om te zorgen dat ze voortdurend onze aandacht in beslag neemt. Ze wil ons herinneren aan haar aanwezigheid en ons laten denken dat ze slimmer is dan wij, dat ze ons altijd een stap voor is. Je mag nooit vergeten dat dit een wedstrijd is.'

Maar ik vergeet het wel. Ik kan niet altijd aan zoiets denken. Ik heb nooit veel begrepen van mensen, ook van mijn eigen zus niet, die al hun middelen inzetten om iemand te slim af te zijn, om een eenzijdige en ingebeelde wedstrijd te winnen.

'Ze wil dat we aandacht aan haar besteden en dat we bang voor haar zijn.' Benton praat door over wat Carrie allemaal wil, en dat heb ik al zo vaak gehoord. 'Ze wil ons vooral onderwerpen, het laatste woord hebben. Het draait allemaal om macht.'

'Wie dacht je aan de telefoon te hebben toen je het kengetal van Washington, DC, zag en de telefoon opnam?' vraag ik. 'Dacht je dat het echt iemand van het NCB was?'

'In het begin wist ik niet goed wat er aan de hand was. Het leek een man en hij klonk redelijk geloofwaardig tot hij begon over de "ontwikkelingen in Maryland". Dat was wat hij zei, en ik had geen idee waarover hij het had. Dus luisterde ik alleen maar, en toen vroeg ik waarom hij juist mij belde en hoe hij aan mijn telefoonnummer kwam. Hij zei dat ik vermeld stond als de contactpersoon bij deze zaak.'

'Om welke zaak ging het precies?' Ik kijk naar mijn schoenen; een van de hakken zit los.

'Achteraf moet het natuurlijk om Briggs zijn gegaan, maar daar hoorde ik pas later over. Die zogenaamde NCB-rechercheur bleef er vaag over. Toen ik aandrong op meer details, had hij opeens haast. Hij gaf me een telefoonnummer dat het nummer blijkt van de receptie van het Hay-Adams Hotel.'

'En omdat dat precies is wat er ook met Marino is gebeurd,' antwoord ik, 'kan het geen toeval zijn.'

'Daar ben ik het mee eens. Twee neptelefoontjes, een paar minuten na elkaar, allebei zogenaamd van het NCB, maar over twee verschillende voorvallen die zich nog maar net hadden voorgedaan: geheimzinnige, plotselinge sterfgevallen die allebei iets met elektriciteit te maken hebben, bijna tegelijkertijd, maar honderden kilometers uit elkaar,' zegt Benton. Ik zie hem weer telefoneren in de salon van de Faculty Club, vlak bij de vleugel.

'Is het je opgevallen dat die zogenaamde rechercheur hoestte?'

'Interessant dat je dat vraagt. Ja, hij klonk alsof hij astma had of zo.'

Het is mogelijk dat Carrie stemvervormende software heeft gebruikt, en ik vraag me af of ze ziek is, of anders haar handlanger. Het is mogelijk dat Benton met een van hen heeft gesproken zonder zich ervan bewust te zijn. Het idee dat Marino dat ook heeft gedaan, is helemaal bizar. Ik druk op het pijltje onder aan het schermpje om te zien wie de foto heeft gestuurd.

Tailend Charlie heeft hem een uur of vier geleden naar Bentons FBI-adres gestuurd, om acht uur vanavond. Dat was een uur en een kwartier nadat Ruthie haar man had gevonden in het zwembad en misschien drie kwartier nadat de tweeling hier in het park het lichaam van Elisa Vandersteel had ontdekt en met haar telefoon het alarmnummer had gebeld.

'Het is de bedoeling dat we weten dat Briggs is vermoord,' zegt Benton. 'Daarom heb ik die foto gekregen. Het is een manier om de verantwoordelijkheid op te eisen. Marino is gebeld met de bedoeling hetzelfde te doen met de zaak hier in Cambridge. Dat is wat terroristen doen, en vergeet nooit dat Carrie Grethen een terrorist is. Zij en haar handlanger zijn terroristen, die niet zullen ophouden tot ze zijn uitgeschakeld.'

'Ik ben blij dat ze ons vertelt wat ze denkt dat we moeten weten.' Ik voel een steek van woede.

'Als ze Briggs zelf heeft gedood, en dat denk ik wel,' zegt hij, 'dan moet ze zes of zeven uur geleden in Bethesda zijn geweest.'

'Dat hangt ervan af hoe ze het gedaan heeft,' merk ik op. 'Als je het hebt over zoiets als een laserwapen in een onbemand vliegtuig, neem ik aan dat iemand dat duizenden kilometers verderop vanachter zijn bureau heeft kunnen doen.' Terwijl ik het zeg, weet ik al waar Benton naartoe gaat.

Hij en zijn collega's gaan naar Maryland. Maar ik ga niet mee. Ze zouden er verstandig aan doen het niet te vragen.

'Ik neem aan dat ze in de buurt van Washington zit vanwege de foto van ons in het Palm.' Benton bevestigt mijn vermoeden. 'En als het uiteindelijke doel van wat we hier zien een gecoördineerde aanval is met een massaal gebruik van drones, zie ik haar wel voor me in de streek Washington-Baltimore.' Er kan geen twijfel over bestaan waar dit naartoe gaat.

Of eigenlijk waar het al naartoe is gegaan. De komende paar uur zal Benton onderweg zijn naar Washington of Baltimore. Van mij wordt verwacht dat ik met hem meega, en intussen zullen de FBI-agenten mijn hoofdkwartier binnenstromen, en het komt heel goed uit dat daar dan geen directeur of hoofd aanwezig is. Ze zullen getuige zijn van de sectie op Elisa Vandersteel en zo'n beetje alles wat er verder gebeurt, en zullen alles tot in detail willen regelen.

We krijgen een invasie. Dankzij Harold ben ik er tenminste op voorbereid, en ik hoop dat Anne al op kantoor is.

36

Ze neemt meteen op, en ik merk dat ze niet had verwacht dat ik haar zou bellen.

'Ik draai net het parkeerterrein op,' zegt de stem van Anne in mijn oortje. Ze doet geen moeite hallo te zeggen.

'Is er al iets van bezoek te zien?' vraag ik.

'Tot dusver niet.'

Er kunnen een heleboel mensen in en uit gaan lopen, maakt niet uit of we ze uitgenodigd hebben of niet, zeg ik tegen haar. Het is niet van belang of we ze niet mogen of niet precies begrijpen wie ze zijn. Ze moeten behoorlijk ontvangen worden. Dus moeten we ze iets te drinken kunnen aanbieden, vooral koffie, en ook iets te eten.

'Er is op dit uur niet veel open als je iets behoorlijks wilt hebben,' zegt Annes ontspannen stem. Inmiddels kan ik door de dicht op elkaar staande bomen John F. Kennedy Street zien, waar helemaal geen verkeer lijkt te zijn.

'Daar hebben we de afgesloten vriezer in de kantine voor,' leg ik geheimzinnig uit, alsof ik haar vertel hoe ze Fort Knox binnen kan komen. 'Daar moeten pizza's liggen die ik voor noodgevallen bewaar. Vlees, vegetarisch en veganistisch. Glutenvrij en gewoon.'

'Meen je dat nou?'

'Wat dacht jij dan dat erin zat?'

'De laatste advocaat die je niet aanstond. Weet ik veel.'

'Ik ben nog op de plaats delict, maar vertrek nu. Benton zet me af.' Ik blijf zachtjes praten.

Ik kijk naar hem om, en in de verte doemt de tent op als een afgeplatte donderkop. Benton blijft beleefd een eindje bij me vandaan omdat hij niet wil horen wat ik zeg. Als hij het niet hoort, hoeft hij het ook aan niemand door te geven. Het zal niet Benton zijn die me het bewijsmateriaal uit handen neemt. Maar hij zal ook niets doen om dat tegen te houden. Aangenomen dat ik zijn collega's niet een stap voor blijf.

Opeens ben ik weer helemaal alert en ik leg Anne voortvarend uit dat Ernie Koppel meteen naar kantoor moet komen. Ik heb ook iemand nodig van het histologielab om preparaten voor hem te maken. Er komen allerlei bemoeiallen die onze zaak willen overnemen, en als we niet meteen beginnen met het testen van bewijsmateriaal, is er een goede kans dat het allemaal in Quantico terechtkomt, in het lab van de FBI.

We praten erover in bedekte bewoordingen. Er mag niets op schrift worden gesteld en we zijn heel voorzichtig met wat we over de telefoon zeggen. Tegen de tijd dat de regering een officieel verzoek indient, heb ik hopelijk het grootste deel van de analyses af. Dan heb ik gedaan wat ik kan om de vragen te beantwoorden die anders naar ik vrees lang zullen blijven liggen of zelfs nooit gesteld zullen worden. Ik ben het Elisa Vandersteel verschuldigd om af te maken waar ik mee begonnen ben.

Ze verdient het beste wat ik haar kan geven, en het eerste wat er gedaan moet worden, is een CT-scan. Wat die streepvormige brandwonden ook veroorzaakt heeft, het kan microscopische sporen hebben achtergelaten in de wond, zeg ik tegen Anne.

'Dat krijg je niet bij bliksem.'

'Dat klopt helemaal,' antwoord ik. 'Niet bij bliksem.'

'Maar wel bij een elektrocutie.'

'En stel dat het dat is?' vraag ik. 'Waardoor kan ze geëlektrocuteerd zijn? Wat lijkt op bliksem maar is het niet? We moeten er precies achter zien te komen wat er met haar is gebeurd, al is het alleen maar om te voorkomen dat het ook met iemand anders gebeurt.'

'En wij maken ons daar misschien druk om, maar anderen niet,' zegt Anne. Ik weet wat ze eigenlijk wil zeggen.

Als het bewijsmateriaal in Quantico terechtkomt, hebben wij geen enkele controle meer over het proces. De FBI heeft zijn eigen agenda, en dat is niet die van mij.

'De sectie is morgen in Baltimore. Nou, eigenlijk vandaag.' Benton is weer naar me toe gelopen, haalt zijn hand uit zijn broekzak en kijkt op de lichtgevende wijzerplaat van zijn horloge. 'Jezus, het is al halfeen. Hoe is dat zo snel gegaan?'

'Ik neem aan dat jij of iemand anders contact heeft opgenomen met dokter Ventor.'

Henrik 'Henry' Ventor is de hoofdlijkschouwer van Maryland en een van de beste forensisch pathologen in het land, en we zijn allebei verbonden aan het Armed Forces Medical Examiner System, het AFMES. Briggs heeft ons opgeleid en was onze commandant, onze baas.

'Ja, en hij heeft al met de politie gesproken,' zegt Benton.

'Ik neem aan dat je daarnaartoe gaat nadat je me hebt afgezet.'

'Ik heb de vrijheid genomen om Page te vragen je tas voor noodgevallen uit de kast in de hal te pakken, en we hebben hem bij ons. Wat je verder nog nodig hebt, kun je hopelijk van kantoor meenemen. Ik besef dat je die operatiekleding moet uittrekken en je een beetje moet opfrissen. Daarna gaan we op weg.'

'Ik ga niet mee, Benton.'

'We willen je er graag bij hebben.'

'Ik wil er niet bij betrokken raken, zelfs niet als ik hier geen verantwoordelijkheden zou hebben. Ik hoef jou niet te vertellen waarom dat is.'

'We kunnen je hulp gebruiken, en dat andere doet er niet meer toe.'

'Het zou er niet toe moeten doen, maar het kan toch ter sprake komen. Stel je voor hoe dat voor Ruthie zou zijn als ik onder ede de verkeerde vraag krijg.'

'Ik beloof je dat het je niet gevraagd zal worden.'

'Dat is een belofte die je onmogelijk waar kunt maken, Benton. Ik kan je op dit moment niet helpen in Maryland, maar ik kan alles wel erger maken. En ik moet deze zaak afhandelen. Ik ben niet van plan halverwege weg te lopen. Dus ik blijf hier.'

Hij herinnert me eraan dat de marechaussee, het Pentagon, de FBI en verscheidene inlichtingenagentschappen willen dat de sectie op Briggs wordt bijgewoond door ten minste één andere vooraanstaande forensisch patholoog, bij voorkeur een bijzondere reservist van de luchtmacht, die verbonden is aan het AFMES. Normaal gesproken zou ik dat zijn, zegt hij, alsof ik niet al een paar keer nee heb gezegd.

'Page zorgt voor Sock en Tesla. Ik denk dat we een paar dagen daar moeten blijven,' voegt hij eraan toe, en dat gaat met geen mogelijkheid.

Benton wil Carrie te vuur en te zwaard gaan bestrijden, en ik twijfel er niet aan dat Lucy daar maar al te graag in meegaat. Geen van hen voelt zich gemakkelijk bij het idee dat ik alleen thuisblijf met Page en de honden, maar ik ben niet van plan bij Janet en Desi in te trekken, vooral niet nu mijn zus daar logeert.

'Je werkt samen met ons aan beide zaken, Kay. Net als vroeger.'

'Nee, niet net als vroeger. De FBI werkt niet met mensen samen en ik werk niet voor jou of voor hen. Ik werk voor het slachtoffer. In het bijzonder voor de dode vrouw met wie ik net verscheidene uren in die tent bezig ben geweest.'

'Ik wil niet dat je hier blijft.'

'Ik weet dat je dat niet wilt, maar het moet toch.' We naderen koplampen die tussen de bomen door schijnen.

'Ga dan naar Lucy's nieuwe huis in Boston. Bij Janet ben je veilig.'

'Dat gaat niet.'

'Ze kunnen ook bij jou intrekken terwijl ik weg ben, dan zijn jullie allemaal samen.'

Ik hoor een stationair draaiende motor, maar Benton zou zijn dure Audi nooit onbeheerd achterlaten zonder de motor uit te zetten, zelfs niet voor een paar minuten. Hij is niet alleen gekomen. Dat verbaast me niet, en ik vraag me af welke agenten hij bij zich heeft.

'Ik ga naar Norwood en vandaar naar Baltimore,' zegt hij. Lucy's helikopter staat in Norwood, net buiten Boston, waar ze een hangar heeft.

'Ik begrijp het. Daarom droeg ze een vliegoverall. Ze brengt je ernaartoe.' Ik denk aan het tijdstip dat ze hier aankwam, net toen ik uit de trailer stapte.

Benton moet haar uren geleden al op de hoogte hebben gesteld van de dood van Briggs.

‘Als ik hier klaar ben, kom ik naar je toe,’ beloof ik terwijl we op een zwarte Tahoe met getinte ramen en een kenteken van de overheid af lopen.

Het linkerachterportier gaat open en ik zie een onbekende man uitstappen.

‘Ik ben minstens een dag of twee bezig,’ zeg ik tegen Benton, ‘maar ik wil Ruthie helpen waar ik kan.’

Links van ons staat de Kennedy School of Government in de donkere nacht, en even krijg ik geen lucht.

37

Roger Mahant is adjunct van het FBI-kantoor in Boston.

Hij rijdt de zwarte Tahoe. Benton zit naast hem en ik zit op de achterbank, naast een man die ik nooit eerder heb ontmoet. Hij zou van de FBI kunnen zijn, maar hij gedraagt zich meer als iemand van de CIA: zwijgzaam, ondoorgrondelijk, gereserveerd. Op het moment vertrouw ik niemand, ook hem niet, in elk geval niet in professioneel opzicht. Hij moet aan hun kant staan. Hij is een van hen.

Dus kan Benton me niet precies vertellen wat er allemaal gebeurt, niet waar zij bij zijn. Hij kan zich niet gedragen als mijn man en zelfs niet echt als een vriend. Dat is niets nieuws, maar het voelt eenzamer dan gewoonlijk nu hij op de voorstoel zit, met zijn rug naar me toe, en weinig tot niets zegt maar alles in zich opneemt. Je vergeet dat hij er is, terwijl hij als een spons alles in zich opzuigt. Ik merk het aan hem als hij dat doet.

‘Nog iets te drinken?’ Mahants sombere, donkere ogen kijken naar me via de achteruitkijkspiegel.

‘Nee, dank je.’ Ik heb mijn aktetas op schoot, met mijn armen eromheen alsof iemand hem zou willen afpakken.

Mahant heeft me een flesje water achterover zien slaan; ik heb het lege flesje net op de vloer gezet, als een echte sloddervos. Hij kijkt voortdurend naar me en hij zou beter op de weg kunnen letten. Het staat me helemaal niet aan als hij en Benton zachtjes met elkaar praten. Het herinnert me eraan dat mijn man deel uitmaakt van een collectief, een groep, een stam. Ik zit heel waakzaam en op mijn hoede achter in de auto, uit mijn element en machteloos. De lift is een gunst waar ik niet op zat te wachten maar die ik niet kon afslaan, en ze kunnen me elk moment vragen gaan stellen. Ze zullen alles uit me krijgen voordat zij gaan afmaken waar ik aan ben begonnen – dat denken ze tenminste.

In de paar minuten dat ik in de Tahoe zit, heb ik geen enkele vraag gesteld. Maar ik heb wel begrepen dat de man die naast me zit uit Washington of de omgeving van die stad komt. Hij zou van Quantico of Langley kunnen komen. Ik weet niet wat hij doet, maar het was kennelijk een gelukkig toeval dat hij deze week in Boston was. Ik weet niet eens zijn naam. Het kan zijn dat hij hem heeft genoemd toen ik instapte, maar ik geloof van niet. Ik ben er bijna zeker van dat hij geen woord heeft gezegd terwijl ik mijn gordel vastdeed.

In de SUV ruikt het naar friet, en de radio staat net hard genoeg om het gesprekje te kunnen horen tussen Howard Stern en zijn medepresentator Robin Quivers. Ik kan niet verstaan welk opgenomen fragment het is. Maar ik wist niet dat Mahant een fan is van dat programma en had het niet van hem verwacht. Ik zou hem bijna aardiger gaan vinden. Maar dat doe ik niet. Het zou niet slim zijn, ook al kon ik het over mijn hart verkrijgen.

Laat je waakzaamheid niet verslappen.

Hij is in de vijftig en kaal, heeft een bril met een zwaar montuur en houdt zijn ene hand aan het stuur terwijl hij in de andere een ijskoffie van Dunkin' Donuts heeft, waarvan hij zachtjes en beleefd drinkt door een rietje. Als ik hem ontmoet, meestal bij zakelijke recepties, bijeenkomsten ter gelegenheid van de feestdagen en dat soort dingen, is hij best vriendelijk. Maar we gaan niet vriendschappelijk met elkaar om. Dat doe ik liefst niet met mensen van de FBI.

Briggs heeft me vanaf het begin gewaarschuwd de FBI niet te vertrouwen. Ik heb dat altijd amusant gevonden, omdat hijzelf ook een federaal ambtenaar is – of was.

Werk met ze en speel met ze, maar laat ze nooit je zwakke plekken zien, zei hij altijd. *En hou in godsnaam je slipje aan, Kay.*

Anders kom je er op de harde manier achter dat het een mannenwereld is.

Maakt niet uit dat het niet eerlijk is, verklaarde hij dan met opgestoken vinger. Als het leven eerlijk was, zouden mensen als wij werkloos zijn. In gedachten hoor ik nog zijn galmende stem. Die eiste de aandacht op, wat hij ook zei en tegen wie hij het ook had. Maar mijn slipje aanhouden zat er niet in, en Briggs werd niet alleen gedreven door zijn sterke morele overtuigingen, wat hij ook beweerde.

Hij had gevoelens die waren ontstaan in de tijd dat we elkaar net kenden. Dat gold voor ons allebei, en er was maar één zoen voor nodig. We zeiden één keer dat we moesten stoppen, maar deden het niet. Ik herinner me het geluid van onze ademhaling en het tikken van de regen. Ik zal nooit het moment vergeten waarop hij de koplampen van zijn robijnrode Karmann Ghia uitdeed, voor het haveloze, gestuukte gebouw waarin ik woonde met een toxicoloog. Ze heette Lola, een afkorting van Dolores. Het betekent verdriet, en dat paste precies bij haar.

We waren jong en onervaren, pas in dienst bij de lijkschouwer van Miami-Dade, waar Briggs mijn meerdere was. Lola was nooit gelukkig, vooral niet met mij. Ik ergerde haar voortdurend en stelde haar altijd teleur, wat ik toen niet begreep. Ze vertelde me niet altijd wanneer ze kwam of ging, ongetwijfeld uit wrok, alsof ze me jaloers zou kunnen maken. Maar op die regenachtige en winderige avond wist ik dat ze niet thuis was en waarschijnlijk voorlopig ook niet thuis zou komen.

Ironisch genoeg had ze dat er flink in gewreven, alsof ze duidelijk wilde maken dat zij een leven had en ik niet. Briggs vroeg me naar haar omdat hij haar eigenaardig en irritant vond. Hoe was het om met haar samen te wonen? Was ik niet bang dat ze mijn muesli zou vergiftigen? Wanneer kwam ze thuis? Toen gingen de hemelsluizen open. We lachten om het oorverdovende gedonder boven ons, om de beregende ruiten, en hij zette de ruitenwissers uit. Het was alsof we in een waterval zaten, en het glas besloeg. We veegden het schoon om naar de eerste verdieping te kunnen kijken, naar het lege, onverlichte raam van het piepkleine appartement, dat ik moest delen omdat ik me niet meer kon veroorloven.

Het was duidelijk dat er niemand thuis was en even duidelijk waarom Briggs me met een paraplu naar de voordeur wilde brengen. Dat deed hij niet omdat hij een heer was, en ik was geen dame. Het was een perfecte samenloop van omstandigheden, van het begin af aan, toen mijn ouwe rammelkast met zijn versleten koppeling het na donker begaf op de Dixie Highway.

Lola was uit met een ex, dat had ze me goed ingeprent. Mijn zus Dorothy nam de telefoon niet op en mijn moeder ook niet. Briggs was de enige die ik kon bereiken toen ik door de berm van de snelweg naar een benzinestation met een openbare telefoon was gelopen. Hij bracht me naar huis en naderhand verzweeg hij de waarheid voor Ruthie.

Die had me al bestempeld als iemand die de man van andere vrouwen inpikte voordat ik dat gedaan had. Waarom zouden we haar laten weten dat ze een helderziende of profeet was? Waarom zouden we haar vertellen dat ze het goed had gezien?

Waarom zouden we haar nog een reden geven om je links te laten liggen, Kay? Ik hoor het Briggs nog zeggen.

Een bekentenis aan zijn vrouw zou het catastrofale einde betekenen van mijn relatie met hem. We hadden nooit meer kunnen samenwerken. Mijn dagen bij het AFMES zouden voorbij zijn geweest voordat ze waren begonnen, want ze was een overgevoelige, kwetsbare en bezitterige vrouw, en had op dat moment een machtige vader in het Pentagon. Volgens Briggs tenminste; het was zijn reden om bepaalde dingen voor haar achter te houden. Het was voor haar bestwil en die van mij. Het was het beste. Dat soort dingen zei hij. Ik wist van het begin af aan dat hij zichzelf voor de gek hield, en het was misschien de enige keer dat ik hem een lafaard had kunnen noemen.

'Gaat het een beetje?' Benton draait zich om en kijkt naar me, en om eerlijk te zijn is hij een groter man dan Briggs ooit heeft kunnen zijn.

Mijn echtgenoot loopt niet weg van wat hij wil en kiest geen veilige uitweg. Hij liegt niet over de liefde. Hij kan er weloverwogen mee omgaan en er de tijd voor nemen, maar hij geeft niet op en neemt geen genoegen met minder. We hebben geen geheimen voor elkaar. Niet het soort dat de band tussen ons zou beschadigen.

Als de Tahoe Memorial Drive op rijdt, stel ik me voor aan de man die naast me zit. Meteen voel ik me een beetje dom.

Hij moet weten wie ik ben en waarom de FBI me heeft opgepikt. Over een paar minuten laten ze me achter bij het CFC omdat ik niet zo probleemloos meewerk als zij graag zouden willen, en ik kijk al uit naar mijn biotechgebouw met zijn titaniumkleurige buitenkant. Terwijl we langs de rivier rijden, kijk ik naar de donkere vroege ochtend en besef ik hoe moe ik ben. Ik voel me verslagen en schuldig. Het is waar wat ze zeggen, dat je zonden je achtervolgen.

In mijn geval is het juister om te zeggen dat mijn zonden me weten te vinden. Alles heeft consequenties. Maar toen Briggs en ik ons moment beleefden, kon ik niet vermoeden dat deze dag zou komen. Ik had nooit kunnen denken dat de overheid me zou vragen zijn sectie bij te wonen, maar dat ik mezelf zou moeten verontschuldigen om redenen waarover ik niet wil praten. Zelfs al zat ik niet tot over mijn oren in de zaak-Vandersteel, dan nog zou ik vanavond niet naar Baltimore gaan. Het zou verkeerd zijn.

'... Dus ik vroeg me af hoe mensen u noemen.'

Ik besef dat de man naast me een vraag stelt en zachtjes een pakje zakdoekjes tegen mijn pols duwt. Ik neem het aan uit zijn sterke, gladde hand en trek het cellofaan lipje open.

'Dank u.' Ik veeg langs mijn neus en ogen. 'Wat zei u?'

'Ik zei dat het me spijt van generaal Briggs. Al een paar keer, zelfs. Ik heb begrepen dat hij u heeft opgeleid.'

'Ja. Dank u.'

'Daarna vroeg ik hoe het met u ging, want het gerucht ging dat u er daarginds niet heel goed aan toe was, dat de hitte u te veel was geworden.'

'Het gaat prima.'

'En daarna vroeg ik me af hoe mensen u noemen. Kay of doctor Scarpetta? En wilt u soms iets hebben? Iets te eten? Nog iets te drinken?'

'Nee, dank u.'

'Op welke vraag?' Hij zit gewoon voor de ogen van mijn man met me te flirten.

Of eigenlijk achter zijn rug.

'Ik hoef niets,' zeg ik tegen hem, wie hij ook mag zijn, en ik mijd zijn blik.

Ik wil ook niet dat hij naar mij kijkt, want ik zie mezelf door zijn ogen. Ik ben helemaal verpieterd, mijn make-up is weg en mijn haar staat alle kanten op. Mijn deodorant werkt al uren niet meer en de enige operatiekleding die ik in de trailer kon vinden, is te groot. Ik verzuip erin en moet voortdurend de v-hals van mijn zoute shirt vol zweetvlekken omhoogtrekken, want óf mijn beha is te zien, óf een beetje te veel decolleté. En hoewel ik gewend ben aan het gestaar van Marino, wil ik dat niet zien van een volslagen vreemde.

'Zeg uw naam nog eens.' Hij heeft zijn naam nog helemaal niet genoemd, en als hij antwoord geeft, denk ik aanvankelijk dat hij me in de maling neemt.

'Andrew Wyeth,' herhaalt hij. Is dit een stom grapje of een sneer over Bentons rijke overleden vader, die investeerde in kunst?

Er hingen aquarellen van Andrew Wyeth in het huis van de Wesleys toen Benton jong was. Ik kijk naar zijn achterhoofd, dat naar zijn telefoon gebogen is, maar hij reageert niet op wat de man naast me zegt. Benton negeert hem. Hij negeert ons allemaal, maar tegelijkertijd volgt hij elk woord en de intonatie waarmee het uitgesproken wordt met de scherpe aandacht van een havik. Dat weet ik zeker, want dat doet hij altijd.

'Denk maar aan de schilder, en dat ben ik dus niet,' zegt agent Wyeth terwijl hij me de hand schudt en die iets te lang en te teder vasthoudt. Zijn humor maakt in mijn sombere stemming geen indruk op me.

Ik wil niet in deze auto zitten. Ik wil niet bij ze zijn. Het is niet gemakkelijk als Benton zo moet doen. Als we gedwongen worden te doen alsof we iets anders met elkaar hebben dan in werkelijkheid het geval is. Het geeft me het gevoel dat ik bedonderd word en oneerlijk ben. Alsof we weer een verhouding hebben. Alsof ik weer een getrouwde man afpak van zijn vrouw.

Dit soort spelletjes geeft me het gevoel dat ik alleen sta en van niemand steun krijg, dat niets behoorlijk gedaan zal worden als ik het niet zelf doe. Zo voel ik me nu ook. Alleen.

'Bent u naar de kunstenaar vernoemd?' vraag ik beleefd, maar ik luister amper en kan alleen maar denken aan alles wat ik snel en stiekem moet doen zonder me in de kaart te laten kijken.

'Nee, mevrouw. Maar mijn vader wel.' Wyeth herinnert me eraan hoe irritant ik het vind om 'mevrouw' te worden genoemd.

Hij is op z'n hoogst dertig, waarschijnlijk nog maar in de twintig, en moet wel een wonderkind zijn om zich in zulk belangrijk gezelschap te bevinden. Ik kan hem niet heel goed zien op de donkere achterbank, maar dat hoeft ook niet. Hij ziet er ongetwijfeld prima uit en hij heeft een geruststellende stem die vertrouwen wekt, maar dat zal hij van mij niet krijgen. De spieren bollen op vanonder de korte mouwen van zijn poloshirt en duwen tegen de kakistof van zijn cargobroek.

Hij heeft aderen als kabels en zo weinig lichaamsvet dat zijn huid wel krimpfolie lijkt. Ik kan me niet voorstellen hoeveel tijd hij in de sportzaal doorbrengt of wat hij eet. Heel weinig. Proteïnen. Sap. Kool. Dat soort gezonde dingen, denk ik zo. Hij ruikt goed. Een subtiele, houtachtige, mannelijke geur met een vleugje citrus en muskus.

Calvin Klein.

'... U bent in de zeer capabele handen van Bostons beste man, Roger Mahant, die u al kent.' Andrew Wyeth beëindigt zijn praatje over wat me te wachten staat. 'Ik geloof dat u hem wel eens een borreltje achterover hebt zien slaan bij feestelijke gelegenheden, dus u weet hoe amusant hij kan zijn.'

'Hé, ik zit erbij, hoor. Ik hoor wat je zegt,' zegt Mahant in de spiegel. Benton negeert ons nog steeds en doet iets met zijn telefoon.

'Hij zal enige tijd bij u doorbrengen, doctor Scarpetta, vooral om alles te observeren, zodat wij op de hoogte blijven van de ontwikkelingen in de zaak-Vandersteel.' Wyeth is ongetwijfeld van de FBI, want hij doet alsof hij daar alle touwtjes in handen heeft.

'We moeten een plek hebben voor een paar mensen.' Nu neemt Mahant het woord. 'Een vrij groot kantoor met wat bureaus, een tafel en stoelen,' zegt hij brutaal. 'We moeten ook minstens één toilet voor onszelf hebben, en natuurlijk parkeerplaatsen,' voegt hij er tot mijn verontwaardiging aan toe. Klootzak, denk ik bij mezelf.

38

Het laatste wat ik wil, is dat er federale agenten door mijn hoofdkwartier dwalen, en Bryce zal zich er nog meer door laten opfokken. Die raakt helemaal van slag. Iedereen.

Maar ik kan er niet veel aan doen, en het helpt niet als ik er boos om word. Ik moet helder blijven nadenken. Opeens steekt Benton zijn arm over de leuning van zijn stoel en geeft me zijn telefoon.

'Politiefoto's die ter plaatse zijn gemaakt,' zegt hij, en ik zet me schrap en bekijk ze.

Er zijn geen foto's van Briggs zoals Ruthie hem heeft gevonden, want toen de hulpdiensten arriveerden, hebben ze hem allereerst uit het water gehaald. Maar verder gingen de heldhaftigheden niet, want het was al snel duidelijk dat hij dood was. Op de foto's die ik bekijk, ligt hij op zijn rug op het terras, naast de houten zijkant van het zwembad.

Ik herken het buitenmeubilair, de achterkant van het huis en de tuin, en het doet me pijn om zo vertrouwd te zijn met deze plek, die allerlei herinneringen in me oproept. Hij droeg wat hij zijn hondenbroek noemde, de wijde zwembroek die zijn vrouw, een ervaren naaister, een paar jaar geleden als verrassing voor hem heeft gemaakt. In het groen-met-bruine camouflagepatroon is de hond van *Family Guy* opgenomen, en Briggs had er meerdere, die hij altijd meenam op reis.

Het is afschuwelijk om zijn sterke, levendige gezicht zo slap te zien, diep paars met amper geopende ogen. Ik zie de indruk van de zwembril die hij bij zijn dood op had. Er staat schuim op zijn lippen en Mahant vraagt me ernaar.

'Dat zie je altijd bij verdrinkingen, toch?'

'Soms.' Ik moet op mijn woorden passen met een bureaucraat als hij.

Ik wil mijn terloopse commentaar niet in een rapport lezen of op het nieuws horen. Ik weet nu al dat hij niet veel zal begrijpen van wat ik vertel, hoewel hij denkt dat hij meer weet dan ik over wat dan ook. Hij en zijn ondergeschikten kunnen in bepaalde ruimtes van het CFC meer schade aanrichten dan een olifant in een porseleinkast. Echte schade, die niet gerepareerd kan worden.

'Maar je verdrinkt niet zomaar in een zwembad dat niet veel groter is dan een hottub,' zegt Mahant. 'Hoe diep is dat ding? Eén meter twintig of zo? Er moet iets gebeurd zijn.'

'Je kunt verdrinken in een plas of in een kom soep. Maar er is inderdaad iets gebeurd.' Ik stem in met zijn banale oordeel en hij kijkt even naar me via de achteruitkijkspiegel.

'En dat schuim op zijn mond komt van het ademen, dus hij was niet meteen dood.'

'Bijna niemand is meteen dood,' antwoord ik. 'Tenzij je wordt onthoofd of aan stukken wordt geblazen, duurt het even voor je hersenen alles hebben stilgelegd. Dat betekent niet dat hij bij bewustzijn was toen hij zijn laatste adem uitblies en water binnenkreeg. Als dat is wat er is gebeurd, zou dat een verklaring zijn voor schuim op de mond of neusgaten.'

'Wil je zeggen dat je nog steeds kunt ademen als je hart ermee is opgehouden? Hoelang dan, hoeveel keer?'

'Dat weet ik niet. Het is nogal moeilijk om zoiets te onderzoeken,' zeg ik. Wyeth verbijt een glimlach.

Ik klik op de andere foto's en zie een close-up van de koperen armband en nog een paar opnamen waarbij het lichaam op de zij is gedraaid en de vreemde ronde brandwond in zijn nek te zien is. Ik hoop dat Briggs meteen uitgeschakeld was, dat hij het niet heeft zien aankomen, en even zie ik de drone voor me die ik eerder heb opgemerkt, zwart afgetekend tegen de zon. Ik bedenk hoe eenvoudig het zou zijn om met zo'n ding iets afschuwelijks uit te halen.

'Ik neem aan dat je niet meteen met de sectie begint.' Mahant blijft maar tegen me praten, terwijl mijn gedachten naar een andere recente zaak gaan.

'Voor die tijd is er nog een heleboel te doen,' antwoord ik. Ik denk aan een vrouw uit Cambridge die afgelopen maandagavond is geëlektrocuteerd.

Molly Hinders was tegen zonsondergang haar tuin aan het sproeien en werd iets later dood gevonden op het natte gras, met een brandwond op haar hoofd.

'En tot iedereen op zijn werk komt, heb ik niet veel personeel.' Ik lieg niet, maar ben ook niet van plan al te hulpvaardig te zijn – niet zo hulpvaardig als hij wil, tenminste.

'Hoe laat moeten we dan terug zijn, Kay?' vraagt Mahant.

'Kijk maar wat jullie het best uitkomt. Wij zullen er zijn.'

'Maar hoe laat wil je de sectie precies doen? Ik neem aan dat je een elektronische agenda hebt die ik kan inkijken, zodat ik je niet steeds hoef lastig te vallen. Hoe dan ook, zeg maar hoe laat, dan zorgen wij dat we aanwezig zijn.'

'We plannen de secties niet echt. We zijn geen ziekenhuis of dokterspraktijk.' Ik klink volkomen redelijk en helemaal niet neerbuigend, ook al verbaas ik me erover hoe weinig hij ervan weet.

'Tja, waarom zou je je haasten als je patiënten dood zijn?' spot Wyeth.

'Waarom spreken we niet gewoon een tijd af.' Mahant vraagt het niet, maar eist het. Als ik hem zijn gang laat gaan, wordt hij echt een lastpak.

'Dat is een beetje lastig, want ze moet eerst door de CT-scanner...' begin ik, maar het is te veel om uit te leggen.

Ik weet niet goed of de tweede man van de FBI in Boston ooit in mijn kantoor is geweest. Wel weet ik dat ik nooit met hem gewerkt heb, en dat is geen verrassing. Mannen als Mahant zijn pennenlikkers met stropdassen, zoals Marino ze noemt. Die gaan er niet op uit om ter plekke onderzoek te doen, en als ze wel naar een plaats delict of een snijkamer komen, kun je er zeker van zijn dat ze daar politieke redenen voor hebben. Ze hebben een eigen agenda waar ze niemand over vertellen, en hoe vriendschappelijk en collegiaal de relatie ook van start gaat, de samenwerking gaat snel van kwaad tot erger en eindigt zelden goed.

Ik ben niet van plan me te houden aan enig schema dat Roger Mahant zou kunnen opstellen. Maar de voortekenen zijn duidelijk: hij zal er alles aan doen om zich te bemoeien met de gang van zaken binnen het CFC, en ik ga doen wat ik kan om hem daar spijt van te laten krijgen. Daar ben ik helaas behoorlijk goed in, en ik herinner hem eraan dat hij douchespullen en schone kleren mee moet nemen als hij later terugkomt.

'Waarom?' Zijn donkere ogen kijken in de spiegel.

'Je zult je naderhand grondig willen wassen en alles wat je aanhad in afvalzakken willen doen. Ik herinner je eraan dat de geur in je haar en je kleren gaat zitten en heel ver doordringt in je bijholten. Ik moet me eigenlijk verontschuldigen, want het is geen goed idee om in een dichte auto te gaan zitten nadat je urenlang bezig bent geweest op een plaats delict waar het lichaam snel aan het ontbinden is.'

Benton tilt zijn armen op en ruikt aan zijn opgerolde overhemdsmouwen. 'Ik geloof dat het bij mij wel gaat, maar ik ben er niet lang geweest en heb er ook niet zo dicht bij gestaan als jij.' Hij speelt mijn spelletje mee.

Mahant laat zijn raam een paar centimeter zakken en zet de airco zo hoog mogelijk.

'We hebben wegwerpschorten, mutsen, handschoenen en dergelijke benodigdheden, dus daar zullen wij voor zorgen,' zeg ik boven het geruis van de airco uit. 'En we zorgen ook voor eten. Jullie mogen alleen niets eten of drinken in de snijkamers. Maar boven is een kantine.'

'Eten in de snijkamers? Godallemachtig. Doen mensen dat echt?'

'Niet meer. Wanneer heb je voor het laatst een tetanusinjectie gehad?'

'Verdomd als ik het weet.' Mahants gezicht staat ongeduldig en ongelukkig in de achteruitkijkspiegel.

'En hepatitis A en B?' vraag ik vervolgens.

Aan de andere kant van een bocht in de rivier komt het Cambridge Forensic Center in zicht, vlak bij de Harvard Bridge.

Het metalen, cilindrische gebouw van zeven verdiepingen is al met veel dingen vergeleken. Een loden projectiel zonder mantel, een dumdumkogel, een stompe raket, een augurk. Het steekt omhoog als een metalen silo tegenover een ander deel van het fietspad waarover Elisa Vandersteel fietste toen ze werd gedood. De plaats delict die ik net heb onderzocht, is amper anderhalve kilometer van mijn kantoor, hoewel je dat nooit zou zeggen, want Mahant heeft een omweg moeten nemen vanaf het park om te voorkomen dat hij voortdurend zijn identiteitsbewijs moest laten zien en de politie moest vragen barricades te verwijderen uit afgesloten straten.

Hij gaat linksaf Memorial Drive af en dan nog eens naar links, en dan stoppen we voor het drie meter hoge, met zwart pvc afgewerkte hek van het CFC. Ik doe mijn raampje open en toets een code in op het toetsenbordje links van de zwartmetalen poort met driepuntige uitsteeksels erop. Die komt met een luid gepiep in beweging en schuift over een rail open.

De Tahoe rijdt de parkeerplaats achter het gebouw op en ik zie de auto's van bepaalde leden van mijn personeel staan. Bryce is er en Anne ook. De Tahoe rijdt langzaam langs geparkeerde busjes, SUV's en trucks, allemaal spookachtig wit en verlaten op dit rustige uur. We stoppen achter de witte Ford Explorer op het eerste plekje aan de linkerkant van een loopdeur aan de achterkant van het gebouw.

Daarmee ben ik gisteren naar het werk gereden. Maar ik heb hem hier laten staan in de veronderstelling dat ik de volgende dag bij mijn zus, Janet, Lucy, Desi en de rest zou zijn. Ik kreeg een lift van Bryce en na het diner zou ik met Benton naar huis zijn gereden. Maar het is allemaal anders gelopen en de volgende dag is al aangebroken. Voorlopig zal ik geen tijd hebben voor mijn familie. Ik stap uit de auto.

'Ik kom eraan,' zegt Benton tegen me, en hij blijft in de SUV zitten met de portieren dicht.

Ik kan me wel voorstellen waar ze het over gaan hebben, gedeeltelijk tenminste. Mahant wil mij niet in de buurt hebben als hij en zijn maats mijn hoofdkwartier in beslag nemen en iedereen daarin, levend of dood, de wet voorschrijven. Jammer voor hem. Ik laat me niet wegjagen. Ik wacht bij de loopdeur, en na een paar minuten stapt Benton uit. Ik laat mijn rechterduim scannen om het biometrische slot te openen, en dan lopen we een garage ter grootte van een kleine hangar in.

Ik ruik een fris ontsmettingsmiddel. De met epoxy afgewerkte vloer, de kasten tegen de muren – alles is smetteloos schoon. Bij de wasplaats staat een netjes geparkeerde rij glanzende stalen brancards en in een verre hoek bevindt zich het La Morte Café, waar Rusty en Harold koffie drinken en sigaren roken aan een tafel met stoelen eromheen, die allemaal schoongespoten kunnen worden.

'Lucy heeft Elisa Vandersteels telefoon kunnen hacken.' Benton vertelt me wat hij denkt dat hij kan loslaten, en dat is waarschijnlijk meer dan hij zou moeten zeggen.

Zoals gebruikelijk is hij slimmer dan wie ook. Hij wist dat Lucy veel sneller in de telefoon zou weten te komen dan de laboranten in Quantico.

'Dus nu weten we wie de vriend is, die jongen die we bij de Faculty Club hebben gezien,' zegt Benton. 'Chris Peabody.'

'Dezelfde achternaam als mevrouw P.?' Ik herinner me dat ze een keer heeft gezegd dat haar kleinzoon parttime bij de Faculty Club werkt.

'Waarschijnlijk wel, maar we moeten het nog bevestigen. Hij woont in een tweekamerappartement in Ash Street, ten westen van hier.'

'En Elisa Vandersteel ging die richting uit toen ze door het park reed.' Ik zie aan Bentons gezicht dat hij zich heel veel zorgen maakt.

'Haar laatste telefoontje was naar hem, om zeven uur zes, toen ze een FedEx-envelop in de brievenbus in JFK Street gooide, vlak naast de Kennedy School,' zegt hij. 'Dat weten we door de voicemail die haar vriend heeft ingesproken toen hij haar een minuut of tien later terug probeerde te bellen, en als ik afga op alle andere informatie, denk ik dat ze toen dood was. Ik denk dat ze precies heeft gedaan wat wij al dachten, Kay. Ze is in JFK Street het park in gereden en toen ze langs de lamp kwam, is ze uitgeschakeld.'

'Weet haar vriend het al?' Ik herinner me dat ik hem tussen de personeelsleden heb gezien die de kamers in en uit liepen terwijl wij in de Faculty Club waren.

Er zullen ongetwijfeld een heleboel mensen zijn die kunnen getuigen waar hij zich bevond op het moment dat Elisa Vandersteel doodging, en het is onwaarschijnlijk dat hij er iets mee te maken heeft. Maar de kleinzoon van mevrouw P. staat hoe dan ook een in alle opzichten ellendige tijd te wachten.

'Er zijn een heleboel mensen met wie we moeten praten. Het wordt een puinhoop, en jij bent al meer dan twintig uur wakker zonder dat het einde in zicht is,' zegt Benton. 'Laat Luke de sectie doen, Kay. Jij hebt het moeilijkste werk al gedaan. Waarom ga je niet met ons mee?'

'Wie is ons? Behalve Lucy?'

'Wyeth.' Benton loopt met me naar het eind van het laadperron, waar een helling naar een andere deur leidt. 'Zoals je zult hebben begrepen, is hij een van onze mensen. Hij zit bij het NCTC.'

Het National Counterterrorism Center houdt zich bezig met binnenlandse en buitenlandse dreigingen. Het werkt nauw samen met de Amerikaanse inlichtingendiensten, zoals de CIA.

'Als hij al een paar dagen in Boston en omgeving is, neem ik aan dat dat niet was vanwege Briggs, tenzij jullie van tevoren iets wisten over zijn dood,' antwoord ik, en onze stemmen weergalmen in de grote, holle betonnen ruimte waarin we met z'n tweetjes staan, bij een grote afvoer in de vloer en een dikke opgerolde slang. 'Ik hoop dat dat niet waar is. Want als je ook maar enig vermoeden had...'

'Dat hadden we niet. Voor zover ik weet hebben we geen waarschuwing gehad, alleen de foto die ik via de e-mail heb ontvangen, zoals ik al gezegd heb, en toen was hij er al niet meer.' Weer dat eufemisme.

Hij is er niet meer.

'Wyeth is hier voor een andere zaak.' Benton zwijgt, kijkt me recht aan en zegt dan: 'Ik maak me zorgen over de mogelijkheid van een grote aanslag in de buurt van Washington en ben bang dat wat we nu zien alleen nog maar het topje van de ijsberg is.'

Hij zegt dat hij niet in detail kan treden, maar dat Briggs een belangrijk doelwit was, in meer opzichten dan ik weet.

'Op Capitol Hill gaat al een tijdje het gerucht dat hij een goede kans maakt op een positie op kabinetsniveau, iets wat de nieuwe regering in gedachten heeft,' zegt Benton. 'Ik denk dat Carrie ons eraan herinnert dat ze elke draak kan doden waar haar oog op valt en ons kan beroven van alles waar we om geven. Ze kan onze dromen verwoesten. Ze kan ons onze familie afnemen, en dat was Briggs, vooral voor jou.'

'Ik weet niet of ze ons ergens aan herinnert.' Ik haal diep adem en voel me tegelijkertijd boos en verdrietig. 'En geruchten hebben vaak niet veel te maken met de feiten. We moeten ervoor oppassen dingen voor waar aan te nemen zolang we nog maar zo weinig weten,' voeg ik eraan toe terwijl de raamloze deur van de garage weer opengaat.

Als de enorme roldeur met metalige tikken openschuift, komt

de verlichte parkeerplaats in zicht, en een stel koplampen schijnt ons fel tegemoet als de witte bus naar binnen rijdt. Dan schokt de deur luid weer naar beneden en stappen Harold en Rusty uit de bus. Ze lopen naar de achterkant en doen de achterdeur open; elk geluid wordt hier enorm versterkt.

'Ik bel je als we moeten bijtanken.' Benton omhelst me, en de harde vorm van het pistool op zijn heup herinnert me eraan dat we nooit echt weten wanneer we elkaar weer zullen zien.

We hebben geen normaal leven en ook geen normale relatie, en ik weet niet meer hoe het voelt om veilig te zijn. Even houdt hij me dicht tegen zich aan, met zijn neus en mond in mijn haar. Op de parkeerplaats gloeien nog meer koplampen. Ik slik moeizaam. Dit voelt afschuwelijk.

'Ik zou het waarderen als je Janet, Desi en Dorothy bij ons thuis liet komen tot ik terug ben. Ik weet dat ik het er al over heb gehad, maar ik meen het, Kay. Het is veiliger als iedereen bij elkaar is.' Benton kijkt me vastberaden aan. 'Ik heb het er al met Janet over gehad voor het geval je besloot thuis te blijven, want daar was ik vrij zeker van. Page kan helpen met de honden als het nodig is,' voegt hij eraan toe. Uit mijn ooghoek zie ik Luke Zenner aankomen.

Mijn blonde Oostenrijkse assistent-hoofd loopt op ons af, en ik vermoed dat hij sliep toen Anne hem opriep. Bij haar, waarschijnlijk, valt me in, want Luke is woest aantrekkelijk en een echte vrouwenversierder. Ik zie de kreukels van de kussensloop in de rechterkant van zijn gezicht. Hij heeft zich niet geschoren en kan niet lang nodig hebben gehad om een T-shirt van de Patriots, een wijde bermuda en een paar instappers aan te trekken.

'Ik ga even naar boven en praat je later wel bij,' zeg ik tegen hem – mijn manier om duidelijk te maken dat we niet openlijk met elkaar kunnen spreken waar Benton bij is. 'Ik denk dat we haar in de koelruimte moeten leggen, want haar conditie gaat hard achteruit.'

'Dat kan ik me voorstellen. Het lijkt een goed idee,' zegt Luke met zijn Duitse accent, terwijl hij me recht aankijkt met zijn blauwe ogen. 'Daar beginnen we dan maar mee.' Harold en Rusty rijden de brancard door de garage.

Ze duwen hem tegen de helling op en door de deur naar binnen, terwijl Benton en ik afscheid nemen, hoewel we dat woord niet gebruiken. We proberen termen als 'afscheid' te vermijden en houden het luchtig met 'tot later' of 'ik bel je nog'. Alsof alles helemaal in orde is, ook al is dat niet zo.

Ik blijf boven aan de helling staan. In mijn bezwete operatiekleding en met mijn aktetas over mijn schouder kijk ik mijn lange man met zijn brede schouders na, die met lange passen en een rechte, trotse houding wegloopt. Hij komt bij de enorme vierkante deuropening, die hem omlijst als een schilderij, en draait zich om om naar me te glimlachen.

39

Als ik van het laadperron het gebouw binnenga, kom ik allereerst in de helder verlichte receptie, waar langs alle muren roestvrij stalen koelers en vriezers staan met groene digitale schermpjes, die geel en rood worden als ze niet gelukkig zijn.

Het is er koel en het ruikt er niet erg fris, en ik word begroet met een twistgesprek vlak achter de deur, waar Harold en Rusty de brancard op de vloerweegschaal hebben geparkeerd. Ze hebben schoenhoezen, schorten, handschoenen en operatiemutsjes aangetrokken, en ik onderbreek ze midden in een zacht gemopper op elkaar, waarbij ze er niet op letten of er iemand zou kunnen meeluisteren.

'Nou, wat is het dan?' Harold klikt de punt uit een pen en heeft zijn aantekenboekje openliggen.

'Zo irritant als je dat doet.'

'Als ik wat doe? Ik vraag je alleen te herhalen welk gewicht we volgens jou moeten aftrekken.'

'Dat heb ik niet genoemd, want dat is niet nodig.' Rusty houdt de lange houten meetstok in één hand, als een herdersstaf, en ritst de zak open.

'Wat is het dan?'

'Waarom zou het deze keer anders zijn, Harold?'

'Het is altijd goed om ernaar te vragen.'

‘Dat doe je dan ook altijd. Het is negenendertig kilo, net als de laatste keer dat we hem wogen.’

‘Maar je hebt niet eerst gecontroleerd toen hij leeg was, of wel soms? Dus dat weten we niet zeker.’

‘Nee, dat doe ik niet elke keer, omdat het stom is.’ Rusty meet het lichaam van de bovenkant van de zak over Elisa Vandersteels hoofd tot de bodem van de zakken over haar voeten.

‘Ik heb nog nooit meegemaakt dat iemand anders dat vroeg of er zelfs maar over begon.’

‘Maar ze zouden het kunnen doen, en in sommige situaties zouden ze het misschien ook moeten doen. Je weet nooit wanneer het kleinste detail een groot verschil kan maken. Even zien... Hoeveel is achtennegentig min negenendertig?’ Harold rekent het uit in zijn aantekenboekje, omdat hij het niet uit zijn hoofd kan. ‘Dan krijgen we een gewicht van negenenvijftig kilo.’ Hij schrijft het op terwijl ik over de vloer van gerecycled glas loop, die een geelbruine tint heeft die ze truffel noemen. ‘En de lengte?’

‘Eén meter vijfenzestig.’

Ik blijf staan bij het glazen hokje van de beveiligers, dat de Vissenkom wordt genoemd. Op de buitenrand van het gesloten raampje ligt het grote, zwarte, in leer gebonden logboek, ons dodenboek. Het ligt vast aan een dunnen stalen ketting, en alle zaken moeten erin worden opgeschreven in zwarte inkt, met een balpen die eraan vastzit met de witte katoendraad die we gebruiken voor hechtingen.

Ik sla de zuurvrije pagina’s open en tik zacht met een knokkel tegen het glas om de aandacht te trekken van mijn favoriete beveiligingsbeambte. Georgia staat met haar rug naar me toe een gele RFID-polsband uit de 3D-printer te halen. Ze loopt terug naar haar bureau en schuift het raam open.

‘Zo te zien ben je weer afgevallen.’ Ik zie dat haar donkerblauwe uniform met de gele streep over de broek een beetje te wijd lijkt als ze weer achter haar computer gaat zitten en haar handen op het toetsenbord en de muis legt.

‘Dat zeg je alleen om aardig te doen.’ Ze kijkt me aan over haar leesbril en haar perzikkleurige acrylnagels klikken over de toetsen. ‘Of meen je het echt?’ Haar bruine ogen staan vergenoegd. ‘Kun je het zien?’

'Nou en of.'
'Bijna vijf kilo.'
'Dat dacht ik al.'
'Mijn dag is weer goed, en de zon is nog niet eens op.'
'De belangrijkste vraag is wat de Weight Watchers te zeggen hebben over pizza. Mag die?' Ik kijk naar de aantekeningen over afgeleverde en opgehaalde lichamen, zodat ik weet wat er is gebeurd sinds ik hier voor het laatst was.
'Dat hangt ervan af wat voor pizza en van wie. Als het jouw pizza is, dokter Scarpetta, kan het me niet schelen of hij duizend punten is, want eten doe ik dan toch.'
Ik kijk toe terwijl zij het papierwerk op haar bureau afwerkt, de zaak-Elisa Vandersteel op de lijst zet en die een uniek nummer geeft: *16-MA2037*.
'Misschien wil je me even vertellen wat we opeens te vieren hebben,' zegt Georgia. 'Op wie ik moet letten op de camera's en over wie ik me zorgen moet maken. Heb ik gelijk dat het alle hens aan dek is? Je hoeft het maar te zeggen.'
'Het ziet ernaar uit dat we gezelschap krijgen, en we moeten zo gastvrij zijn als we kunnen.' Ik ben voorzichtig met mijn woorden, zodat ik er later geen last mee kan krijgen, en sla nog een pagina om in het logboek. 'Maar het werk gaat voor. Daar valt niet aan te tornen.'
'Nou, ik wist wel dat er iets aan de hand was toen Anne op dit uur kwam opdagen. En toen kwam Bryce binnenlopen, en daarna Paula van histologie. En nu jij en dokter Zenner, en het gerucht gaat dat Ernie Koppel onderweg is. Verdorie.' Ze kijkt naar me op. 'Wat krijgen we voor ongewenst bezoek?'
Ik vertel het haar, en ze blaast en rolt met haar ogen.
'Het zou helpen als je wat overuren kon draaien,' voeg ik eraan toe, terwijl ik mijn blik laat gaan over namen, leeftijden, adressen, vermoedelijke doodsoorzaken en of onze patiënten nog hier zijn of al naar een rouwkamer of een begraafplaats zijn overgebracht.
'Vanaf wanneer?' vraagt ze.
'Vanaf als je dienst over zes uur afloopt.'
'Dan komt O'Riley. Om acht uur.'
'Ja, en ik zou graag willen dat je blijft om hem te helpen, als je

wilt. Zolang je niet te moe bent.' Ik wil Georgia hier hebben omdat ze geen angst kent en loyaal is. 'We moeten zo veel mogelijk mankracht hebben.'

'Ik ga telefoneren. Beter dat ik het doe.' Ze bedoelt in plaats van Bryce. 'Je weet hoe hij mensen op hun zenuwen kan werken.'

'Alle mensen die beschikbaar zijn. Ik wil er zo mogelijk minstens één op elke verdieping.'

'Om ons tegen hen te beschermen.' Ze bedoelt tegen de FBI, en ik knik niet en geef ook geen antwoord.

Ik kijk haar alleen maar aan, en dat is genoeg.

'Laat me maar weten wat je wilt dat we doen.' Georgia vouwt haar dikke armen over elkaar onder haar formidabele buste. Ik weet niet hoe goed ze zou zijn bij een gevecht, maar ik zou haar niet graag willen uitdagen.

'Dat hangt grotendeels af van onze gasten.' Ik draai nog een paar bladzijden in het logboek om en vraag me af of er een fout is gemaakt.

'Nou, ik kan je nu al vertellen wat ze gaan doen.' Georgia maakt zich kwaad bij de gedachte dat haar terrein onder de voet gelopen gaat worden. 'Ze gaan overal rondsnuffelen als ze de kans krijgen.'

'Die geven we ze niet,' antwoord ik, nog steeds met mijn blik op het logboek. Ik had niet verwacht dat het lichaam van Molly Hinders nog hier zou zijn.

Maar het moet er nog zijn. Als het was vrijgegeven, zou daar een aantekening van zijn gemaakt, en als ik de inschrijving van maandag 5 september zie, valt mijn oog op het adres: *Granite Street.*

Bryce en Ethan wonen in Granite Street, hier in Cambridge, heel dicht bij Magazine Park aan de rivier. Ze zijn er afgelopen voorjaar naartoe verhuisd. Ik schrik er een beetje van, maar ik weet niet goed waarom.

'Zo te zien is Molly Hinders nog niet vrijgegeven nadat ik gisteren ben vertrokken.' Ik leg het logboek weer op zijn plek op de rand. 'Ik dacht dat ze zou worden opgehaald door een begrafenisondernemer. Is dokter Wier op problemen gestuit?'

Lee Wier is een van mijn forensisch pathologen, en ze weet wat ze doet, want ik heb haar zelf opgeleid.

‘Nou, bij dat geval gaat alles verkeerd wat er verkeerd kan gaan.’

Ik heb een donkerbruin vermoeden dat Georgia daar gelijk in heeft. Molly Hinders is een zaak van rechercheur Barclay, en Marino zal zich ermee moeten bemoeien.

‘Die arme vrouw had niet meer pech kunnen hebben. Iedereen loopt met zijn bezopen kop ruzie te maken, en zij ligt helemaal alleen in die verdomde koeling,’ vertelt Georgia, en ik denk aan wat dokter Wier zei toen ze de zaak een paar dagen geleden besprak tijdens de stafvergadering.

Toen Molly Hinders werd gevonden, lag ze vlak bij een ingeschakelde stereospeaker die was gevallen en op het natte gras was terechtgekomen. Het was de enige verklaring voor de vraag hoe ze in haar achtertuin geëlektrocuteerd kon zijn terwijl ze de planten besproeide met een tuinslang. Maar ik heb het steeds vreemd gevonden dat kortsluiting in een speaker iemand kon doden.

Haar hoofdhuid en haar waren verbrand omdat ze in contact waren geweest met het elektrische apparaat dat haar fataal was geworden.

Dat was vroeg in de avond van Labor Day, en ze was net thuis nadat ze in een kajak de Charles op was geweest. Ze had haar kajak van het imperiaal op haar auto gehaald en hem de achtertuin in gesleept, was het huis binnengegaan en had zich een glas wijn ingeschonken. Nog steeds in haar badpak was ze weer naar buiten gegaan om de tuin te sproeien, waar een stereosysteem stond, een smeedijzeren tafel en stoelen en een barbecue onder een pergola die gedeeltelijk was begroeid met wijnranken.

Toen de politie arriveerde, stond er geen stroom op het stereosysteem omdat de aardlekschakelaar eruit was gesprongen. Dat alleen al had moeten voorkomen dat ze een schok kreeg en zeker dat ze daaraan doodging. Om de een of andere reden is dat niet gebeurd, en dat heb ik vanaf het begin vreemd gevonden. Maar de zaak trok op dat moment niet zo mijn aandacht, niet zoals nu. Molly Hinders doet me te veel denken aan Elisa Vandersteel en generaal Briggs.

'Leg alsjeblieft uit waarom Molly Hinders nog hier is,' vraag ik nogmaals.

'Voor zover ik heb begrepen,' zegt Georgia, 'komt ze uit een welgestelde familie en waren zij en haar man uit elkaar maar nog niet gescheiden. Dus is er ruzie over wie het lichaam mag opeisen. Ze maken ruzie over alles, want ze was nog heel jong en er is geen testament of iets wat daarop lijkt. Tot overmaat van ramp hebben ze de eerste begrafenisondernemer die ze hadden gekozen ontslagen, dus we kunnen haar sowieso nog aan niemand meegeven.'

'Dat is maar goed ook. Het komt heel goed uit, want er zijn misschien andere problemen.' Ik hoor de deuren van de lift opengaan. 'Ze mag pas worden vrijgegeven als ik het zeg. Ik wil een paar dingen controleren.' Bryce komt tevoorschijn. Hij heeft zich omgekleed sinds ik hem in de trailer heb gebeld. Dat lijkt wel een eeuw geleden.

'Wie mogen we niet vrijgeven?' vraagt mijn kantoormanager. Zijn blauwe ogen staan een beetje wazig, misschien van de cider.

Hij heeft een strakke spijkerbroek met smalle pijpen aan, een T-shirt en een heleboel gothic sieraden, ongetwijfeld ten behoeve van de FBI. Bryce vindt het leuk om te flirten, en hoe minder het gewaardeerd wordt, hoe beter.

'Molly Hinders,' zeg ik. 'De doodsoorzaak blijft onbepaald tot er verder onderzoek is gedaan. Dat moet je dokter Wier laten weten.' Dan vraag ik Bryce of er al meer bekend is over het mysterie met de tattoo. 'Je bent er zeker nog niet achter hoe dat detail genoemd heeft kunnen worden bij een telefoontje naar de alarmcentrale.' Ik wind er geen doekjes om.

'Ja, toch wel. Ethan en ik hebben het uitgezocht,' zegt hij een beetje te luchthartig, en zijn jongensachtige gezicht wordt rood. 'Die gek naast ons. Je weet wel, onze klootzak van een buurman? Hij moet het geweest zijn. Hij wilde me vast terugpakken.'

'Hoe wist hij wat er in jouw huis gebeurde?' vraagt Georgia. Het verhaal over de tattoo is haar dus bekend.

Bryce kon waarschijnlijk niet wachten om het haar te vertellen.

'Terugpakken? Waarvoor?' vraag ik.

'Nou ja...'

'Bryce? Je gezicht is vuurrood. Je weet dus heel goed waarom. Vertel me hoe je buurman wist dat je een neptattoo had.'

'Nou, het schijnt dat ik toch behoorlijk dronken ben geworden van de margarita's die we hebben gemaakt met die verrukkelijke tequila die je zus ons heeft gegeven. En toen onze vrienden weg waren, ben ik kennelijk het vuilnis buiten gaan zetten, en toen hoorde ik een heel vreemd geluid en zag ik weer zo'n vreemd licht. Dus toen ben ik ergens over gestruikeld en gevallen, en hij kwam me overeind helpen. Alleen was het op dat krankzinnige moment geen hij. Het was een ding, en ik dacht echt dat het dit keer gebeurd was met me.'

'Wat is dit nou weer?' Georgia houdt op met typen en kijkt met grote ogen naar Bryce. 'Waar heb je het over?'

'Ik dacht echt dat ik werd ontvoerd door buitenaardse wezens om onderzocht te worden.'

'Jezus.' Ze schudt haar hoofd. 'Dit is echt tijdverspilling.'

'Ik ben bloedserieus. Ik zie de laatste tijd 's nachts vreemde lichtjes aan de hemel.'

'Die heten sterren en vliegtuigen.' Georgia blijft haar hoofd schudden.

'Moet ik aannemen dat het je buurman was, die kwam opdagen toen jij het vuilnis buitenzette?' vraag ik.

'Duivelse Donald. Ik weet niet meer wat er gebeurd is, maar Ethan wel, want ik denk dat hij me kwam zoeken en de lelijke dingen heeft gehoord die ik gezegd schijn te hebben. Ethan was helemaal over de rooie en zei dat ik Donald moest bedanken omdat hij me te hulp was geschoten – kun je het je voorstellen? En in mijn verwarring schreeuwde ik natuurlijk: "Hoe weten wij verdomme dat hij niet degene is die me omver heeft geduwd?"'

'En hoe wist hij dan van die tattoo?' vraag ik nogmaals.

'Door zijn zaklamp natuurlijk, en ik had een korte broek aan en was op blote voeten. Zo heeft hij hem gezien, en hij zei nog voor de grap dat we potrokers waren en dat hij dat had kunnen verwachten. Maar ik weet er niets meer van.'

'Marino moet dit woord voor woord te horen krijgen,' antwoord ik. 'Bel hem alsjeblieft meteen. En zeg tegen hem dat we moeten praten.'

40

Ik steek mijn hand door Georgia's raampje om de RFID-lezer van het oplaadstation te pakken en loop ermee naar koelruimte 2. Daar til ik de grote stalen handgreep op, en de enorme glanzende deur gaat met een zacht zuigend geluid open. Er komt een wolkje condens naar buiten, dat eruitziet als mist maar ruikt naar de dood.

Ik loop door de kille stank een grote, koude ruimte in vol stalen bladen, waarop ingepakte gedaantes liggen. Elke lijkenzak is gemerkt met een chip in een plastic sticker, die hoort te passen bij de chip in de gele polsband van de overledene. Dubbelop. Iemand kwijtraken is namelijk een van de ergste dingen die er kunnen gebeuren. Ik loop rond met de lezer, die ik vasthoud als een pistool, tot ik Molly Hinders heb gevonden.

Mijn adem vormt wolkjes als ik de zak openrits, welk geluid wordt begeleid door het luide ruisen van de ventilator. Ik pak een paar handschoenen uit een doos die op een brancard staat en haal even mijn in paars gehulde vingers door haar korte zwarte krullen. Door de koeling voelt ze koud aan als ik mijn vingers langs de gehechte incisie bij haar haargrens, over haar oren en over haar achterhoofd laat gaan, waar ik de kleine gapende wond in haar hoofdhuid vind.

Dokter Lee Wier heeft precies gedaan wat haar geleerd is en wat ik haar heb aanbevolen toen we deze zaak bespraken. Ze heeft het verbrande weefsel weggesneden, zodat Ernie het kon controleren op microscopisch kleine deeltjes metaal of ander materiaal dat op de wond zou kunnen zijn overgebracht. Ze moet die monsters dagen geleden al naar het histologielab hebben gestuurd. Ik loop de koeler uit en sluit de zware deur, en ik hoop dat mijn telefoon goed bereik heeft als ik Paula bel.

'Ik was daar gistermiddag al mee klaar,' zegt ze in mijn oortje nadat ik heb gevraagd hoe het met de zaak is. 'Dokter Wier had me gevraagd het zo snel mogelijk te doen omdat het nogal wat tijd zou kosten om de preparaten te maken, dus dat heb ik gedaan.'

'Ze heeft je specifiek gevraagd om natte preparaten te maken voor Ernie.'

'Zeker. Ik heb er vier gemaakt van de brandwond op het hoofd van het slachtoffer.'

'Ik ben blij het te horen,' antwoord ik, want het verbrande weefsel zou anders gedehydrateerd moeten worden met aceton voordat het in de vacuümkamer van een elektronenmicroscoop kan worden geplaatst, en dat kan dagen duren.

Als dokter Wier en Paula niet zo snel hadden gehandeld, was er tot het weekend misschien niets te analyseren geweest, en dat zou nu wel heel slecht uitkomen. We weten nog niet precies waarmee we te maken hebben, maar er zouden nog meer mensen dood kunnen gaan. Ik loop door de lege gang, langs labs en ander werkplekken die op dit vroege uur nog donker zijn, maar voor me zie ik een open deur.

Annes bureau in de grote controlekamer is leeg, maar haar tas en sleutels liggen erop. Door het raam met loodglas zie ik haar met een laborantenjas over haar spijkerbroek in de ruimte aan de andere kant bij de roomwitte CT-scanner met Luke Zenner staan praten, die operatiekleding heeft aangetrokken. Op de tafel voor hen ligt een lijkenzak met daarin het lichaam van Elisa Vandersteel. Ik doe de deur tussen de controleruimte en de scanruimte open.

'Jou had ik net nodig,' zeg ik tegen Luke als ik naar binnen loop.

Ik leg uit dat de mogelijkheid bestaat dat Molly Hinders en Elisa Vandersteel niet door een ongeluk om het leven zijn gekomen. Het kan zijn dat het moorden zijn die met elkaar in verband staan. Ik vertel ze ook over Briggs. Luke en Anne stellen vragen waarop ik geen antwoord heb. Ze raken behoorlijk van streek.

'We kunnen er nu niet verder op ingaan,' zeg ik eindelijk, want dat kan echt niet. 'We moeten onze gevoelens voorlopig opzijzetten. We moeten ons concentreren en uitzoeken waardoor deze mensen om het leven zijn gekomen en of het gaat om elektrocutie en of dat per ongeluk of opzettelijk is gebeurd, bijvoorbeeld met een wapen dat we nog niet eerder hebben gezien.'

'Je kunt je moeilijk voorstellen dat alles wat er nu opeens gebeurt toeval is.' Luke heeft een harde blik in zijn ogen en zijn kaakspieren staan strak.

'Als jullie klaar zijn,' ga ik verder, 'moet je de brandwonden fotograferen voordat je ze uitsnijdt. Het weefsel gaat rechtstreeks naar Paula. Onze belangstelling gaat allereerst uit naar de heel fijne, draadvormige, witte, leerachtige verbrandingen aan de bovenkant van haar rug en de onderkant van haar nek, en ook op haar rechterhand en -pols.'

'Ik moet de papieren zakken nu toch weghalen,' zegt Luke. 'Dus ik doe het allemaal hier en maak alles klaar voor de laboratoria. Daarna breng ik haar over naar de koelruimte.'

'Ik ga naar boven om me op te frissen,' zeg ik.

'Dat is een goed idee. Niets is beter dan een opfrisbeurt voordat je sectie gaat verrichten in de koelruimte,' spot Anne. Ze brengt me op een idee.

'Ik begrijp dat er wat problemen zijn met de ventilatie daar,' merk ik op. Er verschijnt een niet-begrijpende blik op Annes alledaagse, maar vriendelijke gezicht, maar dan fronst ze en heeft ze het door.

'O, dát,' zegt ze, alsof ze het opeens weer weet. 'Je hebt het zeker over de afzuigtafel die daar staat.' Ze verzint het waar ik bij sta. 'De geuren werden niet goed afgezogen en weggehouden van de mensen die daar werkten, ik geloof tenminste dat dat laatst het probleem was, en ik heb gehoord dat de stank zo erg was dat hij pootjes leek te hebben,' improviseert ze. 'Ik hoop voor onze gasten dat we er vanmorgen geen problemen mee hebben.'

'Dat zou erg vervelend zijn,' beaam ik.

Dertig minuten later kom ik de badkamer in mijn kantoorsuite uit terwijl ik mijn haar droogwrijf met een handdoek.

In schone blauwe operatiekleding en op zwarte rubberen operatieklompen loop ik door het zitgedeelte met leren meubels in zachte aardetinten, een vergadertafel en mijn persoonlijke verzameling anatomische tekeningen van Max Brödel, Edwin Landseer en Frank Netter, aangevuld met achttiende-eeuwse afdrukken van de *Four Stages of Cruelty* van William Hogarth.

Bij mijn bureau wordt de muur grotendeels in beslag genomen door een enorm beeldscherm, waarop de tijd en andere informatie zijn af te lezen in lichte cijfers op het zwarte glas: 3:08.45 AM

EST... 3:09.50... 3:10.00... Ik zie de seconden oplopen terwijl ik een app op mijn telefoon activeer waarmee ik de zones binnen en buiten het CFC kan bekijken die voortdurend worden gefilmd door bewakingscamera's. Het beeldscherm aan de muur wordt verdeeld in delen waarop livebeelden te zien zijn, en sinds ik voor het laatst heb gekeken, is het aanzienlijk drukker geworden op de parkeerplaats achter het gebouw.

Er staan verscheidene donkerblauwe en zwarte sedans en SUV's. Ik laat de camera's heen en weer gaan en kantelen om andere zones te bekijken, en ontdek de zwarte Tahoe in de garage, waar alleen Lucy haar auto durft neer te zetten. Roger Mahant is al terug en het ziet ernaar uit dat hij een heel gevolg heeft meegenomen. Ik vraag me af waarom Georgia het me niet heeft laten weten. Misschien heeft ze het geprobeerd toen ik onder de douche stond.

Ik bel haar bureau en de telefoon begint te rinkelen. Intussen zie ik de digitale seconden voorbijtikken. Het gerinkel houdt aan. 3:12.11... 3:13.10... 3:14.00... Vreemd genoeg wordt er beneden niet opgenomen. Dan gaat mijn telefoon.

'Wat gebeurt er allemaal?' Ik neem aan dat het Georgia is.

'Hallo?' zegt Ernie Koppel. 'Kay?'

'Neem me niet kwalijk. Ik probeerde naar beneden te bellen...'

'Kun je even langskomen?' vraagt hij. 'Ik zeg niet vaak dat iets dringend is, maar je moet dit bekijken voor iemand anders het onder ogen krijgt. Ik wacht nog op bevestiging, maar als je een minuutje hebt... Ik geloof dat ik iets heb gevonden waar ik nog nooit van heb gehoord. In elk geval niet in een forensisch lab.'

Hij vertelt me waar hij is, bij welke elektronenmicroscoop, en ik pak mijn laborantenjas van de rugleuning van mijn bureaustoel en ga haastig naar hem toe. Ik besluit de lift te mijden. Niet alleen is die merkwaardig traag in mijn verder zo geavanceerde biotechgebouw, maar ik wil de FBI zo veel mogelijk uit de weg gaan. Een goede manier om daarmee te beginnen, is de nooduitgang nemen. Hoewel iedereen via dat trappenhuis het gebouw kan verlaten, kun je zonder een identiteitsbadge of een code niet op de verdiepingen komen.

Het is dus niet waarschijnlijk dat ik daar iemand tegenkom.

Mijn klompen bonzen op de betonnen treden met de metalen randen als ik naar beneden ga. Het trappenhuis is zo stil als een schuilkelder terwijl ik afdaal en helemaal onderaan de deur opendoe. Die komt uit in de garage waar we grote voorwerpen onderzoeken, met name auto's en vrachtwagens, maar waar we ook bewijsmateriaal veiligstellen van sportauto's, motoren, jetski's en zelfs een zelfgemaakte deltavleugel die kennelijk niet erg goed werkte, anders zouden het ding en de eigenaar niet hier zijn beland.

De lampen branden zwak om energie te besparen en ik loop met ferme pas door het schemerdonker langs onderzoeksruimten waarin de lopende zaken worden afgehandeld. Een boot onder een tent zal worden opgedampt met lijm om mogelijke latente afdrukken te vinden en twee plekken verder staat een camper waarin vermoedelijk een moord is gepleegd, gevolgd door zelfmoord. Daarnaast is een aparte ruimte waarin van het plafond tot de vloer wit papier vol bloedspetters en strepen hangt: de reconstructie van een steekpartij.

Ik loop af op een roodverlicht bordje met IN GEBRUIK, dat boven de betonnen bunker hangt waarin de transmissie-elektronenmicroscoop staat, de TEM. Ik zet mijn duim tegen de biometrische lezer om de afdruk te laten scannen, en de roestvrij stalen deur glijdt open met een geluid dat me altijd doet denken aan *Star Trek*. Als ik naar binnen stap, voel ik de bekende luchtvlaag van de overdrukruimte door mijn haar waaien, en de deur gaat zachtjes achter me dicht.

'Hoi. Kom binnen en ga zitten,' zegt Ernie in het donker vanaf de console van de microscoop. 'Hier wil je namelijk niet bij blijven staan.'

Mijn beste sporenonderzoeker doet me altijd denken aan de kapitein van een onderzeeër als hij voor de dikke, op een periscoop lijkende metalen buis zit die bijna tot aan het plafond reikt en waarop de kathode staat, die door de meeste mensen een elektronenkanon wordt genoemd, maar die ik meer zie als een gloeilamp. De eenvoudige, haarspeldvormige wolframdraden vuren een thermo-ionische emissie af op alles wat wij besluiten te analyseren. Ik vind het hier altijd net een grot, benauwd en claustrofobisch.

De dikke betonnen muren zijn akoestisch dood en de met donkere stof overtrokken steenwolisolatie lijkt alle licht op te slokken. Ik heb het gevoel dat ik me op de zeebodem of onder de grond bevind, of dat ik verdwaald ben in de ruimte. Ik voel me hier altijd alsof ik een onbekend gebied betreed, als Alice die door de spiegel stapt. En in zekere zin is dat ook zo, want in de wereld waarin Ernie rondreist, kun je alleen de weg vinden met behulp van instrumenten waarmee we deeltjes kunnen ontdekken die zo klein zijn als een miljardste van een meter of een vijfenzeventigduizendste van de diameter van een mensenhaar.

Er passen duizenden huidcellen en stofjes op zo'n minuscuul en alomtegenwoordig stukje bewijsmateriaal, dat ik beschouw als het universele afval van negativiteit en slecht karma. Mensen laten allerlei schijnbaar onzichtbare troep achter, en die wordt voortdurend gerecycled. Die kan op de vreemdste plekken opduiken als we het spoor van die piepkleine verklikkertjes volgen, die van de ene persoon op de andere, van het ene voorwerp op het andere en zelfs van het ene continent op het andere overgaan.

Ik denk terug aan de keer dat ik Ernie voor het laatst heb gezien, een maand geleden misschien. Zijn grijzende haar met blonde strepen is langer dan toen. Onder zijn witte jas zie ik een zwart pak en een veterdas met een zilver-met-turquoise schuifspeld in de vorm van een pijlpunt. Hij heeft een riem om van zwart hagedissenleer en draagt bijpassende zwarte cowboylaarzen, en ik wil wedden dat zijn zwarte stetson in zijn kantoor ligt. Hij moet later op de dag zeker naar de rechtszaal voor een getuigenverklaring, of anders heeft hij een andere reden om zich zo op te doffen. Ik vraag hem ernaar.

'Nee.' Zijn blauwe ogen sprankelen in zijn verweerde gezicht. 'Iets veel belangrijkers. Ik was van plan na het werk naar de Kennedy School te gaan om je lezing te horen. Ik denk niet dat ik tijd heb om me eerst thuis om te kleden. Er gaan een heleboel mensen rechtstreeks hiervandaan.'

Ik ben geraakt en word overmand door verdriet. Ik ga zitten en vertel hem over Briggs.

'Godverdomme.' Ernie vloekt zachtjes als ik hem duidelijk maak waar ik bang voor ben.

'Energie of elektriciteit die op de een of andere manier in een wapen is verwerkt.' Ik vertel hem wat Benton denkt.

'Nou, hoe bizar het ook klinkt, het is best logisch,' zegt Ernie.

'Heb je iets gevonden wat daarop zou kunnen wijzen?'

'Niet precies, en misschien. Ik ben hier eigenlijk gisteren voordat ik wegging achter gekomen.' Hij heeft het over de zaak-Molly Hinders. Ik kijk steeds weer naar de rij beeldschermen boven ons hoofd, maar begrijp niet precies wat ik daar zie.

Er staan eigenaardige vormen op in zwart en wit, sommige in het bereik van de nanometers en dan tweehonderdduizend keer vergroot. Ik zie verwarrende spectra, maar herken ook de atomische symbolen voor nikkel en aluminium, silica en ijzer, die allemaal in de brandwond op het hoofd aanwezig zijn.

Ik weet niet goed waarom er titanium in zou zitten, en ik ben verbijsterd over de aanwezigheid van zirkonium en scandium. Dat zijn geen alledaagse metalen. Het ene wordt veel gebruikt in kernreactors, en het andere in de lucht- en ruimtevaartindustrie.

'Ik wilde je niet vertellen wat ik had aangetroffen tot ik het geverifieerd had bij een vriend van me bij het ORNL,' zegt Ernie.

Het Oak Ridge National Laboratory in Tennessee is de instelling waar we ons toe wenden als we buitengewone vragen hebben op het gebied van materiaalkunde. Met andere woorden, als we er niet achter kunnen komen waar iets van gemaakt is en waarom, schakelen we het ORNL, het MIT, Caltech of zelfs de NASA in. Een goed voorbeeld is het onderwerp van mijn praatje voor vanavond: de ramp met het ruimteveer Columbia. Een gewoon forensisch laboratorium had nooit kunnen vaststellen waarom het hitteschild niet goed werkte.

'En hij heeft me letterlijk gebeld toen jij onderweg was naar beneden,' zegt Ernie. 'Je hebt me wel eerder over Bill horen praten. Hij werkt in het lab voor supergeleiders dat ze daar hebben en slaapt ongeveer net zoveel als jij,' voegt hij eraan toe, want het is nog geen vier uur in de ochtend. 'Weet je wat panguite is?'

'Ik geloof van niet,' zeg ik. 'Eigenlijk weet ik niet waar je het over hebt.'

'Hierover.' Hij wist naar het zwart-witte beeld op de monitor, dat er vijfhonderd keer vergroot wit en hobbelig uitziet, als misvormde kiezen.

41

'Panguite is enkele jaren geleden ontdekt toen geologen van Caltech stukjes analyseerden van een meteoriet die in 1968 in het noorden van Mexico is ingeslagen.' Ernie bukt om een sok op te trekken die wordt opgeslokt door zijn cowboylaars.

'Ik heb nog nooit gehoord van een mineraal dat panguite heet,' antwoord ik.

'Het is genoemd naar Pangu, de god die yin en yang scheidde of zoiets,' zegt hij, en mijn ongeloof groeit. 'En Bill zegt dat het feit dat panguite pas kortgeleden is ontdekt niet betekent dat het niet aanwezig is in andere meteorieten die op aarde zijn neergekomen. Je zou elke ruimtesteen in elk museum op de wereld moeten testen om daarachter te komen.'

'Hoe weet je dat we het over een meteoriet hebben?' Ik wijs naar de beeldschermen aan de muur. 'Besef je wel hoe volkomen onlogisch dat is? Molly Hinders is zeker niet geraakt door een meteoriet toen ze op Labor Day haar tuin aan het sproeien was. Niet dat er ooit een zaak is geweest waarin iemand is geraakt door een meteoriet, maar stel dat dat gebeurd was, dan zou je toch wat meer verwachten dan een kleine brandwond op haar hoofd, en ze is zeker niet overleden door een stomp trauma. Het is overduidelijk dat ze is geëlektrocuteerd.'

'De metalen die we zien zijn belangrijk,' merkt Ernie op. 'Vooral zirkonium en scandium, maar ook ijzer, titanium en de rest.'

'Daar kunnen andere verklaringen voor zijn.'

'Maar niet voor panguite. Dat komt van nature niet voor op aarde.' Hij wijst op de pieken voor Ti^{4+}, Sc, Al, Mg, Zr en Ca – elementen die samen een nieuwe vorm van titaandioxide opleveren, zoals hij nu uitlegt.

Het komt voor als fijne kristallen, die bij een vergroting van 200.000 doen denken aan wit bot met pitjes of aan koraal. Ik zie vreemde stukken met een rood patina en ook onregelmatige oppervlakken met barsten, putten en kristalinclusies, vermengd met glanzende vezels. Ernie vertelt dat die vezels bundels enkelwandige koolstofnanobuizen zijn.

'Nu zie je wat het probleem is,' zegt hij.

'Dat doe ik zeker.'

'Er is geknoeid met Moeder Natuur.'

'Jij denkt dat iemand een wapen heeft gemaakt van een meteoriet en koolstofnanobuizen?'

'Het is mogelijk.'

'Nanobuizen zijn licht en ongelooflijk sterk, en bestaan uit buitengewoon dunne vezels die supersnel en doeltreffend elektriciteit en warmte geleiden. Men gelooft en vreest dat moleculaire nanotechnologie de toekomst is, ook in oorlogen.'

'Stel je voor dat je een kleine, krachtige bom maakt van nanothermiet of superthermiet,' zegt Ernie. 'En wat dacht je van minikernbommen? Of bioterrorisme op nanoniveau? Eng spul.'

'Dat is het zeker, en ik begrijp het nut van nanobuizen als je iets moet bouwen, maar waar zou iemand panguite voor gebruiken?'

'Dat was mijn vraag ook. En de mogelijkheid waar Bill mee kwam, is dat het als een soort hittewerende coating kan zijn gebruikt omdat het op titanium lijkt.'

'Waarom zou je dan geen titanium nemen? En hoe komt iemand aan een meteoriet, aangenomen dat die iemand daar niet mee werkt?'

'Dat is niet zo moeilijk,' zegt Ernie. 'Je kunt stukken van meteorieten op internet kopen.'

'Maar zou daar panguite in zitten?'

'Dat zei ik net. Dat weten we niet. We weten het pas als ze geanalyseerd zijn. Maar ik ga ervan uit dat dit zeldzaam is.' Hij bedoelt dat het vinden van panguite zeldzaam is. 'Als het mineraal nog maar pas is ontdekt, kan ik moeilijk geloven dat het in het verleden vaak is aangetroffen.'

'We hebben het over iemand die bekend is met nanotechnologie,' antwoord ik. 'Stel dat die persoon materialen aanpast op atoomniveau? Dan hebben we het niet over Jan met de pet.'

'Wat moet ik zeggen als de FBI binnen komt lopen en vraagt wat ik aan het doen ben?' vraagt Ernie.

'Hou je deur op slot, dan komen ze niet binnenlopen. Als je je rustig houdt, vinden ze je nooit hier beneden.'

'Want stel je voor dat zoiets zou uitlekken, Kay. Er ontstaat grote paniek als het publiek denkt dat er meteorieten of nieuwe straalwapens bestaan die mensen doden.'

'Discretie is op dit moment het hoogste goed.' Ik sta op van mijn stoel.

Als ik bij Ernie wegga, keer ik terug naar de CT-ruimte, maar die is leeg. Dan loop ik naar de receptie, waar twee FBI-agenten koffiedrinken bij de deur naar het laadperron.

'Ik heb geprobeerd je te bellen,' zeg ik tegen Georgia als ik bij haar bureau sta.

'Dat zal wel net op het moment zijn geweest dat ik in de garage was om te zeggen dat ze daar niet kunnen parkeren. En je ziet hoe het geholpen heeft. Die enorme SUV staat er nog steeds, zeker?'

'Als er krassen op komen van een brancard, hebben ze het aan zichzelf te wijten.' Daar waarschuw ik Lucy altijd voor.

Niet dat ze luistert, en niemand maakt deuken of krassen in haar auto's. Dat is nog niet één keer gebeurd. Maar voor alles is een eerste keer. Ik ga op weg naar de snijkamer, die er donker en stil bij ligt als ik langs de dichte deur loop. Daarachter is nog een snijkamer, eigenlijk een geïsoleerde ruimte voor lijken die al erg aan het ontbinden zijn of besmettingsgevaar opleveren, en de twee agenten aan weerszijden van de stalen deur van die ruimte lijken niet al te gelukkig met hun post.

Met mijn elleboog duw ik op de stalen knop in de muur en de deur zwaait automatisch open en laat een stankwolk naar buiten waarvoor beide agenten snel weglopen.

'Hoe gaat het hier?' vraag ik opgewekt. Ik hou de deur wijd open; de stank is zo dik en zwaar dat hij wel lijkt te leven.

Mahant, Anne, Harold en Luke staan in beschermende kleding om de enige tafel in de kamer, een ruimte van negen meter hoog met rijen felle lampen, en ik zie dat het observatieraam boven in de muur leeg en donker is. Anne heeft er niet aan gedacht onze bezoekers van de FBI te vertellen dat ze achter het glas in een onderwijsruimte kunnen gaan zitten en onnodige onaangenaamheden kunnen vermijden, als ze daar de voorkeur aan geven. Ze zouden daar op hun gemak koffie kunnen drinken en alles wat we doen kunnen gadeslaan via een audiovideoverbinding. Maar ik denk dat Anne dat per ongeluk expres is vergeten te melden.

Luke klikt een nieuw mes in een scalpelhouder. De papieren zakken zijn van Elisa Vandersteels handen, voeten en hoofd verwijderd, en haar sportbeha, blauwe korte broek en sokken liggen al op een met wit papier bedekt werkblad. Hij haalt het mes door het vlees, van sleutelbeen tot sleutelbeen en vervolgens over het bovenlichaam naar beneden.

'Zo te zien heeft ze schade aan het hart, mogelijk een scheur in de achterkant van het hartzakje, en bloedingen ter plaatse van de hartspier.' Hij vertelt me wat hij op de CT-scan heeft gezien. 'Bovendien lijkt er een bloeding te zijn in het interventriculaire septum.'

'En de hoofdwond?' Ik pak de ribbentang van een karretje en ga aan de andere kant van de tafel staan, tegenover Luke.

Ik sta schouder aan schouder met Mahant.

'Geen schedelbreuk,' zegt Luke terwijl ik de ribben doorknip, het borstbeen verwijder en de organen in de borstkas blootleg. De geur van rotting komt omhoog als een donkere, dodelijke bloem en dringt in onze neusgaten.

Mahants gezichtsscherm gaat hem niet redden, en ik zie dat hij een grijsgroene tint krijgt. Luke tilt de organen uit de borstholte en legt ze met een zwaar, nat geluid op een grote snijplank.

'Die lucht hier! Is dat wel goed?' Mahant heeft zich iets van de tafel teruggetrokken en kijkt me zonder met zijn ogen te knipperen aan.

'Is het te warm? Te koud?' vraagt Anne onschuldig.

'Ik bedoel de ventilatie.' Hij slikt moeizaam.

'Het kan erger. Laatst hadden we hier een waterlijk.' Ze kijkt naar me terwijl ik de maag openknip. 'Toen leek de ventilatie niet zo goed te werken, eigenlijk.'

'Het komt door de hittegolf,' zegt Luke.

'Wat heeft die met de ventilatie te maken?'

'Het heeft overal mee te maken.'

'Je kunt je voorstellen hoe hard onze luchtverversing moet werken met dit weer.' Ik giet de maaginhoud in een geplastificeerde doos en zie tot mijn verrassing onverteerde pinda's en rozijnen.

'Ze heeft niet lang voor haar dood een snack gegeten.' Ik laat Mahant zien wat ik in mijn hand heb en hij gaat nog iets achteruit.

'Misschien een mueslireep of zo?' oppert Anne, terwijl ik het bindweefsel van de ingewanden doorknip en delen ervan in een plastic emmer op de vloer laat vallen en Luke een nier van de weegschaal haalt.

'Daar wil je misschien even naar kijken,' zeg ik tegen Mahant als Luke de nier in stukken begint te snijden en Harold een incisie om de bovenkant van de schedel maakt.

Op dat moment komt Bryce binnen, zo te zien volkomen onaangedaan, alsof dit voor hem en voor ons allemaal normaal is.

'Ik kom de bestellingen opnemen voor het ontbijt,' verkondigt hij opgewekt, en ik mijd de blik van Anne, die hem duidelijk heeft ingeschakeld voor haar duivelse plannetje. 'Hoeveel liefhebbers zijn er voor pizza?'

'Jezus.' Mahant staart hem met grote ogen aan en Harold trekt het gezicht omlaag als een rubber masker, zodat hij bij de schedel kan, glanzend wit en rond, als een ei.

'Vlees of vegetarisch?' vraagt Bryce als Harold de stekker van de Stryker-zaag in een stopcontact boven zijn hoofd duwt. 'We hebben ook glutenvrij.' Bryce verheft zijn stem om boven het gejank van het oscillerende blad uit te komen, dat door het bot snijdt. 'Maar geen vraatvrij.' Hij kan het niet laten zijn favoriete grapje te maken. 'Je blijft ervan eten, namelijk,' zegt hij.

Harold pakt een beitel om de bovenkant van de schedel te verwijderen.

'De truc is om hier een kleine inkeping te maken.' Hij laat het Mahant zien, die nog steeds niet met zijn ogen knippert en amper ademt. 'Dan zet ik de beitel erin en draai even, alsof het een sleutel is.' Harold doet het terwijl hij praat, en dan vangt hij de agent op, die als een blok tegen de tegels slaat.

'O jee. Geef hem wat lucht.' Harold ondersteunt hem en loopt met hem naar de deur. Dat heeft hij in zijn carrière al heel vaak gedaan. 'Kijk eens.' Hij doet de deur open en brengt hem naar buiten. 'We moeten even een stoel voor je vinden,' zegt hij als een eersteklas begrafenisondernemer. 'Kan een van jullie misschien een stoel halen, heren? Hij moet even op adem komen,' zegt hij tegen de agenten in de gang. Ik moet wel een heel slecht mens zijn.

Ik blijf in de snijzaal en doe niets om Mahant te helpen. Zolang hij niet overgeeft op het lichaam of een gat in zijn kop valt op de vloer, kan het me niet schelen of hij misselijk wordt of flauwvalt. Ik doe alsof ik met hem meevoel, maar ik weet dat het niet zo is. Misschien gaan hij en zijn makkers wel weg en komen ze niet meer terug.

'Kijk eens.' Luke snijdt het hart in plakjes op de snijplank.

Met een handdoek dept hij een stuk droog. De verse kneuzing in het myocard vormt een blauwzwarte vlek op de bleke hartspier.

'In wezen heeft de stroom haar hart een opdonder gegeven en stilgezet,' zegt hij.

'Denk je dat ze bewusteloos is geraakt door de wond aan haar hoofd?' vraagt Anne. 'Op de CT was duidelijk een subarachnoïdale bloeding te zien.'

'Het zou kunnen,' antwoord ik, 'maar het maakt niet uit, want de hoofdwond speelt geen rol bij haar dood. Misschien was hij ernstig genoeg om haar van het bewustzijn te beroven, maar er was toch geen redden aan. Ze was al stervende toen ze de grond raakte.'

'Alles bij elkaar genomen,' voegt Luke eraan toe terwijl hij foto's neemt, 'is de dood het gevolg van een ademstilstand ten gevolge van elektrocutie. Ze is waarschijnlijk niet langer dan een paar minuten blijven leven, en ik betwijfel of ze heeft geweten wat er gebeurde.'

42

Aan de overkant van de rivier vormen de daken van Boston met hun schoorstenen en leien dakpannen een grijze drakenrug. Ik zie de duisternis wijken aan de horizon en voor mijn ogen gaat de zon op.

Vanuit mijn kantoor ben ik er getuige van dat de dageraad de nieuwe dag inleidt en de rivier verschillende tinten blauw krijgt, met hier en daar wat groen. IJzeren lampen gaan uit langs het bleke litteken van het fietspad, waar mensen fietsen en hardlopen. De wereld wordt normaal wakker, alsof er gisteravond, nog geen kilometer stroomafwaarts, helemaal niets is gebeurd. De dode in het John F. Kennedy Park heeft het nieuws gehaald, maar dat zou je niet zeggen als je bij mij uit het raam kijkt.

Ik loop door de kamer met een heel grote beker sterke koffie, die ik net heb gezet in de espressobar. Ik ga zitten aan mijn U-vormige bureau met de muur van beeldschermen, waar ik al meer dan een uur een tekst zit te vertalen en over te schrijven.

Ik heb het ritme en de pauzes laten bepalen waar ik een nieuwe zin begin en heb mijn best gedaan om een logische indeling te maken in de audioclip die Tailend Charlie me gisteravond heeft gestuurd.

Daar ben ik weer, K.S.
Op algemeen verzoek, nog wel!
Wat volgt is erger
dan wat is geweest.
Wees eerlijk, Florida Cracker,
vanaf je geboorte ben je vervloekt.

De chaos is ophanden
in een stekende zwerm,
een door de lucht verspreide dood.
Ken je haar nog, Sister Twister?
Wed dat je haar niet zult missen!

Zoeken naar betekenis en symboliek in cryptische berichten is net zoiets als theebladeren lezen, maar wat me aan dit laatste bericht het meest opvalt, is niet dat Florida Cracker en Sister Twister worden genoemd. Lucy heeft me erover verteld toen we elkaar in de trailer spraken, en ik trek me op dit moment niets aan van de beledigingen. Het is het dreigement waar we aandacht aan moeten besteden. Lucy heeft het waarschijnlijk over het hoofd gezien omdat haar Italiaans niet goed genoeg is.

Wat volgt is erger dan wat is geweest.

Is Molly Hinders wat er geweest is? Heeft Tailend Charlie het daarover? En wat volgt er dan? Is dat Elisa Vandersteel? Het kan ook zijn dat hij het over iets of iemand anders heeft, en ik vraag me af of al die persoonlijke informatie over mij afkomstig is uit de jaren dat Carrie Janets zus Natalie bespioneerde.

Carrie kan allerlei dingen te weten zijn gekomen als ze daarop uit was, en ze kan deze details hebben doorgegeven aan een medeplichtige, die ze nu gebruikt om me uit te dagen en te kleineren. Een briljante, maar gestoorde medeplichtige, denk ik nu, want dat is het gevoel dat ik krijg als ik zijn berichten lees.

Maar waarom? Er zijn zoveel dingen aan mij waar iemand de draak mee kan steken. Waarom kiest hij domme naampjes die ik als kind heb gekregen? Waarom niet de veel ergere bijnamen die ik nu heb? Het is ontzettend kinderachtig. Eigenlijk doet het me denken aan de ruzies die ik met mijn zus had toen we klein waren. Ik concludeer dat Carries nieuwe maatje degene moet zijn die zulke puberale lol heeft in versjes in gesynthetiseerd Italiaans, waarin mijn vader me zogenaamd de les leest en schande over me spreekt. Ik bel Benton nog eens. Ook dit keer krijg ik zijn voicemail, en ik spreek nog een bericht in.

Hé, met mij. Ik heb je mijn beste vertaling van het laatste trollenbericht gestuurd. Zonder er al te diep op in te gaan, denk ik dat bepaalde zinsneden erin van belang kunnen zijn. Hoewel ik geen deskundige ben, lijkt er gedreigd te worden met iets rampzaligs. Hij gebruikt het woord aerotrasportato *oftewel* 'door de lucht verspreid'. *Ik heb het een paar keer gecontroleerd omdat ik er zeker van wilde zijn dat ik het Italiaanse woord goed had verstaan. Bel me zodra je kunt.*

Het is hier bijna zeven uur en in Frankrijk is het tegen één uur in de middag, en ik denk aan de laatste keer dat ik in La Tour Rose in Lyon heb gelogeerd. Ik kan bijna niet geloven dat het al zes jaar geleden is dat ik voor het laatst een bezoek heb gebracht aan het hoofdkwartier van Interpol, dat eruitziet als een intergalactisch ruimtestation dat stiekem op een afgelegen plek langs de Rhône is geland.

De secretaris-generaal zal wel aan het lunchen zijn, want als ik één ding weet van Tom Perry, is het wel dat hij nooit een beschaafde maaltijd overslaat. Dus het is niet waarschijnlijk dat ik hem te pakken krijg, maar ik bel toch zijn kantoor. De telefoon wordt opgenomen door zijn assistente, Marie.

'Hij zal wel aan de lunch zitten,' zeg ik verontschuldigend nadat we de gebruikelijke beleefdheden hebben uitgewisseld.

'Dat klopt,' antwoordt ze met haar zware Franse accent. 'Maar toevallig heeft hij een lang telefoongesprek gehad en eet hij achter zijn bureau.'

'Ik wil informatie doorgeven en kan zijn hulp gebruiken.'

'Blijf even aan de lijn, alstublieft. Leuk om u weer eens te spreken, madame Scarpetta. U moet ons snel weer eens komen opzoeken.'

Ik hoor haar in het Frans tegen de secretaris-generaal praten, maar ik heb geen idee wat ze zeggen. Dan komt hij aan de lijn, en ik hoor meteen aan zijn stem dat hij bezig is met heel serieuze zaken. Serieuzer dan gewoonlijk, in elk geval.

'Ik wil je niet storen, Tom,' zeg ik meteen, 'maar ik denk dat het tijd is om te praten over wat er in Cambridge gebeurt.'

'En in Bethesda, zo te horen.' Zoals ik al vermoedde, weet hij het van Briggs.

Benton of een van zijn collega's van de FBI heeft ongetwijfeld contact gehad met Interpol, en ik vraag me af met wie Perry zo'n lang telefoongesprek had vlak voor ik belde. Ik vraag me af of het Benton zou kunnen zijn. Als ik hem bel, krijg ik elke keer meteen de voicemail, en ik zou verwachten dat hij de secretaris-generaal ervan op de hoogte stelt dat een moordlustige schoft de geëerbiedigde naam van Interpol ijdel gebruikt en de FBI ermee voor gek zet.

Waarschijnlijk gaat het om Carrie Grethen. Mogelijk om haar medeplichtige. Misschien zijn ze samen verantwoordelijk voor alles wat er gebeurt, maar zij is in elk geval een goede bekende van Interpol. Daar herinner ik Perry aan terwijl ik uitleg waarom ik hem bel. Hij heeft jaren geleden heel wat te stellen gehad met Carrie, en daarna dacht hij net als wij allemaal dat ze dood was, tot ze besloot te laten zien dat ze dat niet is.

'Ik heb niet veel slaap gehad, dus ik hoop dat ik het een beetje logisch vertel,' voeg ik eraan toe. 'Maar je weet heel goed hoe gevaarlijk ze is. Ik heb geen idee wat het uiteindelijke doel is, maar ik weet wel dat ze er een heeft.'

'Hoe weet je dat, Kay?'

'Omdat dat altijd zo is, en ik heb het gevoel dat het iets heel ergs is, dat ze iets duidelijk wil maken.'

'Je kent haar in elk geval beter dan ik,' zegt hij. Ik krijg er een naar gevoel van als iemand opmerkt dat ik haar überhaupt ken.

'Als ik afga op de informatie die ik van Lucy heb gekregen, lijkt het erop dat Carrie de basis heeft gelegd voor een soort meesterzet,' leg ik uit. 'Ze is al jaren bezig iets voor te bereiden, en ik ben bang dat er nog meer mensen gewond of gedood worden. Ik ben bang voor een heleboel dingen.'

'Nou, het is goed dat je me gebeld hebt, en ik ben altijd blij met je inbreng, vooral over een zaak waarmee je zoveel persoonlijke ervaring hebt. Waar had je in het bijzonder mijn hulp bij nodig?' De secretaris-generaal heeft het accent van Connecticut, en hij klink helemaal niet verbaasd of onder de indruk van wat ik allemaal heb gezegd.

'De laatste keer dat ik bij jullie in Lyon was, hebben we gesproken over een heel mooie bordeaux, en toen zei je dat van alles een wapen is te maken, uiteraard ook van angst.'

'Dat is het punt bij terrorisme.'

'Als je een wapen kunt maken dat genoeg angst opwekt,' leg ik uit, 'kan die angst zelf net zo'n verlammende en vernietigende schade toebrengen als een bom of een lasergeweer. Angst kan ervoor zorgen dat fatsoenlijke mensen zich irrationeel en gewelddadig gaan gedragen. Stel je voor dat je je opeens zorgen moet maken over een vliegend wapen, dat je zou kunnen doden terwijl je op je fiets zit of in je zwembad ligt.'

'Ja, dat ben ik met je eens,' zegt hij. 'Dat zou heel kwalijk zijn, vooral omdat er echt zo'n wapen gebruikt is. Ik begrijp dat ze bij jou vanmorgen de sectie op Vandersteel doen.'

'We zijn al klaar,' zeg ik. 'Maar toen we eraan toekwamen, hadden we al een vrij goed idee dat het om elektrocutie gaat en waarschijnlijk ook om moord. Wat nieuw en enigszins verrassend is, is dat er wellicht al eerder een slachtoffer is gevallen.'

'Waar en hoe recent?'

'In Cambridge aan het begin van de week. Ik ben er op dit moment vrij zeker van, en dat brengt me op mijn volgende vraag: kunnen er nog andere slachtoffers zijn, wellicht in plaatsen buiten de Verenigde Staten? Sterfgevallen die zijn toegeschreven aan blikseminslagen of vreemde elektrocuties, vooral die waarbij het slachtoffer zich bij water en op open terrein bevond. Het is ook mogelijk dat er slachtoffers zijn die het hebben overleefd. Ik ben er niet zeker van of Elisa Vandersteel overleden zou zijn als de stroom niet een metalen ketting had geraakt die ze om had.'

'We denken er hetzelfde over,' zegt Perry. 'Jij en ik weten allebei dat dingen soms klein beginnen, maar dat ze tegen de tijd dat wij er zicht op krijgen niet meer klein zijn. Dat is het probleem.'

'Als we niet voorzichtig zijn.'

'Dat klopt. En we moeten erg voorzichtig zijn, want plaatselijke terreur in Massachusetts of in de Verenigde Staten kan een test zijn voor internationale misdaden,' voegt hij eraan toe.

Dan vertel ik hem alles over Molly Hinders. Ik beschrijf haar verwondingen en leg uit dat ze is vermoord in Cambridge, vlak bij de Charles, net als Elisa Vandersteel.

Ze zijn allebei aangevallen toen het donker werd en het zicht dus slecht was, en in allebei de gevallen speelde vocht een rol. Molly stond op het natte gras en was in de weer met een tuinslang, en Elisa was bezweet. Vocht en elektriciteit gaan goed samen.

'Maar het is wel gek. Waarom zou Carrie Grethen belangstelling hebben voor een van deze vrouwen?' vraagt Perry zich af.

'Mag ik mijn mening geven? Carrie zou ook geen belangstelling voor ze hebben.' Het is verbazend hoeveel moeite ik heb om haar naam uit te spreken.

Maar ik denk aan wat Lucy heeft gezegd: als ik niet mijn best doe om Carrie Grethen te begrijpen, heb ik geen schijn van kans om haar tegen te houden. En ik ken haar. Ik ken haar veel beter dan ik wil toegeven, ook aan mezelf.

'Carrie zou wel belangstelling hebben voor Briggs,' leg ik uit. 'Ik begrijp dat ze hem heeft gekozen, en zo'n keuze is voor haar vooral persoonlijk. Benton en ik hebben tientallen jaren met hem samengewerkt. Je weet dat ik een heel goede band met hem had. Ze zet het ons betaald. Vooral mij.'

'Wat zet ze jullie betaald?'

Ik geef hem bijna mijn standaard nietszeggende antwoord: *Wie zal het zeggen?* Maar ik weet heel goed wat Carrie ons nooit zal vergeven, en dat heeft eigenlijk niets te maken met Lucy of iemand van ons. Het gaat om Temple Gault. Ik heb hem bij een worsteling gedood. Ik heb een mes in zijn been gestoken en zijn slagader doorgesneden. Ik wist precies wat ik deed en hij liet me geen andere keus. Carrie is er nooit overheen gekomen, en volgens Benton is ze ook nooit over hem heen gekomen.

'Maar de keuze van de andere twee heeft niets persoonlijks,' zegt Perry.

'Waarschijnlijk wel, maar mogelijk niet voor Carrie Grethen,' antwoord ik. 'Hoe meer we te weten komen, hoe onwaarschijnlijker het lijkt dat ze alleen werkt. Het kan dus zijn dat haar handlanger, haar nieuwe Temple Gault, de vrouwen heeft vermoord terwijl Carrie achter groter wild als John Briggs aan zat, en god mag weten wie de volgende is.'

'Je kent het probleem met handlangers, hè? Ze doen niet altijd wat er gezegd wordt.'

'Dat zou betekenen dat Carrie misschien niets van doen heeft met de zaken-Vandersteel en -Hinders.'

'Als iemand zijn eigen plan trekt.'

'Daar zou ze erg kwaad van worden.'

'En haar partners trekken altijd hun eigen plan. Maar laat ik je eerst dit vragen,' zegt Perry over de telefoon. 'Wat rechtvaardigt jouw mening dat deze vrouwen zijn vermoord, als we naar het bewijs kijken? Is er iets gevonden waar ik niets van weet?'

Hij weet niets over bepaalde ontwikkelingen omdat de FBI daar nog niet van op de hoogte is, en ik heb geen haast om die informatie met de FBI te delen. Als de secretaris-generaal van Interpol ze op de hoogte stelt, is dat zijn zaak.

'Er is iets boven tafel gekomen, en jij bent zo'n beetje de enige aan wie ik het vertel,' antwoord ik terwijl ik de zon boven de horizon uit zie komen en oranje vegen over het Pruisisch blauw zie schilderen. 'Wat ik je nu ga vertellen, heb ik niet aan de FBI of aan iemand anders doorgegeven. We moeten buitengewoon voorzichtig zijn met het delen van deze informatie, want het lijkt erop dat we te maken hebben met een wapen dat in elk geval gedeeltelijk van een meteoriet is gemaakt...'

'Oké, wacht even.' Hij valt me in de rede. 'Zeg dat nog eens.'

Ik vertel hem over het panguite en intussen blijft wat Ernie zei door mijn hoofd spelen: *Je zou elke ruimtesteen in elk museum op de wereld moeten testen.*

Voordat hij dat zei, dacht ik niet over musea. Maar nu wel.

'Natuurlijk kan iemand stukken van meteorieten op internet hebben gekocht, maar daar hoeft niet noodzakelijk panguite in te zitten. Dus we moeten erover nadenken hoe iemand het in handen heeft gekregen en het vervolgens heeft kunnen gebruiken om iets gevaarlijks te maken,' leg ik Tom Perry uit. 'Is het bijvoorbeeld gestolen uit een collectie? Kostbare kunststukken kunnen worden gestolen uit musea, dus zeldzame stenen ook.'

'Je hebt duidelijk nog niet met Benton gesproken,' zegt Perry, en ik zie de glimlachende ogen van de relaxte secretaris-generaal voor me.

Hoe druk hij het ook heeft, hij wekt nooit de indruk dat hij haast heeft. De aangenaamste, langste zakenlunches heb ik met hem in Lyon gehad, en voor een Amerikaan weet hij gevaarlijk veel van Franse wijnen.

'Jij hebt kennelijk wel met Benton gesproken, als je dat zo zegt. Ik heb geen contact meer met hem gehad sinds hij met Lucy naar Maryland is vertrokken.' Intussen valt het licht helder op de omringende appartementen en universiteitsgebouwen van Harvard en MIT.

43

Schaduwen glijden over steen en graniet. In de verte tekent de skyline van Boston zich af, en als de zon hoger aan de wolkeloze hemel klimt, beginnen de gebouwen te glinsteren.

'Weet je wie William Portison is?' vraagt Tom Perry. Ik wed dat Benton gesproken heeft met de man voor wie Elisa Vandersteel heeft gewerkt.

'Lucy zegt dat hij CEO is van een technisch bedrijf in Londen en dat hij erg rijk is,' antwoord ik. 'Het adres van hun huis in Mayfair staat op het rijbewijs van Elisa Vandersteel. Dat hebben we bij haar lichaam gevonden.'

'Hij is oud-student van het MIT, net als zijn mislukkeling van een broer, en ze zijn allebei Brits. De een is een megasucces en heeft miljarden verdiend, en de ander is net zo slim, maar heeft ze niet allemaal op een rijtje of zo. Volgens mij valt Theo in de categorie van de krankzinnige geleerden.'

'Theo?' Ik kijk naar de pastelkleurige strepen, waarvan de vorm en de intensiteit geleidelijk veranderen, en naar het zonlicht, dat flikkert als glanzende vissen in de trage stroom van de rivier aan de overkant.

'Theodore Portison. Hij wordt Theo genoemd als hij geen alias gebruikt.'

Roeiers snijden in kleurige wedstrijdboten door het water, en het spitsverkeer klinkt als een verre trein, een sterke wind of gestage regen.

'Waarom zou hij een alias gebruiken?' vraag ik.

'Hij denkt dat iedereen het op hem heeft voorzien. Dus vlucht hij en verstopt hij zich, volgens zijn broer tenminste,' zegt Perry, maar ik ben er zeker van dat de informatie eigenlijk van Benton komt.

Ik denk echt niet dat de secretaris-generaal van Interpol in eigen persoon met William Portison heeft gesproken, en mijn man kan uit een steen nog de gevoeligste informatie loskrijgen.

'Hoe oud is die broer?' vraag ik.

'Theo Portison is zevenenveertig, en hij is nooit getrouwd. Hij onderwees kwantumfysica aan het MIT tot hij een jaar of twintig geleden werd ontslagen. Dat is allemaal gecontroleerd en geverifieerd.'

Hij bedoelt dat Benton het gecontroleerd heeft.

'Theo is ongeveer een jaar geleden teruggekomen naar Cambridge, en ik vermoed dat hij intussen bezoek heeft gehad van de FBI of op het punt staat dat te krijgen,' laat Perry weten. Ik vraag me af waar Marino is terwijl dit allemaal gebeurt.

'Waarom is Theo ontslagen?' informeer ik. Intussen kijk ik of ik nieuwe berichten heb, maar er is nog steeds niets van Benton of Lucy.

'Het korte antwoord is weer dat hij gek is,' zegt Perry terwijl ik naar de zonsopgang kijk. 'Het lange luidt dat hij problemen veroorzaakte met de vrouwelijke studenten. Blijkbaar was hij overdreven attent voor ze en daarna begon hij ze te stalken. De directe aanleiding voor zijn ontslag is dat hij stiekem camera's heeft geïnstalleerd in de kamer van een van die meisjes. Als je wilt spioneren, moet je misschien niet iemand van het MIT kiezen die net zo slim is als jij. Hij werd gesnapt.'

'En wat heeft hij de afgelopen twintig jaar gedaan?' vraag ik.

'Ik geloof niet dat dat er iets mee te maken heeft. Zijn rijke broer zorgt voor hem en heeft dat in veel opzichten altijd gedaan. Theo heeft heel lang bij hun moeder in Londen gewoond, maar die is een paar jaar geleden overleden. Zoals je waarschijnlijk al begrepen hebt, heeft hij een reactieve depressie, om het vriendelijk te zeggen.'

'Zou je kunnen zeggen dat de autoriteiten Theo Portison al een tijdje in het vizier hebben? Ik vraag me af of hij terroristische of radicale sympathieën heeft en of dat onder de aandacht is gekomen.' Na een lange stilte zeg ik: 'Tom? Hallo? Ben je daar nog?'

'Ja.'

'Wat ja?'

'Ja, dat zou je kunnen zeggen.' Verder zal hij niet gaan om duidelijk te maken dat de Portisons geen nieuw probleem zijn.

Maar ze zijn wel een ander probleem. Vooral Theo.

'Kan Theo panguite in zijn bezit hebben of er de hand op leggen?' vraag ik de secretaris-generaal, waarmee ik terugkeer naar de sporen van een meteoriet die Ernie heeft aangetroffen.

'Nou, dat is interessant, want het bedrijf van William Portison doet in luchtvaarttechnologie en maakt onder andere raketten,' zegt Perry. 'Hij houdt zich bezig met auto's, ruimtevaart, klokken en nog veel meer dingen, ook met gesteente, en hij heeft zijn eigen museum. En raad eens wie hem daarmee heeft geholpen? Zijn beperkte broer. Ik denk dat Theo Williams hulpje is, een beetje zoals in *Rain Man*.'

'Dan kunnen we ervan uitgaan dat Theo Elisa Vandersteel kende, want die heeft de laatste twee jaar bij zijn broer gewoond. Bevindt de stenenverzameling zich in het huis?' Er zit veel meer achter wat Perry zegt dan je aanvankelijk zou denken.

'Hij bewaart zijn verzameling in een kluis.'

'Iemand moet uitzoeken of er iets wordt vermist,' zeg ik. 'In het bijzonder of er een ruimtesteen wordt vermist, en zo ja, wat voor steen het precies is, en nog belangrijker: waar hij vandaan komt. Hoe komt hij eraan?' Ik leg uit wat we allemaal moeten weten. 'De minerale vingerafdruk van de meteoriet is misschien het enige harde bewijs in deze zaak. Als de steen opduikt, kunnen we bewijzen dat hij van de Portisons is.'

'Maar zou Theo dat niet weten als hij altijd hielp in het museum?'

'Het hangt ervan af of zijn broer precies weet wat er is gekocht of geschonken. William Portison kan een deel van een meteoriet hebben aangeschaft zonder de precieze samenstelling te kennen.' Ik hoor het slot van mijn kantoordeur openzoemen.

'Ik weet zeker dat Scotland Yard hier belangstelling voor zal hebben,' zegt Perry, waardoor ik nog sterker het vermoeden krijg dat de autoriteiten meer belangrijke dingen aan hun hoofd hebben.

Ik beëindig het gesprek als Marino binnenkomt en ik weer herinnerd word aan zijn bevoorrechte positie.

Ik ben er niet aan toegekomen zijn vingerafdruk te wissen uit bepaalde biometrische sloten, zoals die van het hek voor de parkeerplaats, de loopdeur van het gebouw en de deur van mijn kantoor. Het is jaren geleden dat hij hier de afdeling Onderzoek leidde. Maar ik kan mezelf er niet toe brengen al zijn sporen te verwijderen. Als ik hem binnen zie komen, valt me op dat hij nog steeds dezelfde bezwete kleren draagt waarin hij eerder aan het werk was, hoewel hij het marineblauwe jasje al heel vroeg heeft uitgedaan.

Hij heeft niet gedoucht. Dat is maar al te duidelijk als hij als een roofvogel bij mijn bureau komt staan. Op een schaal van een tot en met tien, waarbij tien het hoogste is, schat ik Marino's woede op dit moment op honderd. Hij is wat ik pisnijdig zou noemen. Zijn gezicht is vuurrood, zijn ogen zijn hard als graniet en zijn kaakspieren staan strak.

'Ik heb je geloof ik nog nooit zo kwaad gezien, en ik hoop maar dat het niet op mij is,' zeg ik.

'Die klootzakken,' gromt hij, en ik zie de kloppende aderen bij zijn slapen en de roodpaarse blos die uit zijn hals omhoogkomt. 'Zit ik bij die kerel en krijg ik eindelijk iets boven tafel, komen die idioten in vol ornaat binnenvallen en raast er zo'n godverdomde heli over het huis. Als ze beseffen dat ik daar zit met een plaatselijke gek, blazen ze de zaak af en dan komt Mahant binnenwandelen alsof de nieuwe sheriff is gearriveerd.' Marino veegt zijn handen af. 'Dat was dat.'

'Hoe bedoel je, dat was dat? En over wie heb je het eigenlijk?'

'Over die chagrijnige buurman van Bryce,' zegt Marino tot

mijn verbazing. 'Ik stond net op het punt te horen waarom hij het alarmnummer had gebeld over jou.'

'Marino...' Ik denk aan wat Tom Perry me net heeft verteld over Theo Portison: *Hij heeft intussen bezoek gehad van de FBI of staat op het punt dat te krijgen.*

'Het was precies zoals Bryce al zei.' Marino praat snel en achter elkaar door. 'Om hem terug te pakken omdat hij hem had beledigd, en hoe kon hij dat beter doen dan door de grote chef Scarpetta erbij te betrekken, zodat hij misschien ontslagen zou worden...'

'Hoe noemde je me net?'

'Grote chef?' Marino haalt zijn schouders op. 'Zo noemde hij je, ik niet.'

'Zo noemt Tailend Charlie me ook in sommige van die spottende audiobestanden.'

'Nou, zeg dat maar tegen de FBI. Ik steek er geen poot meer naar uit.'

'Wil je nou zeggen dat ze bij Theo Portison voor de deur stonden terwijl jij bij hem in de woonkamer zat?' vraag ik dan.

'Wie is Theo Portison in godsnaam?' Marino staat met een nijdig gezicht naast me. 'De buurman van Bryce heet John Smyth, met een y, de Engelse spelling. Het was zeker niet genoeg dat de FBI de zaken-Vandersteel en -Briggs heeft overgenomen; nu moeten ze zich ook nog bemoeien met neptelefoontjes naar het alarmnummer. Ik wil maar zeggen, wat heeft dat verdomme te betekenen?'

'Heeft Mahant of iemand anders je verteld wat ze daar kwamen doen?'

'Wanneer vertellen ze ons ooit iets?'

'Zijn naam is Theo Portison, en hij staat er kennelijk om bekend dat hij valse namen gebruikt, omdat hij paranoïde is.' Ik duw mijn stoel achteruit. 'Hij is twintig jaar geleden ontslagen bij het MIT en hij kende Elisa Vandersteel. Het is heel goed mogelijk dat hij Tailend Charlie is.' Ik sta op en trek mijn witte jas uit. 'Eens zien of we hierna nog audiobestanden krijgen.'

'Nou, ze hebben hem meegenomen,' zegt Marino terwijl we naar de deur lopen. 'Uiteindelijk hebben ze hem gearresteerd.'

'Waarvoor?'

'Al sla je me dood. Maar ze doorzoeken de puinhoop in zijn huis. Verdomme. Dit is mijn zaak, doc.'

'Het belangrijkste is dat hij gepakt is.'

'Maar Carrie hebben we nog niet.'

'Eén is beter dan niets. Aangenomen dat hij Tailend Charlie is en dat hij die twee vrouwen heeft vermoord.'

'En dat hij jou, mij en Benton heeft lastiggevallen met zijn stemvervormende software of wat dan ook? Waarom zou hij dat doen?'

'Vraag dat maar aan Benton,' antwoord ik. 'Ik wil wedden dat het te maken heeft met fantasie en macht, en misschien ook nog met de waandenkbeelden van een beschadigd brein. Heeft Theo Portison toevallig een drone?'

'Hij heeft allerlei troep in huis, ook dingen die eruitzien als onderdelen van een robot. Het is daar net een uitdragerij. Stel je een kruising voor tussen een gekke uitvinder en een dakloze. Het ziet ernaar uit dat zijn keuken ook een lab is. Er stond een plastic tent, alsof hij daar crystal meth maakt of zoiets.'

'Hoest hij?' vraag ik. We lopen door de ronde gang naar de lift.

'Hij zegt dat hij een chronische longziekte heeft, maar ik weet niet meer wiens schuld dat volgens hem was. Hij is zo iemand die iedereen overal de schuld van geeft.'

'Het verbaast me niet dat hij een longziekte heeft.'

'Waarom?' Marino kijkt even naar me. 'Alleen omdat hij hoest?'

'Als hij met nanobuizen werkt en dat niet in een goede cleanroom doet of onder een behoorlijk gecertificeerde afzuiger – een beschermde omgeving, dus – kan hij ernstige longproblemen hebben opgelopen door het inhaleren van vezels en onzichtbare deeltjes. En zoals je je zult herinneren, hoestte die zogenaamde Interpol-agent die jou heeft gebeld ook. Dat zei je. En hetzelfde geldt voor de zogenaamde Interpol-agent die Benton heeft gebeld, wat misschien niet zo toevallig is.'

'Nanobuizen?'

Vervolgens vertel ik Marino daarover. Intussen staan we in de lift. In het gebouw heersen weer de gebruikelijke rust en het normale ritme. Mensen komen binnen om te gaan werken en de FBI is verdwenen. Ik ben er zeker van dat Theodore Portison ze wel een tijdje bezig zal houden, en Mahant zal misschien besluiten nooit meer een sectie bij te wonen.

'Ik heb helemaal geen pizza gehad,' zegt Marino als de lift langzaam naar beneden gaat.

'Dat is een hele tijd geleden, en jij was er niet. Hoe weet je daarvan?' vraag ik.

'O, ik ken jou en je trucjes,' zegt hij. 'Ik heb ook gehoord van het ventilatiesysteem en dat je Mahant zulke vieze dingen hebt laten zien dat hij tegen de grond ging.'

'Bijna.' Ik wuif naar Georgia als Marino en ik langs de receptie lopen, op weg naar de parkeerplaats.

44

De beperkingen van het menselijk lichaam – ik zou moeten weten dat je die niet kunt negeren.

Het is een hele opgave om naar huis te rijden, en ik heb moeite wakker te blijven als ik in onze wijk in Cambridge stilsta bij een stopbord bij de Harvard Divinity School. Mijn bloedsuikerspiegel is laag en ik heb last van de verpletterende terugslag die altijd optreedt als je urenlang alleen maar op een sterke adrenalinestoot hebt gefunctioneerd.

Gelukkig woon ik nog geen kwartier van het CFC, en ik laat koude lucht in mijn gezicht blazen, luister naar muziek en doe wat ik kan om wakker te blijven. Het is een paar minuten over negen, en de ochtendzon schijnt op me neer als ik de smalle stenen oprit op rijd van ons negentiende-eeuwse houten huis, grijsblauw met grijze luiken en deuren. Aan de uiteinden van het leien dak staan hoge schoorstenen, en de zon schittert in de bovenramen als ik mijn auto achter Janets groene Land Rover zet.

Die blokkeert de helft van de vrijstaande garage, en als Page met de honden terugkomt van de trimsalon, zal haar pick-up de andere helft blokkeren. Weinig kans om Bentons of mijn privéauto eruit te krijgen als ik die om een of andere reden nodig zou hebben.

Iedereen is er, denk ik somber, en dan voel ik me een egoïst. Hoeveel ik ook van mijn familie hou, ik zou nu het liefst wat privacy willen in mijn eigen huis. Maar daar moet ik me maar overheen zetten. Ik moet het sportief opvatten en eraan denken dat niet mijn hele leven draait om het oplossen van misdaden. Ik stap uit met mijn aktetas en sluit de SUV van het CFC af, die ik dit keer niet bij kantoor wilde laten staan. Als ik over het tegelpad door de voortuin vol bomen loop en de bakstenen trap van het huis beklim, ben ik me ervan bewust dat het al warmer wordt. Maar er wordt gezegd dat de temperatuur vandaag niet hoger wordt dan tweeëndertig graden. Komend weekend gaat het regenen; dat zouden mijn tuin en grasveld wel kunnen gebruiken.

Ik moet nog een heleboel koken en ik ben er niet op voorbereid. Als ik had geweten dat er zoveel mensen zouden komen logeren en ik ook Dorothy nog erbij zou krijgen, zou ik flink boodschappen hebben ingeslagen. Misschien heb ik vanmiddag wel even tijd om naar de winkel te gaan, voor ik me klaar moet maken voor de Kennedy School. Ik zou iets gemakkelijks als lasagne kunnen maken, dat we na de lezing kunnen opwarmen.

We zullen een paar mooie flessen pinot noir opentrekken en een toost uitbrengen op Briggs, besluit ik als ik met mijn sleutels in de hand voor de voordeur sta, om me heen kijk en luister. Ik hoor een licht briesje in de oude bomen in de voortuin en ruik de aardse geur van klei en mulch. Er rijdt een auto voorbij, een van onze buurvrouwen, en ze zwaait.

Benton en ik wonen aan de noordoostgrens van de Harvard-campus, tegenover de Academy of Arts and Sciences, waar we worden omringd door prachtige oude huizen, allemaal toonbeelden van verlichting. Ik vind het hier heerlijk. Ik maak mezelf graag wijs dat ik veilig ben zolang ik allemaal slimme mensen om me heen heb, en met mijn hand op de deurkruk kijk ik nog even rond.

Ik hoor niemand en de honden zijn er niet. Maar ik bespeur een ver geluid, een zwak, hoog gejank als van een elektrische zaag. Twee deuren verder wordt een huis gerenoveerd. Er komt nog een auto voorbij – weer een van de buren. Ik doe de voordeur open en zie dat het alarm niet aanstaat. Daar word ik niet blij van. In de hal met de donkere betimmering en victoriaanse gravures blijf ik staan om te luisteren, maar ik hoor nog steeds niemand, en ik bedenk dat Janet, Desi en mijn zus misschien in de achtertuin zijn. Dat klinkt als een heel goed plan. Misschien drink ik even een kop koffie met ze. Daarna zal ik proberen een paar uur te slapen.

Vanmiddag moet ik nog even mijn praatje voor vanavond doornemen, want ik heb mijn contactpersoon bij de Kennedy School verteld dat ik het niet ga afzeggen. Ik doe het voor Briggs. In de geest zal hij bij me zijn als ik beleidsmakers toespreek over de gevaarlijke planeet waarop we leven en waarom het van het grootste belang is om bij alles wat we doen de wetenschap te betrekken en te gaan voor de best mogelijke opleidingen als we onze grenzen willen verleggen en ons willen beschermen.

In de keuken zie ik gebruikte koffiecups bij de Keurig-automaat op het aanrecht liggen, en iemand heeft toast met cheddarkaas gegeten. Waarschijnlijk Desi, want hij is verzot op cheddar uit Vermont sinds hij hier woont en hij let heel erg op de kleur van de verpakking van het blok kaas. Paars staat bij hem voor extra pittig, en ik heb gehoord dat hij 's morgens vraagt om brood met paarse kaas.

Ik zet mijn aktetas op de ontbijttafel bij het raam en loop naar de achterdeur, waar Desi de hengel, de honkbalknuppel en de werphandschoen heeft achtergelaten die Marino hem voor zijn verjaardag heeft gegeven. Aan de hengel zit een hard rubberen zinklood aan een lange, stevige leader, die is bevestigd aan de vislijn. Marino is Desi aan het leren hoe hij de lijn moet uitgooien, zoals hij dat mij ook eens heeft geleerd. De negenjarige jongen leert daardoor geduld te hebben en accuraat te werk te gaan, en zich niet op spierkracht door het leven te worstelen.

Dat is prima, alleen voelt Benton zich er niet lekker bij. Maar hoe vervelend ik dat ook vind, we moeten doen wat het beste is voor het kind. Marino is goed met Desi, en ik vind het niet erg dat ze de achtertuin gebruiken, zolang niemand mijn rozen vertrapt en ze zich houden aan de regel dat ze nergens in mogen klimmen als de lijn verstrikt raakt in de bomen.

Veiligheid voorop. Ik doe de eiken deur naar buiten open, maar blijf opeens staan omdat ik niet begrijp wat ik daar zie.

45

Lucy heeft een kaki cargobroek en een poloshirt met het CFC-logo aan, en een honkbalpet en zonnebril op. Ze staat bij de grote magnolia met de ronde bank, en Desi staat stijf naast haar, op blote voeten en in een korte broek en een T-shirt van de Miami Dolphins. Hij heeft iets in zijn hand wat eruitziet als een iPad en er zit iets blauws om zijn nek.

Ik duik weer weg in de duisternis en de stilte van de gang als ik besef dat dat Lucy niet kan zijn die daar bij Desi staat, en mijn hart slaat een slag over, alsof ik bijna op een slang ben gestapt. Lucy is in Maryland, en zelfs al zou ze op een of andere magische manier zo snel al terug kunnen zijn, dan nog is de androgyne gestalte met het korte roodblonde haar te mager om mijn nicht te kunnen zijn. Ik besef wie ik daar voor me zie, en mijn hart bonkt als een razende. Via een app op mijn telefoon zet ik de camera's in het huis en de tuin aan.

Ik duik de voorraadkast in, waar een flatscreenmonitor op het slagersblok staat. Ik zoom in op de achtertuin en laat de camera's draaien en heen en weer gaan, hopend dat Carrie Grethen niet doorheeft wat ik aan het doen ben. Ze kan me de oprit op hebben horen rijden, maar misschien is het haar ontgaan. Misschien weet ze dat er iemand toekijkt vanuit het huis, maar misschien ook niet. Ik hou alle zones die door de camera's worden gefilmd in de gaten om me ervan te vergewissen dat er niemand anders in huis is.

Tot dusver lijkt het erop dat Carrie alleen is gekomen, en ik denk aan de witte bus die net voorbij onze oprit langs de weg stond, waarvan ik had aangenomen dat die van een bouwbedrijf was. Ik zag hem toen ik de oprit op reed. Ik ben bang dat Carrie elk moment kan zien dat de camera's bewegen. Maar ze kijkt er niet naar. Haar aandacht is bij heel andere dingen. Bij Desi en bij de hemel boven hen, en bij het tabletachtige ding dat hij vastheeft, en bij mijn zus en Janet, die buiten beeld zitten, maar ik weet dat ze daar moeten zijn. Ik heb net Dorothy's stem gehoord, maar ik kon niet verstaan wat ze zei.

Ik zet het geluid van de HD-camera's zo hoog mogelijk.

'... Dat wil ik niet,' zegt Desi tegen Carrie, en hij schudt zijn hoofd. 'Ik wil niemand prikken.'

'Natuurlijk wel.'

'Het is slecht om mensen pijn te doen.'

'Ik zal je laten zien hoe leuk het is. Druk maar op dat pijltje dat naar het woord LADEN wijst. Het is nu nog groen, maar als je erop drukt, wordt het rood, omdat de TC dan bewapend is. Een Tailend Charlie. Weet je wat dat is, zoon?'

'Ik wil niet meer met jou spelen. En ik ben niet jouw zoon,' zegt hij, en Carrie glimlacht stralend.

'Als jij erachter komt wie je bent, zal het net zijn alsof je ontdekt dat je een prins bent. Prins Desi.' Ze legt een hand op zijn schouder.

'Je maakt me bang,' zegt hij.

'Waarom doe je dit?' Dat is Dorothy weer. Ik probeer haar te vinden met de camera's. 'Ik dacht dat we vriendinnen waren.'

Net iets voor haar om te denken dat ze Carrie Grethen kan overhalen op te houden, het op te geven en weg te gaan, of dat Carrie haar aardig zou vinden en haar vriendin zou willen zijn, wat helemaal belachelijk is. Mijn narcistische zus gaat er zomaar van uit dat ze is opgewassen tegen iemand die al tientallen jaren dood en verderf zaait.

Ik richt een camera op Dorothy en Janet, die gespannen op een meter of zes van de magnolia op een paar stoelen zitten. Naast hen staat een tafeltje met koffie en flesjes water erop. Ze dragen allebei operatiekleding, die ze waarschijnlijk van mij hebben, en ze bewegen niet. Hun handen liggen in hun schoot, maar zo te zien zijn ze niet vastgebonden. Dorothy's ogen zijn heel groot en het ochtendlicht is niet vriendelijk voor haar overdadig met botox en fillers behandelde gezicht, maar Janet zit er rustig en beheerst bij.

Ik weet zeker dat Janet geen wapen draagt. Als dat wel zo was, had ze inmiddels met Carrie afgerekend. We hebben allemaal nieuwe gewoonten moeten aanleren met betrekking tot vuurwapens nu er een kind bij is gekomen. Ik laat de camera's nog wat draaien en dan zie ik de drone: een grote, zwarte spin met acht rotoren, die boven de magnolia hangt. Dat is het hoge gejank dat ik heb gehoord. Het heeft niets te maken met de werkzaamheden bij het buurhuis.

Ik stuur Marino een berichtje: MAYDAY. *Ze zit in mijn achtertuin. Gijzelaars & drone.*

Ik bel niet het alarmnummer, want dan komen er gewone patrouillewagens aanstormen. Dat kan ik nu niet gebruiken. Zo ga je niet met een situatie als deze om. Intussen begin ik te begrijpen wat Carrie aan het doen is. Ze wil Desi opnemen in haar helse familie. Ze wil dat hij iemand pijn doet, dat hij iemand vermoordt met haar bewapende drone.

Ken je haar nog, Sister Twister? Wed dat je haar niet zult missen!

Carrie gaat Dorothy vermoorden en daarna ruimt ze Janet uit de weg. Dan is alleen Desi nog over, en als ik eraan denk dat ze Natalie bespioneerd heeft, is me duidelijk wat ze van plan is. Ik vraag me af of Carrie in werkelijkheid de jongen in het oog heeft gehouden.

'Maar waarom?' Mijn zus weet nooit wanneer ze haar mond moet houden. Desi staat stijf als een standbeeld met de tablet in zijn handen. 'Ik snap het niet. We hadden zo'n leuk gesprek in het vliegtuig,' zegt ze dom. Nu begrijp ik het.

Carrie moet het zo hebben geregeld dat ze gisteravond dezelfde vlucht uit Fort Lauderdale had als mijn zus. Ze zat ongetwijfeld vlak naast haar in de business class, en daarom is het alarm uit en staat Carrie in mijn achtertuin. Dorothy zal haar hebben binnengelaten, net zoals ze een andere nieuwe vriendin zou binnenlaten. Voor mijn zus bestaan er geen vreemden.

Ze neemt iedereen mee naar huis; dat deed ze al toen we nog jong waren. Nooit vroeg ze of het mocht. Het is altijd haar recht geweest om te doen wat ze wil, en dit keer kan het haar en ons allemaal zwaar opbreken. Ik probeer als een razende te bedenken wat ik moet doen.

'Ik begrijp niet waarom je nu opeens zo afschuwelijk doet, en dat na al die drankjes en dat leuke gesprek. Ik dacht dat ik een nieuwe vriendin had, een vriendin die me doet denken aan mijn dochter. Daarom waren we ook meteen weg van elkaar. En ik dacht nog wel dat het leuk zou zijn als ik naar het noorden kwam om mijn kleinzoon te zien.' Mijn zus huilt. 'Desi? Kom meteen hiernaartoe en laten we allemaal het huis in gaan en doen alsof dit nooit is gebeurd. En jij moet weggaan en ons met rust laten nu het nog kan,' zegt ze waarschuwend tegen Carrie, die als antwoord de tablet uit Desi's handen pakt.

Ze brengt de drone precies boven het hoofd van mijn zus, ongeveer een meter tachtig erboven, en het lange, geblondeerde haar, dat haar gezicht hard maakt, komt in beweging door de zwiepende wieken.

'Druk nu maar op LADEN,' zegt Carrie tegen Desi, en ze houdt hem de tablet voor.

'Niet doen wat zij zegt!' roep Dorothy.

'Hou je bek. Alsjeblieft,' zegt Janet tegen haar zonder haar blik van Carrie af te wenden.

Maar Janet heeft geen wapen. Als ze dat wel had, zou ze precies weten hoe ze het moest gebruiken. Maar dan nog zie ik geen uitweg. Niet op de gebruikelijke manier, wat je doet bij hoge nood. Het is heel moeilijk om een drone uit de lucht te schieten. Je hebt te maken met veel loze ruimte en zelfs als je verschillende wieken raakt, betekent dat niet dat je hem op tijd uit de buurt kunt krijgen.

Je moet de krachtbron uitschakelen, net zoals je bij een bom zou doen. Maar ik heb geen waterkanon bij de hand en ik zal niets hebben aan het pistool dat ik op de bovenste plank van een van de keukenkastjes bewaar, buiten bereik van kinderen. Het is geen optie om in een woonwijk als een wilde in het rond te gaan schieten.

Page en de honden zijn nergens te zien of te horen. Ik hoop dat ze voorlopig niet terugkomen van de trimsalon. Mijn aandacht gaat steeds weer naar de sportspullen die slordig in de hoek links van de deur liggen.

Ik zie de hengel en de honkbalknuppel, die niet van metaal is maar van hout. De werphandschoen is van leer, en dat vormt net als hout en een droge huid een goede bescherming tegen elektriciteit. Ik zie ook de lege haken waaraan de riemen van Sock en Tesla altijd hangen, en die sporen me aan een berichtje naar Page te sturen: *Kom* NIET *naar huis tot je van me hebt gehoord.*

Carrie zou niet aarzelen om iemand van wie wij houden iets aan te doen. Ook Page. Ook onze huisdieren.

'Ik zal het je laten zien,' zegt Carrie tegen Desi, terwijl ik de achtertuin blijf bekijken via de camera's.

Ik zie de drone boven het hoofd van mijn zus hangen en Carrie het schermpje van de tablet aanraken. De drone gaat verticaal omhoog, en tegelijkertijd zie ik de geleiders omlaagkomen – vier stuks, zo fijn dat ze amper zichtbaar zijn, als dunne grijze potloodstrepen met iets ronds en donkers aan het uiteinde om ze te verzwaren.

Eng genoeg verdwijnen de geleiders steeds weer uit beeld. Ik zie alleen de ronde gewichtjes, die als kleine donkere planeten in de ruimte zweven, en ik denk aan de ronde brandwond in Briggs' nek.

'Ik ga je iets heel cools laten zien,' zegt Carrie tegen Desi, en ze duwt de tablet weer in zijn onwillige handen. 'Maar eerst moet je iets voor me doen. Een experiment. Zie je dat flesje water op de tafel? Giet het over oma Dorothy's hoofd.'

'Nee.'

'Vooruit.'

'Nee.'

Ik pak de hengel.

'Je moet leren dapper te zijn. Wat mankeert je? Zo te zien zal ik je wat harder moeten maken.' Carries gezicht is vertrokken van woede. 'Zie je nou wat er gebeurt als je wordt grootgebracht door inferieure mensen? Nou, dat gaat allemaal veranderen, Desi.'

Ik heb in mijn leven een paar keer gevist, meestal met Marino, die veel moeite heeft gedaan om me te leren werpen. Ik ben redelijk goed met mijn handen, en ik zet de beugel van de molen om en loop de tuin in.

Carrie brengt me tot staan met een gezicht waarvan tegelijkertijd moordlust en plezier vallen af te lezen. Ik breng de lange hengel naar achteren en laat hem dan met hopelijk precies de juiste polsbeweging naar voren schieten, zodat het rubberen zinklood in een boog naar de top van de magnolia zeilt. Het zonlicht valt op de sierlijke lijn als die ver omhoogschiet, buigt en over de wervelende derwisj valt, en ik verwacht dat de draad zal worden doorgesneden door de wieken.

Maar dat gebeurt niet. De drone schokt. Minstens één van de rotoren is tot stilstand gekomen, en de plotselinge weerstand is voor mij het sein om de lijn in te halen, terwijl Carrie in luid gevloek uitbarst omdat de besturing niet is opgewassen tegen de meest laag-bij-de-grondse technologie van de moderne tijd, een simpele hengel.

'Rennen! Rennen!' gilt Desi, en Janet staat al overeind.

De drone helt over als een gewonde vogel en ik blijf de lijn inhalen terwijl Carrie met woedende passen op me af komt. Ik draai als een bezetene, tot de drone nog maar drie meter van ons af hangt en jankt als een op hol geslagen ventilator. De geleiders bungelen niet ver boven haar hoofd.

Ik trek de hengel hard naar beneden, op hetzelfde moment dat Carrie een grote stiletto tevoorschijn haalt en het lange lemmet sissend naar buiten klapt. Dan is er overal bloed. Ik hoor iemand gillen en een geluid alsof er een transformator doorbrandt, en dan lig ik op de grond. Ik ruik verbrand vlees.

46

TWEE DAGEN LATER, ZATERDAGMORGEN

Even was ik Elisa Vandersteel toen ik door de lege ruimte zeilde en op mijn rug landde, en daarna wist ik niets meer. Maar ik ben bijgekomen op de Spoedeisende Hulp. Ik ben niet dood, bij lange na niet, en ik ga rechtop zitten als ik de hevige regen hoor.

De regen ratelt dof op het leien dak en slaat bij elke windvlaag tegen de ramen, en Sock en Tesla liggen knus aan weerszijden van me. Ik hoor hun ademhaling, en dan wordt die overstemd door het gegier van de wind, die eerder nog slechts floot en jankte, en het geroffel van het water krijgt een andere intensiteit en wisselt steeds van tempo. De vroege morgen klinkt somber en gekwetst. Of misschien ligt dat aan mijn eigen stemming.

De lezing in de Kennedy School van eergisteravond is niet afgelast, maar uitgesteld, en dat was niet alleen verstandig, maar onvermijdelijk. De ene spreker was dood en de andere lag in het ziekenhuis. Waar de geleiders van de drone behalve Carrie Grethen en haar stiletto ook mee in aanraking zijn gekomen, het zorgde ervoor dat ik werd weggeslingerd en bewusteloos raakte. De volgende anderhalve dag ben ik voortdurend getest, betast, gepeild en gescand, en gisteravond mocht ik eindelijk weer naar huis.

Ik heb dus geen presentatie gegeven voor allerlei invloedrijke mensen, en nu lig ik vredig in bed met twee honden. Iets beters kan ik niet bedenken. Janet en Desi hebben heel lief en attent voor me gezorgd, en Dorothy loopt ook ergens rond. Benton en Lucy kunnen elk moment thuis zijn; ze hebben de helikopter in Washington achtergelaten vanwege het weer. Straks hebben we een heerlijke brunch. Eigenlijk moet ik aan de slag, maar ik voel me vreemd licht, alsof iemand de zwaartekracht heeft uitgeschakeld.

Het is alsof er met de droogte en de hittegolf ook een eind is gekomen aan de terreur, alsof het evenwicht is hersteld, en ik voel me gelukkiger dan ik in lange tijd ben geweest. Carrie Grethen heeft ernstige snij- en brandwonden opgelopen, en het mechanische monster dat ze heeft ontworpen, heeft haar een schedelfractuur bezorgd. Als ze voldoende hersteld is, zal ze worden opgesloten in het plaatselijke psychiatrische ziekenhuis, binnen een zwaarbeveiligde forensische kliniek voor krankzinnige criminelen. Zij kan niemand meer kwaad doen, haar partner Theo Portison zit in de gevangenis en ze gaan geen van beiden meer ergens naartoe, behalve naar de rechtbank.

Intussen blijven de politie en de FBI op zoek naar andere voetsoldaten die ze hier of in het buitenland kan hebben gerekruteerd. Lucy gaat ervan uit dat Carrie haar drones op afstand kan besturen, net als het leger doet. Ze kan er een in de omgeving van Bethesda hebben gestationeerd en hem vanuit Zuid-Florida naar het huis van Briggs hebben gestuurd om hem te vermoorden. Daarna ging Carrie in Fort Lauderdale aan boord van het vliegtuig voor haar vriendschappelijke vlucht met mijn zus. Ik kan niet wachten om te horen wat Dorothy daarover te zeggen heeft. Ik heb haar nog niet echt gesproken nadat ik bewusteloos was geraakt.

Ik controleer mijn e-mail. Iedereen op kantoor maakt overuren en een bericht van Ernie bevestigt wat we al hadden vermoed, namelijk dat het panguite dat we hebben aangetroffen in de zaak-Molly Hinders ook in de witte, draadvormige brandwonden op het lichaam van Elisa Vandersteel blijkt te zitten. Beide vrouwen zijn geëlektrocuteerd via geleiders van koolstofnanobuizen, die op spoelen konden worden opgerold in een enorme drone. Die drone werd aangedreven met condensators en was beschilderd met beschermende, hittewerende verf waarin panguite was verwerkt. De gewichten aan de uiteinden van de geleiders, die leken op zinklood, bevatten ook panguite.

Benton zegt dat een wapen maken van iets wat hij van zijn broer heeft gestolen Theo's manier was om zich toe te eigenen wat hij als zijn rechtmatig eigendom beschouwde. 'Een beetje zoals Jakob het geboorterecht van Esau stal,' zei mijn man. Hij is bovendien van mening dat de moorden in Cambridge in zekere zin een oefening waren, alleen was de keuze van de vrouwen emotioneel bepaald door Theo's neiging tot erotomanie en seksueel geweld.

Als we afgaan op de informatie die Benton van Theo's broer William heeft, stond Elisa kennelijk op vriendschappelijke voet met Theo en had ze waarschijnlijk geen idee dat hij een obsessie voor haar had. Toen hij een jaar geleden naar Cambridge was teruggekeerd, schijnt hij te hebben voorgesteld dat zij ook hierheen zou komen en zou proberen een voet tussen de deur te krijgen als actrice. Ze kon bij hem logeren terwijl ze stage liep, en dat deed ze een paar weken; ze woonde in een achterkamer en hielp door te koken en andere karweitjes te doen.

Toen ontmoette ze Chris Peabody, en niet lang daarna trok ze bij hem in, deels om weg te kunnen bij Theo, op wie ze volgens alle verklaringen heel erg gesteld was maar die ze steeds irritanter en baziger vond worden. Ze vond hem raar, maar heeft zich kennelijk nooit kunnen voorstellen dat hij haar bespioneerde en stalkte, en dat hij steeds kwaaier werd als hij haar zag met de jongeman die ze had ontmoet en voor wie ze was gevallen.

Het idee is bij me opgekomen dat Theo wellicht heeft toegekeken toen Elisa op de fiets naar de Faculty Club ging. Ik herinner me dat ze Chris Peabody op de stoep een kus gaf, waar Benton en ik bij stonden. Het kan heel goed zijn dat Theo oefenvluchtjes maakte om handiger te worden met de drone en dat zij daar helemaal niets van had gemerkt, en toen ze door het park reed, kan hij hebben besloten om haar bang te maken. Misschien was het niet zijn bedoeling haar te vermoorden. Maar dat deed hij wel.

Toch zou hij niet naar de plaats delict zijn gegaan en de halsdoek of iets anders van het lichaam hebben weggenomen als hij niet van plan was geweest haar te vermoorden. Het stukje blauwe stof met paisleyprint was een souvenir. Misschien had Theo nog andere dingen meegenomen als Anya en Enya niet waren gekomen, en ik vraag me af hoelang hij zich in de bosjes heeft schuilgehouden om ze gade te slaan. Het was geen hert waar de tweeling zo van schrok. Het was geen hert dat ze in het donker weg hoorden rennen.

Er is veel wat we nooit zullen weten, tenzij Theo alles vertelt. Of anders wordt het een en ander misschien duidelijk uit de vele opnames die hij heeft gemaakt. Benton denkt dat de voormalige MIT-professor Elisa en Molly op afstand heeft gevolgd met zijn vliegende camera. Als dat zo is, moet er bewijs zijn voor zijn voyeurisme, zijn oefenvluchten, zijn moorden. Dan krijgen we een inkijkje in zijn gewelddadige, seksuele fantasieën.

Benton en zijn collega's zullen veel tijd kwijt zijn aan het bekijken van de dozen met netjes geëtiketteerde audio- en video-opnamen. In Theo's volgepakte huis ligt kennelijk materiaal van jaren, en het is een goede zaak dat hij geen weerstand kan bieden aan zijn dwangimpulsen. Het kan vreemd lijken om dat te zeggen nu er mensen dood zijn, maar het hadden er veel meer kunnen zijn als hij meer discipline had gehad.

Het is heel goed mogelijk dat ze van plan waren overal van deze vliegende directe energiewapens te stationeren en dat Carrie uiteindelijk een leger van menselijke drones wilde verzamelen om de mechanische drones te bedienen. Maar we weten niet precies wat ze van plan was, en ik vermoed dat Benton er ook niet achter zal komen, hoe vaak en hoelang hij haar uiteindelijk ook ondervraagt.

Carrie gaat niet praten. Als ze het wel doet, zal ze niet de waarheid zeggen. En als het wel de waarheid is, zullen we er niets aan hebben. Wij niet.

Ik schrik wakker als Tesla opeens blaffend rechtop gaat zitten, en ik besef dat ik weer in slaap moet zijn gesukkeld. Ik schud de kussens op om meer steun te hebben en aai haar over de kop als ze weer blaft, terwijl Sock zich amper verroert.

'Ja, ik weet dat je een fantastisch hondentrucje hebt geleerd, maar nu moet je stil zijn.' Ik aai de kleine witte buldog met de bruine ringen om haar ogen, die blijft blaffen, zodat haar flanken als blaasbalgen op- en neergaan.

Woef-woef-woef-woef!

'Oké, zo is het wel genoeg. Wat denk je nu te horen?' Ik sla het bed open. Ze is nog steeds niet stil.

Ik sta op, loop op blote voeten naar het raam tegenover het bed en kijk tussen de gordijnen door naar buiten. Er is niets te zien, behalve de gutsende regen, die twee verdiepingen lager de oprit onder water zet. De wind huilt weer om het huis en Tesla gaat nog harder blaffen, terwijl onze gestreepte hazewindhond Sock rustig blijft slapen.

'Het is al goed. Sst.' Ik aai Tesla zachtjes en spreek haar sussend toe, en daar ga ik me zelf ook beter van voelen. 'Het is maar een regenbui.' Ik wrijf over haar gespikkelde oren, en dan gaat de deur van de slaapkamer open.

'Tijd om op te staan,' zingt Dorothy als ze binnenkomt. Nu weet ik waarom Tesla blafte: ze hoorde mijn zus.

Dorothy draagt een groot T-shirt en verder niets, en heeft twee mokken koffie in haar handen.

'Mag ik binnenkomen?' Ze geeft me een dampende mok en gaat op het bed zitten. 'Stil, Tesla. Ik kan niet tegen keffende honden.'

'Ik zou het niet echt keffen noemen. Ze klinkt nogal fel.'

'Nou, het is wel ironisch, toch? Ze is genoemd naar een auto die heel weinig geluid hoort te maken.'

'Het is een grapje van Lucy. Als iemand met de grootste ecologische voetafdruk ter wereld kan ze nu tegen iedereen zeggen dat ze een Tesla heeft.'

'Hoe voel je je? Ik heb verhalen gehoord over mensen die door een schok of door de bliksem bijna zijn doodgegaan en die opeens piano kunnen spelen of bij wie het IQ op slag tien punten hoger ligt.'

'Ik zal het je laten weten. Ik heb altijd al piano willen spelen.'

'Heb je vreemde dromen?'

'Nog niet.'

'Hoor eens, Kay, ik moet beter uitleggen wat er gebeurd is,' begint mijn zus, maar ik val haar in de rede.

'Hoe gaat het met Desi?' vraag ik, want we zouden ons allemaal zorgen moeten maken om het trauma dat hij misschien heeft opgelopen.

'Dat zal ik je zeggen!' Dorothy begint op te scheppen alsof zij er iets mee te maken heeft. 'Wat is het toch een dappere jongen! Hij lijkt zich er helemaal niets van aan te trekken.'

'Hij heeft er lang genoeg op kunnen oefenen om zich stoer voor te doen, Dorothy. Dat betekent niet dat alles goed met hem gaat.'

'Zal ik je eens wat vertellen? Een van de dingen die ik heb geleerd nadat ik al die kinderboeken heb geschreven? Hoeveel waren dat er wel niet?' Ze glimlacht om haar eigen retorische vraag. 'Een heleboel, toch? Het punt is, ik weet hoe kinderen in elkaar zitten. En het verbaast me altijd dat wij ons druk maken over een heleboel dingen waar zij totaal niet mee zitten.'

'Dat hij ergens niets van laat merken, betekent niet dat hij er niet mee zit. Het zal goed voor hem zijn als Benton met hem praat als hij en Lucy thuis zijn.'

'Hoor eens,' Dorothy neemt een slokje van haar koffie. 'Die in-en inslechte vrouw kwam naar me toe en ik wist eerst niet wat ik zag, want ik dacht dat het Lucy was.'

'Hou op.'

'Ik stond te wachten bij de gate en zij sprak me aan, en het was zo'n toeval dat we naast elkaar zaten…'

'Je moet nu meteen ophouden.' Ik steek een hand op en schud mijn hoofd.

'Maar ik moet uitleggen wat er is gebeurd. Je moet het me uit laten...'

'Je hebt nog helemaal niets uitgelegd,' val ik haar in de rede, 'en zo moet het ook blijven, Dorothy.'

'Maar ik zei alleen...'

'Je hebt niets uitgelegd. Punt. We mogen niet praten over wat er tussen jou en Carrie is voorgevallen op het vliegveld, in het vliegtuig en hier in huis nadat jij haar had uitgenodigd en haar hebt binnengelaten. Oké?'

'Maar ik...'

'Nee.'

'Ik zit er gewoon mee dat jij me wel heel stom moet vinden, maar niemand heeft me ooit iets over haar verteld...'

'Ik ben getuige in deze zaak, net als jij. Geen woord meer. Bedankt voor de koffie. Lekker zoet. Heb je er suiker in gedaan?'

'Agavesiroop – precies wat je lekker vindt.'

'Ik doe nooit zoetstof in mijn koffie.'

'Sinds wanneer?'

'Sinds altijd, Dorothy.' Ik moet lachen, want hoe meer de dingen zouden moeten veranderen, hoe meer ze dat niet doen. 'Jij was altijd de zorgzame van ons twee,' plaag ik.

'Dat ben ik nooit geweest,' zegt ze nors. Ook voor zichzelf lijkt ze niet heel goed te zorgen.

Het haar van mijn zus is te lang en te blond, en wie ze ook een fortuin heeft betaald voor het cosmetische werk, hij zou opgesloten moeten worden. Haar onnatuurlijk ronde wangen verdringen haar ogen als ze glimlacht, haar onderkaak is veel te zwaar en ze kan niet fronsen, hoe ze het ook zou proberen, waardoor het nogal een uitdaging is om van haar gezicht iets af te lezen van haar onvrede en de onderliggende chronische verveling.

'Je moet begrijpen dat dit het belangrijkste is wat ik ooit heb gedaan.' Dorothy's al te goed gevulde borsten staan recht vooruit, en ik had het prettig gevonden als haar T-shirt vijfentwintig centimeter langer was geweest.

'Wat is het belangrijkste wat je ooit hebt gedaan?' vraag ik. 'Ik ben bang dat ik niet weet waar je het over hebt.'

'Ik heb geholpen iemand te pakken. Jij bent altijd de misdaadbestrijder geweest, Kay. Ik ben maar een bijna uitgebloeide, mooie vrouw die haar uiterste best doet om de boel op de rit te houden terwijl ze alleen maar ouder wordt. Ik bedoel maar, moet je me zien. Maakt niet uit wat ik doe.'

Ik wil bijna zeggen dat ze niet meer onder de zonnebank moet gaan. Haar huid ziet eruit alsof hij bruin is gespoten. Maar ik hou mijn mond. Ze heeft niets aan mijn kritiek, en misschien ben ik niet de enige die bijna pathologisch onzeker is maar dat meestal niet laat merken.

'Ik zal je vertellen wat je mist.' Ik zet mijn koffie op het nachtkastje. 'Als je die kast in gaat en het eerste kastje aan de linkerkant opendoet, zie je daar iets bijzonders dat ik bewaar voor regenachtige ochtenden als deze.'

'Een joint zou lekker zijn,' zegt ze.

'Een heel goede Ierse whisky,' antwoord ik. 'Ga naar binnen en schenk ons allebei een glas in. Daarna kunnen we praten, zolang je me niet naar dingen vraagt die ik je niet mag vertellen.'

Ik kijk mijn zus na als ze naar de grote, met cederhout afgewerkte kast loopt en naar binnen gaat, en ik hoor haar de kurk uit de fles trekken.

'We zouden ma vanmorgen moeten bellen. Wij allebei,' zeg ik als ze terugkomt.

'Alleen als ze haar gehoorapparaatjes indoet. Ik ben het zat om te moeten schreeuwen.' Ze zet het glaasje whisky naast mijn koffie. 'Jij bent er nooit. Eigenlijk ben je er nooit meer geweest sinds je ging studeren. Dus zit ik in mijn eentje bij haar. En nu ben ik degene over wie ze zit te klagen.'

'Het spijt me dat te horen.'

'De boekenwereld is niet meer wat hij was. Kinderen willen niet meer lezen wat ik schrijf, niet in deze tijd.'

'Dat geloof ik niet.'

'Ik wil maar zeggen: laten we er niet omheen draaien. Zo grappig ben ik nooit geweest.' Mijn zus ziet er nogal verpieterd uit.

'Zeg nooit nooit.' Ik neem een slokje whisky en die glijdt warm naar beneden, warmer dan de hete koffie, maar op een andere manier. 'We blijven ons hele leven veranderen, Dorothy. Daar ben ik pas achter gekomen nu ik wat ouder en wijzer ben.'

'Nou, onze moeder heeft besloten dat ik de mislukkeling ben. Vroeger was jij dat vanwege de scheiding en omdat je geen kinderen hebt, en toen besloot je dokter te worden voor dode mensen, zodat je niet bang hoeft te zijn om een patiënt te verliezen, voor patiënten die doodgaan.'

'Ik hoor het moeder zo zeggen.' Ik pak mijn koffie.

'En dan kreeg je ook nog iets met een getrouwde man.'

'Ma moet wel zeggen dat wij mislukkelingen zijn omdat ze het gevoel heeft dat ze zelf heeft gefaald,' antwoord ik. 'Zij heeft nooit de kans gehad de dingen te doen die wij kunnen doen, en misschien weet ze niet meer zo goed wat haar doel op deze wereld is geweest. Dat is geen fijn gevoel als je bijna tachtig bent.'

'Nou, kijk.' Dorothy slaat de whisky achterover alsof ze moed wil verzamelen, en dat is helemaal niet nodig. 'Wij hebben alleen elkaar, toch? Dus we zitten er samen in. Ik wil er zeker van zijn dat jij het oké vindt van Pete en mij.'

'Ik weet niet echt veel over Pete en jou.' Ik ben weer helemaal verontwaardigd vanbinnen, maar ik heb geen recht om dat te voelen.

'Het is echt serieus, en je zou me een plezier doen als je wilt doen alsof ik in elk geval heb geholpen om dat monster te pakken. Hoe heet ze ook weer? Carrie Gretchen.'

'Grethen. En je hébt ook geholpen,' antwoord ik, en dat is waar, maar niet zoals mijn zus bedoelt.

Ze heeft geholpen door helemaal in haar eentje Carrie naar mijn huis te lokken. Dorothy heeft antwoord gegeven op Facebook-posts van iemand die beweerde een oude vriendin te zijn uit onze eerste tijd in Miami. Mijn zus trapte er met open ogen in en begon aan een correspondentie die Carrie nog meer informatie verschafte dan ze al had.

Dorothy gaf met alle plezier nare bijnaampjes door, en ook dat onze vader een radiocommercial heeft opgenomen voor zijn kruideniersswinkeltje. Carrie moet er de hand op hebben weten te leggen, of anders Theo Portison. We hebben er niets aan als ik het er bij haar in wrijf dat Dorothy in een vliegtuig een lang gesprek heeft gevoerd met een volkomen vreemde, die vreemde vervolgens bij mij thuis heeft uitgenodigd en ons bijna allemaal heeft laten vermoorden en Desi heeft laten ontvoeren. Dorothy is geen partij voor Carrie.

Maar eigenlijk is niemand van ons dat, anders zou het niet zoveel jaren en verwoeste levens hebben gekost om haar te pakken te krijgen.

47

'Geef me een minuutje om mijn gezicht te wassen en mijn badjas aan te doen.' Ik loop van het bed naar de badkamer. 'Daarna nemen we Tesla en Sock mee naar beneden en kun je me in de keuken helpen. Wat is Desi aan het doen? Is hij al op?' roep ik naar Dorothy.

'Hij heeft bij Janet geslapen,' hoor ik haar zeggen. 'Ik geloof dat ze begonnen zijn aan de brunch. Ze wilden je verrassen door een handje te helpen.'

Ik ruik worstjes. En Desi is bij ons de grote vleeseter, samen met Marino.

'Waarom wilde ze hem hebben, Kay? Waarom zou iemand zover gaan om een kind van negen te ontvoeren?'

Ik blijf voor de badkamerdeur staan en kijk naar haar om, omdat ik me afvraag of dit een serieuze vraag is, en dat is het helaas. 'Er zijn genoeg mensen die nog veel verder zijn gegaan dan Carrie,' zeg ik, maar mijn zus wil niets horen over de verschrikkelijke dingen die ik heb gezien.

'Nou, ik begrijp het echt niet.' Dorothy begrijpt het niet omdat ze zich aan Lucy ook nooit iets gelegen heeft laten liggen, en dat is nog iets wat ik van me af moet zetten.

We gaan naar beneden met een onstuimige buldogpup en een trage oude hazewindhond op onze hielen. In de keuken heeft Janet het raam boven het aanrecht opengezet. Het geluid en de geur van de regen worden met de warme, dampige lucht mee naar binnen gevoerd en mijn gedachten nemen een vlucht naar buiten. Desi dekt de tafel in de eetkamer, terwijl Dorothy nog meer koffie zet, maar ik ben er met mijn hoofd niet bij.

Ik ben weer in mijn oude buurt in Miami en zie het kind dat ik eens was, klein en tenger, met witblond haar, lichtblauwe ogen en goedkope kleren. Ik zie het gele vierkante huisje en de stukjes overwoekerde tuin met doorzakkende gaashekken aan drie kanten, die helemaal niets buitenhielden, ook niet de plaatselijke katten en honden en af en toe een ontsnapte papegaai. Ik zie het allemaal alsof ik een film bekijk of teruggereisd ben in de tijd, en dan klinkt er een oorverdovend gedonder en worden de ramen verlicht door de bliksem.

'Oh-o,' zegt Desi als hij de keuken weer in loopt. De elektriciteit is uitgeschakeld. 'De lampen in de eetkamer doen het opeens niet meer.'

De generator is aangeslagen. Maar die levert alleen elektriciteit aan bepaalde delen van het huis. Gelukkig ook aan de keuken. Er bonst iemand op de achterdeur.

'Dat is Marino.' Janet kijkt op haar telefoon. 'Ik zie net zijn berichtje. Hij stond bij de voordeur en nu staat hij achter en hij moet je spreken, Kay.'

'Ik heb hem niet aan horen komen rijden.'

'Het regent zo hard dat je sowieso niet veel hoort,' zegt Janet. Ik loop door de gang en langs de voorraadkast naar de achterkant van het huis.

Als ik de deur opendoe, staat Marino daar, weggedoken in een gele regenjas met capuchon, en hij zegt: 'We moeten een plek vinden om onder vier ogen te praten. De deurbel bij de voordeur is kapot. Ik heb aangebeld omdat ik voor één keertje beleefd wilde zijn.'

'Die deurbel stamt nog uit de tijd dat dit huis gebouwd werd en is nergens op aangesloten. Zag je dat moderne kastje niet met de verlichte knop, dat er al hangt zo lang wij hier wonen?'

'Het is pikkedonker. Wat dacht je ervan om een paraplu of zoiets te pakken? Dan praten we buiten.'

'In de stromende regen en terwijl het onweert en bliksemt? Wat dacht je ervan om binnen te komen? Dan schenk ik je een kop koffie in.'

'Nee. Hier.' Hij wijst naar zijn voeten. 'Echt, doc. Ik maak geen grapje.' Dat kan ik aan hem zien, dus pak ik een waterdichte jas van de kapstok.

Ik trek hem aan, zet de capuchon op en trek het koord strak. Dan stap ik naar buiten, doe de deur dicht en ga in de stortbui tegenover hem staan.

'Wat is er aan de hand, Marino? Ben je bang dat er spionageapparatuur in het huis zit? Is dat het probleem?' Dat zou best kunnen, voor zover ik weet. 'Ik moet even aan Page vragen of ze niet iemand heeft binnengelaten, iemand die zich voordeed als een onderhoudsman bijvoorbeeld.'

Dat zou net iets voor Carrie zijn, leg ik uit terwijl de regen koel op mijn hoofd tikt. Maar Marino luistert amper en ik voel dat er grotere problemen zijn.

'Ik neem geen enkel risico, doc.'

'Wat kom je doen? Wat is er aan de hand?'

'Ik weet niet hoe ik je dit moet vertellen,' zegt hij, en ik voel me meteen misselijk.

'Is alles goed met Benton en Lucy?' Ik kan amper een woord uitbrengen als ik eraan denk dat ze in dit weer moeten vliegen en rijden.

'Hè? Dat weet ik niet. Het zal wel.' Marino's ogen staan wild en hij is er absoluut niet bij met zijn gedachten.

'Wat heb je toch?' Ik verhef mijn stem boven het geluid van de druppels op de tegels en het door de wind geteisterde bladerdak van de oude bomen.

Afgerukte bloemblaadjes liggen op het grasveld als flarden pastelkleurig tissuepapier en regen slaat sissend in de plassen, op het gras en de aarde.

'Die blauwe halsdoek die Desi om had,' zegt Marino luid, terwijl het water van zijn capuchon stroomt. 'Er is een probleem met het DNA. Een heel groot probleem.'

Carrie heeft als een doodnormale bezoeker voor mijn deur gestaan, met een vriendelijke glimlach, stel ik me zo voor, en Dorothy heeft haar een rondleiding gegeven door het huis. Daarna zijn Carrie en de drone precies op hetzelfde moment in de achtertuin verschenen, zodat Janet geen gelegenheid kreeg zichzelf of iemand anders te verdedigen. Ik besef dat dit waarschijnlijk de reden is waarom Marino erop staat dat we midden in een onweersbui buiten praten.

Carrie Grethen is in mijn huis geweest. Het is mogelijk dat ze hier en daar een apparaatje heeft verstopt terwijl ze erdoorheen liep. Dorothy zou daar niets van merken. Die begon kennelijk pas te vermoeden dat er iets mis was toen Carrie Desi de blauwe halsdoek met paisleyprint gaf en hem zei die om te doen en naast haar te komen staan terwijl zij de drone bestuurde en de tablet daarna aan hem gaf, zodat hij zijn eigen adoptiefamilie kon vernietigen.

'Ben je gebeld door het DNA-lab?' vraagt Marino, en ik zet me schrap voor de rest van zijn slechte nieuws.

'Nog niet.'

'Nou, ik heb het net gehoord. Misschien wilden ze je niet lastigvallen omdat je in het ziekenhuis hebt gelegen. Maar je moet de waarheid weten, en daarom staan we hier buiten in die verdomde regen.' In de verte rolt de donder.

'Wie heeft wat ontdekt?' Het water spettert over mijn slippers en de zoom van mijn pyjama en badjas zijn al doorweekt.

'Het DNA van Elisa Vandersteel zit op de halsdoek, en dat is logisch, want hij was van haar. Daarnaast hebben we het DNA van Carrie gevonden en ook dat van Temple Gault.'

Ik weet zeker dat ik dat niet goed verstaan heb. Het is zo'n lawaai en het is zo onrustig hier buiten, maar iets in me weet wat er komt, ook al ontken ik het nog zo hard.

'Het spijt me...' begin ik.

'Ik weet wat je denkt. Maar je hebt me gehoord,' zegt Marino. 'We hebben het DNA van Gault in de database omdat dat nooit is verwijderd vanwege de onopgeloste zaken die de FBI nog steeds met hem in verband probeert te brengen. En dat van Carrie zit er natuurlijk zeker in.'

'Dit is onmogelijk. Hoe kan het DNA van Temple Gault op die halsdoek zijn gekomen, tenzij Carrie eraan kan komen en het met opzet erop heeft...'

'Nee.' Marino schudt langzaam zijn hoofd. Het water druipt ervan af en zijn ogen zijn heel groot. 'Nee, je snapt het niet, doc.'

'Wat moet ik dan snappen, Marino?' Ik wil niet geloven wat hij gaat zeggen.

'Aanvankelijk begrepen we niet waarom Desi's DNA niet op de halsdoek of bandana zat, of hoe je het ding ook wilt noemen dat hij om zijn nek had. Zijn DNA zou erop moeten zitten,' begint hij uit te leggen. Er komt een ongelooflijk gevoel in me naar boven.

Het is alsof een beslagen raam schoon wordt geblazen en ik eindelijk zie wat er aan de andere kant is. Kleine Desi met zijn hoekige gezicht en betoverende blauwe ogen.

'Maar zijn DNA zat tóch op de halsdoek...'

Niemand kan beter vissen dan Carrie. Ze weet hoe ze het moet aanpakken. Ze weet dat ze moet wachten en wanneer ze aan de lijn moet trekken. Hebbes.

'Begrijp je wat ik wil zeggen?' vraagt Marino. De regen gaat over in een oorverdovend gebulder als ik me herinner wat Lucy me heeft verteld over Natalies zwangerschap.

Ze maakte gebruik van een spermadonor en een draagmoeder, die ze zorgvuldig had geselecteerd, maar in feite kan hiermee geknoeid zijn.

Dat zou kinderspel zijn geweest voor Carrie, en er is geen reden waarom Natalie ooit de waarheid te weten zou komen over Desi's DNA. Het zou door een database van de politie moeten worden gehaald om te weten te komen wie zijn biologische ouders zijn, en het was niet waarschijnlijk dat dat ooit zou gebeuren. Maar Carrie heeft de zaak geforceerd, en deze uitkomst had ik nooit verwacht.

'Ze moet het sperma van Temple Gault hebben bewaard, ingevroren of zo.' Marino draait zijn rug naar de wind om de regen uit zijn gezicht te houden. 'Je weet wel, zoals legervrouwen doen als hun man wordt uitgezonden...'

'Ik weet wat ze moet hebben gedaan en ik zie het haar ook wel doen,' antwoord ik. 'Hebben we het gecontroleerd met Desi's DNA? Er zijn monsters van hem genomen om zijn DNA te kunnen uitsluiten.'

'Ja, het is bevestigd. Carrie is Desi's moeder. Temple is de vader.'

'Alleen biologisch.'

'Ze wilde hem meenemen, doc. Carrie wilde een monster van hem maken. Een mengeling van haar en Gault. Godsamme. Wat een geluk voor haar dat Natalie doodging, zodat ze haar plan in werking kon stellen,' gaat Marino verder.

Hij heeft het helemaal uitgedacht.

'Ze zorgt voor een incident in Maryland, zodat jij, Lucy en Benton meteen daarnaartoe gaan,' zegt hij terwijl een windvlaag de regen door de tuin jaagt. 'Ze ging ervan uit dat je op stel en sprong zou vertrekken en Dorothy, Janet en Desi alleen zou achterlaten. Maar jij stak een spaak in het wiel door hier te blijven, en toen moest het allemaal in jouw huis plaatsvinden...'

'Ik heb geen idee wat ze van plan was of waarom,' antwoord ik. 'Alleen dat het voorbij is en dat we allemaal veilig zijn.'

'Behalve voor Desi. Wat gaan we tegen Lucy en Janet zeggen?'

'De waarheid. Desi kan er niets aan doen wie zijn biologische ouders zijn. Het is niet anders dan als hij geadopteerd was en we geen idee hadden waar hij vandaan kwam. Er is geen garantie voor wat je krijgt, Marino. Zelfs niet als het je biologische kind is.'

'Maar stel dat hij net als zij is? Ik bedoel maar. Denk er eens over na. Hij is nu hier, bij ons. Stel dat hij later net wordt als die twee? Ik bedoel, het is een fantastisch joch. Stel dat...'

'Hij wordt niet door hen opgevoed,' antwoord ik. 'Hij wordt door ons opgevoed. We gaan naar binnen. We gaan brunchen en ik dacht eraan een kan bloody mary te maken.'

We lopen naar binnen en doen onze regenjassen uit, en het water druipt op de mat en de hardhouten vloer. Ik schop mijn doorweekte slippers uit en ga een badkamer binnen.

'Ik denk dat ik alles in huis heb om een pindakaastaart te maken.' Ik gooi hem een handdoek toe.

'Sinds wanneer maak jij die?' Marino kijkt alsof hij een spook heeft gezien, en in zekere zin is dat ook zo.

'Het lijkt er een goede dag voor nu Dorothy er is. Ze is gek op pindakaas en chocola. Ze is een echte zoetekauw.' Ik stel het alarm weer in. 'Maar dat weet je waarschijnlijk al.' We gaan terug naar de keuken, waar Desi op een krukje staat om borden uit de kast te halen.

Ik kijk naar zijn magere, breedgeschouderde lijf in het joggingpak van de Celtics, dat Marino hem heeft gegeven. Desi wordt niet heel groot en lang, maar hij is nu al sierlijk en soepel, en hij wordt sterk. Hij kijkt me met zijn grote blauwe ogen aan als hij met een armvol borden van de kruk stapt. Ik heb nog niet echt met hem gepraat sinds dit allemaal gebeurd is. Ik neem de borden van hem over.

'Ik geloof dat je weet waar de servetten liggen,' zeg ik tegen hem.

'Ja.'

'Als je ze even wilt halen, help ik je de tafel te dekken.'

'Ik heb de placemats al neergelegd. Ik hoop dat ik de goede heb gekozen.' Hij pakt mijn hand.

'Zolang ze maar bij elkaar passen.'

We lopen hand in hand de keuken uit en ik neem de eerste deur links en ga de eetkamer in.

'Hoe heb jij leren vissen, Kay-Kay?'

Zo noemt Desi me.

'Waarom vraag je dat?' Ik doe de albasten kroonluchter aan.

'Ik vroeg me af waarom je aan mijn hengel dacht toen die slechte vrouw ons pijn wilde doen met de drone.'

Ik schuif de gordijnen voor het zijraam open, zodat ik kan zien hoe de regen de zijtuin geselt te midden van de mistvlagen van de vroege morgen. De wind schudt aan de sparren en de rododendrons, en af en toe slaat de regen tegen het glas.

'Ik heb er niet aan gedacht,' zegt Desi voordat ik antwoord kan geven. 'Toen ze steeds probeerde me dingen te laten doen, heb ik er niet aan gedacht om te doen wat jij deed. Ik had hem moeten vangen met mijn hengel en dood moeten trappen.'

'Het was veel te gevaarlijk om erop te trappen.'

'Ik had hem kapot kunnen slaan met mijn honkbalknuppel.'

'Zo dicht moest je er helemaal niet bij komen. Je moet het zien als een enorm Portugees oorlogsschip, die je wel eens ziet op het strand, met van die lange tentakels. Wat doe je dan?'

'Heel ver uit de buurt blijven!'

'Precies.'

Hij loopt achter me aan om de tafel heen en legt een servet aan de linkerkant van elk bord dat ik op een placemat zet.

'Maar hoe kwam je op mijn hengel?' Hij neemt geen genoegen met een ontwijkend antwoord.

'Eerlijk zeggen? Omdat ik niets anders kon bedenken.' Ik trek een la in de kast open en we pakken het bestek. 'Toen ik zag wat ze wilde, moest ik iets doen. Ik had geluk.'

'Waarom wilde die mevrouw ons pijn doen?'

'Er bestaan mensen die alleen gelukkig zijn als ze slechte dingen doen.'

'Dat weet ik, dat weet ik. Dat zeggen mijn moeders ook altijd,' zegt Desi. Sinds kort noemt hij Lucy en Janet zijn moeders. In het bijzonder mam en mams. Lucy is de laatste.

'Maar waarom kwam ze hierheen en probeerde ze mij iemand pijn te laten doen?'

'Het belangrijkste is dat je het niet gedaan hebt.' Ik blijf staan en kijk naar hem. 'Je hebt nee gezegd en je wilde niet doen wat ze zei. Daarom ben jij goed en sterk.'

'Misschien wel,' zegt hij, en dan huppelt hij de eetkamer uit.

Ik hoor de deur naar de kelder opengaan en dan zijn snelle voeten op de trap. Als ik de keuken weer in kom, staat hij met een hengel bij de ontbijttafel. Niet die van hem, want die is door de politie meegenomen als bewijsmateriaal. Hij heeft die van mij uit de kelder gehaald en hij kijkt heel ernstig. Ik herken de oude molen en de grafietzwarte uitschuifbare hengel, allebei onder het stof.

'Wil je me laten zien hoe je het deed?' Hij steekt me de hengel toe.

'Ik ben geen expert en we kunnen het niet echt doen in huis.' Ik hou de hengel tussen de middel- en de ringvinger van mijn linkerhand. 'Maar ik heb ongeveer vijftien centimeter lijn omlaaggetrokken – kijk, zo. En toen heb ik die langzaam strakgetrokken met mijn wijsvinger.'

Ik laat het hem zien en de molen tikt.

'Toen hield ik de lijn vast en zette ik de beugel om. Weet je wat daarna het belangrijkste is?' vraag ik.

'Wat dan?' zegt hij.

'Je moet richten door met de hengel naar de plek te wijzen waar je wilt gooien. Je richt op het doelwit. Je moet wel weten wat dat is. Dan breng je de hengel omhoog en zwiept hem met je pols en je elleboog naar voren. En dan laat je de lijn los,' leg ik uit. 'Het gaat allemaal om de juiste timing, net zoals de meeste dingen in het leven.'

'En nu is het tijd om een drankje in te schenken.' Marino komt binnen met Benton en Lucy op zijn hielen.

'Tito's, v8, verse limoen. Wie wil me helpen?' Ik loop recht op Benton af, sla mijn armen om hem heen en zoen hem.

'Ik!' Desi rent naar de kast waarin we de drank bewaren.

'Ik pak de v8 en de limoenen.' Janet trekt een koelkast open.

'Waar heb je de kannen en de glazen?' Dorothy opent kasten terwijl ze het vraagt.

'Ik ben zo blij dat jullie allebei veilig terug zijn in dit verschrikkelijke weer.' Ik omhels Lucy ook, maar kan niet zien of ze het weet van Desi.

Maar ik ben niet van plan die discussie nu aan te gaan. Het zou niet belangrijk moeten zijn, en als we merken dat het dat wel is, verzinnen we wel iets.

'Worcestershire, tabasco, mijn speciale ingrediënten? Wie wil helpen?' Ik pak de fles wodka van Desi aan en vertel hem dat hij me gaat helpen selderij te wassen.

'Ik breek de stengels zo door.' Hij staat naast me bij de wasbak en ik laat het hem zien. 'Nu spoelen we ze af onder de koude waterstraal, en we trekken de vezels eraf, want die zijn taai en die wil niemand eten.'

'Het zijn net flosdraden.'

'En ze moeten er allemaal af. Heel goed. Gooi ze maar bij het afval.'

'Is het zo goed?' Met zijn handen in de mijne houden we een stengel onder de waterstraal.

'Precies goed.' En samen wassen we elk korreltje zand van de selderij.